Ehm Welk

Wundersame Freundschaften

Ehm Welk

Wundersame Freundschaften

Dialog mit dem Leben
oder
Geschichten und Anekdoten von Menschen und Tieren

Gesammelt und neu vorgelegt von
Konrad Reich

Hinstorff Verlag Rostock

Welk, Ehm:
Wundersame Freundschaften / Ehm Welk. –
3. Auflage – Rostock: Hinstorff Verlag, 1994. –
272 S.

3. Auflage 1994
Herstellung:
Offizin Andersen Nexö Leipzig GmbH
Printed in Germany
ISBN 3-356-00571-5

Neunundzwanzig bedenkenswerte Entwürfe eines Moralisten

Der Hang zum heiteren Philosophieren über Leben, Handeln und Sterben mag bei mir vom heidnischen Vater geerbt sein, das Lächelnkönnen ohne Spott sicher von der stillen, frommen Mutter. Möglich, daß diese Mischung nötig ist, dazu aber ein gerüttelt Maß bitterer Erfahrungen und Enttäuschungen, soll der unfreiwillige Humor des alltäglichen und des festtäglichen Lebens der Großen und der Kleinen, der Würdevollen und Unbeträchtlichen eine dichterische Verwertung und Klärung finden.

Gelehrte Männer haben gefunden und bewiesen, daß die Hälfte aller mißlichen Ereignisse von Regen verursacht wird. Familienzwist, Krach im Geschäft, ja Verschärfung politischer Gegensätze. Muß das so sein?

Da prahlen wir jede Woche mit einem neuen „Sieg des Menschen über die Natur", fliegen über das Weltmeer, funken um die Erde und sehen um die Ecken – aber unser Wertvollstes, unsere Seele, geben wir widerstandslos dem gelegentlichen Greinen der Natur preis.

Wobei wir wieder in Selbstüberhebung dem nicht dauernd lächelnden Gesicht der Natur den Vorwurf der Griesgrämigkeit machen. Weil uns ein Plan verdirbt, ein Vergnügen gestört wird, ein Ausflug verregnet, ein Kleid verfärbt, reden wir von schlechtem Wetter.

Nun haben gelehrte Männer gefunden und bewiesen – es sind das wieder andere Gelehrte als die am Anfang dieser Betrachtung genannten – es werde möglich sein, auch die Naturkräfte zu bändigen, die das schlechte Wetter machen. Wir haben es aber nicht nötig, auf diesen neuen Sieg der Menschheit zu warten, wir haben ein anderes, wirksameres Mittel: Wir können die Natur überlisten! Überlisten durch Anpassung! Es gibt nämlich gar kein schlechtes Wetter, es gibt nur – gute Kleider!

Ist euch, liebe Freunde, wenn ihr, vom Regen überrascht, verärgert und verzankt aneinander zerrtet, noch niemals ein Mensch begegnet, der heiter durch den Regen schritt und sich sein Wochenende nicht trüben ließ? Er ist allen schon begegnet, denn er ist durchaus nicht selten, aber ihr habt ihn übersehen, oder ihr habt euch über seinen frohen Gleichmut gar noch geärgert. Jener aber hatte das Rezept der Anpassung, der Seelenbewahrung, ihm zeigte die Natur kein griesgrämiges Gesicht, und deshalb zeigte er den Menschen keins. Und dies ist das Wunderbare: Wer näher mit solchen Menschen in Berührung kommt, wird angesteckt; sie strömen ein Fluidum aus, dessen Wirkung uns nach anfänglichem Widerstreben beschämt, die Verärgerung über die verregneten Kleider und die ins Wasser gefallenen Ausflugsfreuden vergessen läßt.

Es ist klar, daß solche Menschen auch den Witterungsumschlägen gerüstet gegenüberstehen, die das Leben bringt. Und wenn es den meisten von uns nicht gegeben sein wird, diesen Musterexemplaren unserer Mitmenschen ganz zu folgen: Eltern und Erzieher sollten Kindern und jungen Menschen beibringen, daß das sogenannte schlechte Wetter etwas ist, das sich der Mensch erst schafft und das bestanden werden muß, wie der Kampf ums Dasein: durch Anpassung, nicht durch Greinen!

Verregnete Sonntage, verregnete Ferien:

Wir bezwingen und verändern sie nicht durch Verdrießlichkeit, aber wir überlisten die Natur, indem wir uns überlisten und uns die Erholung retten: durch entsprechende Kleidung, durch gute Bücher, durch gesteigerte Beschäftigung mit der Familie und Freunden! Man probiere es!

Wie geringfügig sind die Ursachen unserer Verärgerung gegenüber denen des Landmanns, dem ein nasser Sommer die Ernte verregnen läßt, gegenüber den Sorgen eines Gastwirts im Ausflugsort, dem ein solcher Sommer die Existenz vernichten kann! Und wieviel größer ist trotzdem das Maß unserer schlechten Laune …

Predigt vom geborgenen Schreibtisch aus? O nein, ein Splitter eher vom Stein der Weisen, gefunden auf nasser Lebensstraße. Es ist schon so: Wer sich über schlechtes Wetter ärgert, der kämpft gegen einen Feind, der gar nicht vorhanden ist, der ärgert sich in Wirklichkeit über sich selbst, über ein Phantom, das er gebar. Goethe hat diese Weisheit ein öffentliches Geheimnis genannt:

Müsset im Naturbetrachten
immer eins wie alles achten.
Nichts ist drinnen, nichts ist draußen:
Denn was innen, das ist außen!
So ergreifet ohne Säumnis
heilig öffentlich Geheimnis.

Also, wenn es regnet: Regnen lassen!

Als ich eines Sommertags in Berlin einen Ausflug machte, fing es ganz unerwartet an, gewaltig zu regnen. Hunderte bisher vergnügter Menschen wurden naß und übelgelaunt. Da sagte ein unbekannter Mann: „Ach, was!“ und stimmte mit schönem Bariton ein Lied an: „Freut euch des Lebens …“ Nur ein paar Gesichter hellten sich auf, die anderen verfinsterten sich erst recht, und ein paar besonders Verärgerte verbaten sich die Verhöhnung, wie sie das Tun des triefenden Sängers nannten, ja sie drohten sogar, als der fröhliche Mann nicht aufhörte, gegen ihn tätlich zu werden. Es ärgert mich, daß ich nicht ergründet habe, ob der vergnügte Sänger ein gütiger Menschenfreund, ein boshafter Menschenkenner oder nur ein harmloser Lebenskünstler war.

Die Menschen haben den Sonnenschein lieber als den Regen, sie sind lieber heiter und vergnügt als ernst und traurig. Dennoch vermögen sie menschliche Würde nicht in einem fröhlichen Gesicht zu sehen, die menschliche Würde muß sturer Ernst sein. Ich sah es oft: ein beschränkter Spießer, der seine Tage in brutalem Ernst umbringt wie seine Hammel, ist ihnen lieber als ein fröhlicher Bursche, der seine Tage in heiterer Gelassenheit fängt wie ein Angler seine Fische. Sie meinen immer, die Toren, eine heitere Seele sei nicht zuverlässig, sie fälschen das Leben um in einen allgemeinen Kampf ums Dasein und übersehen, wenn sie dabei auf die Natur verweisen, daß jedes Geschöpf die Lust am Spiel bis ins hohe Alter behält. Nur der Mensch nicht.

Man fragt ums Was und nicht ums Wie.
Krieg, Handel und Piraterie,
Dreieinig sind sie, nicht zu trennen.
(Faust)

Kein Begriff steht mehr fest auf diesem wackelnden Stern. Der Amerikanismus, von begeisterten Rundreisenden als Weiterentwicklung der Zivilisation gepriesen, sorgte dafür, daß die ziemlich eindeutigen Vorstellungen von Ethik, wissenschaftlicher Arbeit, Presse-Reinheit, sozialer Verbundenheit und von der Intaktheit der Beamten und Behörden mehrdeutig und verschwommen wurden. Zwei Begriffe nur standen auch für den Amerikanismus lange Zeit scharf umgrenzt und klar definiert fest: Krieg und Revolution!

Die ablehnende Auffassung vom Krieg wandelten sie da drüben zuerst. Wir haben es erfahren. Nach uns andere Staaten. Über die Revolution behielten sie – ein gewaltsamen Umwälzungen abgeneigtes Volk – die jahrhundertealte Einstellung. Revolutionen hatten nur dann eine Berechtigung, wenn es sich um wirkliche Volkserhebungen handelte, geboren aus Unterdrückung und gerichtet gegen eine despotische Minderheits-Herrschaft. Im Grunde also eine allgemein europäische Auffassung. Jetzt haben sie auch hierin umgelernt, gehen sogar weiter und pflügen mit dem Teufel, indem sie Revolutionen bestellen und liefern lassen.

In Mexiko gab es dieser Tage eine Revolution. Wenigstens wurde sie von Amerika aus gemeldet. In Mexiko gibt es öfters solche „Revolutionen“. Nur Portugal kann es an Zahl mit Mexiko aufnehmen. Diese lokalen Vorgänge brauchten nicht als Äußerungen des Weltgeschehens vermerkt zu werden, wenn hinter ihnen nicht Gestalten und Kräfte sichtbar würden, bestrebt, mit Heuchelei, Fälschung und Korruption sehr eigennützige Ziele zu erreichen.

Was war in Mexiko passiert? Die Amtszeit des bisherigen Präsidenten Calles geht zu Ende, und nach der mexikanischen Verfassung kann sie nicht verlängert werden, denn eine Wiederwahl ist unzulässig. General Calles ist den Amerikanern ein unbequemer Mann. Er führte die Regierung nach sozialen und vaterländischen Grundsätzen, erwarb sich das Vertrauen der Mehrheit des Volkes und die Achtung des Auslandes. Er ist eine unantastbare Persönlichkeit und ein treuer Patriot. Weil er das ist, mußte er bei der drohenden Gefährdung der mexikanischen Souveränität durch die ausländischen Bodeninhaber zu der selbstverständlichen Parole kommen: Mexiko den Mexikanern! Die Beschränkung der Bodenerwerbsrechte der Ausländer und der Ausbeutung der Bodenschätze zum Besten des Auslandes mußte erfolgen, wenn dieses von wirtschaftlichen Krisen und von politischen Intrigen durchschüttelte Land zur Ruhe kommen sollte. Es ging in Mexiko, wie in Persien und Mesopotamien, nicht um die Unabhängigkeit eines Staates, nicht um das Selbstbestimmungsrecht eines Volkes, es ging um das Petroleumgeschäft.

Die politischen und wirtschaftlichen Machthaber der Vereinigten Staaten hatten geglaubt, die Eroberung Mexikos auf kaltem Wege vornehmen zu können. Sie sahen sich getäuscht. Darum schrien sie eine Zeitlang über die Verletzung der privaten Eigentumsrechte, nannten Mexiko ein unkultiviertes Land und seinen Präsidenten einen Bolschewisten. Aber das Gelüst, militärisch einzugreifen, mußten sie zügeln, es war nicht sicher, ob die Meinung der Welt ein solches Vorgehen gutheißen würde. Immerhin war dieser Präsident Calles ein durchaus um sein Land verdienter General, und sein „Bolschewismus" bestand nur in seiner ehrlichen Sympathie für Deutschland und in der Durchführung von Schul-, Verwaltungs- und Agrarreformen. Ob Calles bei seinem Vorgehen gegen die katholischen Schulen und Kirchengesellschaften über das Ziel hinausschoß, entzieht sich europäischer Beurteilung. Der Umstand, daß ausgerechnet die amerikanischen Petroleum-Interessenten die bedrohte Religionsfreiheit in Mexiko retten wollten, bekräftigt eher die Behauptung der mexikanischen Regierung, daß das amerikanische Petroleumkapital mit den bedenklichsten Mitteln arbeite. So geschwätzig nämlich die amerikanische Presse sonst ist: sie hat bis heute noch nichts Näheres berichtet über den Überfall, den aufgehetzte Landleute auf einen nach Mexiko-Stadt fahrenden Eisenbahnzug unternahmen, und bei dem sie einige Dutzend Passagiere abschlachteten. (Die Täter sollen Räuber gewesen sein. Nur, daß sie nichts raubten und daß in dem Zug Regierungsbeamte vermutet worden waren.)

Jetzt läuft die Präsidentschaft des Generals Calles ab. Als sein Nachfolger wurde von den Regierungsparteien und der großen Mehrheit des Volkes der General Obregon aufgestellt, ein Freund des Präsidenten Calles und sein Vorgänger im Amt. Ebenfalls eine untadelige Persönlichkeit, würde er, daran ist kein Zweifel, die Politik weiterführen, die Mexiko zu leidlich geordneten Zuständen gebracht hat. Da treten zwei andere Generäle, Gomez und Serrano, als Anwärter für die Präsidentschaft auf, und weil sie die Aussichtslosigkeit ihrer Kandidatur erkennen, verleiten sie einige Regimenter zur Meuterei und versuchen, sich durch Waffenanwendung in den Besitz der Staatsgewalt zu setzen.

„Revolution in Mexiko!" gellen die amerikanischen Blätter. Und in Artikeln erläutern sie, wie Unzufriedenheit mit dem Regime Calles zu der Volkserhebung geführt habe. Es war zu früh. Die mexikanische Regierung behielt Machtmittel genug, sie schickte Truppen aus, nahm die meuternden Regimenter gefangen und ließ die beiden Generäle Gomez und Serrano vor ein Kriegsgericht stellen und erschießen. Mit ihnen einige zwanzig eidbrüchig gewordene Offiziere. Die verführten Soldaten gingen ungestraft aus.

Ein niedergeschlagener Militärputsch also, was gehen uns solche Vorfälle in einem fernen Lande an? Sie gehen uns deshalb an, weil sie an einem eklatanten Beispiel zeigen, daß wir gut tun, der zur Mode gewordenen Überschätzung des Amerikanismus mehr Reserve entgegenzubringen. In Mexiko weiß jeder Politiker und in den Vereinigten Staaten wissen alle, die Petroleum und Politik machen oder darüber schreiben, daß der meuternde General Gomez vom amerikanischen Petroleum-Kapital gekauft war. Für Geld wollte er sein zur Ruhe gekommenes und in wirtschaftlichem Aufschwung begriffenes Land an einen fremden Staat verraten, denn wäre er zur Macht gelangt, er hätte das Fremdengesetz von Calles aufgehoben. In der Verurteilung einer solchen Handlung sind sich Nationalisten und Internationalisten aller Länder einig.

Die Benutzung des Wortes „Revolution" für die Meuterei einiger käuflicher Generäle und die Auslegung eines Putsches als „Volkserhebung" kennzeichnet die Absichten. Und wenn wir uns in Europa die Frage vorlegen, ob es nötig war, daß der sympathische Präsident Calles das Blutgericht vornehmen ließ, so haben wir mehr Recht dazu als die amerikanischen Stimmen, die nun vor Entrüstung zittern und in Humanität machen, nachdem das Petroleum-Kapital die „Revolution" in Order gegeben hatte. Als die ganze gesittete Welt gegen die Hinrichtung Saccos und Vancettis protestierte, weil sie entweder von der Unschuld der Verurteilten überzeugt war oder doch die Vollstreckung des Urteils nach sieben Jahren für eine mittelalterliche Grausamkeit hielt, hatten die Machthaber drüben dafür nur ein Achselzucken. Wir Europäer haben uns deshalb nicht verleiten lassen, das amerikanische Volk für solche Unmenschlichkeiten verantwortlich zu machen, wir sollten es uns in Europa aber zur Pflicht machen, die moralische Bevormundung der Welt abzulehnen, die von drüben immer wieder versucht wird. Diese Bevormundung ist das Produkt einer durch nichts gerechtfertigten Überheblichkeit, und sie wirkt deshalb so unausstehlich, weil sie nicht nur eine Unterbewertung der staatlichen und politischen, sondern auch der menschlichen Eigenschaften des Europäers einschließt. Europa ist müde und stirbt! werfen sie sich drüben in die Brust, und bei uns wird es nachgeplappert. Es ist Bluff und Literatengeschwätz. So sehr Europa auch in politischen Gegensätzen und in wirtschaftlicher Zurückgebliebenheit stecken mag: das Vorbild einer weiterentwickelten Zivilisation, das uns von drüben bei jeder Gelegenheit entgegengehalten wird, riecht noch für eine Reihe von Jahren nach – Petroleum. Auch wenn es mit Freiheit, Humanität, Demokratie und Selbstbestimmungsrecht parfümiert ist.

Solche Dinge einem Volke zu sagen, das, wie das deutsche, für schimmernde Äußerlichkeiten nicht unzugänglich ist, heißt auch, Dienst an seinem Lande zu tun. Wenn uns der Militärputsch in Mexiko durchaus nichts angehen soll – die amerikanischen Petroleum-Interessen gehen uns noch weniger an. Auch dann nicht, wenn Mexiko anstatt eines deutschfreundlichen ein deutschfeindliches Land wäre.

Der Mensch ist kein Schiff, er sollte
auch ohne Ballast fahren können!

I

Als Müllers neulich umzogen, brauchten sie drei Koffer, um den Andenken-Ballast wegschaffen zu können. Und die Frage, um die es hier geht, wäre nicht akut geworden, hätten Müllers die drei Koffer zur Hand gehabt. Aber die Koffer fehlten, sie waren schon zum Transport wichtigerer Sachen benötigt worden.

Da entrang sich Frau Müllers Brust der Seufzer: „Gott, wozu hebt man sich eigentlich den ganzen Krempel auf!"

Mitbringsel aus verstaubten Orten von verstaubten Menschen waren da, Bilder, Briefe und Karten, Handarbeiten, Vasen und Mappen. Das meiste hatte nie einen Platz in der Wohnung gefunden, warum auch, es war gegeben und genommen worden, wie man einen Händedruck gibt oder nimmt. Und doch hatten Müllers sich nie entschließen können, von dem Plunder sich zu trennen. Es waren immerhin Andenken, Geschenke! Und Frau Müller kam nach erster redlicher Aufwallung erneut zu keinem Entschluß.

„Manches freilich habe ich inzwischen auch weitergeschenkt!"

Weitergeschenkt! Das ist nun auch solch kleiner Betrug, den wir mit dem eigenen Gewissen vornehmen: Geschenke, die uns nicht gefallen, an die uns nichts bindet, die vielleicht geschmacklos sind, weiterzuverschenken, um sie los zu werden! Wir bringen nicht den Mut auf, sie zu vernichten: wir schenken sie weiter. An Leute selbstverständlich, von deren Geschmack wir annehmen, daß er unter unserem steht, an kleine Verwandte, an Dienstmädchen und Reinemachefrauen. Und mit der zutreffenden Feststellung, daß wir den so Geehrten immer noch eine Freude gemacht haben, beruhigen wir – seien wir doch ehrlich – das muckende Gewissen.

II

Frau Müller hatte eben Gefühl und Gemüt, sagen ihre Schwestern. Aber da hatte ich einen Freund, einen Junggesellen, der war rücksichtslos gegen seine Mitmenschen und gegen sich, wenn es sich um Sentimentalitäten handelte.

Als der einmal in eine andere Stadt versetzt wurde, mußte er am letzten Tage die Waffen strecken, weil er vor lauter Plunderkram nicht weiterpacken konnte. Auch er hatte sich alle Geschenke aufgehoben, die Schulprämien und den ersten zinnernen und geschmacklosen Becher aus dem Ruderklub, Handwerkzeuge, die nie mehr gebraucht wurden, Ausschnitte und Bilder, den Feldbecher und die Feldflasche aus dem Krieg und hundert andere Dinge. Er verzweifelte beim Packen, ließ alles stehen und liegen und fuhr ab.

Da haben wir ihm alle seine Gebrauchssachen nachgeschickt, aber den ganzen übrigen Krempel in die Müllkästen werfen lassen. (Mit dem Erfolg, daß die Kinder sich aus dem Müllkasten „Andenken“ suchten.) Zuerst war er ernstlich böse, aber dann begann er zu lachen, und schließlich freute er sich über die endliche Befreiung.

Mein Onkel ist achtzig Jahre alt, der hat noch Andenken und Krempel ebenso alt. Darunter sind die Gehwerke von Wecker- und Wanduhren, Magnete, die nicht mehr ziehen, defekte, veraltete Schlösser, abgebrochene Zangen und ähnliche Dinge. Er trennt sich von den Sachen nicht, denn er gehört zu der weitverbreiteten Sippe derer, die alles aufheben, weil man nicht wissen kann, ob man es nicht noch einmal braucht.

Eine Base hatte ich, die bewahrte alle Flicken und Abschnitte von Kleidern, Wäsche und von Garnen auf. Als sie gestorben war, mußten wir vollgestopfte Säcke dem Lumpensammler übergeben. Verwendet hatte sie nie was, hatte Zeit ihres Lebens in den Säcken nicht gesucht, sie hatte nur immer – weitergesammelt. Weil man doch nicht wissen kann, ob man es nicht noch einmal braucht …

III

Und die Nutzanwendung der Geschichten? Werft den Ballast ab! Denn hinter dieser falsch verstandenen Pietät und Sparsamkeit steckt natürlich mehr als eine bloße Belastung des Zusammenlebens und des Umzugs. Was wir so sehen, was uns umwächst und überwuchert, was uns beschwert mit überflüssigem Krempel und uns in der Bewegung hindert, das sind nur äußere Merkmale einer ballastbeschwerten Seele. Denn dies ist schlimmer: zu sehen, wie Menschen aus Sentimentalität mit jedem Jahre ihres Lebens immer mehr unnützen seelischen Tand ansammeln in Gestalt nutzloser Erfahrungen, gegenstandslos gewordener Schwärmereien, Vorstellungen von Einrichtungen, von toten Vergleichen, von Voreingenommenheiten, überlebten Begriffen von Gesellschaft, Staat, Freundschaft, Liebe, Ehe – von all dem, was Lehmanns und Schulzens sagten oder wünschten. Jeder Tag bringt uns neue Andenken dieser Art, aber die meisten sind nicht mehr wert als die Geschenke und Erinnerungen, die in der untersten Schublade der Kommode aufbewahrt werden. Man sollte sich von solchen seelischen Andenken noch rascher trennen als von den gegenständlichen, denn sie beengen nicht nur unser Leben, sondern auch das unserer Mitmenschen, auch derjenigen, die nicht mit uns zusammenzuleben gezwungen sind.

Wer also in falschem Pietätsgefühl diese seine wertlosen seelischen und geistigen Andenken nicht missen will, wer den Ballast mit sich herumschleppen will, der hüte sich jedenfalls, etwas davon zu verschenken an Leute, „bei denen es ja nicht so genau darauf ankommt“. Was mit einem Ansichtsteher aus gepreßtem Glas noch gestattet sein mag, kann bei einer von Fliegen-Pünktchen besetzten Weltanschauung oder Lebenserfahrung leicht gefährlich werden. Wer unter Ballastsäcken am Boden kriecht, soll darauf verzichten, andere das Springen lehren zu wollen.

Die Menschen werden den Sinn
des Lebens verstehen,
wenn sie sich über den Sinn der Arbeit
verständigt haben.
(Lavater)

Den Sinn der Arbeit als Schlüssel zum Sinn des Lebens erlebte ich so:

Eines Tages in Amerika war ich, hin und her geworfen von den Wellen und Gischtspritzern eines Ozeans brutaler Erwerbsgier, angewidert von der Heuchelei des „Evangeliums der Arbeit", das eine Entschuldigung sein sollte für fiebernde, eigensüchtige Geschäftshetzerei, in die Wälder der Catskill-Berge geflohen.

Ein Farmer im Tal, der auf die Regierung schimpfte, wurde mir Freund, weil ich ihm zuhörte. Er erlaubte mir gern, in einer vergessenen Blockhütte oben in den Bergen ein Einsiedlerleben zu führen. Der Farmer hatte nicht Unrecht mit dem Zorn auf die Regierung und die bösen Dollarmacher im Lande; das Evangelium der selbstsüchtigen Arbeit zog seine letzte Nahrung aus der Vernachlässigung der kleinen Farmer, denen man nicht einmal Wege baute.

Das waren selige Wochen! Büsche, Gräser und Blumen beschädigten meinen amerikanischen Bürger-Anzug mehr und mehr, stießen Löcher hinein; er wurde unansehnlicher mit jedem Tag. Aber je zerrissener er war, und je mehr mein Äußeres verwilderte und sich entfernte aus den Gesetzen der zweckstrebenden neuen Zivilisation, um so zarter und reiner wuchs mein Inneres dem zwecklosen grünen Leben hier oben entgegen. Es war, als sei mein Anzug ein Schwamm, der aus mir alles Unreine und Unklare aufsaugte. Dann kam es vor, daß ich stundenlang unbeweglich im hohen Gras lag, den Himmel ansah und nichts bedachte und nichts fühlte als ein wundersames ermattendes Ziehen in der Brust, ein Ausfließen und Ausströmen.

Manchmal, wenn ich mir ins Bewußtsein gerufen hatte, wie überflüssig ein Mann ist, der träumt, und mich ansah mit den Augen meiner europäischen Freunde als einen energischen arbeitsfrohen Menschen, als nüchternen Wirklichkeits-Apostel, der in Amerika ein Arbeits- und Lebensideal finden wollte, öffnete ich mit verschmitztem Lächeln die Quelle meines seligsten Zustandes, bis ich trieb in der unbeschreiblichen Lust eines kindlichen Protestes: auf diesem gewaltigen Erdteil ungesucht und unauffindbar zu liegen Tag so um Tag, Woche um Woche, als ein völlig zweckloser Mensch! Und ich bildete mir ein, daß alles, was atmete im Wald, die Bäume, Sträucher und Büsche, die Tiere, Vögel und Käfer zustimmten und wetteiferten, mir die menschliche Überheblichkeit meiner früheren Tage zu verzeihen. Ich wähnte wirklich, diese Sentimentalität entschleiere mir den gottgewollten Sinn des Lebens, und ich wollte den Zustand niemals ändern.

Eines Morgens, als ich vor meiner Hütte lag und in Wald- und Tierverbundenheit mich unbewußt über den Menschen erhob, schrillte plötzlich laut, wenn auch fern, eine Dampfsirene. Wie kam dieses Signal, Millionen Menschen verhaßt als zivilisierte Antreiberpeitsche, hierher? So laut auch die Vögel sangen den Tag, ich wurde den Ton der Sirene nicht los. Er beunruhigte mich. Mittags ging ich ins Tal. Unterwegs schon hörte ich den Schlag von Äxten und traf Männer, die Bäume fällten. Farmer, Bauern, die sich zusammengetan hatten, um selber einen Weg zu bauen und gleichzeitig Bauholz zu schaffen für ihre Wirtschaftsgebäude; eine alte Schneidemühle hatten sie wieder in Gang gesetzt und auch die Dampfsirene repariert, obwohl sie die nicht brauchten. Meine Sympathie nahm ab. Drei Tage lang besuchte ich die Männer und ließ in jedem geschlagenen Baum mein sentimentales deutsches Gemüt peinigen.

Dann begann ich über mich zu lachen. Leise erst, lauter dann. Und endlich schämte ich mich meiner gerühmten zwecklosen Untätigkeit, nahm Axt und Säge und arbeitete. Ich schlug Bäume um. Und der brüderliche Wald schrie nicht. Wie die Wandlung kam? Der Pfiff der Dampfsirene deutete mir den Sinn der Arbeit und damit den Sinn des

Lebens neu. Und diese Deutung lag, eine billige aber um so klarere Wahrheit, wieder einmal zwischen den Anschauungen der harten Leute am Rande; zwischen selbstsüchtiger Erwerbsgier und lebensflüchtiger Verträumtheit; zwischen Fordern-Können und Gehorchen-Müssen. Sie lag im Mitarbeiten. Als ich nach Wochen schied, nahm ich die Überzeugung mit, daß der wahre Sinn des Menschen, der Arbeit und des Lebens, immer nur zu finden sein werde zwischen den Gegensätzen. Und daß hier zu beginnen habe, wer die zwiefache Gestalt des Lebens überwinden will: eines das herrscht, und eines, das dient. Und den Menschen bejaht, der gemeinschaftlich ist.

I

Ich habe die Menschen gern, die immer fünf Minuten zu spät kommen. Es ist mit ihnen geschäftlich nichts Rechtes anzufangen, ich weiß es. Aber muß man denn mit allen Menschen Geschäftliches und noch dazu etwas Rechtes anfangen?

Außerdem sind die schon genug vom Schicksal gestraft. Die Züge fahren ihnen vor der Nase weg; die Vorgesetzten putzen sie herunter; ihre Entschuldigungen haben nur den Wert von Ausreden; bewerben sie sich um einen Posten, ist er bereits besetzt; und gibt es mal einen Mulla zu sehen, erblicken sie von dem Schauspiel gerade noch die abziehenden Staubwolken.

Und doch sind diese Menschen, denen die Zeit davonläuft, nur kleine Verwandte von jenen Menschen, vor denen die Gelegenheit Reißaus nimmt.

II

Da ist der italienische General Nobile, der über den Nordpol fliegen will. Vor zwei Jahren wollte er als erster den Nordpol im Flugzeug erreichen. Zwei Tage vorher flog der Amerikaner Byrd über den Pol und nahm dem Italiener den Ruhm weg. Nach großen Vorbereitungen wollte Nobile nun über den Nordpol hinwegfliegen und als erster herauskriegen, ob um den Pol herum Land ist. Die Expedition wird zusammengestellt und liegt in Stolp fertig zum Start, da fliegt der Amerikaner Wilkens von Alaska aus über den Pol nach Spitzbergen und stellt fest, daß da oben nur Eis und offenes Meer, aber kein festes Land zu finden ist. Jetzt wird Nobile, kommt er zum Nordpol, Lotungen vornehmen und magnetische Strömungen messen. Das ist auch eine verdienstvolle Aufgabe, jedoch das Große, das Namenschaffende ist weg.

Sowas ist mehr als peinlich und des allgemeinen Mitgefühls wert. Aber die Menschen, die im Leben fünf Minuten zu spät kommen, sind nicht alle Nordpolforscher. Jeder von uns hat in seinem Freundeskreise solchen Pechvogel. Erfinder sind da, die nach jahrelanger Arbeit eine Sache zum Patent anmelden, zwei Tage vorher hat sich ein anderer die ausgefallene Idee schützen lassen. Schriftsteller finden einen ganz abseits liegenden Stoff; sind sie mit dem Manuskript fertig, kündigt ein Verlag die ähnliche Geschichte eines anderen an. Mein Freund Peter hat noch jedes Jahr eine ganz fernliegende Idee ausgearbeitet; mal eine geschäftliche, mal eine technische, eine wissenschaftliche, eine künstlerische: War er fertig, war der geheimnisvolle Zweite gerade fertig gewesen. Das letzte Mal hatte Peter eine zugkräftige Propaganda-Idee. Vier Monate brauchte er zur Ausarbeitung des Planes, als er ihn anbieten wollte, fiel sein Omnibus um, und er ging als abergläubischer Mann wieder nach Hause. Am nächsten Tag erfuhr er, daß „der andere“ dagewesen war und eine ähnliche und ebenso gute Sache verkauft hatte.

Solche Dinge sind nicht mehr peinlich, sie sind schon unheimlich; es gehört viel Festigkeit dazu, nicht am Leben zu verzweifeln. Das Bedauern der Freunde ist ein schwacher Trost und bei allem Mitgefühl sehen wir auch immer wieder den Clown im Zirkus, der sich gerade in dem Augenblick bückt, um den Teppich aufzuheben, in dem die Stallmeister ihn schon fortgezogen haben. Als Kinder lachten wir über den Clown, als Erwachsene nehmen wir die Pechvögel nicht für voll. Und sagen uns nicht, daß hinter den sichtbaren Dingen des Lebens dunkle Kräfte wirken und Fäden ziehen, an denen wir Menschlein hängen. Wir sprechen von „Sonntagskindern“, denen alles gelingt; von Menschen, die immer zur rechten Zeit kommen. Auch von diesen Leuten haben wir alle einen in der Bekanntschaft. Zum Erfolg geben wir ihnen bereitwillig noch die Anerkennung.

III

Laßt uns auch die Spätlinge mit etwas Verständnis behandeln. Ich fühle mit ihnen, denn wir sind lose verwandt. Ich bin zwar kein ausgesucht unpünktlicher Mensch, aber ich bin in der Hälfte aller Fälle doch zu spät zum Zug und zum Schiff gekommen. Nur daß ich noch nie einen Zug oder einen Dampfer verpaßt habe: Zug und Dampfer hatten dann immer Verspätung!

I

Dieser Tage habe ich einen Menschen, mit dem ich zusammen arbeite, und den ich recht gern mag, ohne rechtschaffenen Grund angeschrien. Ich wollte das gar nicht tun, wohl ein Dutzend Jahre ist es her, seit mir dergleichen passierte. Aber das Schlimmste ist, ich kann nicht einmal sagen, wie es eigentlich kam, auch nicht, daß meine Unbeherrschtheit mir nachher leid getan hätte. Ja, ich war sogar sicher, daß jenes böse Wort, das da plötzlich im Zimmer zwischen uns hing wie eine schwarze Wolke und uns die Gesichter verfinsterte, gar nicht aus mir gekommen sein konnte.

Als ich am Abend auf die Straße trat, regnete es, und überall, wo ich auch hinschaute, hing eine dicke schwarze Wolke zwischen den Dingen und Geräuschen. Es war eine Art Umkehrung des Falles, in dem einer überall einen großen roten Fleck sieht, weil er in ein blendendes Licht blickte. Die Menschen auf den Straßen stießen sich an und schimpften, und in der überfüllten Straßenbahn war greifbar eine Feindschaft aller gegen alle. Es war das direkt komisch, denn alle Leute sahen aus, als sei ihnen persönliches Unrecht geschehen und als hätten sie die Gewißheit, der Mitmensch trüge Schuld an dem schlechten Wetter. Ich erinnere mich, daß auch der sonst sehr freundliche Portier mürrisch darein sah und daß das junge Mädchen, das für mich schreibt, seit zwei Tagen anscheinend über etwas beleidigt ist.

Das Abendbrot war seltsam reizlos, ich mußte allein essen, denn meine Frau fühlte sich unpäßlich und war schlafen gegangen. In der Zeitung las ich, daß in den letzten acht Tagen sich die Selbstmorde gehäuft hätten, so hoch, wie nie in einer dunkel duftenden Maiwoche, und daß auf der Straße viele Menschen ums Leben gekommen seien. Und die leicht hingeworfene Bemerkung eines Reporters, dies alles sei möglicherweise eine Folge des Wetters, das empfängliche Menschen deprimierte, wuchs aus einem Verlegenheitssatz zu einem großen Baum, der peinliche Früchte der Erkenntnis über mein ruhiges Selbstgefühl schüttelte.

II

Es regnet in gleichmäßig schweren Strichen die ganze Nacht. In kurzen Intervallen reißt der Wind Löcher in die strömende Schraffierung. Sekundenlang ist es dann ganz still, nur das stürzende Wasser in den Fallröhren der Dachtraufe klapperte hell, und der gleichmäßige Ton näht das zerrissene Gewebe des Regenvorhangs wieder zu. Stundenlang. Wir nennen die Einförmigkeit einschläfernd, diese aber war von gegenteiliger Wirkung. Da ich mein Leben lang schlafen konnte, wo und wann ich wollte, ist es begreiflich, daß ich nun anfange, über die Ursache dieses Wachenmüssens zu sinnen und in einem Zustand des Dämmerns schließlich mit zwei Bällen jongliere, auf denen geschrieben steht „Wetter“ und „Unbeherrschtheit“.

Nun muß es wohl schon lange nach Mitternacht sein. Da höre ich auf dem Flur leise Schritte – es ist mein großer Hund, der auf und ab geht. Wenn er neben den Teppich tritt, geben die Nägel seiner Zehen einen klappernden Ton. Am Tage hört man das kaum, jetzt aber ist mir, als müsse es durch das ganze Haus dringen. Mitunter läßt sich das Tier schwer zu Boden fallen, der dumpfe Fall setzt sich als tiefer Seufzer fort. Vielleicht haben wir uns auch verständigt – seltsam zart und voll Fülle sind die seelischen Schwingungen alles Lebendigen in den grauen Nächten – der Hund kommt an meine Tür und kratzt. Da er dies nie tat, öffne ich ihm rasch. Beim fahlen Licht, das der verhängte Mond durchs Fenster wirft, sehe ich, wie mich der Hund anschaut und sich vor meinem Bett niederlegt. Ich bin nicht geneigt, ein Geheimnis der Natur in einem Hundeblick zu sehen, es war wohl nur die Bitte, hier schlafen zu dürfen. Aber er schläft nicht, schon nach kurzer Zeit steht er auf und geht leise, fast schlürfend, im Zimmer umher. Mitunter bleibt er stehen und sieht zu mir herüber, und es ist mir klar, daß das Tier weiß, der Mensch stelle sich nur schlafend. Ich habe das Gefühl, mich schämen zu müssen, spreche ihn an, stehe dann einfach auf, ziehe meine alten Wandersachen an, nehme den Hund und gehe mit ihm durch die naßblinkenden Straßen der großen Stadt.

Nächtliche Parks und Wälder sind schön, auch bei Regen und Wind. Aber dies Bild verstimmt und ärgert mich. Es ist wie die gelungene, an Zwischentönen reiche Photographie einer Landschaft, über die ein ungeschickter Zeitungsmensch einen groben Raster gehen ließ. Da dieser Gedanke mich mit Erfahrungen meiner Arbeit zusammenbringt, ist es nur gegeben, daß nun auch wieder das unbeherrschte Wort von heute morgen da ist. Dick und schwarz hängt es zwischen den Bäumen, geht von mir her und läßt sich weder vom Knacken der Äste, vom stoßenden Pfeifen des Windes, noch von meinem geistigen Grinsen über die November-Sentimentalität eines vielleicht nur übermüdeten Herzens verjagen.

Im Gegenteil: Die lächerliche Wolke wächst immer mehr, und ob ich sie nun auch als gewöhnlichen Nebel erkenne, sie verwischt doch die Dinge umher und auch die Geschehnisse meines engeren Lebens. Aus der Erinnerung werden lebendig die Sturmfahrten über die großen Meere, die wilde Lust am Toben der Elemente, und daß wir hinterher oft uns schämten, noch tollere Wetter herbeigewünscht zu haben, wo doch Angst schon die Reisenden umschlich. Manchen von uns hatte der Wechsel zwischen Ebbe und Flut böse erregt, ohne daß wir wußten, warum das so war. Das Weichen und das Kommen des großen Wassers soll das Fieber mildern oder verstärken, je nachdem der Kranke in den Wechsel der Gezeiten eintritt. Sie glauben es alle an den Küsten der Meere, kluge Ärzte auch, sie haben schon seit Monaten gewußt, daß dies ein November wird mit bösen Stürmen und gewaltigen Opfern. Sie waren überzeugt, daß wir ein Katastrophenjahr erleben mußten, und sie haben nicht unrecht gehabt. Aber dann.

Die Erde ist doch kein absolutes Ding, das unabhängig und nach eigenen Gesetzen im Raume schwingt. Welches auch immer die Kräfte sind, die den Erdball beeinflussen: wäre es nicht vermessen und lästerlich, nun anzunehmen, der kurzbefristete und unzulängliche Mensch sei unabhängig von seiner Erde? Er mag seinen stolzen Geist anwenden, um sich, seine Mitmenschen, sein Volk, ja, das ganze Menschengeschlecht in bestimmte Gesetze des Handelns zu zwingen; er mag versuchen, die Natur sich dienstbar zu machen – immer wieder wird er doch vor der Unmöglichkeit stehen, die Verbundenheit mit dem Allwirken zu lösen, mag er sie auch als unnütz ansehen. Sie wird in ihm wirksam bleiben, und vielleicht um so stärker, jedenfalls um so unangenehmer und nutzloser für die Allgemeinheit, je weniger der Mensch solche Wirkungsmöglichkeiten gelten läßt. Und in den stürmisch erregten Zeiten, in denen die Natur an ihrem Geschöpf rüttelt, wird er unruhig werden, hart und sicher auch ungerecht. Er wird Konflikte eher verschärfen als beilegen; er wird sein Herz verschließen gegen Menschen, die unter ihm stehen; wird als Richter härtere Urteile fällen, als Politiker Dummheiten machen, als Diplomat Völker verärgern …

Sollte der Tiefstand des Barometers also nicht auch den Tiefstand menschlicher Gefühle anzeigen können?

III

Die Kraft der atmosphärischen Einflüsse auf die Menschen und ihre Handlungen in Ehren, – ich will sie lieber nicht als Entschuldigungsgrund für meine und anderer Menschen heikle Handlungen reklamieren. Mein nächtlicher Ausflug kommt mir langsam lächerlich vor, ich pfeife meinem Hund und gehe nach Hause.

Das Barometer steht auf 720. Das ist ein sehr seltener

Vorgang, und ich will morgen doch meinen meteorologischen Freund fragen, ob meine nassen Phantasien einen trockenen, wissenschaftlichen Beistand verdienen.

IV

„Sie haben diese Nächte schlecht geschlafen: Trösten Sie sich, mir und ein paar Tausend anderen Menschen ging es ebenso. Das kommt vom Wetter."

„So wäre also das Barometer eine Art Stimmungs-Anzeiger?"

„Das Barometer hat sehr viel mit dem menschlichen Befinden zu tun. Die Luft, die die Quecksilber-Säule des Barometers steigen und fallen läßt, je nachdem sie – nämlich die Luft – schwerer oder leichter wird, drückt ja nicht nur auf diese Quecksilber-Säule, sondern auf jeden Quadratzentimeter der Oberfläche unseres Planeten, somit auch auf Sie, der Sie ja, wenn auch nur etwa 1 Meter 70, sogar noch über die Erdoberfläche hinausragen. Wir alle helfen der Erde mit, ihre Lufthülle zu tragen, wir alle sind Lastträger, sozusagen, und jeder von uns schleppt auf dem Kopf, dem Buckel und so weiter eine Luftsäule von rund 15000 Kilogramm Gewicht."

„15000 Kilo?" fragte ich mit ungläubigem Blick.

„Sie dachten gewiß, die Luft wiege nichts, weil wir sie anscheinend gar nicht spüren? Das kommt nur daher, weil unser Organismus von vornherein auf diesen Druck gewissermaßen konstruiert, und weil der Körper auch im Innern nicht luftleer ist. Der Druck, den das Luftgewicht auf uns ausübt, hält sich so die Waage; im anderen Fall würde es uns plattdrücken wie eine Linse. Sehen Sie, dieses Luftgewicht ist nun keineswegs stets unveränderlich. Bisweilen nimmt der Luftdruck zu, bisweilen nimmt er ab, und augenblicklich hat er sogar ganz ungewöhnlich stark abgenommen, weil die Luft in unserem näheren Bereich zur Zeit durch besonders starke Aufwirbelung und in der Höhe erfolgten Abfluß nach entfernteren Gebieten an Gewicht verloren hat. Meteorologisch ausgedrückt: Es befindet sich in unserer Nähe ein abnorm tiefer Sturmwirbel, wie er sonst im Binnenland kaum vorkommt; denn diese tiefen atmosphärischen Wirbel oder Zyklonen entstehen stets auf den Meeren. Es ist für empfindlichere, mit sensiblen Nerven und Gefäßen ausgestattete Menschen nun keineswegs gleichgültig, ob der Luftdruck etwa normal oder ungewöhnlich niedrig ist. Denn in diesem Fall trägt sein Körper ein geringeres Gewicht, was bei den hier in Betracht kommenden Zahlen allerhand ausmacht. Sie werden wohl von Ihren Schweizer Reisen her wissen, daß man in beträchtlicher Höhe über dem Meeresspiegel zunächst schlecht schläft, bis man sich eben an den dort wesentlich niedrigeren Luftdruck gewöhnt hat. Wir sind bei dem gegenwärtig hier herrschenden Luftdruck von 722 Millimeter – in einigen Orten betrug er sogar nur 715 Millimeter – aber ungefähr in der gleichen Lage wie Menschen, die sich in einem etwa 500 Meter hoch gelegenen Gebirgsort aufhalten. Wer stets dort lebt, merkt nichts von dem niedrigeren Luftgewicht. Aber wer nur einige 30 Meter über dem Meeresspiegel lebt, empfindet oft tagelang den Luftdruck-Unterschied in Gestalt erhöhter Reizbarkeit, unruhigen Schlafs, Blutandrangs zum Kopf, selbst in Form von Verdauungsstörungen. Es ist also ohne weiteres zuzugeben, daß manche Entschlüsse durch den Barometerstand schwer beeinflußt worden sind. Zugeben wird das freilich keiner ...“

Die große Hast ist schlimmer noch
als Trägheit
(Ludwig Tieck)

In der Fixigkeit mögen die, welche heute leben, den Großvätern über sein ; in der Richtigkeit kaum. Da ist es noch immer wie bei Onkel Bräsig. Auch, wer nicht der guten alten Zeit nachtrauert und nicht das „Immer langsam voran“ zur Devise hat, darf sagen, daß die Art, in der wir durch den Raum und durchs Leben flitzen, falsch ist. Weil nichts dabei herauskommt. Weil die Hast, das Rasen, lediglich der Veräußerlichung des Lebens dient. „Unser Tempo“ nennen wir sowas stolz, auch „Zeichen der Zeit“. Und folgern daraus und glauben, nun täten wir soviel mehr für uns und für unsere Zeit.

Das aber ist der Irrtum. Denn werden unsere Leiber wirklich hundertmal schneller vorwärts bewegt als früher: mit unserem Geist geschieht das nicht und mit unseren Herzen erst recht nicht!

Die Schnelligkeit ist Selbstzweck geworden ...

Denn es ist nicht wahr, daß der Mensch, der besinnlich ist, auch langsam sein müsse in seiner Arbeit und in seinen Bewegungen. Er wird nur jene Hast und Zappeligkeit vermeiden, die ein großes Gewese von sich macht als „Ausdruck der Zeit", als „Rhythmus unseres Jahrhunderts". Und die zum größten Teil einen überflüssigen Leerlauf zeigt, eine unproduktive Geschäftigkeit, verwandt ihrem scheinbaren Gegenteil, der trägen Beschaulichkeit. Auch der Mensch, der die Besinnlichkeit fordert, verlangt damit nicht die geistige Postkutsche, sondern den Zeppelin.

Aber wie er den Sinn der Weltfahrt nicht im Erlebnis des Rennens sieht, sondern in dem des Reisens, so erblickt er den Sinn der menschlichen Lebensfahrt nicht im Durchhasten der Tage und Jahre, sondern im bewußten Erleben des Lebens.

Meistens merken die Menschen erst, daß sie zu altern beginnen, wenn sie an die Fünfzig sind; nur, daß sie dann vor der Zahl erschrecken, nicht vor dem Bestand, den sie darstellt. Darauf leben sie eine Zeit in Nachdenklichkeit, und dann fangen ihrer viele an, rascher zu laufen, als hätten sie etwas einzuholen, wie damals, als sie als Jungen losrannten. Nur ist es diesmal so, daß sie nicht das Leben zeitiger einholen, sondern den Tod. Je rascher sie laufen, um so schneller erwischen sie ihn, und er ist boshaft genug, sogar stehenzubleiben, damit sie ihn rascher einholen, und ich habe welche gekannt, denen ist er noch entgegengelaufen. Da ist es gut, meine ich, daß der Mensch der Bremsen achtet in seinem seelischen Getriebe. Sonst erlebt er, daß die Bremsen seines körperlichen Getriebes das ganze Fahrzeug blockieren.

Es bleibt sich gleich, ob einer rasch durchs Leben fährt oder nicht. Der Rasche kann wohl mehr Aufnahmen machen als der Langsame, und er hat auch mehr Sorten im Kasten. Aber wenn er sie richtig besieht, muß er feststellen, daß die meisten Aufnahmen, die er während der Fahrt gemacht hat, flüchtig und verzerrt sind und die guten allein von jenen Plätzen stammen, wo er Aufenthalt genommen hatte. Meistens kann er auch noch feststellen, daß er sich bei der schnellen Fahrt die Augen und das Herz rascher ruinierte.

Scherzet nicht mit Strafen und
Gefängnis.
(Jesus Sirach 13, 16.)

I

Wie so viele Götter, denen die Väter ehrfurchtsvoll anhingen, von den Söhnen vermenschlicht oder gar profaniert wurden, geschah dies auch Themis, der Göttin der Gerechtigkeit. Sie ist zwar noch immer da, aber die einstmals so dräuend Thronende führt heute mehr eine Art Nippes-Dasein. Wenigstens in ihrer figürlichen Erscheinung.

Das ist ganz gut so. Denn die Ausstaffierung, in der wir sie kennen, war ihr in ihrem griechischen Jungfrauen-Leben nicht zu eigen. Damals trug sie nur Waage und Palmwedel. Später erst verband man ihr die Augen und gab ihr statt des Oelzweiges ein Schwert. Und dies blanke, scharfe Schwert erwies sich so oft als zweischneidig und die Binde vor den Augen als Hindernis bei der Rechtsfindung, daß man es einer Zeit, die nicht blind vernichten, sondern sehen will, um zu verstehen, nicht verübeln kann, wenn sie in Binde und Schwert nicht mehr die irdischen Zeichen göttlicher Gerechtigkeit sieht.

Denn diese unsere verlästerte Zeit hat zu vielem sehr Guten auch dies eine ganz Vortreffliche: sie will nicht trokkene Buchstaben, müde Autoritäten und verstaubte Götzen zu Herren eines toten Rechts machen, sondern Güte und Verständnis zu Dienern der lebendigen Gerechtigkeit. Und wenn wir nun in den letzten Jahren auch Richter damit einverstanden fanden, der Justitia die Binde von den Augen zu nehmen und ihr dafür eine politische Mütze oder einen Stahlhelm überzustülpen, so will doch die große Masse des Volkes mit der Mehrzahl der Richter eine andere Aufgabe für den Apparat, den die steinerne Dame verkörpert: Die Rechtspflege soll sehen lernen, wie Schuld und Ursache wachsen: die Weltfremdheit vieler Richter soll behoben werden!

Auch Justizbehörden sehen das ein. Sogar in Ländern, die nicht durchaus fortschrittlich regiert werden. Nur daß man keine reine Freude an der Geschichte hat.

II

Der schwierigste Teil der Rechtspflege ist der Strafvollzug. Er ist schwieriger als die Verhandlung und schwieriger als die Untersuchung. Weil immer noch nicht das Rezept gefunden worden ist, Büßen und Bessern in einer Handlung zu vereinigen. Darum berührte es zunächst erfreulich, wenn auch überraschend, daß der thüringische Justizminister dieser Tage 50 Richter und Staatsanwälte anwies, das thüringische Landesgefängnis Ichtershausen gründlich zu besichtigen und eine Nacht in den Gefängniszellen zuzubringen, damit die Herren und Diener der Gerechtigkeit einmal kennen lernten, was es heißt, zu sitzen.

Aber –

III

In der Presse und bei den Juristen hat man ein allzu großes Aufheben von der Geschichte gemacht. Seht, hieß es, wie selbstlos die Hüter des Rechts in unseren Tagen sind! Einsperren lassen sie sich sogar, um die Gefühle der ihrer Freiheit Beraubten kennenzulernen! Seht, wie human und modern unsere Rechtspflege geworden ist! Seht, wie sie, statt mit dem Schwerte zu schlagen, mit dem Palmzweig wedeln!

Dagegen, daß die Presse so etwas schreibt, wäre nichts weiter zu sagen. Wohl aber gegen Richter, die es glauben;

und gegen Minister, die eine untaugliche Gelegenheit zum Studium der Häftlingsseele herausgefunden haben.

Sie bewiesen damit nämlich, daß ihre Weltfremdheit noch größer ist, als es diejenige der Themis war, damals, als sie noch Blindekuh spielte.

IV

Glaubt denn wirklich ein vernünftiger Mensch: eine in einer Gefängniszelle freiwillig verbrachte einzige Nacht könne einem wissensdurstigen Richter ein Bild geben auch nur von den Äußerlichkeiten eines Gefängnisses, geschweige denn vom Seelenzustand eines zu langer Freiheitsstrafe Verurteilten?

Um nur einigermaßen zu einem ernst zu nehmenden Ergebnis zu kommen, wäre schon vielerlei notwendig gewesen:

1. Einsperrung der Richter auf einen Monat oder mindestens eine Woche;
2. Belassung des Gefängnisses in seinem gewohnten Betrieb, ohne vorheriges Großreinemachen, Fensterputzen, Pritschenbeziehen, Küchenrevision;
3. Verheimlichung der Personalien der Eingelieferten und des Zwecks der Sache vor Gefängnisverwaltung und Aufsehern;
4. Verteilung der 50 lernhungrigen Richter unter die Häftlinge; Zwang, mit ihnen zu arbeiten, zu essen, zu schlafen und keinerlei Umgang mit den Berufsgenossen zu haben.

Und auch das hätte nur eben einen Einblick gestattet.

V

Warum spielen wir uns, erwachsene Menschen, die wir sind, nur immer solch Kindertheater vor? Dies Getue mit modernen Mitteln, die gar keine sind, ist peinlich. Im Grunde war doch der Ausflug der 50 Richter ins Gefängnis von Ichtershausen nur eine vergnügliche Herrenpartie, bei welcher der Spaß, der sich bei solchen Gelegenheiten von selbst einstellt – und sind die Herren morgens noch so würdig abgereist – eine bedenkliche Auswirkung haben kann. Diese nämlich: Es könnte bei manchem Richter die Erinnerung an den vergnügten Tag, an die piksauberen Zellen, das frischbezogene Pritschenbett und an den Gutenachtgruß des Aufsehers: „Befehlen Herr Landgerichtsrat sonst noch was?" im Verein mit dem lustigen Austausch gehabter Gefühle und Eindrücke am andern Morgen dazu führen, daß er später bei der Beurteilung und Bemessung von Haftstrafen für andere in gefährliche Irrtümer fällt.

VI

Ich meine: Die Würde des Richteramtes, um deren Unantastbarkeit doch soviel geschrieben wird, müßte solche Scherze verbieten. Oder man sollte genau so, wie man der Justitia die Binde der Weltfremdheit und das Schwert der mitleidlosen Strenge nahm, ihr auch das feierliche Gewand der Würde ganz nehmen. Und sie dafür bekleiden mit einem gutstaatsbürgerlichen Rock, damit sie ohne Aufsehen, als Teil des Volkslebens, unters Volk gehen kann.

Denn nötiger und besser als eine Nacht in Gefängniszellen täte der Mehrzahl unserer Staatsanwälte und Richter ein Jahr Aufenthalt in den Werkstätten der Arbeit und in den Quartieren des schuldlosen Elends.

Am längsten wird die Redlichkeit
auf hohen Posten gelten!
Warum? Sie wird nicht abgenutzt,
man braucht sie dort nur selten.
(Hausinschrift in Westfalen)

I

In Deutschland wird jetzt ein Film vorgeführt, der den Untergang des Ozean-Dampfers „Titanik" zeigt. Bei diesem Untergang spielte der Präsident der Schiffahrts-Linie, Bruce Ismay, eine besondere Rolle. Er machte die erste Fahrt des

Riesendampfers mit und hetzte Kapitän und Offiziere zu immer größerer Schnelligkeit. Als das Schiff auf den Eisberg aufgelaufen war und der Untergang jede Minute zu erwarten stand, befahl der Kapitän, zuerst Frauen und Kinder in die Rettungsboote zu bringen. Die Boote reichten nicht aus. Die Männer mußten zurückbleiben. 1635 Personen fanden keinen Platz. Einer der ersten aber, die in ein Boot stiegen, war der Präsident der Schiffahrts-Linie, Mr. Bruce Ismay. Er wurde gerettet. 1635 Personen fanden den Tod im Ozean.

Mr. Ismay war der indirekte Urheber der Katastrophe. Indirekt, weil der mit aller Raffiniertheit ausgestattete Dampfer ungenügend mit Rettungsbooten versehen war; direkt, weil er trotz aller Warnungen des Kapitäns vor Eisbergen den Befehl zum Weiterjagen gegeben hatte. Bei der Untersuchung gegen die Schuldigen konnte Mr. Ismay auf die Frage, ob er vor Frauen und Kindern in ein Rettungsboot gestiegen sei, nur mit der Ausrede antworten, er wisse es nicht genau. Eine Strafe erhielt er nicht.

II

Die Katastrophe der „Titanik" liegt 17 Jahre zurück, aber der Geist des Mr. Ismay ist lebendiger geworden mit jedem Tag. Er ist so selbstverständlich geworden, daß man heute schon gar nichts mehr dabei findet, wenn die Leiter eines verfehlten Unternehmens sich in Sicherheit bringen und untergeordnete Organe die Verantwortung, die Allgemeinheit die Kosten tragen lassen. So fällt es heute keinem mehr von uns ein, einen Feldherrn für verlorene Schlachten verantwortlich zu machen. Man könnte das vielleicht für berechtigt halten. Aber dann müßte man auch darauf verzichten, im Falle des Gelingens diesen einen mit der Gloriole des persönlich Sieghaften zu umgeben.

Und was für den Kriegführer zutrifft, trifft in immer steigendem Maße auch für die Führer im politischen und wirtschaftlichen Leben zu. Einen Ressortchef jagt man zum Teufel, wenn in seinem Bereich Schlampereien und Unregelmäßigkeiten vorkommen, man baut ihn höflich dankend ab, wenn seine Abteilung erfolglos ist und er es nicht versteht, sich einen wieder ihm untergebenen Sündenbock zu suchen. Wenn es aber ein Minister unterläßt, die Pflichten der Verantwortlichkeit in wirklicher Kontrolle seiner Beamten zu erfüllen, dann wird er noch lange nicht zur Verantwortung gezogen. Schlimmstenfalls muß er gehen. Und wenn die Leiter eines größeren Gemeinwesens aus Unfähigkeit oder Gleichgültigkeit ihrer Aufgabe zur Führung des Betriebes und zur Kontrolle der ihnen unterstellten Verwaltungszweige nicht gewachsen sind, dann haben sie keineswegs ein für allemal die Verabschiedung zu befürchten. Und trug ihre Geschäftsführung selbst zu einer gewaltigen Schädigung der Mitglieder dieser Gemeinschaft bei, so verzichten wir doch darauf, den Führer und Letztverantwortlichen verantwortlich zu machen. Schlimmstenfalls schicken wir ihn in Pension.

III

Es wäre nun sehr leicht, zu sagen, daß wir im wirtschaftlichen und kaufmännischen Leben Gottseidank noch immer einen anderen Geist am Werke sehen. Leider trifft auch das nur in geringem Maße zu. Kaum mehr bei den großen Konzernen und Gesellschaften. Denn ob es sich um Banken handelt, Versicherungs-Gesellschaften oder Syndikate – Skandale jagten sich in letzter Zeit in allen Ländern, bei Angehörigen aller Parteien, in allen Wirtschaftszweigen –, immer noch sah der Bürger, wie die moralisch und gesetzlich verantwortlichen Führer der Unternehmungen unbestraft, ja ungeschädigt davonkamen. Das war so beim Skandal der Raiffeisenbank, bei der Affäre der Frankfurter Versicherungs-Anstalt, bei Bank-Zusammenbrüchen und -Zusammenfassungen, bei denen die Aktionäre leer ausgehen, während Direktoren noch an dem Bankrott verdienen, bei den Krachs in der Textil-Industrie, das wird so sein beim Zusammenbruch der Beamten-Bank. Immer wieder sieht man, wie bei den Transaktionen Aufsichtsräte und Vorsitzende besondere Gewinne erzielen, wie Aufsichtsräte jahrelang für eine niemals ausgeübte Tätigkeit gewaltige Tantiemen erhalten und wie im Falle großer Verluste durch Mißwirtschaft oder falsche Spekulationen die Führenden sich und ihre Anteile in Sicherheit bringen und das Heer der vertrauensseligen Anteilhaber und Sparer für die Verluste aufkommen lassen. Ein Tun und ein Zustand, nicht bloß moralisch zu verurteilen, sondern in den meisten Fällen auch strafrechtlich. Wann aber hätte man beispielsweise gehört, daß ein Aufsichtsrat eines großen Konzerns wegen Pflichtverletzung zur Verantwortung gezogen worden ist? Stillschweigend läßt man die Entschuldigung gelten, daß ein Mann, der einige Dutzend Aufsichtsrats-Ämter auf sich vereinigt, keine Aufsicht auszuüben imstande sei.

IV

Der Geist des Mr. Ismay geht uns insofern alle an, dich und mich und den geringsten und am Wirtschafts-Leben nicht direkt Beteiligten, weil die Unverantwortlichkeit der Führer, weil ihr Gefühl weder moralisch, noch strafrechtlich, noch privatrechtlich haftbar gemacht zu werden, Mißwirtschaft und Korruption fördern. Und weil die dadurch entstandenen Verluste die Volkswirtschaft als Ganzes treffen; sich auswirken bis ins Budget der Hausfrau.

Dieser Ungeist geht uns aber auch an, weil er eine Kompromittierung des Führertums und des Führeramtes bedeutet: er überläßt die hohe Aufgabe, führend zu wirken, jenen halbstarken Naturen, die alles riskieren können, obwohl sie nichts mehr fürchten als Risiko und Verantwortung …

Setz dir Perücken auf
von Millionen Locken,
setz deinen Fuß
auf ellenhohe Socken:
du bleibst doch immer, was du bist.
(Goethe)

Als Knabe mußte ich mal zum Gericht kommen, zeugen wider einen Bösewicht. Es war ein gewaltiges Ereignis. Den feierlichsten Eindruck auf mich machte aber nicht der düstere Saal, nicht die Handlung, auch nicht die Vereidigung der anderen Zeugen, – den stärksten Eindruck machte die schwarze Robe der Richter. Sie war der Begriff hoheitsvoller, weit über allem Menschlichen thronender Würde.

Und blieb es lange. Bis ich als Jüngling einen Robenträger sah, wie er sich die schwarze Haut abzog. Da war das, was den würdigen Eindruck hervorgerufen hatte, ein angegrauter, zerknitterter Kittel, hatte ein Loch, ich seh' den Dreiangel noch heute, und darunter steckte ein Mann in einem grauen Anzug mit aufgebeulten Hosenknien, schiefgetretenen beriesterten Stiefeln und nicht ganz sauberem Hemdkragen. Ein Mann der Büroarbeit, anzusehen genau wie irgend ein anderer, ungenügend bezahlter Angestellter. Er aß ein Butterbrot aus dem Papier und schimpfte auf den Gerichtsdiener.

Damals erkannte ich zum ersten Male, daß es eine Würde gibt, die mit dem Menschen, der sie trägt, nichts zu tun zu haben braucht. Und daß es Menschen gibt, die mit der Würde, die sie überziehen, nicht innerlich verwandt sein müssen. Und ich erkannte auch, daß die vom Staate als selbstverständlich vorausgesetzte Erwartung, der Bürger habe solche leblose und äußerliche Würde auf jeden Fall zu respektieren, Aufforderung zum Götzendienst ist.

... Eine Zeit, welche die Würde der Persönlichkeit nicht zu schätzen wüßte, wäre selbst ohne Würde. Eine Zeit aber, lebendig und bewegt, erfüllt vom Willen, die Gegenwart und die Zukunft lichter und freudiger zu gestalten, wäre würdelos, sähe sie in Schaugewändern das Vorhandensein von Persönlichkeiten.

Der Mensch ist das Maß seiner Würde. Das Maß aller Würde aber ist die Menschenwürde.

I

Die Feder sträubt sich nicht, wenn man's so hinschreibt, doch wenn es dasteht: „der nächste Krieg" – atmet es Ungeheuerliches. Wer aber ist „man"?

Man – sind die meisten von uns, die den Weltkrieg mitgemacht haben, die in ihm mit der Waffe tätig waren oder ihn durch Entbehrung und zerstörtes Glück erdulden mußten. Millionen Menschen in aller Welt, denen das Blut gefriert bei dem Gedanken, daß dies alles noch einmal über die Erde kommen könne. Noch einmal und noch viel schrecklicher: mit Wirkungen, die tiefer und länger die Wohlfahrt der Völker untergraben und vernichten werden, als der letzte Krieg das vermochte.

Man – ist nicht die Jugend. Die spielt in allen Ländern wieder Soldat und Krieg. Es ist ihr nicht zu verdenken, denn sie war nicht dabei, sie sah nicht das leere Schlachtfeld und nicht Gasgranaten, nicht faulende Gräben; sie sieht noch immer den vorwärtsstürmenden Helden vergangener Jahrhunderte, das Ringen Mann gegen Mann.

Man – sind nicht die Helden der Etappe und nicht die Geschäftemacher. Auch nicht jene alten unbeirrbaren Soldaten, die trotz aller erlittenen Wunden erneut ins Feld zu ziehen bereit sind.

Aber lassen wir Jugend, Geschäftemacher und Soldaten hier aus dem Spiel. Die Zeit ist noch nicht reif, ganz allgemein des Mannes Aufgaben für Staat und Vaterland friedlicher zu sehen; friedlicher auch in der heldischen Tat.

Was uns heute veranlaßt, die Worte „der nächste Krieg" hinzuschreiben und darüber zu erschrecken, ist die beschämende Erkenntnis, daß die Regierungen der zivilisierten Nationen, die den Völkerbund bilden, die in einem feierlichen Pakt den Krieg als Verbrechen ächteten, unbekümmert um solch friedfertiges Getue weiter vom „nächsten Krieg" als von einer Selbstverständlichkeit reden. Und daß weder in Parlamenten noch in Zeitungen auf die Unaufrichtigkeit der Friedensbeteuerungen, Kriegsächtungen und Abrüstungskonferenzen hingewiesen wird. Ist es nicht wirklich, als hätten die Sprachen aller Völker ihren Sinn verloren, wenn Diplomaten Schindluder mit Gelöbnissen, Verträgen und feierlichen Erklärungen treiben können, ohne daß sich auf dem Erdenrund millionenfach zornige Stimmen erheben: Ihr Heuchler!

Wahrhaftigkeit war wohl immer klein unter den Menschen. Aber die Unwahrhaftigkeit verkroch sich doch. Heute tritt sie im Kleid ethischer Begriffe auf, und die Öffentlichkeit einer Welt läßt es sich gefallen.

II

Bericht aus Paris: Auf den Schlachtfeldern vom Chemin-des-Dames soll im Juni eine große deutsch-französische Friedenskundgebung stattfinden, die nach einer Erklärung ihres französischen Organisators, des kriegsverletzten Abgeordneten Bormann, eine „überwältigende Demonstration für die Verbannung des Krieges aus dem menschlichen Leben“ sein werde. Man rechnet mit 50000 deutsch-französischen Kriegsteilnehmern. Briand, Herriot und der Kammerpräsident Buisson haben ihre Teilnahme zugesagt. Es gelte ein für allemal, den jungen Geschlechtern einzuhämmern, daß der Krieg nicht eine glänzende Parade sei, sondern die furchtbarste Hölle, welche die Menschheit sich selbst bereite. Von deutscher Seite ist besonders Reichsinnenminister Severing für das Zustandekommen des Massentreffens tätig.

III

Bericht aus London: Fünf Mächte, die den Kriegsächtungs-Pakt unterzeichnet haben, unterhielten sich auf der Flottenabrüstungs-Konferenz über Vorzüge und Nachteile des U-Bootes als Kriegswaffe. Die Amerikaner und Engländer wollten „im nächsten Kriege“ verhindern, daß das U-Boot unmenschlich verwendet werde. Frankreich ließ durch seinen Marineminister erklären, daß man „im nächsten Kriege“ das U-Boot nach genau denselben humanen Regeln verwenden könne wie ein Schlachtschiff. Japan ließ erklären, daß es die U-Boote „im nächsten Kriege“ als Verteidigungsmittel seiner Inseln brauche. Der italienische Außenminister betonte, daß „im nächsten Kriege“ nur das U-Boot imstande sei, die Offensive einer Flotte gegen eine verhältnismäßig ungeschützte Küste zu hindern.

Gleichzeitig war unter den Völkerrechtlern eine Aussprache über die „Spielregeln des nächsten Krieges“ im Gange. Die Amerikaner wollen, daß Kriege Angelegenheiten des Staates sind, die von Berufskämpfern unter Schonung der Zivilbevölkerung ausgetragen werden müssen. Sie fordern die „Vermenschlichung des nächsten Krieges“. Die

Engländer vertreten den Grundsatz, daß „im nächsten Kriege“ alles zulässig sei, was nicht ausdrücklich verboten ist. England werde immer dasjenige Land sein, das sich angreifen lasse oder einem angegriffenen Lande zu Hilfe komme. In beiden Fällen handle es sich für England also um eine rücksichtslos auszuführende Polizeiaktion gegen einen Verbrecherstaat.

Alle Redner setzten stillschweigend voraus, daß es in einer nicht allzu fernen Zukunft zwischen ihren Mächten zu einem Kriege kommen könne. Man erkannte aus dieser realpolitischen Debatte, daß der Fortbestand des Krieges als ultima ratio der Staatsmänner weiterbesteht und daß die vertragliche Ächtung des Krieges wenigstens für die Machthaber der in London versammelten fünf Flottenmächte nur ein Vertrag, also ein Fetzen Papier ist.

IV

Die Gegenüberstellung dieser beiden Berichte ergibt für den unverblendeten Beobachter des Lebens die Gewißheit, daß die Pariser Demonstration eine gewiß ehrliche, aber leere Friedenshoffnung bleiben wird; die Londoner Verhandlungen jedoch eine zwar weniger ehrliche, doch mit Gefahren angefüllte Kriegsaussicht. Und wir meinen:

Wenn auch Briand, Herriot und andere französische Politiker zu der Friedenskundgebung am Chemin-des-Dames kommen – solange sie gleichzeitig in London die „Spielregeln des nächsten Krieges“ diskutieren lassen, können sie innerlich nicht an die Kraft ihrer Friedensbeteuerungen glauben. Wir versprechen uns daher nichts von der Entsendung einiger zehntausend ehemaliger deutscher Soldaten an den Chemin-des-Dames. So begrüßenswert gerade eine deutsch-französische Verständigung auch ist. Denn es wird mit solchen Schauspielen etwas, das heiß ersehnt von Millionen Menschen ist, schon als Wirklichkeit vorgetäuscht.

Wirklichkeit aber ist dies: Das entwaffnete, unter schweren Kriegslasten liegende Deutschland hat weder an schöngemeinten Friedensreden noch an den Erörterungen der Spielregeln des nächsten Krieges ein besonderes Interesse zu zeigen. Es hat zu arbeiten an der inneren Befriedigung seines Volkes. Und darüber hinaus an der Verstärkung seiner Forderung, daß die verehrten Nachbarn ihre Wahrhaftigkeit durch eine andere Beurteilung der Kriegsursachen beweisen möchten; und ihre Friedfertigkeit durch die Erfüllung feierlicher Versprechungen.

Wozu besonders die allgemeine Abrüstung gehört.

Damit „der nächste Krieg" ein Phantom bleibe.

Wie gar unbegreiflich sind, Herr,
die Gerichte.
(Römer 11, 33.)

I

Der Strafsenat des Kammergerichts in Berlin stellte vor einigen Tagen in einer Urteilsbegründung den Grundsatz auf, daß es das Recht jedes Staatsbürgers sei, ein Urteil zu schelten und an ihm Kritik zu üben. Daraus, daß der Senat die Kritik der Urteile zulasse, folge logischerweise, daß auch die Kritik der Kritik zugelassen werden müsse. Denn alle Rechtsgenossen seien daran interessiert, daß richtiges Recht gesprochen werde.

Ich gestatte mir, als Genosse des Rechts und des Volkes, von dieser Erlaubnis Gebrauch zu machen. Und jenes Urteil des Kammergerichts zu kritisieren, das in großzügiger Weise die Genehmigung zur Kritik erteilte.

Weil dieses Urteil eine Institution über die Idee der Institution stellt, einen Erntewagen über ein Kornfeld, ein Gotteshaus über Gott.

II

Ein Berliner Journalist hatte in seinem Blatte das Todesurteil gegen den Russen Jakubowski schon kritisiert. Zwei Reichsrichter hatten an dieser Kritik Anstoß genommen und in ihrer Richterzeitung den Journalisten einen rechtsbeugenden Literaten genannt.

In dem Beleidigungs-Prozeß, den der Journalist darauf anstrengte, waren die beiden Reichsrichter zu je 300 Mark

Geldstrafe verurteilt worden. Der Strafsenat des Kammergerichts hob in der Revisionsverhandlung das Urteil auf und wies die Sache zur erneuten Verhandlung an die vorige Instanz zurück. In seiner Begründung, in der er jedem Staatsbürger das Recht auf Kritik an Gerichtsurteilen zuerkennt, gab der Strafsenat dem Wunsche Ausdruck, die Parteien möchten einen Vergleich schließen. Wenn sie einsichtsvoll wären und sich gegenseitig den guten Glauben zuerkennten, könnte ein solcher Vergleich sehr wohl zustande kommen.

Diesem menschlich durchaus zu begrüßenden Wunsch, einen Prozeß ohne Verurteilung beendigt zu sehen, gab der Strafsenat des Kammergerichts allerdings eine ganz erstaunliche Begründung: Der Vergleich sei erwünscht, weil der Prozeß gegen die beiden Reichsrichter „nicht im Interesse der Rechtspflege“ läge. Der gesamten Rechtspflege wäre durch einen Vergleich in dieser Sache gedient, und er sei auch geeignet, ein vertrauensvolles Verhältnis zwischen Justiz und Presse zu schaffen. Im Namen des Volkes!

III

Im Namen des Volkes sei gesagt:

Die Justizkrise, die durch Deutschland geht und die kein Richter mehr leugnet, hat ihre Ursache nicht im Fehlen eines Vertrauensverhältnisses zwischen Justiz und Presse. Auch nicht in Urteilen, mit denen mehr oder weniger weltfremde Richter sich in unüberbrückbaren Gegensatz zum Rechtsempfinden des Volkes setzen. Die Justizkrise entzündete sich wohl immer wieder an solchen Urteilen und verschärfte sich durch das mangelnde Vertrauensverhältnis zwischen Justiz und Presse, ihren Ursprung aber hat sie in der wachen Besorgnis des Volkes, die Rechtspflege in Deutschland werde immer mehr eine tote behördliche Institution, in welcher neben einem trockenen Rechtswissen zopfige Begriffe wie „Würde des Gerichts“ und „Ansehen des Richteramtes“ den Geist der Gerechtigkeit zum Schemendasein verdünnten.

Ein Volk erneuert sich mit jedem Tag, die Fülle des Lebens quillt unvermindert. Gut und Böse wachsen immer wieder aus den unerforschten Wurzeln der menschlichen Natur – ewig jung und stark, durchblutet vom lebendigen Verlangen nach Ordnung, bleibt auch das Gerechtigkeitsgefühl eines Volkes. Es ist ein vages Gefühl, gewiß, aber sein Vorhandensein ist das Fundament allen gemeinschaftlichen und staatlichen Lebens.

Da kommt nun ein hoher Richter daher und bestätigt dem Volke, daß die Besorgnisse begründet sind, nicht die Gerechtigkeitsidee sei heute Inbegriff und Leitmotiv staatlichen Rechtslebens, sondern die Institution der Rechtspflege. Auch wenn dies nicht so gemeint war, auch wenn es nur eine schlechte Formulierung war, es wurde verkündet im Namen des Volkes. Der empfohlene Vergleich ist erwünscht, „weil ein Prozeß gegen zwei Reichsrichter" – der sehr wahrscheinlich wieder mit einer Verurteilung enden würde – „nicht im Interesse der Rechtspflege liegt!" Die primitive, aber scharfe Logik des Volkes folgert dagegen ganz richtig, daß das Ansehen zweier Reichsrichter durchaus nicht identisch ist mit dem Ansehen der allgemeinen Rechtspflege. Sie folgert weiter, daß diese zwei Richter schuldig geworden sein müssen, sonst wären sie bestimmt nicht von Richterkollegen verurteilt worden. Und sie folgert endlich, und das ist das Peinlichste, daß eine solche Mahnung zum gütlichen Vergleich in erster Linie eine Bitte um Schonung zweier Richter sei, damit der Unfehlbarkeits-Wahn gerettet werde; eine Mahnung, die wohl unausgesprochen geblieben wäre, gehörten die beiden Herren anderen Berufsständen an.

Womit der Kreis geschlossen ist, der Ursachen und Wirkungen der deutschen Justizkrise enthält.

IV

Es ist kurios:

Jahrelang bemüht, Gegensätze zu mindern, für Verständigung zu wirken, im Widerstreit der Meinungen Verbindendes zu suchen, müssen gerade wir einem Manne mit Entschiedenheit entgegentreten, der einen Vergleich empfiehlt. Aber das Morgenrot eines besseren Vertrauens-Verhältnisses zwischen Justiz und Presse erscheint uns nun mal nicht farbig genug, das Gefühl des Volkes für den wirklichen Zustand der Rechtspflege zu vergolden. Kirchengebäude, und wären sie noch so hoch und weit, und würden sie noch so sorgfältig verwaltet, sind für das Volkstum leer, wenn der göttliche Geist nicht in ihnen gepflegt wird. Und das besorgte und gepflegte richterliche Kastentum vermag nicht den Geist der Gerechtigkeit zu ersetzen, nach dem das Volk verlangt.

Ein bei Juristen sehr beliebter Spruch lautet: „Fiat justitia, pereat mundus." (Gerechtigkeit muß sein, und wenn die Welt zugrunde geht.) Er ist weltfremd und töricht. Denn abgesehen davon, daß mangelnde Gerechtigkeit niemals das Merkmal einer ganzen Welt sein wird, kann auch die Welt nicht zugrunde gehen durch das Bestreben, Gerechtigkeit zu schaffen und zu erhalten. Umgekehrt gehen Wahrheit und Wirklichkeit: Erst wo Gerechtigkeit ist, ist Friede. Und da, wo Friede ist, ist Wohlstand.

„Kennen *Sie* denn das Leben?" Das ist eine der unsinnigsten Fragen, die sich von Generation zu Generation vererben. Ich hörte die Frage wieder einmal vor ein paar Tagen in einer kleinen Gesellschaft als Ausspruch eines Mannes in den besten Jahren, mit dem Ton auf dem Sie und jenem Unterton von Ironie und Überlegenheit, der klipp und klar die Verneinung als Antwort gleich mitgab.

Aber diesmal bewies der Angeredete nicht mit Eifer, daß er das Leben sehr wohl kenne, weil er schon mancherlei Böses durchgemacht. Der Mensch, den man auf so gönnerhafte Weise als nichtkompetent aus der Diskussion über das Leben ausschließen wollte, war eine heitere, lebensfrische Frau, ebenfalls in den besten Jahren.

Mit einem Lächeln, das sie vor ihre vierzigjährige Erfahrung stellte, also auch vor mancherlei Ungemach, was der andere mit „Leben kennen" meinte, mit einem geradezu glücklichen Gesicht brachte die Frau die Gegenfrage: „Ja, können Sie mir vielleicht sagen, was das überhaupt ist, das Leben?"

Natürlich wußten es alle anderen Gäste.

Für den Bankier waren es Gemütsbewegungen, hervorgerufen durch Börsenschwankungen, ein Familienvater verwies auf die vielköpfige Familie, die er zu ernähren hatte. Die Mutter von vier schwierigen Kindern ging hoch: „Sie können lachen, Sie haben keine Kinder!“ (Dieselbe Mutter, die sonst immer behauptet hatte, Kinder seien erst das wahre Glück des Lebens.) Ein heute geruhsamer Bürger sprach von den Kämpfen und Schrecknissen seiner sehr politischen Jugend. Eine Angestellte von ihrem trüben Los.

Zusammengefaßt waren wieder einmal Schrecknisse, Tod, Elend, Not und trübe Erfahrungen – das Leben!

Noch immer lächelte die nicht kompetente Frau. Sie hatte eben dies als Antwort erwartet. Dann sagte sie:

„Das Leben scheint mir etwas Reichhaltigeres zu sein. Es ist als die Summe aller Lebensmöglichkeiten so unermeßlich, daß kein Mensch sich ganz auskennen kann. Und wenn das Ziel des Daseins ist, mit dem Leben fertig zu werden, so heißt das doch, für die größtmögliche Zahl von Möglichkeiten gerüstet zu sein. Sei es nun, daß man am Leben selber gelernt hat, am eigenen, am fremden aus den Berichten der Zeitungen, oder daß man die geschriebenen Weisheiten der Denker und Lebenskünstler als Schulbücher zu Hilfe nahm. Aber wie ich sehe, wollen Sie es ja gar nicht meistern. Nur anklagen wollen Sie. Es hat keiner unter Ihnen wirklich vom Leben gesprochen.“

„??“

„... sondern jeder nur von seinen privaten und persönlichen Schwächen, Enttäuschungen und Wunden. Das tun alle Menschen, die anderen vorwerfen, das Leben nicht zu kennen. Denn die ganze Fragestellung ist seit Jahrhunderten falsch und unaufrichtig. Ist es Ihnen noch nie zum Bewußtsein gekommen, daß, wer da sagt: ‚Sie kennen des Leben nicht!‘ immer und ausschließlich meint: ‚Sie kennen das Unglück nicht?!‘“

Der Mann in den besten Jahren erholte sich rasch von seiner Verblüffung und sprach seiner Gegnerin nunmehr jedes Recht ab, überhaupt mitzureden:

„Ihnen ist es zeitlebens eben viel zu gut gegangen.“

Die Frau aber war nicht überrascht. „Immer habe ich gewußt“, sagte sie, einen kleinen Unterton von Resignation in der Stimme, „daß man mir meinen heiteren Sinn als unverdientes Glück auslegen wird und nicht als Lohn für meine Lebenskenntnisse. Wenn zwei Menschen unter ganz gleichen Voraussetzungen, in ganz gleichen Verhältnissen das gleiche traurige Erlebnis haben, und der eine zerbricht daran, während der andere es bewußt als Basis für etwas Neues umgestaltet, also daran erstarkt, so werdet ihr immer nur von demjenigen, der zugrunde ging oder im Anklagen verharren bleibt, sagen, er kenne das Leben. Von dem anderen, dem Stärkeren, werdet ihr keine Notiz nehmen!

Es ist das so unendlich einfältig, daß man sich wundern müßte, wenn man nicht – das Leben kennte. Ich leugne keinesfalls das Elend, die absolut traurigen, unabwendbaren Abgründe. Aber ich behaupte, unendlich viel größer sind im Leben die Glücksmöglichkeiten als die Möglichkeiten des Unglücks. Wenn wir uns diesen Glücksmöglichkeiten nur nicht verschlössen. Sie liegen in uns, und sie liegen um uns: der eigene Wille und das Naturgesetz der Aufwärtsentwicklung, die Aufgabe, Glück zu schaffen. Denn unsere Hände langen nicht nur ans Geldverdienen und ans Futter, sondern auch an das Blühen der Erde. Es gibt Menschen, die das auch im Unglück nicht vergessen, die sich dessen gerade dann besonders erinnern, und die deshalb niemals ganz zerbrechen können.

Weil sie das Leben in seiner Totalität kennen. Sie allein.

Denn nur, wer da weiß, daß es mehr Lust als Leid, mehr Leben als Sterben gibt in der Welt, kennt das Leben!"

Die heitere Frau schwieg. Die anderen lächelten überheblich und taten sich wieder leid. Jeder sich.

Es war alles umsonst geredet.

So ist das Leben.

Es wandelt sich schnell eines Menschen Wesen: Bei einem durchs Lieben, beim andern durchs Hassen, beim dritten durchs Essen, beim vierten durchs Hungern, beim fünften durchs Arbeiten, beim sechsten durchs Faulenzen, beim siebenten durchs Heiraten, beim achten durchs Ledigbleiben, beim neunten durchs Krankwerden, beim zehnten einfach durchs Lebenbleiben.

Nichts stimmt die Menschen verdrießlicher und macht sie rascher zu Gegnern anderer, als wenn sie an diesen Menschen Charaktereigenschaften sehen, die sie selbst nicht haben. Ein Geiziger ärgert sich, wenn er sieht, wie ein Gutherziger reichlich Almosen gibt; ein Dummer wird verstimmt, wenn er hören muß, daß ein Gescheiter zu anderen spricht; ein Mürrischer wird noch grämlicher, wenn er fröhlichen Gesichtern begegnet; ein Sünder nimmt die Existenz eines Gerechten übel und ein Gerechter das Vorhandensein eines unbesorgten Sünders. Der Mensch will eben gern, daß alle andren Menschen denken, fühlen und handeln wie er; und dennoch wäre der Mensch erst recht verärgert, würde dieser Wunsch Wirklichkeit.

Es ist kein Kunststück, tugendhaft zu bleiben, wenn es keine Versuchung gibt. Es wäre wohl auch kein Kunststück, der Versuchung zu widerstehen, wenn es keine Eitelkeit gäbe. Und die schlimmste Eitelkeit befällt den Mann, wenn ihm ein hübsches Mädchen verliebte Augen macht. Dann beginnt er, sein Gewissen zu belügen, daß es keine Treulosigkeit sei, wenn er ein wenig Spaß mache. Und schließlich sagt er sich die alte Lüge als Evangelium her: Einmal ist keinmal! Und zuletzt kann er das ganze Einmaleins nicht mehr richtig.

Anfang August d. J. fanden die Mitglieder einer norwegischen Forschungs-Expedition auf der Weißen Insel zwischen Spitzbergen und Franz-Josefs-Land die Leichen der drei Teilnehmer an dem Ballon-Flug zum Nordpol, den der schwedische Ingenieur Andrée im Jahre 1897 unternahm. Nach 33 Jahren ist damit eine der erschütterndsten Forscher-Tragödien aufgeklärt worden.

Die Geschichte der Polar-Forschung ist ein dickes Buch, gefüllt mit Beispielen männlichen Wagemutes, menschlicher Leidensfähigkeit, erschütternder Katastrophen. Dabei war das Motiv dieser Forschungen bis in die Mitte des vorigen Jahrhunderts grob materialistisch. Der Drang, Schätze zu suchen in sagenhaften Ländern, oder das Bestreben, bessere und kürzere Handelswege nach Asien zu finden, trieb die Menschen in Nacht und Eis hinaus. Erst in den letzten hundert Jahren trat als Motiv die wissenschaftliche Erforschung der Erde auf, und heute bestimmt sie allein das Tun der Polarforscher.

Ich war ein Knabe von zwölf Jahren und in meinem pommerschen Dorf wenig verbunden mit den Vorgängen in der Welt, als Andrée seinen Flug in das weiße Schweigen antrat. Aber dieser Flug war nicht nur der kühnste aller Versuche, den Nordpol zu entdecken, war nicht nur die größte Sensation des Jahre 1897 für die ganze Welt, er war auch für die Bauern unserer vergessenen Erdenwinkel eine menschliche Handlung von so unerhörtem Ausmaß, von solch gespenstischer Art, daß auch die wildeste Kriegstat dagegen verblaßte. Für mich und viele Tausend andere Jungen blieb es der größte Eindruck unserer Kindheit. So übermächtig stark war der Eindruck des Andréeschen Plans, daß ich alle Einzelheiten des Baues und der Ausrüstung des Ballons auswendig wußte und das meiste mir bis auf diesen Tag im Gedächtnis blieb. Heute, wo Knaben mit Autos, Flugzeugen und Zeppelinen aufwachsen, als wären die Wunder der Technik selbstverständlich wie Regen und Wind, mag das sonderbar erscheinen. Aber auch heute noch ist das Unternehmen Andrées, mit einem Freiballon über die Arktis zu fliegen, das Kühnste an Wagemut, das je ein Forscher aufbrachte. – Der Ober-Ingenieur am schwedischen Patentbüro, S. A. Andrée, hatte viele wissenschaftliche Ballonfahrten hinter sich und als Mitglied der schwedischen Polarstation viele Erfahrungen gesammelt, als er mit seinem Plan, den Nordpol zu überfliegen, herauskam. Der internationale Geographen-Kongreß in London fand die Sache so verwegen und unmöglich, daß er jede Förderung zunächst ablehnte. Andrée aber bekam Unterstützung, sein Unternehmen ausführen zu können. Er ließ einen Ballon von 5000 Kubikmeter Inhalt und 3000 Kilo Tragfähigkeit bauen, der drei Mann, Instrumente, Lebensmittel für mehrere Jahre, Boote und Schlitten tragen sollte. In sechs Tagen wollte der Forscher das Polargebiet überfliegen, doch sollte der Ballon sich 30 Tage in der Luft halten können.

Es war ein eigenartiges Fahrzeug, das Andrée entworfen und auf Flügen über See ausprobiert hatte: Drei lange Schleppleinen von 250 Meter Länge sollten dem Ballon eine bestimmte Höhe sichern, außerdem sollten sie die Steuerung erleichtern, die Andrée durch die Anbringung von zwei Segeln als möglich erachtete. Es war ihm auch tatsächlich gelungen, bei Fahrten über dem Meer bis zu 30 Grad aus der Windrichtung zu kommen. Ein besonderer Überzug über dem Ballon sollte das Gas vor schnellen Temperatur-Änderungen schützen.

Auf der Dänen-Insel, an der Nordwestecke Spitzbergens, wurde ein achtstöckiges Ballonhaus errichtet und die Füllung des Ballons vorgenommen. Der für den Sommer 1896 vorgesehene Aufstieg konnte wegen ständiger Nordwinde nicht ausgeführt werden. Die Welt wurde hämisch, machte Glossen über den Flieger, Andrée schwieg und erklärte schließlich nur, er werde zum Nordpol fliegen. Er fand aufs neue Gönner und begeisterte Freunde. Sehr groß war die Zahl der Männer, die sich zur Teilnahme meldeten. Andrée wählte zu seinen Begleitern den Meteorologen Professor Dr. Niels Ekholm, mit dem er schon 12 Jahre früher ein ganzes Jahr meteorologische Untersuchungen auf Spitzbergen gemacht hatte, und den Kandidaten Niels Strindberg, einen Neffen des Dichters. Professor Ekholm verzichtete aber im nächsten Jahr; für ihn ging ein junger Wissenschaftler namens Fränkel mit. Am 11. Juli 1897 stieg der Ballon „Oernen" (Adler) auf. Die Menschheit hielt einen Augenblick den Atem an, besonders, als sie erfuhr, daß durch einen nie geklärten Zufall die Hälfte der Schleppseile, auf die Andrée so große Erwartungen gesetzt hatte, sich gleich beim Aufstieg vom Ballon gelöst hatte. Der „Adler" flog und verschwand.

Die Erregung ebbte ab, flackerte nur immer wieder auf bei der Auffindung einer Nachricht von den Forschern. Es war wenig, was da bekannt wurde. Andrée hatte Brieftauben mitgenommen und Bojen. Von den Tauben wurde nur eine aufgefangen. Sie war zwei Tage nach dem Aufstieg des Ballons abgelassen worden, und ihre Nachricht lautete:

„13. Juli, 12 Uhr mittags, 82°, 2′ Nord, 15°, 5′ Ost. Gute Fahrt nach Ost. Alles wohl. Dies ist meine dritte Taubenpost.
Andrée."

Erst eineinhalb Jahre später wurde an der Nordküste Islands eine der Bojen gefunden, die folgende Nachricht enthielt:

„Diese Boje ist am 11. Juli, abends 10.55, unter 82 Grad Nord, 25 Grad West ausgeworfen worden. Wir schweben in 600 Meter. Alles wohl. Andrée, Strindberg, Fränkel."

Und wieder nach einem Jahr fand man eine zweite Boje, die sich als die erste erwies, die vom Ballon abgeworfen worden war. Später wurden noch drei andere Bojen gefunden, sie waren aber sämtlich ohne Inhalt. Auch die sogenannte Polarboje wurde gefunden, die Andrée am Pol abwerfen wollte. Da sie ohne Verschluß war, blieb nur die Vermutung übrig, sie habe sich aus dem verunglückten Ballon gelöst.

Die Zeit deckte das Andenken an Andrée und seine kühne Fahrt langsam zu. Gerüchte nur drangen hin und wieder durch: mal hätten Eskimos in Grönland von drei weißen Männern erzählt, die aus dem Himmel gefallen wären; in Sibirien wollten Tungusen ein Zelt und drei weiße Leichname gefunden haben; in Spitzbergen hatten Fischer Hilferufe gehört; in Alaska war von Eskimos erzählt worden, sie hätten drei weiße Männer getötet, die mit dem Schnee auf die Erde gefallen seien. Neue Expeditionen wurden ausgesandt, die den Gerüchten nachgingen; sie kehrten unverrichteter Sache wieder heim. Gelehrte berechneten den wahrscheinlichen Untergang der Andréeschen Expedition. Dann wurde es ganz still um die „Adler“-Fahrer. Und erst gelegentlich der furchtbaren Katastrophe Nobiles im letzten Jahre tauchte der Name Andrée wieder auf. Als unangebrachter Vergleich mit der leichtfertig vorbereiteten Reise des Italieners.

Nun ist das Geheimnis des Andréeschen Fluges gelöst. Eine kurze Strecke nur flog der Ballon, in zwei Tagen kam er um ganze zwei Grad vorwärts, wahrscheinlich hat bereits am dritten Tag das Eis den Ballon zu Boden gedrückt. Die Männer lebten eine Zeitlang von ihren Nahrungsmitteln, vielleicht auch von erlegten Bären. Dann gingen sie in Kälte, Hunger und Schneestürmen elendiglich zugrunde. Schnee und Eis begruben sie und hielten sie 33 Jahre lang verborgen. Erst die große Eisschmelze dieses Sommers gab die Leichen frei. Nun werden sie in die Heimat gebracht, und das gut erhaltene Tagebuch des Forschers wird wahrscheinlich Aufschluß geben über das furchtbare Sterben von drei Männern, die ein unhemmbarer Drang trieb, jene rätselvollen Gebiete der Erde zu sehen, wo die Magnetnadel ihre Kraft verliert und die Sterne ihren Sinn, wo die Zentrifugalkraft der Erdumdrehung aufhört und 180 Tage und 180 Nächte sich zu feindlichen Haufen ballen, bedrängen und voneinander lassen, wie an jenem Schöpfungstag, an dem das Licht sich erstmalig von der Finsternis schied.

I

Die Welt ist in Trauer über den furchtbaren Untergang des englischen Luftschiffes „R101“. Das größte Luftschiff der Welt wurde auf der Fahrt nach Indien, wo es den aufsässigen Untertanen den Stolz und die Macht des Mutterlandes vorführen sollte, zu Asche geschlagen. Wenige Stunden nach dem Abflug.

Es war kein ziviles Luftschiff, wie etwa der „Zeppelin“. Seine Fahrgäste waren keine zahlenden Passagiere, die eine schöne Vergnügungsfahrt machen wollten. Was da so demonstrativ von Cardington abflog, war eine großbritannische Regierungshandlung.

Nun machen sich die besten Luftfahrt-Techniker der Welt ihre Gedanken über die Ursachen der Katastrophe. Konstruktionsfehler, Irrtümer in der Führung, Elementar-Ereignis, Leichtsinn und tückischer Zufall – vielleicht von jedem etwas – es wird wohl nie ganz aufgeklärt werden.

Im Wust der technischen Erklärungen des Unglücks und der leidenschaftlichen Erörterungen, ob jetzt noch der Bau von Luftschiffen fortgesetzt werden solle oder nicht, bleiben leider nicht Neigung und Raum, einem andern Gedanken Ausdruck zu geben. Dem Gedanken:

Ob die Menschheit von 1930, die mit Recht stolz ist auf die technischen Wundertaten ihres Geistes, nicht auch untersuchen sollte, wieweit sie noch im Geist der Steinzeit befangen ist.

II

Der Mensch scheint mehr, als wir gelten lassen wollen, ein Produkt aus Hoffnung und Furcht zu sein. Seine Haltung gegenüber beglückenden Erfindungen zeigt immer wieder ein Pendeln zwischen Freude und Angst. Was er im ersten Impuls begeistert als Fortschritt der Zivilisation preist, als arbeitsparendes Mittel, als völkerverbindende Errungenschaft – verwandelt sich in seinen Händen sehr rasch zu einem egoistisch verwendeten Machtmittel, zu einem Werkzeug gegen das Leben, zu einer Waffe gegen den Geist des Fortschritts:

Aus dem Raupenschlepper, dem Transportflugzeug für Lasten auf unwegsamem Gelände, wurde der Tank; aus dem Flugzeug die Bombenwerf-Maschine; die schnellsten Schiffe sind die Kriegsschiffe; die Wissenschaft vom Gas steht im Dienst der Vernichtung unkriegerischer Menschen; unsre Kenntnisse von der Stratosphäre machen wir nutzbar für die ballistischen Steigerungen gewaltigster Ferngeschütze. Wo auch eine technische Erfindung gemacht wird, sie wird zunächst einem Kriegsministerium angeboten. Sehr lang ist die Reihe, ohne Ende. In genialem Drang entreißt der Mensch der Natur ihre Geheimnisse; in kläglichem Zwang verwendet er sie, den Menschen zu verderben. Segen und Fluch wachsen rechts und links aus seinen Händen, und das Beschämende ist, daß sein Kopf erkennt und sein Herz fühlt, wie sehr seine linke Hand die rechte wissen läßt, was sie tut.

III

Die böseste Beigabe der Luftschiffe ist die Feuergefährlichkeit der Ballonfüllung. Diese Füllung besteht aus Wasserstoff. Man hat ein Gas entdeckt, das nicht brennt, nicht explodiert und fast ebenso leicht ist wie Wasserstoff: das Helium. Luftschiffe, damit gefüllt, wären also das Ideal.

Aber die Luftschiffe können nicht mit Helium gefüllt werden, weil die Vereinigten Staaten von Amerika das nicht wollen.

Helium ist ein Wundergas, sein Weg aus dem Weltall ist wie ein Kapitel aus der Schöpfungsgeschichte. Helium wurde zuerst auf der Sonne festgestellt, dann auch auf der Oberfläche anderer Fixsterne, schließlich einigte man sich auf die Annahme, daß unsere Erdatmosphäre in 80–100000 Metern Höhe aus reinem Helium besteht. In der Luft, die uns umgibt, ist Helium nur noch zu einem Zehntausendstel Prozent enthalten. Aber die klar erkennbare Oberfläche der Erde liegt wie alles Oberflächliche zwischen den Geheimnissen der Höhe und der Tiefe: Unsere alte Erde birgt in ihrem Innern ebenfalls jene seltsame Sonnen- und Sternen-Substanz. Wir finden Helium in vielen Naturgasquellen, und selbst in den Mineralbrunnen ist es enthalten. Doch die Gewinnung lohnt nicht, auch nicht die Herstellung aus der Luft, die den deutschen Forschern Peters und Paneth vor einigen Jahren gelang. In den Vereinigten Staaten dagegen gibt es Naturgasquellen, deren Gas zu 1 Prozent aus reinem Helium besteht. Die Gewinnung ist ziemlich einfach: das ganze Gasgemisch wird so stark abgekühlt, daß alle Gasarten sich verflüssigen; das Helium bleibt als einziges gasförmig.

Als man an die Gewinnung von Heliumgas in Amerika heranging, kostete ein Kubikmeter 200000 Mark. Da verbot sich von selbst eine wirtschaftliche Nutzung. Mit der Auffindung immer neuer Gasquellen stieg die Gewinnung und sank der Preis. Der Vorrat an Heliumgas, der einstmals ein unschätzbares Vermögen war, wuchs so gewaltig, daß heute ein Kubikmeter etwa 2,50 Mark kosten wird.

Aber während Amerika sich damit brüstet, daß es soviel Heliumvorräte habe, um einige hundert Luftschiffe damit ausrüsten zu können, denen es möglich wäre, ohne Zwischenlandung nach Europa und zurück zu fliegen, müssen alle anderen luftschiffahrenden Völker der Erde das gefährliche Wasserstoffgas in ihre Schiffe füllen. Amerika brachte sofort ein Gesetz zum Schutze seiner Gasquellen ein und hält die meisten dieser Werke so geheim, daß nur das Kriegsministerium ihre Lage kennt. Das Volk weiß eigentlich nur, daß die großen Werke in Fort Worth in Texas 20 Millionen Kubikmeter Helium im Jahr herstellen können.

Herstellen könnten. Es geschieht nicht, da man diese Menge auch nicht zum kleinen Teil in Amerika verwenden kann. Man hat versucht, sie in stillgelegten Bergwerken einzuführen und dort aufzuspeichern. Viel geht dabei verloren. Ein Hundertfaches aber selbst der gewonnenen Heliumgasmengen läßt man ungenutzt in die Luft entweichen.

Die Luftschiffahrt der Welt bekommt auch dort, wo sie friedfertigen Zwecken dient, nicht einen Kubikmeter geliefert.

IV

Der Mensch der Steinzeit hielt das Feuer auf seinem primitiven Herd und schlug jeden tot, der etwas davon haben wollte. Heute steigt der menschliche Geist auf die Sonne und auf die Sterne, schwingt durch den Weltenraum, kriecht ins Innere der Erde und bringt unter den Lobreden der ganzen zivilisierten Menschheit seine Errungenschaften an die Oberfläche.

Worauf er sie in die verlassenen Schächte amerikanischer Bergwerke einschließt und einen Militärposten davor stellt. Worauf er das, was er nicht einschließen kann, lieber vernichtet, als daß er es dem Nachbar gibt. Worauf er ruhig zusieht, wie an dem verschuldeten Mangel Menschen und Kulturfortschritte elendiglich zugrunde gehen.

V

Solche Gedanken kamen mir beim Lesen der Erörterungen über die Schuld am Untergang des „R 101“. Morgen wird sich eine Anzahl Leser hinsetzen und schreiben:

„Was Sie da über Helium und Luftschiffe sagen, ist sehr schön. Aber läßt sich diese beschämende Groteske des Geistes unserer Zivilisation nicht besser daran aufzeichnen: daß in Brasilien Millionen Zentner Kaffee verbrannt werden, damit die Preise hoch bleiben; daß in Kanada und Südamerika der Weizen ungedroschen bleibt, während in Asien Millionen Menschen verhungern; daß selbst in Europa – – –“

Welche Einwendungen einstweilen nicht widerlegt werden können. Bei allem Glauben an die doch einmal siegreiche Kraft der Vernunft und des Herzens ...

I

Der Mensch beginnt zu Hause. Die Nation fängt in der Familie an.

Da die Wohlfahrt eines Volkes ihren Zweck sehen soll im Wohlergehen des einzelnen Bürgers, müssen auch die Vorbedingungen der Volkswohlfahrt im häuslichen Leben wenigstens als Keime zu finden sein. Die ersten Vorbedingungen aber sind: Verständnis für Menschen und Dinge um uns, auch für die kleinen und untergeordneten; praktische, gern geübte Verbundenheit mit ihnen!

Solch Verhalten schafft seelischen und wirtschaftlichen Nutzen: es vergrößert die Freude am Heim, weil mehr persönliche Beziehungen zu ihm da sind; es verringert die Unannehmlichkeiten, weil die praktische Bekanntschaft mit der häuslichen Umwelt gleichermaßen davor schützt, Mißbrauch zu treiben und übervorteilt zu werden!

Darum möchte ich jenem Staatsbürger ein Loblied singen, der zuerst ein guter – wie heißt doch das behördliche Wort? – der zuerst ein guter Haushaltungsvorstand ist.

II

Nur scheinbar ein unmodernes Thema, nur scheinbar ein kleines Thema. Zwar liegt es den Stoffen fern, über die heute mit Vorliebe geschrieben, gesprochen und geschrien wird: Wirtschaftsnot, Parteipolitik, Verwilderung der Sitten, unsoziales Verhalten, Rationalisierung, Wiederaufbau. Aber die Wurzeln des Themas langen tief in den Boden, aus dem jene Stoffe erwuchsen: die Schematisierung des Lebens!

Das gepriesene Zeitalter der Technik hat mit seiner Parole von der Arbeitsteilung auch die Anschauungen und Interessen des privaten Menschen aufgeteilt und rationalisiert: die falsche und lächerliche Unterscheidung zwischen Kopf- und Handarbeitern wirkte sich bis ins häusliche Leben hinein aus. Wenn nicht als Überheblichkeit, dann doch als Uninteressiertheit. Zwar hat die Materie noch immer nicht den Geist, aber der Gegenstand hat den Menschen gefressen.

Der Gegenstand ist ein Produkt der Technik, wird massenweise hergestellt. Er macht immer mehr menschliche Hände überflüssig, er wird immer vollkommener, und wir gewöhnen uns im Beruf und zu Hause daran, ihn zu benutzen, ohne ihn eigentlich zu kennen. Angefangen beim elektrischen Licht und aufgehört beim Wasserhahn. Und wenn der Gegenstand mal nicht funktioniert, dann schimpfen wir und bestellen den Fachmann. Die Hälfte aller Menschen hat eben verlernt, ihre Hände zu gebrauchen. Und weil sie das verlernt hat, verlernen die Dinge um uns ihre dienende Aufgabe und wurden aus Hausgenossen zu Herren, oder doch zu Fremdlingen.

Ich bewundere den menschlichen Geist, der Maschinen erfindet, und ich bewundere auch die Maschinen. Aber alle Maschinen sind doch nur dazu da, dem Menschen die Arbeit zu erleichtern, ihm das Leben angenehmer zu machen; sie wurden nicht geschaffen, den Menschen zu verdrängen und sein Leben zu entpersönlichen. Der Mensch soll die Maschine lenken. Er vergibt sich etwas, wenn er sie nur bedient. Und er ist ein Tor, wenn er sich von der Maschine beherrschen läßt.

Auf dem Wege zu diesem Zustand aber sind wir. Bitte, sehen Sie umher, bei sich und bei Ihren Freunden und Bekannten. Das sind wahrscheinlich alles sehr tüchtige Menschen in ihren nach Arbeitsteilung geschichteten Berufen. Aber achten Sie mal darauf, wie fremd sie den Erfordernissen eines anderen Berufs gegenüberstehen und wie hilflos die meisten von ihnen sich gegenüber den technischen Segnungen ihrer Zeit verhalten. Der Rund-um-Mensch, der Mann, der über Beruf, Geschäft, Familie hinausgreift und alle Dinge um sich praktisch kennenzulernen trachtet, und sei es nur, um sie richtiger beurteilen und anwenden zu können – dieser Mann stirbt aus. Nicht nur, weil ja andere da sind, welche Handarbeit für ihn machen können, sondern auch, weil es schon bei bescheidenen wirtschaftlichen Verhältnissen üblich geworden ist, anzunehmen, daß man selbst das nicht machen kann.

Unsere fleißige Industrie hat Maschinen gebaut, die Maschinen fabrizieren, welche Gegenstände herstellen. Wäre die Wirkung nur die Erleichterung unserer Berufsarbeit, es könnte freudig hingenommen werden. Aber der Vorgang hat noch eine Nebenwirkung: die Produktion wird Selbstzweck, und die Produkte mechanisieren langsam auch Hauswirtschaft und häusliches Leben.

Wenn ich beispielsweise auf Ausstellungen Küchen finde, die aussehen wie ein chemisches Laboratorium, dann bekomme ich es mit der Angst um eine Generation, die aus solchen Küchen ernährt werden soll. Ich sah in Amerika ganze Stadtviertel, deren Wohnungen – auch die kleinsten – so ausgestattet waren. Frauen priesen mir die Bequemlichkeit des Kochens und Bratens: „Sehen Sie, man drückt hier auf den Knopf, nach einer halben Stunde schaltet sich der Ofen von selbst aus, und das Essen ist fertig!“ Es war wirklich fertig, fertig war aber auch die Beziehung der Familie zum Haushalt, bevor diese Beziehung noch begonnen hatte. Der Himmel bewahre uns vor dieser Amerikanisierung der Hauswirtschaft! Die Ernährung des menschlichen Körpers ist eine hohe Aufgabe, und sie persönlich zu gestalten, ist eine Kunst. Blasse Ästheten nur und rohe Geldraffer können sagen, Essen sei zwar notwendig, aber es sei Nebensache. Ein lieblos behandeltes Essen, eine schematisierte Zubereitung, sind Versündigungen am Körper, der immer noch Vorbedingung ist eines gesunden Geistes. Und dies gilt für ein zusammengekochtes Kohlgericht ebenso wie für einen getrüffelten Fasan.

IV

Seltsam, daß die Männer ein gutes Essen und eine persönlich interessierte Hausfrau noch immer sehr wohl zu schätzen wissen, wenn sie auch selbst der Schematisierung des Lebens erliegen und durch die Einseitigkeit des beruflichen Lebens außerstande sind, sich dem Hause und seiner Wirtschaft persönlich tätig verpflichtet zu fühlen. Früher hieß es: „Die Axt im Haus erspart den Zimmermann!" Das Wort ist mehr als Kennzeichnung einer vergangenen, einfacheren Zeit. Es enthält das Geheimnis von der Geschlossenheit des häuslichen Lebens, von der persönlichen Verbundenheit mit den Dingen des Hauses. Wie viele Männer sind denn noch imstande, etwa einen Christbaum richtig in den Untersatz zu bringen? Ein Fenster zu dichten, einen Haken in die Wand zu gipsen? Viele der sogenannten Kopfarbeiter sehen es sogar als Entwürdigung an, wenn ihre Hände mit Handwerkszeug in Berührung kommen. Und die meisten der anderen sind zu ungeschickt.

Wäre es anders, die Handwerker würden deshalb nicht weniger verdienen, und die Industrie würde nicht weniger brauchbare Maschinen und Gegenstände absetzen. Gewonnen aber wäre eine größere Achtung vor der handwerklichen Arbeit und Leistung. Gewonnen wäre neben der größeren Verbundenheit des Mannes mit seinem Hause auch die Abwehr der eigenen Einseitigkeit. Das aber bedeutete sehr viel:

Als wir im Krieg uns gelegentlich Tische und Stühle zimmerten, als Bankdirektoren und Universitätsprofessoren lernten, mit Hammer und Nägeln umzugehen, da hatten sie neben der Freude am Werk ihrer Hände auch Verständnis gewonnen für die Arbeit ihrer Kameraden aus den weniger geistigen Bezirken. Und sie hatten begriffen, daß in Zeiten der Not, in denen der Mann auf sich gestellt ist, geschickte Hände hundertmal mehr wert sind als ein einseitig geschultes Gehirn.

V

Wir züchten heute immer mehr Spezialisten. Alle Spezialisten sind einseitig. Die heranwachsende Jugend hat es dadurch schwer. Denn nicht nur das Arbeitsfeld verengt sich, es verbreitert sich auch die Unbeholfenheit im Gebrauch der Organe, die der Mensch bekam, auf daß er sie anwende. Darum ist es gut, daß unsere Lehrer ihre Schüler auch den Gebrauch der Hände lehren. Man macht es den Jungen dadurch leichter, vorwärtszukommen. Auch dort, wo sie der Hände Arbeit nicht gerade brauchen.

Und man trägt damit bei, die unbestreitbare Verbundenheit zu erkennen und zu würdigen, die in der menschlichen Arbeit liegt, womit, wofür und von wem sie auch ausgeübt wird.

I

Ich weiß, wenn ich den Namen „Charlie Chaplin“ hier hinschreibe, sagen ein paar tausend Leser enttäuscht:

„Also glaubt auch Herr Thomas Trimm, wir haben heute in Deutschland keine andern Sorgen, als uns um den Besuch eines amerikanischen Filmstars zu kümmern? Wenn der Amerikaner das Lachen selber wäre: fünf Millionen Menschen in Deutschland sind arbeitslos, denen ist das Lachen vergangen!

Viele von ihnen wissen, daß man mit Humor vielleicht Elend und Ungerechtigkeit besser ertragen kann, sie wissen aber auch, daß man es damit nicht ändern kann! Und wenn sie sich durch die gepriesene Kunst des komischen Mannes für einige Stunden über die Misere des Lebens hinwegtäuschen lassen wollten, so können sie es nicht, weil ihnen die Mark zum Besuch des Kinos fehlt!“

Ich weiß das alles auch, aber ich schreibe den Namen dennoch hin: Charlie Chaplin!

II

Der kleine Mann aus dem schmutzigsten Elendsviertel Londons ist vom armseligen Bühnenstatisten zum erklärten Liebling der Welt geworden. In Amerika seit Jahrzehnten ansässig, ist er heute noch englischer Staatsbürger; aber das weiß kaum einer der ungezählten Millionen, die ihn verehren. Denn er ist ein „Weltbürger" im besten Sinne, er redet über die Grenzen hinweg die eine Sprache, die alle Menschen verstehen, wenn auch nicht alle ihr folgen: die Sprache des Lachens unter Tränen, die Sprache des Mitgefühls, des Mitleidens mit der vom Schicksal gestoßenen Kreatur! Aber er redet nicht von der Pflicht des Duldenmüssens und auch nicht von der Abhilfe durch Gewalt. Er setzt der Ungerechtigkeit der Zustände lediglich die natürliche Selbsthilfe eines Kindes, eines Tieres entgegen, primitive, aber ehrliche Regungen des Herzens und des Hirns. Und wenn die Verhältnisse sich stärker erweisen und die ersehnte und als berechtigt erkannte Änderung der Dinge nicht eintritt, dann schüttelt er verwundert den Kopf und geht, dem Morgen vertrauend, weiter. Sinnbild jenes herrlichen Triebes im Menschen, der, unbewußt seinem Träger, hinter jeder Enttäuschung die neue Hoffnung sprießen läßt!

Es gibt größere Schauspieler in der Welt, fesselndere Filme, gewaltigere Dichtwerke. Was aber dieser Mann mit seiner an sich einfachen Kunst vor allen andern voraus hat, ist nicht nur, daß er eine ganze Welt zum befreienden Lachen bringen konnte. Er brachte Millionen zum mitleidigen Fühlen, und das ist ein gutes Zeichen für jenes Produkt der Schöpfung, das durch den Galopp der Zivilisation krank geworden ist: für den Menschen!

III

Als Charlie Chaplin kürzlich nach London kam, wurde er von einer ganzen Nation gefeiert wie nie ein Mensch vor ihm in diesem reichlich zurückhaltenden Lande. Das Proletarierkind aus dem Schmutz- und Hungerviertel der lärmenden Millionenstadt. Er fand in Berlin den gleichen begeisterten Empfang, der so gar nichts vom Rummel um

Kino- und Sportgrößen an sich hat. Er wird ihn in München finden, im Rheinland, in Spanien, in Frankreich, wo immer er sich sehen läßt. Alle diese Menschen, Künstler, Gelehrte, Kaufleute, Beamte, Arbeiter bejubeln nicht den grotesken Komiker, der sie hunderte Male zum Lachen gebracht hat, sondern vielmehr den unpathetischen Künder halbverschütteter Empfindungen und Sehnsüchte. Das brausende Gelächter über die komischen Situationen des Helden Charlie ist nicht die wesentlichste Wirkung dieses Mannes. Die schönste und tiefste Wirkung liegt in dem leicht betretenen Schweigen, das stets durch das Publikum geht, wenn der ewige Zaungast des Schicksals nach jeder Enttäuschung den Blick hebt, diesen aus einer rätselhaften Ferne gelenkten Kinderblick, und weiterwandert.

IV

So wurde dieser seltsame Mensch, der um so viele Dinge der menschlichen Seele und um ebenso viele Unzulänglichkeiten des menschlichen Zusammenlebens weiß, aus einem Spaßmacher zu einem internationalen Kulturgut.

Diese Tatsache seiner großen ethischen Wirkung wird allerdings von den Leuten, welche die Verhältnisse mit Gewalt ändern wollen, bestritten und bekämpft. Wer dagegen den Griesgram, Haß und die sture Gleichmacherei im menschlichen Leben nicht noch vergrößern will, wird sich angesichts der Wirkung Chaplins etwas ganz anderes fragen:

Sollten wir bei der Erkenntnis, wie sehr die Menschen auch heute noch geneigt sind, sich zum Mitfühlen bringen zu lassen, nicht daran gehen, die Erziehung der Jugend zu ändern, zu vervollständigen?

Wir haben heute in allen zivilisierten Staaten eine einseitige geistige und körperliche Ausbildung des jungen Menschen. Wir trainieren das Hirn, indem wir es bis zur Unbrauchbarkeit mit Wissen und Berechtigungsnachweisen bepacken; den Körper, indem wir ihn mit Muskeln beladen; aber wir begnügen uns, die Seele mit ein paar Stunden Unterricht in Religion und Ethik zu nähren. Die Auswirkung blieb nicht aus: das menschliche Leben wurde immer härter, dürrer, mechanisierter. Die Hoffnung auf Besserung und Erlösung aber blieb nur, daß man als Erlöser die Technik oder die Gewalt ansah.

Wenn wir ein Drittel der Zeit, die wir auf die heute übliche Erziehung des jungen Menschen verwenden, für die planmäßige Erziehung des Charakters und des Gemütslebens nützen würden, stünde es besser um die Menschheit! Was wir durchführen sollten, ist ja nicht die Züchtung eines rührseligen Geschlechts, sondern nur die Herausbildung eines Menschentums, dem der andere Mensch mehr ist als eine Maschine oder ein Bergwerk. Sind Menschen, welche die ewigen Unzulänglichkeiten des Lebens durch eine kluge Anpassung an das Leben meistern können.

Praktisch liefe das auf eine Erziehung zum Optimismus hinaus. Der steckt im Menschen wie in allem, was lebt. Er ist das letzte Erbteil aus dem verlorenen Paradies, die Kinder tragen ihn unbewußt mit sich herum, die Naturvölker und die Tiere. Er ist nicht heroisch, trägt nicht Schwert und Lanze. Aber auch nicht in jedem Fall die Schuhe und den Hut Charlies. Eher seinen Humor, seine verstehenden Augen und sein mitfühlendes Herz.

V

Daß so viele Millionen Menschen in allen Ländern diesen großen Künstler und Dichter, der das verlorene Paradies der unwissenden Kreatur sucht, lieben müssen, ist herrlich. Weil es eine Hoffnung ist. Eine Erfüllung kann es schon deshalb nicht werden, weil die Menschheit ihre Erlöser auch äußerlich schön haben will.

Hier liegt eine Ursache der Tragik unseres Geschlechts. In einer der schönsten Szenen, die je von einem Dichter geschrieben worden sind, hat Chaplin auch das erkannt. In seinem neuen Film betreut er als armseliger Vagabund ein armes blindes Blumenmädchen, bettelt und spart für sie, kauft ihr zu essen und bringt schließlich auch das Geld für eine Operation zusammen. Sie liebt ihren Wohltäter über alles in der Welt, und er liebt sie. Aber er fühlt, daß sie ihn, ihren Erlöser, als strahlenden Helden sieht, und er weiß, daß er weitergehen muß, wenn sie sehend geworden ist.

Dennoch hilft er. Die menschliche Güte, das Helfenmüssen, hängt nicht mehr vom Willen ab. Es ist selbstverständlich geworden.

So überzeugend einstweilen leider nur in der Gestalt eines Vagabunden, eines Zaungastes.

Auch in unserer verschrienen Zeit passieren Geschichten auf dieser Erde, in diesem Deutschland, sogar in diesem Berlin – so unwahrscheinlich in der Handlung, so heroisch in den Personen, so selbstlos in den Motiven, daß auch der schwärzeste Pessimist den Glauben an Volk und Menschheit wiedergewinnen müßte. Hier ist eine solche Geschichte, und sie ist wahr bis zum letzten Wort.

I

Vor drei Wochen sprang von der Lichtenstein-Brücke in Berlin ein junges Mädchen in den Landwehr-Kanal. Es wollte sterben, weil der jugendliche Freund sich einer andern zugewendet hatte. Das ertrug sie nicht, da war das Leben nichts mehr wert, dieses Leben von 16 Jahren, rosig und hoffnungsfroh noch im ersten Liebesschmerz, wird es gemessen am elenden Dasein Hunderttausender anderer junger Menschen in der Millionenstadt. Aber ein junges Mädchen von 16 Jahren, das wohlhabende Eltern hat, Essen, Trinken, Kleider und Taschengeld, braucht vom wirklichen Leben nichts zu wissen, und besonders dann nicht, wenn es Herzweh hat und der November mit Nebel, Regen und Kälte den romantischen Daseinsüberdruß zur Todessehnsucht steigert. Dieses dumme Ding fühlte sich von Menschen und von Gott verlassen, weil ein dummer Junge es verlassen hatte; weil es nicht wußte, mit wem es nun in die Konditorei und zum Sportfest gehen sollte; und es sprang, den Absagebrief auf dem Herzen, ins Wasser.

Jedoch das Wasser war eiskalt in jenen Tagen, kalt wie die Hände des Todes, die nach dem warmen jungen Leben griffen. Darum schrie das Mädchen gellend um Hilfe, schrie verzweifelt ums Leben. Aber die steilgemauerten Ufer des Landwehr-Kanals waren ohne Mitleid, und die Menschen hoch oben waren ohne Lust, nachzuspringen, und ohne Rat, wie anders zu helfen sei. Einige rannten uferentlang, einen Kahn zu holen, andere riefen einfach: Hilfe!

Unterdessen zogen die Hände, die das Mädchen gesucht hatte, den ermatteten Körper nach unten. Bis die Schreie zum Wimmern wurden. Und verstummten.

II

Da war, gelockt von dem Lärm, zu den Menschen ein junger Mann getreten. Er erfährt, was geschehen, wirft den Mantel ab und springt vom hohen Ufer ins Wasser. Er schwimmt und taucht und schwimmt, und es gelingt ihm nach langen Mühen, das bewußtlose Mädchen an Land zu bringen. Hundert Menschen umstehen das Mädchen und wollen helfen, ein Arzt ist da, ein Schutzmann, noch ein Schutzmann. Das törichte Geschöpf wird ins Leben zurückgebracht, wimmert Namen und Wohnung, und eine Droschke fährt es unter Polizeiobhut heim ins elterliche Haus. Die Menge atmet auf, es war ein sehr aufregendes Erlebnis.

Der Retter! Einem der vielen fällt plötzlich der Retter ein. Wo ist er? „Er hat sich den Mantel angezogen und ist weggegangen!“ – „Wohin?“ – „Da hinunter!“ – „Ich muß doch seinen Namen feststellen“, sagt der Schutzmann und setzt hinterher. Mit ihm ein Dutzend Menschen.

Am Tiergarten stellen sie ihn, das Wasser läuft ihm von den Hosenbeinen in die Schuhe und von den Schuhen aufs Pflaster, und es ist gar nicht schwer, seine Spur zu verfolgen; es ist wie bei einem angeschweißten Stück Wild, denkt der Schupo, oder wie bei einem angeschossenen Verbrecher. Dann aber schämt er sich solcher Gedanken, denn dies ist doch ein Held, wenn er auch jetzt mit dem hochgeschlagenen Mantelkragen und der Wasserlache um die Füße eher verdächtig als heldisch aussieht. Neugierige bleiben stehen, immer mehr, sie wittern ein Verbrechen, rennt sonst ein Grüner mit zehn, zwölf Zivilisten hinter einem Menschen her?

„Warum laufen Sie eigentlich weg?“ ruft der Schupo. „Ich muß doch Ihren Namen feststellen!“

„Wozu denn?“ fragt der Mann.

„Sie kriegen doch sicher die Rettungsmedaille!“ antwortet der Schutzmann.

„Was soll ich denn damit?“

„Aber Sie haben doch einem Menschen das Leben gerettet!“ Der Grüne ruft es ziemlich laut.

„Das ist doch einfache Menschenpflicht!“ sagt der nasse Mann.

„Ich muß aber Ihren Namen feststellen. Wie heißen Sie?“

„Wilhelm Burghardt.“

„Was sind Sie?“

„Elektriker.“

„Wie alt?“

„Sechsundzwanzig.“

„Wo wohnen Sie?“

„Ich habe keine Wohnung, ich bin obdachlos.“

„Was sind Sie? Obdachlos? Aber warum denn, Mensch?“

„Weil ich kein Geld habe – ich bin seit langem arbeitslos.“

„Und dann springen Sie so einfach da rein und – und – ja, Menschenskind – –“

Es ist, als habe eine feurige Hand die Menschen berührt. Sie sehen jetzt alle, daß der Mantel des Mannes abgetragen ist, die Schuhe schief, und daß der junge Mensch bleich und elend aussieht. Und so etwas, das ohne Arbeit, ohne Geld und Bleibe ist, das hungernd und frierend umherläuft, springt einem Lotterlieschen, das sein Leben weggeworfen hat, im November ins kalte Wasser nach, zieht dann einfach den Mantel über die durchnäßten Plünnen und geht still seiner Wege, ohne sich Gedanken zu machen, wo das Zeug wieder trocken wird.

Der Schutzmann und die Menschen sind so verblüfft, daß sie den nassen Mann wirklich weitergehen lassen, indessen sie noch eine Viertelstunde lang den Vorfall diskutieren.

III

Die Geschichte fand ihren Weg in die Zeitung, einem der Zuschauer hatte hinterher doch das Gewissen geschlagen. Jetzt, da sie's lasen, begriffen schon viele das Gewaltige dieses Vorgangs. Und einige wollten dem Menschen, der sein Elendslos, das Schicksal von Millionen, aufrecht mit der klassischen Selbstverständlichkeit eines Heroen trug, sie wollten ihm helfen. Daß es solche Menschen im Volke noch gab, keiner hatte es eigentlich für möglich gehalten. Daß einer half und sich belohnen ließ, daß einer rettete und sich rühmen ließ, daß einer in voller Lebenslust und Kraft für einen armen Kerl sich einsetzte, das war alles schon dagewesen! Aber daß einer, den das Leben so hart geschlagen hatte und der Grund haben konnte, der Menschheit zu zürnen, daß so einer sein Leben und sein bißchen Hab und Gut für die Rettung eines überspannten jungen Dings einsetzte und dann in ein noch trostloseres Dunkel zurückschlich, einfach, weil es Menschenpflicht sei, dem Mitmenschen zu helfen: das ging verschiedenen Leuten an die Nieren! Sie bestürmten die Zeitung, den jungen Mann zu ermitteln. Aber die Polizei fand ihn nicht, und er kam auch auf alle Aufrufe in den Zeitungen nicht. Bis ein Freund die Aufrufe las und im Verein mit anderen Bekannten den Lebensretter aufstöberte. Er wußte schon seit acht Tagen, daß man nach ihm suchte, aber er hatte sich nicht gemeldet, weil er für eine Handlung der Pflicht keine Belohnung annehmen wollte. Allein die Aussicht, wieder Arbeit zu finden, besiegte seinen Widerstand. „Denn dauernd ohne Arbeit zu sein", sagte er, „kann einen schließlich wirklich am Leben verzweifeln lassen!"

IV

Mir will scheinen, kein Artikel paßt besser zu diesem traurigen Monat und zu diesem trostlosen Winter, als diese wahre Geschichte vom arbeits- und wohnungslosen Lebensretter. Eben weil sie so wahr ist, innen und außen, brennt die Tat des Mannes vom Landwehrkanal wie ein Licht, nein, wie ein leuchtendes Feuer in der düsteren Welt von Herzenserstarrung, Eigennutz und Mutlosigkeit, die uns umgibt: eine Beschämung für die Verhärteten, eine Mahnung an die Verzagenden und eine Bestätigung für alle, die sich den Glauben bewahrt haben!

Wer Dornen seines Wegs zertritt,
ist mir der rechte Wandrer;
er lobt sich seinen rauhen Pfad,
nicht Blumenwiesen andrer.
(Aus dem Persischen)

I

Sokrates, der weise Grieche, wurde von seinen Jüngern gefragt: „Sage uns, Meister, was ist das Leben?“ Der Weise antwortete: „Das Leben ist nur ein Wort!“ – „Und wie heißt dieses Wort?“ – „Es heißt: Ich!“

Als sie aber hergingen und von ihm nahmen, Gebärden, Äußerungen, sein Tun und Lassen, verwies er sie. „Aber du hast doch gesagt, du seiest das Leben“, sagten sie. „Ich habe gesagt, daß Leben heißt: Ich“, antwortete er, „ihr aber nennt es Du!“

Weise Männer müssen wohl so orakelhaft reden, die Literatur will es. In Wirklichkeit wird Sokrates gesagt haben: „Ihr müßt euer Leben aus euch entwickeln, nicht immer im Hinblick auf das äußere Leben anderer. Und wenn ihr euer Leben dennoch mit dem Leben anderer in Einklang bringen wollt, so müßt ihr geben und nicht nehmen wollen!“

II

In unserem Schlagworte plappernden Säkulum wollen die Menschen, reden sie vom Leben, nur immer nehmen. Jeden Tag, und mit jedem Jahr tagtäglich mehr, sagen sie: Man möchte doch auch etwas vom Leben haben! Und fast immer sind es die Äußerlichkeiten des Lebens, die sie meinen.

Die es sagen, sitzen in allen Schichten der Bevölkerung, Arme und Reiche, Gebildete und Ungebildete. Die einen sehen das Etwas, das sie vom Leben wollen, im Tüchtigfleischessen, die anderen im Biertrinken, die Dritten im Nobelgekleidetgehen, im Mitmachen von Vereinsfesten, Gesellschaften, Reisen, fast immer im Mittun am öffentlichen Modetanz einer oberflächlich gewordenen Zeit.

Damit wir uns nicht falsch verstehen: Der Mensch soll anständig essen, trinken, soll seinen Tabak rauchen, soll tanzen, wenn ihm froh ums Herz ist. Aber das ist es leider nicht, was er will, er will einfach mehr mitmachen, als er kann, er überschätzt diese Dinge, weil andere sie haben, er sieht in ihnen das Leben, von dem er etwas haben will. Hat er ein Fahrrad, will er ein Motorrad, hat er ein Motorrad, will er einen Kleinwagen, hat er einen Kleinwagen, will er einen großen Wagen.

Nicht aus Notwendigkeit, sondern aus Überschätzung der Äußerlichkeiten des Lebens.

Und fährt er heute auf Ferien in die Sommerfrische, so will er nächstes Jahr ins Bad und übernächstes Jahr in den internationalen Kurort. Fragen Sie einmal alle Ihre Bekannten, die Ihnen sagen, „man wolle doch auch etwas vom Leben haben", fragen Sie sie, was sie sich unter dem Leben vorstellen, von dem sie etwas haben wollen, und Sie werden finden, daß es immer um dieselben Äußerlichkeiten geht: um den Rummelplatz des Lebens, nicht um das Leben selbst!

Denn der Mensch hat es sich angewöhnt, seinen Blick hinter den Schritten der anderen Menschen hergehen zu lassen, anstatt seine Augen zu gebrauchen, um in sich selbst hineinzusehen.

In allen Kreisen, in jedem Beruf.

III

Als ob jener Teil von uns, welcher der wertvollere ist für die Gestaltung unseres Lebens, überhaupt nicht mehr vorhanden wäre. Der alte Grieche, der da im Ich das Leben sah, hat auch gesagt: „Der dumme Mensch lebt, um zu essen, der kluge Mensch ißt, um zu leben!" Wobei er dieselbe Überschätzung profaner Genüsse des Lebens meinte, die wir das Verlangen nennen, mitzutun an den zeitgemäß gewordenen Äußerlichkeiten des Lebens. Da reden immer mehr Menschen, wenn sie morgen ins Büro, in die Fabrik, an die Arbeit müssen, von der verwünschten Tretmühle, und die jüngeren betonen noch gern, daß sie eigentlich zu etwas anderem, und zwar immer zu etwas „Besserem“ da seien. Und es sind dabei immer dieselben Menschen, die abends, wenn die tägliche „Fron“ zu Ende ist, nicht wissen, was sie mit der freien Zeit und mit sich allein anfangen sollen. Wie ihnen ihre Arbeit eine Äußerlichkeit ihres Lebens ist, so ist ihnen die Freizeit eine Äußerlichkeit; sie langweilen sich und sagen von ihrem Verlangen, sich selbst zu entlaufen, sie wollten etwas vom Leben haben. Bekommen sie dann nicht, was die anderen haben – und sie bekommen es nie –, dann sind sie verbittert und schelten die Verhältnisse, die Regierung und überhaupt das Leben …

IV

Alles hat seine Zeit, und wenn die Zeit einer oberflächlichen Gestaltung des öffentlichen Lebens auch schon lang erscheinen mag, so ist das Leben des Einzelnen doch nur kurz. Aber das Leben läßt sich verlängern, läßt sich vertiefen und bereichern, wird es als das eigene, einmalige Leben gelebt.

Das aber geschieht, wenn der Mensch sich wieder mehr bewußt wird, daß die Pflege seines Geistes und seiner Seele ihn erst befähigt, mit wirklichem Genuß zu leben. Hygiene des Geistes und der Seele ist ebenso wichtig wie Körper-Hygiene. Die Nahrung des Geistes ist heutzutage billig, die Zeit reicht nicht einmal hin, sie aufzuraffen, und über die menschliche Seele schüttet die Natur die Fülle ihrer Offenbarungen auf Schritt und Tritt aus, ohne Gegenleistung, nur ein wenig Hingabe verlangt sie, nur das Gefühl, daß eine Blume schöner sein kann als eine Lichtreklame und ein Hund anregender als eine Rumba-Tänzerin. Philister? Altmodische Leute? Laßt die Verzerrten ruhig so reden, ohne daß ihr nun selbst überheblich werdet; die Lichter der Schöpfung leuchten heller als jede elektrische Firlefanzerei, und die Musik freudiger Lebensbejahung macht die Füße leichter als die modischen Dissonanzen einer veräußerlichten Zivilisation. Wer diese Talmi-Werte nicht braucht, findet es lächerlich, etwas vom Leben haben zu wollen, denn er bekommt alles. Er bekommt soviel an innerer Genugtuung und stiller Freude, daß er von der Fülle seiner Anteile am Leben abgeben kann an andere. Daß er abgeben muß. Wir treffen solche Menschen in allen Schichten des Volkes, sie ruhen irgendwie gefestigt in sich, und ihre selbstverständliche Freundlichkeit in einer Welt des Mißtrauens und der Härte läßt uns immer wieder verwundert aufsehen. Woher haben sie es nur, fragen wir dann, und bedauern uns, die wir soviel schwerer am Leben tragen, obwohl wir doch nur etwas vom Leben haben wollen; und sind mitunter sogar ärgerlich über die Daseinsfreude der anderen.

Dabei ist der Weg zum irdischen Paradies für alle Menschen gleich kurz: Er beginnt bei uns und er endet bei uns.

Eine Generation, das sind 30 Jahre. Ist der Sohn 30 Jahre alt, ist der Vater 60 Jahre alt. Dazwischen liegt viel; dazwischen liegt eine Fülle von Erfahrungen und Enttäuschungen, normalerweise auch von Erfolgen. Dazwischen liegt aber auch, vom Sohn aus gesehen, eine Fülle von Hoffnungen und Plänen. Das alles könnte auch im privaten und geschäftlichen Leben zusammenklingen zu nutzbarer Anwendung, wenn die Generationen sich nun nicht darüber stritten, welches Alter den Menschen befähigter mache zur Führung. Nicht bei der gemeinsamen Arbeit, nur beim Anspruch auf die Führung klafft nämlich die Distanz zwischen den Generationen. Kluge Geschäftsleute schalten da eine Zwischengeneration ein. Sie lernten vom Volksleben.

Im Leben eines Volkes gibt es in Wirklichkeit keine Generationsgrenzen, gibt es keine Trennung nach Jugendlichen, Erwachsenen und Alten, im Volksleben offenbart sich die Natur unverfälscht als ein unteilbarer Fluß organischen Lebens von der Quelle bis zur Mündung, als ein Zusammenhang des Lebens von der Wurzel bis zu den Zweigen. Ein Volk kann man nicht nach Generationen, nicht nach Jahrzehnten, nach Jahren der Einzelwesen einteilen und bewerten, ein Volk ist in allen Lebensaltern seiner Menschen miteinander verwoben wie die Maschen eines Netzes. Vergreiste Jugendliche und jugendliche Greise leben in diesem Volke, und nur einem Narren kann es einfallen, von den besonderen Belangen, Fähigkeiten und Ansprüchen einer bestimmten Generation zur Führung zu reden. Stoppte man den ewigen Fluß des sich ohne Übergang erneuernden Volkslebens nur einen Augenblick ab und betrachtete das Bild – was erschiene da dem Auge? Der Baum von draußen erschiene, der Baum, der zwar knospende Zweige ins Leben reckt, dessen markantestes und ökonomisch wertvollstes Stück aber der Teil zwischen Zweigen und Wurzeln ist: der Stamm! Der Stamm, der zwischen Herkunft und Weitergehen in der Mitte steht, beiden unmittelbar verbunden, der aber nur lebendig ist, zieht er seine Kraft aus gesunden Wurzeln.

Eine menschliche Jugend, die keinen Respekt vor dem Alter hat, mißachtet nicht nur die Tradition ihres Volkes, sie handelt auch gegen die Natur und bereitet sich, läßt man sie gewähren, das Verderben.

Geht vors Tor und überzeugt euch selbst!

I

Immer, wenn der gedankenlose Mensch schlechte Eigenschaften seiner Gattung schildern will, holt er sich Vergleiche aus dem Tierland. Bei der Schilderung seiner guten Eigenschaften tut er das nicht, gute Eigenschaften sind, so scheint es, stets nur menschlich zu bebildern. Für die Darstellung menschlicher Raffsucht wird besonders gern die Hyäne verwendet, dieser Tage geschah es in Zeitungen aller Länder.

Der französische Riesen-Luxus-Dampfer „Atlantique" war im englischen Kanal in Brand geraten, mit 229 Menschen an Bord. Bis auf 18 Mann kam die Besatzung in die Boote, aber die See war stürmisch, und die Matrosen der hilfebringenden Schiffe fremder Nationen setzten ihr Leben ein, die Kameraden zu retten. Seemannspflicht, nein mehr: Seemanns-Selbstverständlichkeit! Schön. Schön auch die herzliche Dankbarkeit, mit der die französische Regierung das Verhalten der Mannschaft des deutschen Dampfers „Ruhr" pries.

Leider ist die Seemanns-Selbstverständlichkeit keine allgemein menschliche Selbstverständlichkeit. Kaum war das brennende Schiff verlassen, stürzten sich die mittlerweile herbeigeeilten holländischen, englischen und französischen Bergungsdampfer auf das herrenlose Schiff. Jeder Dampfer wollte als erster sein Tau an der „Atlantique" befestigen, nur so hatte er den Anspruch auf die Hauptprämie. Im Kampf aller gegen alle behinderten sich alle, man versuchte, sich gegenseitig die Taue zu zerschneiden, einem Offizier der „Atlantique"-Besatzung wurde, als er an Bord seines Schiffes zurückklettern wollte, von einem Bergungsdampfer das Bein abgequetscht.

Schließlich zerrte jeder Schlepper nach einer andern Richtung an dem brennenden Schiff, und erst, als dabei keiner zum Erfolg kam, verständigte man sich, und das Wrack wurde gemeinsam in den Hafen geschleppt.

II

Ein schauriges Bild menschlichen Lebens, diese Gegenüberstellung selbstloser Kameradschaftlichkeit der hilfeleistenden Seeleute und des rücksichtslosen Kampfes der beutelüsternen Geschäftsleute. Aber ist das Bild so außergewöhnlich, daß nun die Bergungsmannschaften mit Hyänen verglichen werden müssen? Brehm sagt zwar:

„Am liebsten ist es den Hyänen, wenn sie ein Aas finden. Um dieses beginnt regelmäßig ein Gewimmel, das kaum zu schildern ist. Dabei vergessen sie alle Rücksichten und auch die sonstige Gleichgültigkeit, geraten in Kämpfe, und es beginnt ein Krächzen, Kreischen und Gelächter, daß Abergläubische wirklich glauben können, alle Teufel der Hölle seien los."

Die Anleihe im Tierland paßt somit, aber sie ist billig: die Hyäne kann sich nicht anders ernähren als im Kampf um Aas oder kranke Beute; der Mensch aber kann es, und wenn er es dennoch auf Hyänen-Art tut, so beleidigt ein solcher Vergleich selbst noch ein „unsympathisches" Tier. Wie ist denn aber die Wirklichkeit: Die Berufsauffassung der Schiffsmannschaft gebietet das Hilfebringen um jeden Preis. Die Berufsauffassung der Bergungsmannschaft gebietet jedoch das Verdienen um jeden Preis, die eine handelte hier nach einem rein menschlichen Prinzip, die andere konnte nur nach einem rein wirtschaftlichen handeln. Im Grunde sind es nämlich dieselben Menschen, sie sind alle – Seeleute. Ist das in Einklang zu bringen?

III

Es ist zu vereinigen, wenn man die Menschen als einen Körper, als Menschheit ansieht. Da hat sie, wie auch der einzelne Mensch, ihre guten u n d ihre schlechten Eigenschaften. Die guten sind meist elementarer, sie brechen oft in heldischer Selbstverständlichkeit hervor, selbstlos und ohne Berechnung, die schlechten Eigenschaften äußern sich meist als Erscheinungen des wirtschaftlichen Kampfes, der Not des Daseins, der menschlichen Kälte im unheroischen Alltag. In den immer mehr erschwerten Bedingungen des Lebens, im Verdienenmüssen um jeden Preis liegen die Elemente, die unsere Unzulänglichkeit und Schlechtigkeit fördern. Bin ich Kapitän oder Matrose auf einem Bergungsdampfer, so muß ich bestrebt sein, als erster mein Tau an einem Wrack zu befestigen, sonst gehen mein Dampfer und meine Gesellschaft leer aus, und wenn mir das einige Male passiert, kann ich stempeln gehen. Nun gleich als Hyäne bezeichnet zu werden, ist ungerecht; private moralische Maßstäbe an Personen zu legen, die angeworben sind, ein unpersönliches, wirtschaftliches System durchzuführen, ist leichtfertig. Was Bergungsgesellschaften billig sein soll, müßte andern Zweigen des Wirtschaftslebens recht sein. Es gibt eben keinen Stand, der besonders edel ist, und es gibt keinen, der besonders schlecht ist; es gibt auch kein Volk, das so geartet ist. Berufe, Stände, Völker und die Menschheit überhaupt, sie tragen Gutes u n d Schlechtes in sich, wie der einzelne auch. Und es kommt fast immer nur auf die Verhältnisse an, welche Eigenschaften die Oberhand gewinnen. In meinem Dorf brannte mal ein Gehöft ab, da besann man sich, daß im Pferdestall noch ein Knecht lag. Im allgemeinen Entsetzen wurde der Entschluß schwer, zu retten. Da sprang ein Müllergeselle, der seit anderthalb Jahren im Dorf war, in die Flammen, verbrannte sich schwer, rettete aber den Eingeschlossenen. Im

Krankenhaus kam es dann heraus, daß die Papiere des Müllergesellen nicht stimmten, daß er ein lange gesuchter Straßenräuber war. Weil er eine Belohnung erhalten sollte, erhielt er nun Zuchthaus.

IV

Wenn aber schon bei der Katastrophe der „Atlantique" Vergleiche aus dem Tierreich gezogen werden müssen, so laßt uns statt der Hyänen lieber die giftigen Insekten heranziehen, die Krankheitsüberträger ...

Aber da müßte man selbst noch eine Malaria-Mücke um Entschuldigung bitten.

I

Sie waren schrecklich, die Bratscher und Lautsprecher. Wo wir sie auch trafen, ob im Hause, im Geschäft, im Beruf, im Verein, in Lokalen, im öffentlichen Leben: wenn sie so volltönend daherredeten und mit Schall und Schwall die Lücken des Wissens und Könnens auszufüllen versuchten, hatten wir wohl alle das Gefühl, mit widerwärtigen Zeitgenossen zusammenzusein. Und es war nicht allein der Umstand, daß man unsern in diesen lärmerfüllten Jahren besonders ruhehungrigen Ohren wehtat, der uns die bramsigen Lautsprecher ablehnen ließ; es war auch die aus Erfahrungen gewonnene Überzeugung vom größeren Wert der Stillen im Lande, der Besinnlichen. Wohl jeder hat in seinem Bekanntenkreis ein paar dieser Bratscher, und jeder kennt wohl auch eine Anzahl ruhiger stiller Menschen, so daß es ihm leicht ist, an der eigenen Neigung zu diesem oder jenem das Gesagte nachzuprüfen.

II

Nun aber macht sich überall, im privaten, beruflichen und öffentlichen Leben eine neue Art Mitmenschen breit, die noch peinlicher ist, als die der Lauten: die Flüsterer! Es sind das Leute, die immer, wenn sie andere treffen, erst mal scheu und ängstlich umhersehen und einem dann unter geheimnisvollem Getue etwas ins Ohr flüstern. Der Schauplatz spielt gar keine Rolle mehr, sie sind das Flüstern schon so gewöhnt, daß sie das, was sie in Lokalen, Straßenbahnen und Büros übten, nun auch schon unter vier Augen betreiben. Dabei sind ihre Neuigkeiten und Geheimnisse durchaus keine verbotenen Greuelnachrichten oder politischen Ketzereien, nein, schon alltägliche Berufs- oder Geschäftsangelegenheiten können sie nur beflüstern. Man kann sie auch die Knopfloch-Schieler nennen, denn schauen sie sich um, so suchen sie zunächst die Knopflöcher der Benachbarten ab. Mich hat neulich sogar ein Engländer auf diese peinliche Neuerscheinung unseres Lebens aufmerksam gemacht.

III

Die Tatsache, daß unter diesen Flüsterern zahlreiche ehemalige Mitglieder der Bratscher-Gilde sind, erklärt manches, wenn auch nicht alles. Der Weg vom Prahler zum Duckmäuser ist nur kurz, aber die Mehrzahl der Flüsterer besteht doch wohl aus jenen Abseitigen, deren politische Harmlosigkeit lediglich vor neuen Fahnen erschrak. Hinzu kommt, daß eine Fülle von Angebereien und persönlichen Auf- und Abrechnungen ... die Luft für das menschliche Zusammenleben beeinträchtigte und eine Atmosphäre des Mißtrauens und der Zurückhaltung schuf, die offener, redlicher Menschen eigentlich unwürdig ist. Sie wird dem Sinn der Sache ebensowenig gerecht, wie das die düstere Entschlossenheit tut, die sich bei manchen Menschen zeigt, sobald sie Uniform anziehen oder Abzeichen anstecken. Sie, die in Zivil liebenswürdige, humorvolle und offene Mitmenschen sind, fallen plötzlich in steife Korrektheit und Gemütsverkrampfung und verwechseln die notwendige Pflicht zur politischen Disziplin mit der von keiner Seite gewünschten Pflicht zur Absonderung und Überheblichkeit. Gewöhnlich sind es die ganz Neuen, die Rekruten, die so verfahren und dadurch unbewußt beitragen, daß Menschen zu Flüsterern werden, die vielleicht von Natur nur zurückhaltend sind, um nicht übereifrig zu erscheinen.

IV

Wie man diese peinliche Erscheinung aus dem deutschen Volksleben tilgt? Es gibt ein probates Mittel: Antworte, wenn dir jemand nach scheuem Umherblicken etwas zuflüstert, in der für Gespräche üblichen Lautstärke! Das Erschrecken genügt meist schon, den Flüsterer von der lächerlichen Torheit seines Beginnens zu überzeugen. Denn ein redlicher, offener Mensch hat nichts zu verbergen, auch dann nicht, wenn er eine eigene Weltanschauung neben der allgemein gültigen hat. Nur anständig soll diese Weltanschauung sein, sich anständig äußern und sich nicht gegen die Interessen seines Volkes richten.

Ich kenne Menschen, die seit Jahrzehnten alles, was sie sagen und tun, so sagen und tun, als ob es jeder höre und sehe; die für sich weder ein Brief-, noch ein Bank- oder Steuergeheimnis beanspruchen. Der Erfolg ist überwältigend, in ethischer und allgemeiner Beziehung: Der feste Wille, nichts zu verbergen und nichts zu sagen und zu tun, was nicht vor jedem Menschen und vor aller Öffentlichkeit zu verantworten ist, zwingt nach Überwindung der anfänglichen Scheu den Menschen, den Schein zu vermeiden und so zu sein, wie er innerlich beschaffen ist. Das verbessert den Charakter, verschafft ungewollt die Anerkennung der Mitmenschen und stellt endlich das Fundament dar, das in allen Stürmen des Lebens den Menschen und sein Geschick sicher trägt. Viel mehr, als es bislang geschah, müßten Familie, Schule und Staat mit den alten Anschauungen aufräumen und für die alberne Wichtigtuerei mit dem Schein des Lebens die Erziehung zur offenen Darstellung des Seins betreiben. Wer nichts Wesenhaftes zu verbergen hat, hat nichts Wesentliches zu befürchten. Die Altmodischen nennen einen solchen Zustand das gute Gewissen, wir wollen ihn das Vertrauen auf die siegreiche Kraft der Ehrlichkeit nennen. Denn Offenheit ist Ehrlichkeit, ist jenes kostbare Gut, das, aus Einzelnen genommen und zusammengefügt, erst die sittliche Vervollkommnung eines Volkes und die wirkliche Kraft einer Nation ergibt.

Über die Liebe des Menschen zum Tier oder Geschichten und Fakten zum Nachdenken

Es hieße das Wesen des Tieres und
seine Daseinsgebundenheit verkennen,
sähe man die Aufgabe der zum Umgang
mit uns gehaltenen Tiere darin,
dem Menschen zum Spielzeug, zur
Menschenverneinung oder gar zur
Weltflucht zu dienen.

Obwohl der Mensch im allgemeinen die seelische Bindung an das Tier verlor, verstärkte sich doch die häusliche Beziehung zu bestimmten Tierarten. Vier von ihnen waren schon vor der Zeit des Aristoteles Haustiere gewesen und trugen so mit ihrer Nützlichkeit auch etwas wie Verbundenheit durch die Jahrhunderte der Gefühlsverödung. Diese vier Tiere waren die Katze, der Hund, das Pferd und das Rind. Manche Völker beschränkten ihre Liebe auf eins der Tiere, bei andern erfreuten sich mehrere der Bevorzugung.

Das Lieblingshaustier der Ägypter war die Katze, wir sehen es bei so vielen Mumien. Geklärt ist jedoch auch heute noch nicht, warum die Katze ein heiliges Tier war. Der Hinweis auf das rätselvolle, stille Wesen der Katze, ihr lautloses Gehen, ihr nächtliches Wandern wird das Geheimnis nicht lüften; auch nicht der Versuch, eine Art hypnotischer Kraft und magnetischer Wirkung als Ursache zu nehmen. Daß den Ägyptern, diesen großen Naturbeobachtern, die ihnen unerklärlichen elektrischen Entladungen des gestreichelten Katzenfelles aufgefallen sein können, ist anzunehmen. Der letzte Grund für die göttliche Verehrung der Katze lag aber doch wohl in ihrem feierlich-fremden Verhalten, ihrer Ruhe und dem geheimnisvollen Blick des Katzenauges. Die Liebe für die Katzen war und ist auf dem ganzen Orient verbreitet. Mohammed, der Prophet Allahs, sah, daß seine Lieblingskatze auf dem weiten Ärmel seines Gewandes eingeschlafen war; um sie nicht zu wecken, ließ er den Ärmel aus dem Rock trennen.

Der Hund ist als Haus- und Nutztier bei fast allen Völkern zu finden. An den Küsten Nordasiens ist er das einzige Haustier, ebenso bei den Grönländern. Bei diesen Völkern hängt das Dasein der Menschen in vielen Gegenden direkt von ihren Hunden ab. Im hohen Norden dient der Hund als einziges Zugtier, in den weiten Tundren muß er als Jäger das Wild stellen und fangen. Da dies im nördlichen Amerika genau so festgestellt werden konnte, ist auch durch den Hund die Gleichartigkeit oder doch der frühere Zusammenhang dieser Völker bestätigt worden.

Das Pferd ist das Lieblingstier der germanischen Völker und der Griechen gewesen, später auch der Römer. Dieses formvollendete Geschöpf, klug und treu, ist bei den Griechen in Sage und Geschichte, in Dichtung und Mythologie immer wieder zu finden, und die bildende Kunst hat es, mit dem Adler des Zeus, am meisten verherrlicht. Der Sonnengott fuhr mit feurigen Rossen, und der Pegasus, aus Blut entstanden, wurde zum Musenroß. Die alten Germanen schworen Eide bei den Rossen, der Königssprung ging über Pferde, die Schlachtrosse kamen nach Walhall, und schließlich stieg der Begriff des edelsten Mannestums, der „Ritter“, vom Rücken der Pferde. Wahrscheinlich ist diese Ansicht von Mannesehre von den nordischen Ländern nach dem Süden gekommen, denn in den romanischen Ländern hat sie sich in den Worten Chevalier, Caballero gehalten, im Italienischen sogar den ganzen Begriff Ehre in das eine Wort cavalleria gefaßt.

Das Rind hinwiederum hat nur in Asien, im Süden, den Aufstieg zum heiligen Tier erlebt. Aber das Rind ist als Prinzip und Sinnbild der sanften, mütterlichen Nahrhaftigkeit auch dort, wo es nicht für heilig gehalten wurde, zu hohem Ansehen bei den Völkern gekommen. Es dürfte, bevor der Mensch der neueren Zeit es in die luft- und lichtlosen Ställe einsperrte, auch ein erträgliches Los als Haustier gehabt haben. Seine Bereitwilligkeit, die nahrhafte Milch zu geben, war der Anlaß dazu. Daß es dafür heute ein hilfloses Wesen ist, zum raschen Tode verdammt, wenn der Mensch es nicht melkt, ist im Grunde von erschütternder Tragik.

Der Nützlichkeitsstandpunkt im Verhältnis des Menschen zum Tier hob also wenigstens diese vier Tierarten etwas aus dem Niveau der Massenerscheinung heraus und wandelte sie in bevorzugten Exemplaren zu Persönlichkeiten: der Mensch gab seinen besonders guten Tieren Namen. Er tut es noch heute, ganz allgemein sogar, nur denkt er sich meistens nichts dabei, wenn er seine Kühe Liese und Lotte nennt, seine Pferde Hans und Max, seine Hunde Tell und Senta, seine Katzen Peter und Schnurr. Und er benutzt die Namen meist auch nur, um das Tier zu rufen, damit es einen Befehl entgegennehme. Früher, als der Brauch der Namensgebung aufkam, war er sicher das, was er noch heute bei ausgemachten Tierfreunden ist: die kameradschaftliche Heranziehung des Tieres, die Auszeichnung! Mit der Namensgebung war das Tier ein Einzelwesen geworden, und wurde, soweit es Hunde und Pferde waren, Gegenstand der Erziehung.

Es handelte sich dabei zuerst wohl nur immer um Hunde und Pferde, um die Gehilfen bei der Jagd und im Kriege. Alte Pferdenamen hat die Geschichte kaum überliefert. Obwohl gerade manches brave Streitroß es verdient hätte, mit seinem Herrn und Helden auf die Nachwelt zu kommen. Aus der jüngeren Zeit wurde eins sehr bekannt: das Kriegspferd Lord Roberts, das den Namen „Colonel" führte. Es trug viele Orden und Ehrenzeichen, war wohl überhaupt das am meisten dekorierte Tier. Mit besonderer Erlaubnis der Königin Viktoria von England trug es eine Medaille mit vier Kronen und den Ordensstern. „Colonel" starb 1902. Aus der Dichtung sind besonders zwei Pferde bekannt geworden: die von tragischer Komik umwitterte edle „Rosinante" des noch edleren Don Quijote de la Mancha, und fast ebenso populär, Brünhildes edles Roß Grane.

Die ältesten Hundenamen stammen aus Ägypten. Einer der Intefs von Theben, der unter diesem Namen auch König des ägyptischen Zwischenreiches um 2000 v. Chr. wurde, ließ seine vier Lieblingshunde auf seinem Grabmal abbilden und ihre Namen verewigen. Danach hießen sie Bekah, Pehtes, Abagero und Tegern. Das bedeutet Gazelle, Schwarzer und Windgenosse. Der vierte Name ist nicht zu entziffern. Der Name Abagero ist heute als Abaikur noch ein Windhundname bei den berberischen Nomaden.

Der nächste uns bekannte Hundename, übermittelt durch Homer, ist Argos. Ihn trug der Hund des Odysseus, der als einziges Wesen den nach langer Irrfahrt heimkehrenden Herrn erkannte. Wie beim Ägypterkönig Intef deutet auch dieser Name eine hervorragende Eigenschaft des Tieres an, denn Argos soll die von Homer beschriebene Schnelligkeit des Tieres bezeugen. Aus der nordischen Geschichte sei ein Hundename erwähnt: Cabul. König Artus, das sagenhafte Haupt der britischen Kelten und Herr der berühmten Tafelrunde der zwölf edelsten Ritter, Mittelpunkt der großen epischen Dichtungen vom Parzival, Lanzelot und Tristan, nannte so seinen Lieblingshund.

Seinem eignen Hunde sang der griechische Schriftsteller Arrianus, der 100 n. Chr. lebte, ein begeistertes Loblied. Es handelte sich um eine Hündin, die lieb, schnellfüßig, klug und von großer Herzlichkeit gewesen sei. Arrianus beschließt seinen Preisgesang: „Ihre vielen herrlichen Eigenschaften veranlassen mich, ihren Namen zu nennen, auf daß die Nachwelt erfahre, welch vortreffliche Hündin Arrianus besessen hat: Sie hieß Horme, war wunderschön, wunderklug, ja, sie war göttlich!"

Die Zerstörung der tierischen Natur ist allerdings ein trübes Kapitel in der Menschengeschichte, sie sei nur kurz gestreift. Die bekanntesten Beispiele lieferten die römischen Kaiser, besonders Nero, bei den Christenverfolgungen, indem sie die gefangenen Christen in die Felle von Hirschen und Bären einnähen und in der Arena von Hunden zerreißen ließen. Antonius Berus tat sich viel auf seine Menschlichkeit zugute, weil er die Christen, die er in Gallien beseitigte, zuvor töten ließ. Mehr als Sage ist wohl auch der Bericht von dem Fürsten von Lusitanien, Menesius, der seine mißliebigen Beamten dadurch bestrafte, daß er sie von seinen Hunden zerreißen ließ. Er gab es erst auf, als einer der Verurteilten einen der Hunde tötete. Dem Verurteilten waren die Hände auf dem Rücken gefesselt, und viel Volk sah der Hinrichtung, die am Ufer des Ozeans stattfand, zu. Der arme Mensch hatte sich, als die Hunde losgelassen wurden, ins Meer gestürzt und versucht, nur mit den Beinen schwimmend, zu entkommen. Die angefeuerten Hunde setzten ihm jedoch nach. Da wandelte sich vor den Augen der entsetzten Menge ein Mensch zum Tier: der von einem Hund am Bein gepackte Schwimmer wendete sich jäh um und begann einen verzweifelten Abwehrkampf mit den Zähnen. Er faßte auch einen der Hunde am Ohr und ließ ihn nicht los. Der andere Hund hatte ihm jedoch die Schlagader am Bein aufgerissen, und der Mann versank. Aber sterbend zog er den Hund, den er mit den Zähnen am Ohr gepackt hatte, mit in die Tiefe. Es war der Lieblingshund des grausamen Fürsten.

Berüchtigt war auch der Herzog Johann Maria von Mailand, der Wahnsinnige, der seine großen Hunde mit lebenden Verbrechern füttern ließ und, als er nicht genug Verurteilte fand, mit den Hunden durch die Straßen Mailands zog und sie auf die Bürger hetzte. Er ist mitsamt seinen Hunden ermordet worden.

Ein trauriges Kapitel in der Menschheitsgeschichte ist an sich schon die blutige und grausame Eroberung von Kolonien. Auch Hunde, so weiß man, mußten dabei helfen. Sogenannte englische Bluthunde, die zur Verbrecherjagd abgerichtet waren, wurden von den Spaniern bei der Unterwerfung der Mexikaner und Kubaner im Jahre 1560 in großen Mengen angesetzt. Mit dem Erfolg, daß die eingeborenen Indianer auf Kuba bis auf den letzten Mann ausgerottet wurden: sie wurden von den Hunden aufgespürt, zusammengetrieben und zumeist zerrissen. Später verwendeten die weißen Bewohner der Isle de France die englischen Bluthunde zum Einfangen von geflüchteten Negern, wobei der Schrecken helfen sollte, denn die Hunde zerrissen jeden gestellten Schwarzen. Ebenso verfuhren die Sklavenhalter auf der Insel St. Domingo. Es war das eigentlich nur eine Fortsetzung der beim Einfangen der Neger in Afrika geübten Methode der Sklavenjäger, mit dem Unterschied lediglich, daß in Afrika die gestellten Neger nicht zerrissen wurden, oder doch nur die, welche nicht sofort standen.

Die englischen Bluthunde haben sich übrigens am Menschen gerächt, indem sie ihren scheußlichen Ruf, den ihnen der Mensch aufzwang, dem Menschen und gerade dem Engländer zurückgaben. Die tugendhaften Briten waren bei der Eroberung ihrer Kolonien am wenigsten besorgt um die Mittel, den Widerstand der freien eingeborenen Bevölkerung zu brechen. Als sich 1789 auf Jamaika die Maron-Neger gegen die englische Herrschaft empörten, und Pulver und Blei, Peitsche und Strick nicht ausreichten, den Aufstand niederzuwerfen, ließ die britische Regierung aus dem benachbarten Kuba alle verfügbaren Negerjäger mit ihren berüchtigten Bluthunden kommen. Die Aufständischen, die jeder Gefahr getrotzt hatten, unterwarfen sich nach kurzer Zeit, vererbten aber dafür den Namen „Englischer Bluthund“ auf den weißen englischen Mann.

Statt der fürchterlichen Schändung des Hundes durch den Menschen sei lieber seiner Nutzbarmachung zu edlen Handlungen gedacht, zumal dieses Tun jedem Hunde natürlicher ist. Es lohnte sich und wäre leicht, ein ganzes Buch lediglich mit den Berichten über die Taten der Sanitäts-, Melde-, Blinden- und der Rettungshunde zu füllen.

In jedem Land gibt es wohl einen besonderen Hunde-Helden. So hängt in London in der Galerie ein sehr berühmtes Gemälde von Sir Edwin Landser, das einen Neufundländer in Lebensgröße darstellt. Es trägt die Inschrift: „A distinguished Member of the Human Society“, „Ein ausgezeichnetes Mitglied der menschlichen Gesellschaft“. Der Neufundländer hatte viele Menschen vom Tode des Ertrinkens gerettet, meist Schiffbrüchige, und zuletzt, ohne daß er dazu aufgefordert werden mußte.

Es gab immer seltsame Tierfreunde, solange es Tiere in naher Gemeinschaft mit Menschen gab. Und früh gab es auch schon Proteste gegen eine solche Verzerrung eines guten und richtigen Gefühls. In den Jahren der Zeitenwende hatte der Tierkult in Tempeln und Palästen einen Stand erreicht, der aus Liebe zum Tier nicht zu erklären und nicht zu verstehen ist: Das Tier war für Priester und Hofleute ein Schaustück, und seine Schmückung und Verwöhnung sollte der Mehrung des Ansehens einer Gottheit oder des Reichtums eines Fürsten dienen. Aus dieser Zeit ist auch der erste entschiedene Einspruch gegen solches seltsame Tun bekannt: der römische Kaiser Augustus erhob ihn, und dies tat er bestimmt und ehrlich.

Daß bei höfischen Aufzügen geschmückte Tiere mitgeführt und mitgetragen wurden, gehörte zum Zeremoniell jener Zeiten, auch daß seltsame oder kostbar geschmückte Tiere als Geschenke gegeben wurden. Die Mode machte an manchen Orten das Tier fast zum Mittelpunkt von Festen und Empfängen. Als wieder einmal eine fremde Gesandtschaft in Rom erschien und beim Empfang vor dem Herrscher auf silber- und goldbeschlagenen Traggestellen edelsteingeschmückte Hunde, Katzen und Affen, die auf purpurnen Kissen ruhten, dem Kaiser vortragen ließ, in der Absicht, sie als Zeichen eigenen Reichtums dem Monarchen zu schenken, entgegnete Augustus:

„Ich weiß die Ehre, die mir erzeigt werden soll, wohl zu schätzen, auch den Wert der Traggestelle und Edelsteine. Zu den Geschenken selbst, diesen kleinen zierlichen Tieren, muß ich freilich sagen, daß sie mir nicht als Zeichen der Kraft meines fernen Freundes erscheinen wollen. Die Ausrüstung einer Kohorte Soldaten oder ein Zug Streitrösser, ein Haufen gesunder Knaben hat in meinen Augen einen größeren Wert." Er fragte lächelnd die fremden Gesandten, ob ihre Frauen daheim keine Kinder hätten, denen man Polster und Kissen unterlegen könnte, anstatt es mit Tieren zu tun. Die ihm geschenkten Tiere wolle er gern behalten und sie auch gut pflegen, nur könne er nicht versprechen, sie auf den kostbaren Traggestellen zu lassen und jedem Tier einen eigenen Sklaven zur Aufwartung zu stellen, denn Roms unvergleichliche Macht beruhe auf seinen Menschen, nicht seinen Tieren! Leider ist nicht bekannt, wie die Sache ausging, auch nicht, ob die kaiserliche Standpauke die Verirrungen der Tierliebe einschränkte.

Es scheint nicht so, denn vom römischen Kaiser Heliogabal, der 222 n. Chr. starb, ist bekannt, daß er Pferde zu unvornehm fand, seinen Wagen zu ziehen, und prunkvoll geschmückte große Hunde vorspannen ließ. So kutschierte er in seinem Palast umher, auf dem Hundethron hielt er

Staatssitzungen ab, und ähnliche Gespanne hatte er auf seinen Gütern. Inwieweit der Kaiser, der vordem Priester des Sonnengottes Elagabal gewesen war und dessen Religion nach Rom gebracht hatte, eine mystische Bindung an den Hund fühlte, ist nicht bekannt; er hielt die Hunde jedenfalls kaiserlich oder göttlich, sie wurden mit hohem Respekt behandelt und vorzugsweise mit Gänseleber gefüttert, und daß sie dem Kaiser als Zugtiere dienten, geschah, um den Glanz der eigenen Macht und Größe darzutun.

Von einem persischen König ist berichtet, daß er einem indischen Großmogul seinen eigenen Reisewagen zum Geschenk machte, der von einer ganzen Kette der wertvollsten Jagdhunde gezogen wurde; sie wurden von geputzten Affen gelenkt, die wieder ein Sklave am Zügel hatte. Den Sklaven dirigierte der Hofmarschall, der seine Weisungen vom König erhielt. Wieviel Hunde vor einen solchen Wagen gespannt waren, ist nicht gesagt; fuhr der König allein mit einem Affen, hatte er nur sechs Jagdhunde vor dem Wagen.

Unstreitig ein „Hundenarr" war der türkische Sultan Murad I., der 1389 starb. Von ihm wird berichtet, er habe 40000 wertvolle Hunde besessen, die in eigenen Palästen wohnten und jeder ein goldenes oder silbernes Halsband mit dem Namenszug des Sultans trugen.

Tatsächlich stand der Hund bei der privilegierten Schicht in hohem Ansehen, häufig entartete die Freundschaft zwischen Mensch und Tier. Nur die Katze und der Falke haben ihm mitunter den Rang streitig gemacht. Der Hund blieb bevorzugt, weil er zur Jagd gehörte, die nun einmal für viele Jahrhunderte das königliche Vergnügen darstellte. Da es sich fast immer nur um Hetzjagden handelte, ist erwiesen, daß die Vorliebe der Mächtigen jener Zeiten für Hunde nicht als Tierliebe im eigentlichen Sinne angesehen werden darf. Eher ist das Gegenteil möglich. Der innere Wert eines Königs kann nicht groß gewesen sein – auch nicht, betrachtet man ihn aus dem Geist seiner Zeit –, wenn es von ihm heißt, er habe wie König Wilhelm der Rote von England nur für seine Hunde gelebt. Dieser Sohn Wilhelms des Eroberers – er regierte von 1087 bis 1100 –

ließ in seinem Königreich 22 Mutterkirchen mit allen sie umgebenden Dorfschaften niederreißen und Geistliche und Bauern wegtreiben, um Platz für seine riesigen Hundehäuser und Wildbahnen zu schaffen.

Wie wenig man überhaupt die Vernarrtheit eines Menschen in ein Tier zum Gradmesser seiner Vorzüge nehmen kann, bewies der französische König Heinrich III., der letzte der Valois. Dieser Mann mußte, nach seiner Tierliebe beurteilt, das Vorbild des sanften Heinrichs sein: seine grenzenlose Hundeschwärmerei bezog sich nicht nur auf Jagdhunde, sondern auf kleine, zarte Tiere. Von ihnen wieder bevorzugte er die Lyoner Hündchen, für deren Erwerb und Unterhaltung er jährlich über 100 000 Goldgulden verschwendete, eine für die damalige Zeit ungeheure Summe. Seine Hunde gliederte er in Gruppen, die höchste Gruppe bestand in den letzten Jahren seines Lebens aus drei Hündchen, die Bilem, Mimi und Tit hießen. Der König hatte sie von einem andern Hundenarren aus Smyrna erworben und so viel Geld dafür bezahlt wie für seine anderen ungezählten Hunde zusammen. Sie sollen ebenso schön wie klug und anhänglich gewesen sein, und der verdrehte König war nicht einen Augenblick ohne eins dieser Tiere. Doch einmal trennte er sich von ihnen, und das wurde ihm zum Verhängnis.

Die Hunde waren so klein, daß der König sie ständig mit sich herumtrug, manchmal alle drei, einen jedoch immer. Sie lagen jedes für sich in einem kostbaren Körbchen, das an einer goldenen, mit Edelsteinen besetzten Kette hing, die der König sich über Hals und Schulter hängte. So kam er zu den Audienzen, und so ging er auch in die Kirche. Nachts schliefen die Tiere im Vorzimmer, das nur durch einen Vorhang vom könglichen Schlafzimmer getrennt war. Das heißt, nur zwei schliefen, der dritte stand im Bett des Königs, zu seinen Häupten, Wache. Stand Wache, denn der königliche Narr hatte neben seinem Kopf auf dem Kissen eine Art Schilderhaus aus Seide herrichten lassen, darunter stand das Tierchen und hielt sich mit den Vorderpfoten am Dach seines Häuschens fest. So soll jedes Tier eine Stunde ausgehalten haben. Dann ertönte draußen im Vorzimmer leise eine silberne Schelle, der wachehaltende Hund sprang herab, eilte ins Vorzimmer, biß einen der schlafenden Kameraden ins Ohr, der nun ins Schlafzimmer eilte und am Kopf des Königs Wache bezog. Bis die silberne Schelle auch ihn abrief, und er nun den dritten auf Posten schickte.

Der von schlechtem Gewissen geplagte König soll gesagt haben, eine solche Leibwache könne kein Mensch überlisten, er ruhe in Sicherheit. Kein Wunder, daß er die Tiere verwöhnte und die übrigen hundert sozusagen als Rekrutenmaterial ansah. Grund genug, die schleichende Rache zu fürchten, hatte er. Seine Mutter war Katharina von Medici, die Gemahlin Heinrichs II., König Heinrich III. selbst war schwach und sittenlos, ließ sich von seiner Mutter und den Guisen zur Fortsetzung des Hugenottenkrieges verleiten, scheute sich nachher jedoch nicht, den Herzog Heinrich von Guise und dessen Bruder, den Kardinal von Lothringen, ermorden zu lassen, dann mit den Hugenotten zu paktieren und mit Heinrich von Navarra vor Paris zu ziehen. Dort ereilte ihn sein Schicksal. In St. Cloud, wo er sich aufhielt, ließ sich der Dominikaner Jacques Clément nachts bei dem König melden, um ihm eine wichtige Mitteilung zu machen. Der König empfing den Priester im Schlafzimmer, der Hund Bilem ließ es nicht zu, daß der Besucher dem Bett nahte, er bellte wütend und sprang gegen den Priester an, der vor dem kleinen Tier zurückwich. Da rief Heinrich seinen Kammerdiener und ließ den Hund hinausbringen. Gleich darauf versetzte der Priester dem König zwei Messerstiche, an deren Folgen Heinrich am 2. August 1589 starb. Der ganze Hof war sich einig, der Mörder wäre nicht zur Tat geschritten, hätte Heinrich seinen kleinen Bilem bei sich behalten.

Die Hundenarrheit in Frankreich und besonders in Paris ging weiter. Sie erfaßte fast alle Gesellschaftsschichten. Nach Berichten aus der Zeit vor der großen Revolution gab es keine herrschaftliche Kutsche, bei welcher nach ihrem Anhalten nicht zuerst der Bediente ein oder mehrere Tiere herauslangen mußte, bevor der Mensch sich erheben konnte. Kavaliere und Damen hatten in der Regel drei, vier Hunde bei sich, die sie an seidenen Bändern führten; schließlich hielten sich auch Kutscher und Zofen und Ladendiener ihre Hunde, und es war Ehrenpflicht, sie nachts mit im Bett schlafen zu lassen und mit den besten Sachen zu füttern.

Selbst die Revolution war nicht imstande, die Tiernarrheit wesentlich einzuschränken.

Frankreich blieb das Land der Hundemoden, während nur England im 18. Jahrhundert ihm eine gewisse Konkurrenz machte. Und so trug man das ganze 19. Jahrhundert in Frankreich das kleine Hündchen, und es war schick, es möglichst klein zu haben. Aus dem früheren Lyoner Hündchen, das mit Lyon niemals etwas zu tun gehabt hatte, war nun richtig das Lion-Hündchen, das Löwenhündchen, geworden, wir kennen es als Malteserhündchen. Sein Preis richtete sich nicht so sehr nach seinen Vorzügen, sondern einzig nach seiner Kleinheit. Daß dieses ganze Getue mit Tierliebe nichts zu schaffen hatte, sondern wirklich nur eine Mode war, geht aus der Art hervor, wie diese Tiere klein gehalten und wie sie gefüttert wurden. Man schloß sie fast den ganzen Tag in enge Körbchen ein, so daß die Beine und der Körper sich nicht recht entwickeln konnten. Als einer der Narren gar herausbekommen zu haben glaubte, eine ausschließliche Ernährung mit Zuckerbrot erschwere das Wachstum, fütterte halb Paris seine Hunde nur noch mit Zuckerbrot.

Es gab angeblich noch viele andere Mittel, das Wachstum der jungen Hunde zu verhindern. Zunächst wurde versucht, kleinste und selbst verkümmerte Tiere zur Zucht zu benutzen; dann feuchtete man den jungen Tieren jeden Tag Rückgrat und Beine mit Branntwein an, wodurch das Wachstum beschränkt werden sollte. Niederträchtiger schon waren andere dumme Kniffe dieser sogenannten Tierfreunde, die sich nachher nicht genug tun konnten in der Verzärtelung und Verwöhnung ihrer armseligen Kreaturen. So gab man der trächtigen Hündin in den letzten Wochen vor dem Werfen pulverisierten Schwefel und Salpeter ein, bestrich ihr auch jeden Morgen die Zunge damit und ließ sie nach Möglichkeit dürsten. Durch eine solche Behandlung sollten kleine Hunde zur Welt kommen, da das Salpetersalz durch seine Kälteeinwirkung das Wachstum erschwere, der Schwefel aber gesundheitliche Schädigungen verhindere. Auch die jungen Welpen wurden mit Salpeter und Schwefel behandelt.

England war schon früh ein tierfreundliches Land, wenn auch hier, wie fast überall, die Tierliebe der Hofgesellschaft über das Jagdvergnügen gegangen und an Hunden und Pferden hängengeblieben war. Später kam die Katze hinzu, die sich heute in England größter Liebe erfreut. Ein großer Hundefreund war König Karl II., der seine Räte dadurch reizte, daß er mit seinen Hunden in den Staatsrat ging. Er hatte in Jakob II. einen würdigen Nachfolger, von dem es verbürgt ist, daß er bei einem Schiffbruch, in dem er sich selbst in Lebensgefahr befand, die Matrosen verzweifelt anrief:

„Kinder, meinen königlichen Dank, wenn ihr mir meine Hunde rettet und Marlborough!"

Sie retteten ihn, seine Hunde und seinen Freund, den Herzog von Marlborough. Mit dem Erfolg, daß Marlborough seine Truppen dem Feinde Jakobs, Wilhelm von Oranien, zuführte und mit ihm gegen Frankreich kämpfte, wo Jakob II. Zuflucht gesucht hatte. Ohne seine geliebten Hunde, für die er sich in Frankreich allerdings Ersatz verschaffte.

In England gehörte es im 19. Jahrhundert zum guten Ton, in jeder Saison ein anderes Tier „zu tragen", ganz genau schrieb die Mode vor, welches Tier man in diesem Jahr liebhaben durfte, und von den Hunden welche Rasse. Man genierte sich keineswegs, die Lieblinge des Vorjahres wegzugeben, an Bediente oder an arme Leute, und glaubte dennoch, nicht nur ein Tierfreund zu sein, sondern dem tierliebendsten Volke der Welt anzugehören.

Von der Tierliebe zur Menschenverachtung ist oft nur ein Schritt, von der Entartung der Tierliebe zum Verbrechen scheint es mitunter nicht weiter zu sein. Die Prinzessin Anna von Württemberg – sie lebte im 18. Jahrhundert – war eine rechte Tiernärrin, und besonders hatten es ihr die Hunde und Katzen angetan. In den Räumen eines kleinen Palais waren stets einige Dutzend dieser Tiere um sie, sie sprach mit ihnen und verlangte von ihren Bedienten, daß sie die Tiere wie hochgeborene Wesen behandelten. Starb eins, wurde es in einem kostbaren Sarg aus versilbertem

Blei bestattet, und über jedem Grabhügel ließ die Prinzessin ein kleines Haus errichten, das jedoch unbewohnt bleiben mußte. Alle Bedienten mußten einem solchen Sarge folgen und Klageweiber den Dahingeschiedenen laut beweinen. Sie taten es gern und andauernd, sie wurden ja dafür bezahlt. Die Dienerschaft sollte jedoch aus Liebe zu dem Toten trauern, und da ereignete es sich einmal, daß eine der Kammerfrauen der Prinzessin es nicht nur an der gewünschten tiefen Trauer hatte fehlen lassen, daß sie sogar ein kleines Lächeln gewagt hatte. Die Prinzessin bemerkte den Frevel und stellte die Frau nach der Zeremonie zur Rede. Als diese sich mit dem Hinweis verteidigen wollte, es handele sich immerhin nur um einen Hund, stürzte sich die Prinzessin auf die Kammerfrau, warf sie zu Boden und stach mit einer langen Nadel auf sie ein. Später besuchte sie die Verwundete und goß unter dem Vorgeben, die Wunden sehen zu wollen, flüssiges Wachs darüber. Da wurde die Sache doch zum Skandal, und der Oberste Rat des Württembergischen Gerichts verurteilte die Prinzessin zu fünf Jahren Verbannung.

Eine andere Närrin hauste um die Jahrhundertwende in Berlin in einer kleinen Hinterhauswohnung mit 17 Hunden und einigen Katzen, was einige Zeitungen zu Recht als ein sonderbares Verhalten empfanden. Die Zeitungen bekamen eine Berichtigung folgenden Inhalts: „Ihr Bericht ist falsch. Ich habe außer meinen Katzen nicht 17 Hunde, sondern deren 21 in meiner Wohnung, und die kann ich zu meinem Vergnügen halten. Ich kann mir das leisten, denn ich bewohne zwei Stuben und eine Küche, und darin haben wir genügend Platz. Außerdem bin ich nicht eine verwitwete ‚Rechnungsrätin‘, sondern verwitwete ‚Geheime Medizinalrätin‘."

Von der Treue der Tiere zu ihrem Herrn über dessen Tod hinaus sagen viele Geschichten, und oft kehren die gleichen Vorgänge in verschiedenen Ländern und bei verschiedenen Tieren wieder: Hund, Katze, Pferd und Vögel. Die Geschichten sind wohl alle aus der Beobachtung der Trauer der Tiere entstanden, der Unruhe, mit der sie den vermißten Herrn suchen, und vielleicht auch aus der einmal möglichen Tatsache, daß ein Hund erfaßte, dort unten liege sein Herr. Nur ein Narr könnte untersuchen wollen, wie weit sie wirklich zutreffen, denn sie sind ja mehr als nur Berichte der Wirklichkeit.

Unsterblich ist die Treue durch das in so vielen europäischen Ländern verbreitete Gedicht von Tristan und seiner Liebe. In der aus dem 12. Jahrhundert stammenden Berner Handschrift des Gedichtes ist eine Szene, in welcher der als Narr verkleidete heimkehrende Herr von der Geliebten nicht erkannt wird, jedoch von seinem Hund, wie einst Odysseus von seinem Hund Argos. In der französischen Fassung des gleichen Epos wird der Held, wahnsinnig geworden und bis zur Unkenntlichkeit entstellt, aus dem Wald von Morris nach Tintogel gebracht, und es erkennt ihn dennoch sein Hund. In diesem Gedicht nimmt er seinen Platz auf des toten Herrn Grab. In der englischen Fassung des Tristan erlebt die dichterische Würdigung der Treue des Tieres ihren Höhepunkt, nachdem Tristan und Isolde den Liebestrank genommen haben, der sie ewig verbindet, leckt der Hund Hodaine den Becher aus und kann von nun an die Liebenden nicht mehr verlassen.

Der Sonderling unter den Hunden, von dem berichtet werden soll, hielt es etwas anders mit der Treue zum toten Herrn, er vereinigte sie mit der Annehmlichkeit des Daseins, ohne freilich die Konzessionen, die er machte, bis zu menschlichen Ausmaßen gedeihen zu lassen. Der französische Politiker Dupont de l'Eure berichtet in seinen Memoiren:

„In Paris lebte ein bei den Bewohnern des Luxembourg wohl bekanntes Original, dem man den Beinamen ‚der Abt Dreißigtausend Mann' gegeben, weil er in dem Garten, in dem er alltäglich einen großen Wortschwall zum besten gab, versicherte – nach Turenne, wie er behauptete –, daß er ganz Europa zur Vernunft bringen könne mit einer Truppenmacht von 30000 Mann.

Der ‚Abt Dreißigtausend Mann' starb und hinterließ als einzigen Gefährten, den er besaß, einen Wolfshund namens Sultan. Sultan verschmähte es, einen anderen Herrn anzunehmen. Er verweigerte alle Adoptionsanträge, die man ihm stellte, und wählte den Garten des Luxembourg zu seinem Wohnsitz, wo er auf einem Sessel lag, wenn das

Wetter schön war, unter ihm, wenn es schlecht war. Tagsüber ging er mit Personen, die ihn kannten, spazieren, nahm von dem einen ein Stück Zucker, von dem anderen etwas Gebackenes an. Wenn am Abend die Spaziergänger den Garten verließen, ließ er sich gern zu einer Abendmahlzeit einladen. Man rief ihm zu: ‚Sultan, willst du mir die Ehre erweisen, mit mir zum Abendessen zu gehen?', und wenn er sich noch nicht irgendeinem anderen verpflichtet hatte, bezeugte er durch Liebkosungen und Kläffen das Vergnügen, welches man ihm bereitete. Ohne sich zu irren, begleitete er springend die Person, welche ihn zuerst eingeladen. Als guter Gast zeigte er guten Appetit, bekundete, solange das Mahl dauerte, eine vollendete Liebenswürdigkeit und Artigkeit, und wenn der Napf geleert war, hielt er sich noch längere Zeit auf, so daß man ihn nicht der Unhöflichkeit beschuldigen konnte.

Aber wenn die schickliche Zeit verstrichen war, wünschte er fortzugehen, und er geriet in Zorn, wenn man versuchte, ihn, seinem freien Willen zuwider, zurückzuhalten.

Ein ungezogener Wirt wollte ihn eines Tages anbinden. Sultan biß ihn, zerbiß den Strick und floh. Seit dieser Zeit bezeigte er ihm bei jeder Gelegenheit seinen Groll.

Sultan erwies mir mehrmals die Ehre, mit mir zu speisen, und blieb in meiner Gesellschaft bis eine Stunde nach Einbruch der Nacht. Er tat dies, weil er wußte, daß ich seine Freiheit gewissenhaft achtete und daß ich ihm die Tür öffnen würde, sobald er das Verlangen danach zeigte."

Daß man Tiere in früheren Jahrhunderten des öfteren vor Gericht brachte, als Zeugen und als Angeklagte, kehrt in der Kulturgeschichte vieler Völker wieder. Verbreiteter jedoch sind jene Geschichten, in denen das Tier als Handelnder von sich aus auftritt: als Rächer einer von Menschen begangenen Untat. Der griechische Dichter Hesiod eröffnete den Reigen. Oder doch sein Hund. Hesiod war Hirte am Helikon und wurde in der Einsamkeit ermordet. Sein treuer Hund blieb bei ihm, erkannte beim Begräbnis den Mörder und verriet ihn durch Gebell. (Seither enden alle Rächergeschichten der Hunde so.)

Eine Legende vom Hund als Rächer seines Herrn begab

sich in Frankreich in der zweiten Hälfte des 14. Jahrhunderts und ist bekannt als „Der Hund des Aubri de Mont-Didier". Dieser Aubri war Offizier unter König Karl V. Beim Ballspiel kränkte er einmal einen Rivalen, Macaire mit Namen, einen schmächtigen Jäger des Königs, und beleidigte ihn, als er aufbegehrte, schwer. Ein Zweikampf auf Tod und Leben mußte die Folge sein; aber Macaire fürchtete die Fechtkunst des anderen, forderte ihn nicht heraus und brauchte es schließlich nicht mehr: Aubri verschwand eines Tages und hinterließ keine Spur.

Das Geheimnis lüftete Aubris Hund, eine große Dogge. Sie hatte ihren Herrn immer begleitet, und wenn er auf dem Wege zu seinem Wohnsitz durch den Wald von Bondy kam, schickte er sie voraus, damit sie seiner Frau seine Ankunft melde. Der Hund war auch diesmal gekommen, der Herr jedoch ausgeblieben. Gegen Morgen hatte der Hund das Schloß wieder verlassen und war nun auch verschwunden. Alles Suchen der Frau des Offiziers führte auf keine Spur; aus der Tatsache nur, daß der Hund seinen Herrn angemeldet hatte, schloß man, es müsse ihm im Wald von Bondy etwas begegnet sein.

Einige Tage nach dem Verschwinden Aubris kam die Dogge, atemlos und halb verhungert, zu einem Freund ihres Herrn, dem Ritter Ardillère, der in der Nähe wohnte. Er gab dem Tier Futter und wollte es behalten, doch der Hund verschwand.

Nach einigen Tagen kam er erneut, ließ sich füttern und entwich wieder. Dieses dauernde Kommen und Fortlaufen machte Ardillère schließlich stutzig, es waren schon sechs Wochen vergangen, und er ritt dem Hunde nach. Sie kamen zu einer Stelle im Dickicht, dort warf sich der Hund auf den Boden, versuchte zu scharren und heulte. Ardillère merkte sich die Stelle, holte seine Leute und ließ graben: man fand den blutigen und entstellten Leichnam Aubris. Alle auf Befehl des Königs unternommenen Nachforschungen nach dem Mörder blieben erfolglos.

Ardillère behielt den Hund des Toten bei sich und nahm ihn, als er nach Paris zog, mit in die Hauptstadt. Vor seiner Wohnung fuhren einen Monat nach der Auffindung des Leichnams zwei Wagen ineinander, und aus einem stieg ein Herr, der heftig auf den Kutscher fluchte. In diesem Augenblick sprang der Hund in Ardillères Wohnung auf und verlangte heftig, hinausgelassen zu werden. Draußen stürzte er sich sofort auf den Herrn, riß ihn zu Boden und hätte ihn zerfleischt, wären nicht die Kutscher dazwischengesprungen und hätte nicht Ardillère, der seinem Hund nachgelaufen war, die Dogge zurückgerissen. Der überfallende Herr aber war der königliche Jäger Macaire.

Nun entsann sich Ardillère des Streites, den Aubri mit Macaire beim Ballspiel gehabt hatte, und daß Macaire nur durch das Verschwinden des überlegenen Gegners vor dem Duell bewahrt worden war. Sein Verdacht wurde noch dadurch bestärkt, daß Macaire es vermied, von Ardillère irgendwelchen Schadenersatz zu verlangen, allerdings erst, nachdem er erfahren, der Hund habe vordem Aubri gehört. Ardillère richtete es noch einige Male ein, Macaire zu treffen, immer wieder versuchte die Dogge, sich wütend auf ihn zu stürzen. Um weiterzukommen, sprach Ardillère nunmehr seinen Verdacht gegen Macaire öffentlich aus und provozierte Begegnungen des Hundes mit Macaire. Bald sprach man in ganz Paris von dem Hund, der seinen toten Herrn rächen wollte. Als Macaire auch jetzt nicht gegen seinen Ankläger vorging, berichtete Ardillère die Sache dem König.

Karl V., erregt über den ungesühnten Mord und das von ihm selbst nachgeprüfte Benehmen des Hundes, versuchte aus Macaire das Geständnis, Aubri erschlagen zu haben, herauszulocken, indem er ihm Gnade versprach; seine königliche Genugtuung über den Verstand eines Hundes würde den Mord an einem Menschen in diesem Falle verzeihen lassen. Aber Macaire beteuerte seine Unschuld.

Da kam der König, nachdem er noch einmal das Benehmen des Menschen und des Hundes verglichen hatte, auf einen Ausweg. „Ich kann den Hund nicht zum Reden bringen“, sagte er, „aber ich kann die Stimme, die aus ihm spricht, und die Stimme, mit der Macaire spricht, sich öffentlich messen lassen. Eine davon ist die Stimme des Bösen, eine aber die Stimme Gottes. Macaire wird sich dem Gottesurteil stellen, zu einem Kampf auf Leben und Tod mit dem Hunde Aubris!“

Der Jäger Macaire erschrak, nahm den königlichen Spruch jedoch an. Auf der Seine-Insel Ile de Notre-Dame, gegenüber der Kathedrale, mußte Macaire vor allem Volk in die Turnierschranken treten zu einem Kampf gegen einen Hund. Um einen Ausgleich zu schaffen, hatte der König dem Jäger als Waffe einen derben, festen Knüppel gestattet, dem Hunde als Schutz, sofern er flüchten wollte, eine liegende, bodenlose, kurze Tonne. Als die Kämpfer in die Schranken getreten waren, stürzte sich die Dogge sofort auf ihren Feind; Macaire, ein geübter Fechter, versetzte ihr jedoch einen schweren Hieb gegen den rechten Hinterschenkel, so daß dadurch das Fell aufsprang und der Hund verdutzt einige Schritte zurückwich. Macaire wollte schon triumphieren, als der Hund erneut vorstürzte. Diesmal zielte Macaire auf den Kopf, traf er ihn, mußte er ihn zerschmettern. Der Hund war jedoch schneller, er sprang mit gesenktem Kopf unter dem Arm Macaires hindurch und direkt vor seine Füße, schnellte blitzschnell in die Höhe, faßte den Mann in die Achsel und gleich darauf an den Hals. Macaire streckte sich und ließ entsetzt den Knüppel los. Im selben Augenblick ließ auch der Hund los, blieb aber auf dem ausgestreckten Menschen stehen und sah ihn mit fletschendem Gebiß an.

Auf einen Wink des Königs sprang Ardillère hinzu und nahm den Hund fest. Macaire war nicht tot, seine Verletzungen waren nicht einmal lebensgefährlich, nur war er verwirrt und vollkommen verändert. Vor dem König gestand er nun, Aubri damals im Wald von Bondy aufgelauert, hinterrücks vom Pferd gestoßen und verscharrt zu haben. Drei Tage später wurde Macaire enthauptet. An der Straße im Wald von Bondy, an der Mordstelle, ließ Karl V. eine Gedenksäule errichten, auf welcher die Tat dargestellt ist, und eine Inschrift in lateinischer Sprache anbringen. Sie bedeutet:

„Sterbliche, die ihr unbesonnen und ruchlos die heiligen Gesetze des Lebens verletzt, lernt von einem unvernünftigen Geschöpfe die Dankbarkeit! Und wenn euch der böse Wille treibt, ein Verbrechen zu tun, so zittert selbst noch vor dem Schatten eures Opfers!"

Daß Tiere, die befreundet sind, gute Kameradschaft halten, im Fressen wie im Stehlen und auch im Kampf, ist bekannt. Daß sie sich auch in ungewöhnlichen Fällen von Gefahr gegenseitig Hilfe leisten, wird behauptet. Ein ganz grotesker Fall wird aus Winnipeg, der Hauptstadt der kanadischen Provinz Manitoba, gemeldet, er betrifft allerdings Polizeihunde. Danach rannten drei Hunde am Westufer des Flusses entlang, während ein vierter auf der anderen Seite durch sein lautes Gebell die Aufmerksamkeit der Hunde am anderen Ufer erregen wollte.

Der einzelne Hund schickte sich an, die 60 Meter des zugefrorenen Flusses zu überqueren, als er aber etwa dreißig Meter vom anderen Ufer entfernt war, brach er durch das dünne Eis. Unter den wartenden Hunden auf der anderen Seite befand sich auch ein großer schottischer Schäferhund, der unverzüglich zur Rettung herbeieilte und mit aller Vorsicht, auf dem Bauche kriechend, die Unglücksstelle zu erreichen suchte. Als er zu dem Loch im Eis, in dem der Hund eingebrochen war, kam, packte er auch wirklich mit seinen Zähnen den Nacken des eingebrochenen Tieres. Als der Gerettete den Rand des Eises erreichte, gab dieses nach, und beide Hunde stürzten ins Wasser. Sie machten verzweifelte Anstrengungen, sich zu befreien; dem Schäferhund gelang es dabei auch, auf das Eis zu kommen. Wieder legte er sich auf den Bauch und kroch mit aller Vorsicht an den Kameraden heran, der bereits ganz erschöpft war. Auch diesmal gelang es ihm, den Nacken mit den Zähnen zu fassen und das Tier herauszuziehen. Die anderen beiden Hunde, die wie wild hin- und herrannten, gingen jetzt auf das Eis und halfen dem Schäferhund, den Verunglückten zum Ufer zu schleppen. Es waren sämtlich Polizeihunde, die sich genau kannten.

Einen harmloseren Fall von kameradschaftlicher Hilfeleistung erlebte ich in Lübbenau. Der Wirt des Spreehotels hatte zwei Hunde, einen älteren Jagdhund, der aber nie zur Jagd benutzt wurde, und einen jungen Boxer. Als dieser sechs Monate alt war, fiel er aus einem am Ufer liegenden Kahn ins Wasser. Sofort sprang, ohne daß er einen Befehl bekommen hätte, der Jagdhund nach, faßte den verblüfften kleinen Spielkameraden im Genick und schleppte ihn an Land. Sein Tun ist deshalb so ungewöhnlich, weil er sich sonst beharrlich weigerte, ein Stück Holz aus dem Wasser zu holen.

Der berühmteste aller Rettungshunde aber war Barry, der große Bernhardiner vom St. Bernhard, der den Ruhm seines Hospizes und seiner ganzen (heute leider verzüchteten) Rasse begründete.

Barry hatte mit anderen Hunden im Winter die Aufgabe, das Gebiet des Gebirgspasses nach Verirrten oder im Schnee Verunglückten abzusuchen. Soviel sentimentale Romantik nun auch über die Bernhardinerhunde ausgeschüttet wurde – seit es eine Menschheitsgeschichte gibt, sind nicht so viele Menschen winters über den St.-Bernhard-Paß gegangen, wie die Bernhardinerhunde allein an Verunglückten gefunden haben sollen –, so steht doch fest, daß Barry in den zwölf Jahren seines Dienstes 43 Personen dem Tod entrissen hat. Als seine schönste Tat berichtet Tschudi die Rettung eines kleinen Mädchens, das an einem klaren Frosttag wohl die Straße von Andermatt entlang gegangen war, sich dann im ausbrechenden Schneesturm verirrt und in einer kleinen Felsengrotte Zuflucht gesucht hatte. Dort fand Barry das schlafende und bereits erstarrte Kind. Er leckte es so lange, bis es erwachte. Die Kleine hatte von den guten großen Hunden gehört und Barrys Niederlegen richtig gedeutet: sie stieg dem Hund auf den Rücken und hielt sich um den Hals des Tieres fest. So kam Barry, ermattet und mit einem schon wieder fast bewußtlosen Kind auf dem Rücken, im Hospiz am Passe an.

Der brave Hundeheld endete im Jahr darauf auf tragische Weise. Ein schweizerischer Soldat war unbemerkt von einer Lawine verschüttet worden. Barry hatte die Stelle gefunden und den Mann ausgegraben. Der Soldat, der schon stundenlang unterm Schnee gelegen hatte und halb besinnungslos war, sah plötzlich eine Öffnung im Schnee, in ihr aber einen großen Hund, der mit Ungestüm eindringen wollte. In seiner neu ausbrechenden Todesangst, der Hund wolle ihn angreifen – er wußte nichts von den Bernhardinerhunden –, stach er mit letzter Kraft mit dem Seitengewehr wild auf den Hund ein und tötete ihn. Bevor er starb, heulte Barry, was er nie getan, lang und gewaltig. Der Schauplatz des Vorfalls war nicht weit vom Hospiz entfernt, und endlich wurde man auf das Heulen aufmerksam. So wurde Barry gefunden, neben sich einen bewußtlosen Soldaten, gegen dessen verzweifelte Stiche er sich mit keinem Biß und auch nicht durch die Flucht gewehrt hatte. Im Zoologischen Museum in Bern ist Barrys Balg aufbewahrt. Eine Inschrift schildert sein Leben im Dienste der Menschen und seinen Tod durch einen Menschen: „Er rettete dreiundvierzig Menschen das Leben und starb durch den vierundvierzigsten."

Auch am Anfang meiner Tage steht ein Tier. Nicht irgendein Tier, sondern auch ein Hund; nicht irgendein Hund, sondern ein Pudel; nein, auch nicht ein Pudel, sondern: Simson! Kein Freund, Kamerad oder Spielgefährte: ganz einfach – Simson!

Der Tag liegt weit zurück. Da der Hund in meinem fünften Lebensjahr tödlich verunglückte, ein Pferd schlug ihn, und ich der Überzeugung bin, jahrelang mit ihm zusammengewesen zu sein, konnte ich wohl kaum das vierte Jahr vollendet haben, als der erste bewußt gebliebene Tag aus dem Dunkel trat. Er umschließt kein lächelndes Muttergesicht, keine Vatergestalt, keine Geschwister, kein Zimmer, keinen Hof, nichts dergleichen: in ihm steht allein ein schwarzer Pudel.

Vielleicht würde er nicht so übermächtig den Anfang meiner Erinnerungen hüten, hätte er nicht die Aufgabe gehabt, meine kleine Existenz zu beschützen, und wäre er nicht dadurch in die Gelegenheit gekommen, dem Knaben wie dem Mann das allgemeine Verhältnis Mensch – Tier in noch immer gültiger Form darzustellen.

Simson war ein großer, kluger und unmenschlich nobler Hund. Es war ihm befohlen, mich, waren Eltern und Geschwister nicht zu Hause, zu betreuen. Ich weiß nicht, wie Vater, Mutter und Geschwister an jenem ersten klaren Tage ausgesehen haben, ich weiß nur, wie ich die Hoftür offen fand und mich wohl zum erstenmal von Simson nicht bestimmen ließ, innerhalb der uns gesetzten Grenzen zu bleiben: Ich ging auf die Straße, durchs Dorf und hinunter ins Bruch. Treu begleitet von Simson, dem ich ausriß, wenn er mir den Weg verstellte. Dann kommt eine Lücke in der Erinnerung an das Abenteuer. Auf einmal war die Schwester im Bruch, jammerte und schalt und schlug mit einer Rute den geduldig dastehenden Simson: weil er nicht aufgepaßt hatte! Zu Hause wurde ich ausgezogen, denn ich war bis an den Bauch naß, und ins Bett gebracht. Bevor ich einschlief, hörte ich Simson heulen, er bekam nun vom Vater Prügel: weil er nicht aufgepaßt hatte! Alle fanden das in Ordnung, ich damals auch.

Ich weiß weiter, daß der Pudel am andern Tag nicht in die Stube kommen wollte und der Vater es ihm schließlich befahl. Und daß ich, als wir beide in der Küche allein waren, auf den Stuhl kletterte und von einem Brett, das auf dem Küchentisch lag, eine halbe dicke Mettwurst nahm und sie Simson unterm Tisch hinlegte. Er wollte sie nicht nehmen. Er stahl nie, man hätte eine Wurstschüssel auf den Fußboden stellen können. Ich weiß, ich habe ihm zugeredet in allen Tonarten. Doch traute er dem Frieden nicht, er machte sich die Tür auf, das konnte er großartig, und trug die Wurst in den Holzschuppen.

Vielleicht hätte keiner das Fehlen der Wurst gemerkt, allein meine Schwester fand den letzten Zipfel im Holzschuppen, an dem nämlichen Platz, an dem der Hund nachmittags zu schlafen pflegte. Sie verpetzte ihn, und als der Vater kam, erhielt Simson aufs neue Prügel, diesmal mit dem Kantschu, und er weinte sehr. Ich allein wußte, daß er unschuldig war, aber ich sagte nicht, daß ich ihm die Wurst gegeben hatte, obwohl mir keine Schläge drohten. Mir war, als müßte das alles so sein. Es war wohl auch von einem vierjährigen Jungen nicht anders zu verlangen.

Den Hund verloren wir in meinem fünften Jahr, und seine Nachfolger beschatteten die Erinnerung an ihn, jedoch nicht das mir bewußt gebliebene Bild meines ersten Lebenstages. Und als ich etwa acht Jahre alt war, wurde mir an Simson die üblichen Beziehungen des Menschen zum Haustier offenbar, und darum erzähle ich die Geschichte. Aus Gesprächen über Simson hatte ich erfahren: der Vater selbst hätte damals die Hoftür nicht eingeklinkt; ich sei von der Schwester im Bruch nur gesucht und gefunden worden, weil Simson ununterbrochen gebellt hatte; daß man einstimmig bezweifelt hatte, er könnte sich die Wurst gestohlen haben; freilich – wie sollte sie in den Schuppen gekommen sein? Als ich, nunmehr mutiger geworden, bekannte, ich hätte sie ihm gegeben, bezog ich lediglich die Ermahnung, nicht gut gehandelt zu haben.

Im gleichen Atemzuge jedoch erzählte der Vater, wie Simson meinetwegen schon Jahre vorher hatte leiden müssen, ebenso unschuldig, und wieder nur durch die Gedankenlosigkeit der Menschen. Ich konnte noch nicht laufen, doch um so munterer kriechen. Mußten die Eltern fortgehen, legte man mich öfter im Vorgarten auf eine ausgebreitete Wagenplane in die Sonne und bedeutete Simson, aufzupassen. Er habe mich nur immer bis an den Rand der Plane kriechen lassen und sich dann davorgestellt, mitunter mich auch vorsichtig hinten am Kleid gepackt und wieder auf das Tuch zurückgezerrt. Woran die Familie oft ihren Spaß gehabt hätte. Und sie hatten ihm beigebracht, keinen Menschen an mich heranzulassen. Weshalb er auch Hühner und Gänse und Enten wegjagte, kamen sie mir zu nahe. Nun ja, und da sei einmal Mutter Hanisch auf den Hof gekommen und habe ihre spaßigen Reden mit mir geführt und sich schließlich gebückt und mich hochgenommen. Worauf Simson sie in die Wade gebissen hatte. Nicht schlimm, aber doch so, daß sie aufschrie und mich fallen ließ. Worauf ich schrie und die Mutter aus dem Nachbarhaus angefegt kam. Worauf der Simson vom Vater harte Prügel bekommen habe. Nicht eigentlich deshalb, weil er die alte Frau Hanisch gebissen hatte, sondern hauptsächlich, weil die Frau mich fallen gelassen hatte und ich mir einen Schaden hätte zuziehen können.

Dies ist, musterhaft, das Verhältnis des Menschen zum Haustier. Als ich es erfuhr und begriff, lebte Simson nicht mehr, ich hätte ihm zwei Würste gemaust und mich zu dieser Tat bekannt. So konnte ich nur dem Vater sagen, Simson habe zu Unrecht Prügel bekommen, damals im Bruch, dann wegen der Wurst und erst recht vorher, als er die Alte gebissen hatte, denn man habe ihn doch gelehrt, er solle keinen an mich heranlassen. Da hörte ich denn wörtlich: „Das schon, aber die alte Hanisch hätte dir doch nichts getan!“ Ich gab nicht nach. „Aber ihr habt ihm nicht gesagt, die alte Hanisch darf mich anfassen!“ Worauf der Vater ärgerlich sagte: „Laß mich in Ruh, und außerdem ist er ja schon lange tot!“

Damals dachte ein achtjähriger Knabe zum erstenmal über den Menschen und die Tiere nach. Freilich ohne zu Ende zu kommen und bewußt Nutzen aus diesem Nachdenken zu ziehen. Ihm unbewußt, formte sich aber um einen Pudel, der in seinem ersten Lebenstag stand, ein Schein, den in seinen Augen später die Haustiere ganz allgemein trugen.

Zwei Jahrzehnte später, an einem schönen Märztage, sah ich unserem Nachbarn zu, wie er pflügte und dabei ununterbrochen schimpfte und brüllte. „Na warte, du Luder, dir werd ich das schon abgewöhnen! Willst du das wohl lassen, Biest verdammtes! Jetzt reißt mir aber die Geduld, du Mistbock! Nun seh einer doch so eine dämliche Zicke an! Himmelschockschwerenot noch mal, so was ist mir noch nicht unter die Hände gekommen!“ In jeden Vers fielen ein paar Rucke mit der dem Pflüger um den Hals hängenden Leine und beim Wenden jedesmal ein harter Griff an den Pferdekopf und ein rauhes Herumreißen. Das ausgeschimpfte Pferd war die braune Stute Hanne, die er vor vierzehn Tagen als Ersatz für einen lahmen Fuchswallach gekauft hatte. Sie war nicht teuer gewesen, sie war auch nicht mehr jung, sie paßte nicht zu dem übriggebliebenen Fuchs, mit dem sie nun zusammengespannt war. Der Bauer hatte sie gekauft, weil sie ihm preiswert schien, obwohl er wußte, daß sie noch nie vor dem Pflug gegangen war. Die rauhe Behandlung mußte sie ertragen, weil sie „wochenlang“ im Stall sich „herausgefressen“ habe, vor dem Wagen auch ganz manierlich laufe, jedoch vor dem Pflug, wo es um die „richtige“ Arbeit gehe, sich „dumm“ anstelle. Ein Pferd, das nie vor dem Pflug gegangen war. „Aber ich werd die noble Berliner Pflanze schon zurechtbiegen!“ Und er warf ihr einen bösen Blick zu.

Dabei war der Mann ein Pferdenarr. Nur hatte er die übliche Ansicht aller Tierhalter dieser Art, daß Tiere keine Geschöpfe sind, sondern Eigentumsstücke wie eine Drillmaschine, daß sie aber dennoch fähig sein müßten, die menschliche Sprache zu verstehen und Arbeiten, welche dem erwachsenen Menschen geläufig sind, zu verrichten. Verstehen sie hingegen nicht, was der Mensch von ihnen will, und tun sie nicht sofort, was er fordert, so sind sie eben störrisch, faul oder trotzig und verdienen Schimpfworte und Prügel.

Die Stute Hanne also wollte nicht in der Furche gehen, sie trat immer wieder heraus, hob den Kopf und wieherte gelegentlich. „Bist wohl gar noch bussig, alte Zicke?" schalt der Bauer. In seiner Verdrossenheit sah er gar nicht, daß sein geliebter Fuchswallach Hans arge Mitschuld trug am eigenartigen Benehmen der Stute. Der Wallach nämlich kniff aus tiefgesenktem Kopf die neue Stall- und Arbeitsgefährtin in die Brust. Geschah es auch nicht aus Abneigung, sondern aus Übermut, so trieb es die Neue doch jedesmal erschreckt aus der Furche. Den Bauer veranlaßte das nicht, die Tiere genauer zu beobachten, er hatte lediglich gemerkt, daß die Stute auch unruhig war, wenn der Wallach in der Furche zu gehen hatte. Dann drängte sie dorthin. „Ist das nun nicht zum Verrücktwerden mit dem Vieh? Ist sie in der Furche, will sie raus, ist sie draußen, will sie rein! Der ist das gute Futter zu Kopf gestiegen, nach dem Berliner Stroh!" Es fehlte bloß, er würfe ihr vor, sie sehne sich nach dem Berliner Pflaster zurück.

Was aber mochte wirklich los sein mit dem Pferd? Es war so einfach: Der Nachbar legte Wert darauf, ein guter Landwirt zu sein, und hatte sich einen Kipppflug angeschafft. Der hat zwei Paar Schare, verlangt also kein Rundpflügen, braucht auch nicht ausgehoben zum Ausgangspunkt zurückgebracht zu werden, er erfordert nur das Umsetzen der Pferde. Wobei allerdings nach jedem Strich ein anderes Pferd in der Furche zu gehen hatte: aufwärts das eine, abwärts das andere. Hier sollte nun ein Pferd, das überhaupt zum erstenmal vor dem Pflug ging, nicht nur daran gewöhnt werden, in der Furche zu gehen, also gute zwanzig Zentimeter tiefer als das Nebenpferd, in einem Graben sozusagen, es sollte auch verstehen, daß es bei der nächsten Tour nicht in der Furche zu gehen habe, sondern daneben. Weil das für den Pflüger nun eine so einfache Sache war – für den Nichtlandwirt ist sie schon schwierig –, nahm der

Bauer an, ausgerechnet ein Pferd müsse sie sofort kapieren und sei verstockt, weil es sowohl in der Furche wie auf dem Weg daneben nicht zufrieden sei. Er schimpfte also. Ich meinte: hätte ein Pferd wirklich die geistigen Gaben, die der Mensch ihm bereitwillig zuschreibt, wenn er etwas vom Tier haben will, so müßte es in diesem Falle denken: Was will dieser Ochse von Mensch nur von mir? Ich soll durchaus da unten in dem dummen Graben laufen, will ich es nun tun, soll ich wieder daneben laufen! Dazu kneift einem der verschnittene Kamerad dauernd in die Brust! Lieber Himmel, das ist ja alles ganz schön mit dem guten Futter, aber wenn das Geschimpfe und Gereiße so weitergehen soll, da hole der Teufel das Landleben!

Als ich den Nachbarn auf den Kipppflug als die Ursache der Unsicherheit seiner neuen Stute aufmerksam machte, fragte er brummig, ob er wegen dem Zossen etwa einen alten Pflug holen solle, und außerdem glaube er es nicht. Da nahm ich ihm Pferde und Pflug aus der Hand, ließ die Stute in der Furche gehen, wendete oben angelangt aber, karrte leer zurück und pflügte nur immer in der einen Richtung, so daß die Stute eine Viertelstunde lediglich in der Furche zu gehen hatte, niemals daneben. Und siehe, schon beim drittenmal ging sie ordentlich, sofern der Fuchs sie nicht kniff. Stolz auf den Beweis für meinen besseren Pferdeverstand und den besseren Menschenverstand der Stute hielt ich vor dem Nachbarn an, überzeugt, ihn mit seinem neuen Pferd versöhnt zu haben. Er aber brummelte: „Man gut, daß keiner den Zirkus gesehen hat, der müßte ja glauben, wir wissen mit einem Kipppflug nicht umzugehen!“ Und er pflügte weiter, wie es der Kipppflug verlangte, nicht wie es zur Anlernung des neuen Pferdes notwendig gewesen wäre. Was hätten auch die Menschen denken können! Und wenn er dies hier nun liest, wird er an der Geschichte nichts weiter auszusetzen haben, als daß die Leute glauben könnten, er behandele seine Pferde schlecht. „Denn das bißchen Gebrülle schadet doch einem Tier nichts und erleichtert dazu das Menschenherz. Außerdem sagt man ja immer, man solle mit seinen Tieren reden, immerzu reden, und wenn sie auch nicht die Worte verstehen, so merken sie doch am Ton, was los ist!“ Er lachte überlegen: „Na, merken sie am freundlichen Ton, was los ist, müssen sie es doch auch am bösen Ton merken! Und dann hat auch das Geschimpfe seine Berechtigung erwiesen!"

Diese Beweisführung ist nicht nur pfiffig, sie ist stichhaltig, hat aber dennoch ein Loch. Ohne Frage merkt das Tier am Ton, in dem ein Mensch mit ihm spricht, ob es ein Lob bekommt, ob etwas Angenehmes zu erwarten ist, oder ob das Gegenteil der Fall ist. Aber der Unterschied ist dieser: ein gelobtes und zärtlich angeredetes Tier wird unter solchen Worten wie unter einer streichelnden Hand immer ruhiger und gefälliger werden, während es bei Schimpfreden von Minute zu Minute unruhiger wird und somit immer weniger geeignet, einen herausgebrüllten Befehl zu verstehen oder auszuführen! Die Tatsache allein, daß der Mensch das nicht bedenkt, zeigt nur wieder – seine eigene Verständnislosigkeit ...

Auch in den folgenden Geschichten ist von Unwissenheit die Rede, davon, daß die Liebe zum Tier den Menschen nicht selten in die Irre führt.

In Berlin ging ich einmal in einen Sattlerladen, eine Leine zu erstehen. Der Meister beriet gerade eine junge Dame, ein hübsches, zartes, liebliches Geschöpf, das eine Hundeausstattung zusammenkaufte: Halsband, Leine, Beißkorb, alles gefärbtes Leder, blau, bestimmt für einen Scotch-Terrier. Er war erst sechs Monate alt und, nach den Versicherungen der jungen Dame, das entzückendste Hündchen auf der Welt, und sie liebe es so sehr, daß sie es dem Meister gar nicht sagen könne, und sie liebe überhaupt Tiere, alle Tiere, und könnte nicht verstehen, daß es Menschen gäbe, die Tiere quälten. Ja, und dann fragte die reizende junge Dame nach einer – Hundepeitsche und wählte wippend eine recht handfeste.

Da ich an den Bekenntnissen eines zarten Mädchengemütes hatte teilnehmen dürfen, konnte ich nun auch die Frage wagen. „Aber mein Fräulein, für einen so kleinen und lieben Hund eine Peitsche?" Ein paar große, blanke Augen sahen mich an, und hinter der Verwunderung über die Zumutung stieg leuchtend wieder die Liebe zum eigenen Tier auf: „Aber nein, nicht für meinen Hund, die Peitsche will ich doch für die anderen Hunde haben!“ Mit dem unschuldigsten Gesicht und Herzen von der Welt. Ich hatte vorgehabt, in liebenswürdiger Form darzulegen, daß Hundepeitschen überhaupt und erst recht in der Hand zarter junger Damen eine peinliche Dekoration seien und daß ich noch nie eine Peitsche gebraucht hätte, weder für die eigenen Hunde noch für die fremden, jedoch der leicht vorwurfsvolle und bittende Blick des Sattlermeisters verhinderte, daß ich ihm mit solchen Aufklärungen das Geschäft verdarb. Und so kaufte die leidenschaftliche Tierfreundin eine Peitsche – für die Hunde der anderen Tierfreunde.

Offensichtlich gehörte sie zu jenen Naturen, aus denen wohl gut die Hälfte aller Tierfreunde besteht: Mitmenschen, die für die eigenen Tiere persönliche Entbehrungen auf sich nehmen können, deren Herzen von Mitgefühl mit der Kreatur überfließen; und die doch augenblicks einer Verhärtung zu erliegen vermögen, droht dem Liebling eine auch nur eingebildete Gefahr. So sehr kann sich dann das Herz verhärten, daß die Hand imstande ist, es als Stein oder gar als tödliches Geschoß gegen ein fremdes Tier zu schleudern. Weil hinter Gefühl und Tun eben nicht eine allgemeine Verbundenheit mit dem Tier sichtbar wird, sondern eine Freundschaft zu dem einen oder den mehreren, mit denen der Mensch in ganz persönliche Berührung getreten ist. Oft beruht das Verhältnis gar nur auf ganz gewöhnlichem Besitzerstolz.

Mein russischer Steppenwindhund liebte es, rennende Hunde zu überholen und sie dabei seitlich abzudrängen. Wohl ein Überbleibsel aus der Zeit seiner Wolfsjagd-Ausbildung. Ob Hund oder Hündin, Teckel oder Schäferhund, alles, was rannte, mußte überholt werden. Es hat halt jeder seinen Ehrgeiz, und gerade der Hund möchte das einmal gern und gut Erlernte zeigen. Den im Wettlauf Geschlagenen geschah übrigens niemals etwas, jeder sah, daß dieses Überholen und Abdrängen ein Spiel war. Dennoch geschah oft das, was wegen des mitbetroffenen Menschen sehr betrüblich war.

Eine weißhaarige alte Dame mit grundgütigem Gesicht

ging spazieren, begleitet von einem Drahthaarterrier. Liebevoll umfing ihr Blick das Tier, und als der muntere Terrier mit allen vier Beinen zugleich im Gras der Parkanlagen auf und ab sprang, anscheinend auf der Mausejagd, leuchtete es auf dem alten Menschengesicht. Und als der Terrier gar eine Katze entdeckte, die vielleicht auch auf der Mausejagd gewesen war, und kläffend hinter ihr hersetzte, sprang der helle Stolz aus den alten gütigen Frauenaugen. Stolz und Güte, sie verschwanden jäh, verwandelten sich in Erschrecken und in Haß. Der Steppenwindhund nämlich hatte den rennenden Terrier erblickt, hatte nichts weiter erblickt als ein rennendes Tier, und aus weit zurückliegendem Startplatz sofort zum harmlosen Wettlauf angesetzt. Er erreichte den Terrier, als der die aussichtlos gewordene Katzenjagd abbrach und abschwenkte. Da prallte der Windhund gegen ihn, und der Terrier flog beiseite und überkugelte sich. Das war alles. Er schrie nicht, er hinkte nicht, er kam zu seiner Herrin zurück, als wäre dieses kleine Malheur das Selbstverständlichste in der Hundewelt. Der Windhund kam auch zurück, vielleicht ein wenig unsicher, daß er den anderen umgerissen hatte.

Er hatte freilich mehr umgerissen, er hatte in seinem Herrn den Glauben umgerissen, ein weißhaariger alter Frauenkopf müßte in jedem Fall von einem gütigen Menschen künden. Denn die alte Dame richtete sich, nachdem sie ihren Liebling genügend geklopft hatte, kerzengerade auf, warf einen Blick auf den harmlos das Bild betrachtenden Hund, einen giftigen Blick auf den Herrn des Hundes und warf darauf die Worte auf beide: „Erschießen müßte man solche Bestie!“

Genau in diesem Augenblick aber ging der engelhafte Terrier stummelwirbelnd auf den bestialischen Windhund zu, der sich rasch lang in den Kies legte und schweifwedelnd, daß der Kies nur so spritzte, den Kameraden erwartete. Bei kleinen Hunden legte er sich immer nieder, sie sollten die Freude der Bekanntschaft wohl ohne Anstrengungen genießen. Diesmal kam es leider nicht dazu: der Terrier war noch nicht bei dem Windhund angelangt, da hatte sich die alte Dame in rasche Bewegung gesetzt, sie rannte und schrie: „Darkie! Darkie!“ und zu dem Herrn:

„Nehmen Sie sofort die Bestie fest!“ Ach, es war wirklich Angst um ihr Tier in der Stimme und in ihrem Tun gleichzeitig ein großer Mut, denn sie lief auf den Windhund zu und schlug mit dem Schirm wild auf den Verdutzten ein, sie machte sogar Miene, ihn, als er ein paar Schritte beiseite gesprungen war, zu verfolgen. Ununterbrochen schimpfend, ging sie schließlich mit Darkie weiter. Was wird sie in den nächsten Wochen Schreckliches von wilden Windhunden und verwilderten Menschen erzählt haben!

Andere machten den Irrtum dieser Dame gegenüber einem grenzenlos gutmütigen Tier wieder gut. Durch einen anderen Irrtum. Mein Windhund liebte nur eine Art der Bewegung: das Rennen. Gehen und Traben waren kümmerliche Notbehelfe, laufen mußte er, rennen. Und am liebsten stundenlang rennen. Seinem Herrn blieb somit nur die Wahl, ein Nurmi zu werden oder ein Fahrrad zu nehmen. Er nahm ein Fahrrad und erlebte, wie ein Paar brauner Hundeaugen aufleuchtete und vier schlanke Beine in Tänzeln fielen, faßte er das Rad auch nur an. Und um dem Hund seine Kameradschaft ganz zu beweisen, ließ der Herr ihn jede Woche einmal den Weg bestimmen, den sie nehmen wollten. Es wurde dann immer der Weg in und durch den Stadtwald. Kaum umfingen sie die ersten Bäume und die Autos waren verschwunden, setzte der Hund sich auch schon in Trab, in Galopp, und überließ es seinem Herrn, sich die Seele aus dem Leibe zu strampeln. Und immer, wenn eine Abzweigung kam, äugte er zurück: der Hund konnte zweifellos noch schneller laufen, als er schon lief; es lag ihm anscheinend aber nur daran, einen bestimmten Vorsprung zu wahren. Versuchte der Herr aufzuholen, lief der Hund rascher, fiel der Herr sehr zurück, setzte der Hund sein Tempo herab, so daß nur immer rund zwanzig Meter Abstand zwischen ihnen blieben.

Der Hund vergnügt, der Herr etwas abgejachtert, kehrten sie aus dem Wald in die ersten Straßen zurück. Da hatte der Hund, da er diesen Tag doch führen durfte, noch ein paar Wünsche außerhalb des Programms: er mußte erst noch vor einigen Villengärten ein dutzendmal hin und her jagen, festzustellen, ob der ihm von früher bekannte Kollege hinter dem Gatter noch immer nicht so schnell laufen könne. Und so begab es sich, daß er, weil sein Herr langsam weitergefahren war, nun hinter dem Radfahrer herkommen mußte.

Es waren drei alte Damen, und sie standen an einer Ecke und sahen aus beengten Augen nur dies: ein Mann auf einem Rad fuhr zwar nicht schnell, aber er fuhr doch auf einem Rad, drehte sich zwar mal um und rief einen Hund, der ohne Frage so rasch nicht laufen konnte, denn sonst wäre er ja nicht zurückgeblieben! Und sogleich war die Empörung da und schallte laut über die Straße. Denn auch dies scheint ein ungeschriebenes Gesetz der Tierliebe zu sein, daß man sie zur Schau tragen muß und bei ihrer Bekundung sogar die sonst ängstlich gewahrte gute Erziehung vergessen darf. „Tierquälerei – anzeigen müßte man solche Menschen – das arme Tier! Schade, daß kein Schutzmann da ist!“

Sicher noch mehr böse Worte, angefeuert durch das Stehenbleiben anderer Spaziergänger, sie verstummten nur, als der Radfahrer abstieg, gewillt, im Interesse einer guten Sache, die ihn auch mit diesen empörten Herzen noch verband, einen Irrtum aufzuklären. Er machte es freilich grundfalsch: es wurde ihm zwar gestattet, die Damen wegen ihrer Tierliebe zu loben, es wurde ihm auch schweigend, jedoch schon mit gezeigten Zweifeln, gestattet, seine eigene Tierliebe zu betonen, es wurde aber der Beweis, daß die Empörung über einen hinter dem Fahrrad herlaufenden Windhund aus irrigen Voraussetzungen entstanden sei, strikt abgelehnt! Bitte: läßt der Hund die Zunge heraushängen oder nicht? Fliegen seine Flanken oder nicht?

Das war nun nicht zu leugnen, auch nicht, daß die Flanken eines unfaßlich dicken Dackels, den eine der Damen an der Leine hielt, nicht flogen. Zu seinem Unglück aber sagte der Herr: „Atemnot allerdings hat der Dackel, nicht mein Windhund! Denn sehen Sie: ich opfere meine Zeit, um meinem Hunde die ersehnte Bewegung zu verschaffen, ich lasse ihm mitunter sogar die Freiheit, den Weg zu bestimmen, den er gehen will, ja, ich nehme Unbequemlichkeiten auf mich wie die, auf nicht immer guten Wegen sehr schnell zu fahren! Und doch bin ich für Sie kein Tierfreund, sondern ein Tierquäler. Sie dagegen hindern Ihren armen Dackel daran, sich Bewegung zu verschaffen, Sie nehmen ihn nur zu Hause von der Leine, weil Sie fürchten, es könnte ihm auf der Straße etwas passieren. Sie zwingen ihm aus lauter sogenannter Tierliebe gute und süße Sachen in den Leib und machen aus einem höchstens fünfjährigen Tier eine unförmige asthmatische, herz- und nierenverfettete Fleischmasse ..."

Als der Herr das von dem fetten Dackel sagte, drehten sich die Damen ab und ließen ihn stehen. Und nur der feiste Krummbeinige sah sich um, ihm hatte das Stillsitzen eitel Freude gemacht; sollte er nun schon laufen, so würde er lieber mal bis zu dem großen Hund schaukeln. Der wieder hatte die Rede auch in der Kürze langweilig gefunden und durch wiederholtes Stoßen mit der Schnauze gegen den Schenkel seines Herrn zu verstehen gegeben: „Los, Mensch, laß uns weitermachen, es hat ja doch keinen Zweck!" So daß sein Herr wirklich nichts weiter tun konnte, als seinen Fuß aufs Pedal zu setzen: Er erlebte zu seiner Freude, daß wenigstens eine der Damen sich an der Ecke umblickte und somit wohl oder übel bemerken mußte, wie ein Hund im Hui davonfegte, so daß Nase, Rükken, Beine und Schwanz nur einen Strich ergaben.

Zweiunddreißig kurze Beschreibungen einiger Schwierigkeiten großer Männer beim Umgang mit Tieren

Wer ist ein Heide, wer ein Gerechter?
Ist gut der eine,
ist der andre nicht schlechter.
Nichts trennt die Gerechten
somit von den Heiden,
es wohnen im Menschen
doch immer die beiden.

Unendlich groß ist die Zahl solcher Geschichten. Tiere haben zwar selten im Leben großer Menschen eine dominierende oder gar zentrale Rolle gespielt. Sie tauchen nur am Rande auf, und sie werden – wohl zu Recht – auch in den Biographien in der Regel kaum erwähnt. Doch es ist nicht ohne Sinn, diesen Beziehungen nachzuspüren. Wohl wissend, daß sie zumeist den pittoresken Äußerlichkeiten zuzurechnen sind. Vielleicht aber werden hier und da aufschlußreiche menschliche Eigenschaften sichtbar, die uns, hätten wir den scheinbaren Nebenpfad nicht betreten, für immer verborgen geblieben wären. Hier also Beispiele merk-würdiger Motive der Liebe und des Hasses, der Zuneigung zum Tier und der Feindschaft …

Martin Luther lehnte jagdliches Wüten ab, und das Tierhetzen und Vogelstellen verurteilte er. Dafür legt ein Brief Zeugnis ab, den er seinem Diener Wolfgang Sieberger von

Koburg aus schickte, weil Sieberger allzusehr seiner Jagdleidenschaft nachging. Luther hat diesen Brief als eine Bittschrift der Vögel an ihn geschrieben:

„Unserm günstigen Herrn, Doctori Martino Luther, Prediger zu Wittenberg. Wir Drosseln, Amseln, Finken, Hänflinge, Stieglitzen samt andern frommen, ehrbaren Vögeln, so diesen Herbst über Wittenberg reisen sollen, fügen Eurer Liebe zu wissen, wie wir glaublich berichtet werden, daß einer, genannt Wolfgang Sieberger, Euer Diener, sich unterstanden habe, einen großen, freventlichen Thurst und etliche alte, verdorbene Netze aus großem Zorn und Haß über uns teuer gekauft, damit ein Finkenherd anzurichten, und nicht allein unsern lieben Freunden und Finken, sondern auch uns allen die Freiheit, zu fliegen in der Luft und auf Erden Körnlein zu lesen, von Gott uns gegeben, zu wehren vornimmt, dazu uns nach unserm Leib und Leben stellt, so wir doch gegen ihn gar nichts verschuldet noch solche ernstliche und geschwinde Thurst um ihn verdient. Weil er dann alles, wie Ihr selbst könnt bedenken, uns armen freien Vögeln (so zuvor weder Scheune noch etwas darin haben) eine gefährliche und große Beschwerung, ist an Euch unsere demütige und freundliche Bitte, Ihr wollet Euren Diener von solcher Thurst weisen, oder wo das nicht sein kann, doch ihn dahin halten, daß er uns des Abends zuvor streue Körner auf den Herd und morgens vor acht Uhr nicht aufstehe und auf den Herd gehe; so wollen wir uns denn unsern Zug über Wittenberg hinnehmen. Wird er das nicht tun, sondern uns also freventlich nach unserm Leben stehen, so wollen wir Gott bitten, daß er ihm steure, und er des Tages auf dem Herde Frösche, Heuschrecken und Schnecken an unserer Statt fange und zu Nacht von Mäusen, Flöhen, Läusen, Wanzen überzogen werde, damit er unser vergesse und den freien Flug uns nicht wehre. Warum braucht er solchen Zorn und Ernst nicht wider die Sperlinge, Schwalben, Elstern, Dohlen, Raben, Mäuse und Ratten? Welche Euch doch viel Leids tun, stehlen und rauben und auch aus den Häusern Korn, Hafer, Malz und Gerste enttragen, welches wir nicht tun, sondern allein das kleine Bröcklein und einzelne verfallene Körnlein suchen. Wir stellen solch unsere Sache auf rechtmäßige Vernunft, ob uns von ihm nicht mit Unrecht so hart wird nachgestellt. Wir hoffen aber zu Gott, weil unsere Brüder und Freunde soviel in diesem Herbst vor ihm bleiben und entflohen sind, wir wollen auch seinen losen, faulen Netzen, so wir gestern gesehen, entfliehen. Gegeben in unserm himmlischen Sitz unter den Bäumen, unter unserm gewöhnlichen Siegel und Federn."

In Luthers Hause war auch immer ein Hund, und Luther spielte viel mit ihm, sprach auch mit ihm „wie mit einem Menschen, einem gelahrten gar". Einmal nahm er seinen Hund – er hieß Belferlein – hoch, sah ihm tiefernst in die Augen und sagte zu den Freunden, mitten in einen gelehrten Disput hinein: „Der Hund ist das treueste Geschöpf, und er wäre hochgeschätzt, wenn er nicht so allgemein wäre. Unser Herrgott hat eben oft seine schönsten und größten Gaben im allgemeinsten gemacht. Nur die Menschen suchen sie dort nicht!"

Daß die Tiere eine Seele haben, war für Martin Luther ohne Zweifel. Er ging noch weiter und gestand ihnen auch einen Himmel zu, allerdings einen, der ihrer besonderen Seele angepaßt war. Und zwar sah er ihn im Unterschied zu dem Himmel der Menschen geschmückt mit der Pracht und den Freuden des menschlichen Diesseits.

Luthers Hausgast, der Prediger Muthesius, berichtet darüber:

„Als das Belferlein wieder einmal am Tische sich bemerkbar machte und störte, fragte einer, ob nach der Auferstehung es in der anderen Welt auch unvernünftige Tierlein wie den Hund geben werde. In alle Wege ja, antwortete Luther, denn der neue Himmel wird wie die neue Erde nicht öde und wüst sein, sondern voll schöner Kreaturen! Da wird ein jedes Hündlein etwan ein gülden Halsband haben, von edlem Gestein, und an jedem Härlein wird ihm eine Perle sitzen. Denn der jetzigen Welt Pracht und Schmuck wird dazu dienen müssen, die treuen Tiere zu lohnen!"

Luther selbst vergaß die Tiere, die in seinem Hause gehalten wurden, auch nach ihrem Tode nicht, und er sprach noch nach Jahren mit Liebe und Trauer von den gestorbenen Hunden; er erzog auch seine Kinder in der Liebe zu den stummen Kreaturen und benutzte ihre Eigenschaften zur Erziehung der jungen Menschen. Da war einmal, erzählte er seinem Söhnchen Martinus, eine alte Maus, dieselbe ging mit ihrem Töchterchen spazieren. Da sahen sie einen rauschenden Hahn und eine schleichende Katze daherkommen. Das kleine Mäuslein fürchtete sich vor dem kriegerisch auftretenden Hahn und bewunderte den leisen Tritt der Katze. Da sprach die alte Maus zu ihrer Tochter: „Hüte dich, mein Kind, vor den Schleichern! Die sind gefährlich im Leben, die harten Rauscher tun dir lange nichts!"

Als Luther nach dem Reichstag von Worms auf der Wartburg saß und geborgen vor den Häschern des Kaisers und des Papstes die Bibel übersetzte, geriet er eines Tages in eine Jagd, die von seinen fürstlichen Beschützern veranstaltet worden war. Ein gehetzter Hase flüchtete sich zu ihm und suchte Schutz vor den jagenden Hunden. Luther hob ihn auf und barg ihn unter seinem Mantel. Dieser Tat hat er oft gedacht und das glückliche Gefühl gepriesen, das ihn durchströmte, da er des Zutrauens des kleinen Tieres zu ihm, dem fremden Menschen, gewahr geworden war. Und hat bekannt, es sei eines seiner tiefsten Bekümmernisse gewesen, eine Tat nur halb getan zu haben. Als er nämlich die Gefahr für den Hasen als abgewendet angesehen und das Tier wieder ausgesetzt habe, sei es doch noch von den Hunden aufgespürt und zerrissen worden. Und nun machte ein Mann, der ein so heroisches und damit gefahrvolles Leben führte, sich lange Vorwürfe, daß er nicht alles vorher zur Genüge bedacht und nun dem kleinen Tier in seinen letzten Augenblicken einen unzulänglichen, wenn nicht treulosen Menschen zurückgelassen hätte.

Wallenstein – Albrecht Eusebius Wenzel von Waldstein – befragte vor seinen entscheidenden Handlungen, die eine Welt bewegen sollten, nicht nur die Sterne, sondern auch die Katzen. Er war ein Freund dieser Tiere und seiner eigenen, schönen Katze völlig ergeben. Er beobachtete sie genau und schrieb alles auf, was ihm Sonderliches an ihrem

Gebaren zu sein schien, und brachte es mit seinem Schicksal in Beziehung. Eines Morgens, bevor er sich noch mit seinen Offizieren beraten konnte, lief sie ihm fünfmal über den Weg, und als er, besorgt über dieses Tun, das Quartier verließ, querte die Katze erneut seinen Weg. Der Feldherr bekannte sofort seine Befürchtung, daß ihm Schlimmes bevorstehe: entweder gehe die nächste Schlacht verloren, oder er falle, oder seine Sache sei zum Scheitern bestimmt! Einer der Generäle riet ihm, die Katze töten zu lassen. Andere Offiziere warnten und sagten, Katzen wären imstande, sich noch nach ihrem Tode zu rächen. Der Feldherr selbst konnte sich zu nichts entschließen, gab dann aber seine Zustimmung, daß die Katze für die nächsten Tage eingesperrt werde. Die Schlacht, die bevorstand, ging verloren, Wallenstein mußte mit dem Heer zurück, und die Katze geriet in schwedische Gefangenschaft.

Der Feldherr war über den Verlust untröstlicher als über die verlorene Schlacht.

Aus seiner Untätigkeit, die den Verlust vergrößern konnte, versuchte ihn ein Oberst zu befreien, der ihm versprach, die Katze wiederzubringen. Man hatte auch im schwedischen Lager von der Marotte des kaiserlichen Feldherrn gehört und war erfreut, eine solche Beute gemacht zu haben; die Kunde davon war wieder ins kaiserliche Lager gedrungen.

Als Wallenstein hörte, die Katze lebe und sei in Obhut eines schwedischen Grafen, sprach Wallenstein vom Frieden. Seine Generäle baten ihn, damit noch einen Tag zu warten und ihnen zu gestatten, einen billigeren Tausch zu versuchen. Sie tauschten drei gefangene schwedische Generäle gegen die eine kaiserliche Katze aus! „Bisher hielt man mich für etwas verdreht", sagte Wallenstein, „von nun ab wird man uns für verrückt halten!" – „Das soll uns gleich sein", antwortete einer seiner Offiziere, „dafür hat unser großer Feldherr keine Hemmnisse mehr, den Krieg fortzusetzen und zu gewinnen!"

Aber Wallenstein war nicht nur ein Katzenfreund, er liebte auch die Hunde und soll der Urheber des höchst dunklen Wortes „auf den Hund gekommen" sein. Das trug sich folgendermaßen zu: Als Albrecht von Waldstein im Alter von 16 Jahren die Universität Altdorf bei Nürnberg bezog, es war im Herbst 1599, kam er dort in Gesellschaft eines großen Hundes an, was für einen Studenten an sich nicht ungewöhnlich war, bei einem Jesuitenzögling jedoch auffiel. Zumal der junge Student diesen Hund in die Öffentlichkeit einführte, wo immer nur eine Gelegenheit sich bot.

Nun war in Altdorf gerade ein neuer Karzer eingerichtet worden, und der Rektor hatte bestimmt, er solle nach dem ersten Insassen benannt werden. Da der junge Wallenstein sich gleich nach seinem Eintreffen an studentischen Ausschreitungen beteiligt hatte, wurde ihm als ersten eine Karzerstrafe zuerkannt. Um seinen Namen nicht bloßzustellen, nahm Wallenstein seinen Hund mit zum Haftlokal, und als der Pedell das Gefängnis öffnete, stieß Wallenstein den Hund hinein und ging wieder nach Hause. Der Pedell schloß den Hund ein, der Karzer hatte einen Insassen gehabt und hieß von nun an „der Hund“.

Wallenstein betrug sich im übrigen so wild in Altdorf, daß er nach einem halben Jahr relegiert wurde: „wegen Schuldenmachens, Verursachens von Straßenauflauf und Raufboldtum“. Er trat in die kaiserliche Armee ein und wurde – der Herzog von Friedland.

Die Liebe zu den Hunden hat er in seinen späteren Jahren ganz verloren. Als er 1628 durch Frankfurt kam, mußten auf seinen Befehl alle Hunde von den Straßen entfernt werden, und als er dennoch in der Ferne Hundegebell vernahm, wurde er sehr böse. Er soll auch Hunde eigenhändig aus seinem Quartier geprügelt haben. Man zerbrach sich lange den Kopf über dieses seltsame Tun, galt der Feldherr doch als tierliebender Mann. Bis man dahinterkam, daß die Hundegegnerschaft auf die abergläubische Neigung des Feldherrn zu den Katzen zurückzuführen sei. Katzen hatte Wallenstein immer bei sich, und diese „zukunftverheißenden“ Tiere sollten durch die Hunde nicht erschreckt werden. Der Wunsch, das eigene Schicksal zu erfahren, ging ihm über die ehedem so große Liebe zu den Hunden. Er war eben ein sonderbarer Heiliger, der Herr Albrecht von Waldstein, Herzog von Friedland, genannt Wallenstein.

Daß nun der große englische Physiker Newton das Gesetz der Gravitation durch einen Apfel gefunden haben soll, der vor ihm vom Baum fiel und so dem Gelehrten das Geheimnis der gegenseitigen Anziehung der Körper enthüllte, mag eine Legende sein. Voltaire will die Apfelgeschichte von Newtons Nichte gehört haben; aus dieser Quelle fließt auch die viel schönere Geschichte der Tiere, die mit der Gravitationstheorie zu tun hat:

Als Newton unzufrieden durch seinen Garten ging, sah er auf einem Apfelbaum seinen Kater sitzen. Er rief das Tier an und klagte ihm die Unfruchtbarkeit seiner Gedanken. Der Kater erhob sich und strich den Ast entlang. Dabei lockerte er einen Apfel, der auf den Rasen fiel ... Regungslos stand der Gelehrte und sah dem fallenden Apfel nach. Dann bückte er sich, hob den Apfel auf und maß mit dem Auge die Bahn des Apfels, vom Zweig zum Rasen und vom Rasen zum Zweig. Darauf breitete er die Arme gegen den Kater, der hineinsprang. Dann hielt er dem Kater einen Vortrag über das Gesetz der gegenseitigen Anziehung, dem er schon länger nachgegrübelt hatte. Aber der Kater langweilte sich dabei. „O du dummer Bursche", rief der Gelehrte schließlich, „wüßtest du, zu welchem Geschenk du mir und der Menschheit verholfen hast. Aber was verstehst du von der Schwerkraft!" Und er warf den Apfel in die Luft und beobachtete seinen Fall. Mit einem Satz schnellte sich der Kater aus seinem Arm, ergriff den Apfel mit den Pfoten und spielte mit ihm. Da wurde Newton ernst und sprach: „Mein liebes Tier, verzeih mir meine Überheblichkeit. Du brauchst von der Gravitation nichts zu wissen, du trägst das Gesetz als Gefühl in dir, denn du bist der Natur näher als der Mensch, der seinen Verstand dazwischenbaute!" Darauf nahm er den Apfel in die linke Hand, den Kater unter den rechten Arm und trug beide in sein Studierzimmer.

Als Newton seine „Principia" schrieb, hatte der Kater neben ihm sitzen und alle Phasen der Entwicklung mitanhören müssen. Newtons Hund „Diamant", der sonst auch den Platz neben und auf dem Schreibtisch teilen durfte, wurde auf einen Sessel verwiesen. Und da geschah es, daß der Hund das Manuskript, als es fertig war, in Abwesenheit seines Herrn zerriß und zerfetzte, so daß auch nicht ein Blatt mehr zu verwenden war. Doch der Mensch in Newton war größer als der Gelehrte: er schlug den Hund nicht, er brach sogar den Versuch, ihm eine Strafpredigt zu halten, ab und sagte: „Es gibt zwei Möglichkeiten. Eine ist, du hast gehandelt, wie du es in deiner ehrlichen Natur mußtest, da ich dich ungerechterweise vernachlässigte und deinen Freund vorzog. Die andere ist, du bist ein Werkzeug höherer Kräfte, wie vordem der Kater eins war, und die Arbeit war unzulänglich. Ich werde sie neu schreiben!" Und er schrieb sie neu – wie er selbst bekannte – besser.

Gottfried Wilhelm von Leibniz war, bevor er 1700 Präsident der von ihm begründeten Akademie der Wissenschaften in Berlin wurde, Rat und Bibliothekar des Herzogs von Hannover. Da am Hannoverschen Hofe das Geld stets knapp war, hatte der Herzog zum Erstaunen und Entsetzen der Hofgesellschaft eines Tages durch einen regelrechten Befehl angeordnet, in Zukunft dürften die Knochen aus dem für die Speisen vorbereiteten Fleisch nicht mehr herausgeschnitten und als Hundefutter verwendet werden, sie sollten von nun an, da der Herzog von einem unfehlbaren Mittel erfahren, nach welchem sie weichgemacht werden könnten, mitgekocht werden.

In ganz Hannover herrschte Erschrecken, nicht nur bei den Hunden, paßte diese Knickrigkeit doch wenig zu der scheinglänzenden Haltung des auf die Kurfürstenwürde spekulierenden Herzogs. Fing es mit den Knochen an, wer weiß, ob nicht gleich hinterher ein Erlaß kam, der forderte, es sollten auch die Häute und Felle mitgegessen werden. Bevor der Knochenerlaß noch in Kraft trat, lief bei der herzoglichen Kanzlei eine lateinische Bittschrift ein, die an „Seine Hoheit, den Generalbevollmächtigten der französischen Kochkunst am Hofe zu Hannover" gerichtet war. Sie lautete:

„Wir endunterzeichnete Doggen, Jagdhunde, Windhunde, Spürhunde, Hofhunde, Bologneser Hündchen und andere große und kleine Hunde bitten Euer Gnaden demütig, unsere Gründe zu einer wichtigen Beschwerde anhören und zu Gehör bringen zu wollen.

Trotz der großen Verschiedenartigkeit der Hunde, die sie beinahe als Tiere von verschiedener Gattung erscheinen läßt, findet sich jetzt unsere gesamte Körperschaft vereinigt, um eines der schönsten Rechte, die unser Geschlecht je gehabt hat, aufrechtzuerhalten, das man ihm jetzt durch ein Unternehmen von gefährlicher Tragweite berauben will. Denn wir haben durch unsere Berichterstattung erfahren, daß ein gewisser Jemand die Knochen weich und für die Menschen genießbar machen zu können vorgibt, ohne daß das Fleisch irgendwie beschädigt wird, daß besagter Jemand seine Küchentöpfe und seinen ganzen Apparat sogar an den Hannoverschen Hof schicken will, um einen Versuch damit zu machen. Wir haben für nötig empfunden, uns hiergegen rechtzeitig zu widersetzen. Man darf sich nicht einbilden, daß man das Recht in Zweifel ziehen könne, das wir auf die vom Fleisch entblößten Knochen haben, die uns seit unvordenklicher Zeit gehört haben, ohne daß irgendein Mensch oder Tier sich unterfangen hätte, uns in unserem Besitz zu stören. Homer und die ältesten Schriftsteller haben sich ausdrücklich darüber ausgesprochen, und wenn die Heilige Schrift gesagt hat, daß man den Kindern nicht das Brot nehmen soll, um es den Hunden zu geben, von denen man wohl wußte, daß sie uns seit der Sintflut gehören, das heißt seit die Menschen angefangen haben, Tierfleisch zu essen. Und obgleich wir das Mark um des lieben Friedens willen den Menschen abgetreten haben, so haben wir das doch nur getan, um unser Recht auf die Knochen um so besser zu wahren, das durch diese Übereinkunft nur desto mehr befestigt worden ist.

Guter Gott, wie geht die Begehrlichkeit der Menschen doch weit, da sie sich nicht damit begnügen, manchmal alles zu essen, was sie haben, und sich nicht schämen, uns unseren Teil zu rauben. Abgesehen davon, daß dies neue Futter unangenehme Wirkungen auf die Menschen haben und sie gänzlich hündisch machen könnte – neigen sie doch heutigentags sowieso schon zur Schamlosigkeit –, überlassen wir es Eurer Klugheit, nach reiflicher Überlegenheit darüber zu urteilen, ob es immer sicher und vorteilhaft für die Menschen sein dürfte, derart mit den Hunden zu brechen. Ihr, die Ihr so viel Geschichte studiert habt, wißt, daß ein gewisser aus seinem Land gejagter König durch die Eskorte seiner zweihundert Hunde, die die Rebellen besiegten, dahin zurückgebracht wurde, daß manche Hunde ihren Herren das Leben gerettet und wieder andere den Tod ihrer Herren gerächt haben.

Schließlich gibt es noch heute von Hunden bewachte Städte, die von nun an wie viele andere verlassen sein werden, wenn man uns den besten Teil unseres Lohnes entzieht. Die Jagdhunde werden kein Wild mehr angreifen oder verfolgen, die anderen Hunde werden die Häuser den Dieben preisgeben und die Schafe den Wölfen, und wir kleinen Bologneser Hündchen, wir werden unsere Herrinnen den sie verfolgenden Liebhabern ausliefern, und wir werden nicht mehr bellen, was immer diese auch wagen mögen. Schließlich wird es sehr viel Unordnung in den Küchen geben, und Ihr, Ihr Herrn Köche, Ihr werdet oft um ein Hammelvorderblatt in Verlegenheit sein, denn indem Ihr uns die Knochen verweigert, werdet Ihr sie mit dem Fleisch verlieren. Deswegen ist es ganz besonders Eure Sache, hier Rat zu schaffen, und ebenso die der Herren Vorschneider, deren Kunst in Zukunft überflüssig sein wird, wenn man das Fleisch trotz der Knochen wird wie Butter schneiden können.

Deshalb werden Euer Gnaden angefleht, in unserer Generalversammlung über eine Sache von solcher Wichtigkeit beraten zu lassen und diesen Neuerer mit seinem ganzen Apparat recht weit fortzuschicken und ihm den Zutritt zu allen Küchen zu verbieten. Und was Euch betrifft, edler Herr, so werdet Ihr im besonderen die Güte haben zu verhindern, daß er sich in die Schloßküche von Hannover eindrängt.

Für die Jagdhunde: Lolaps.

Für die Hofhunde: Mops.

Für die Bologneser Hündchen: Amorilla."

Der Anwalt der bittenden Hunde war niemand anders als Leibniz. Im Gelächter, das die Bittschrift, die sofort im Lande bekannt wurde, überall weckte, wurde der „Erlaß" aufgehoben, und die Hunde von Hannover erhielten wieder die Knochen.

Leibniz ließ sich in seiner Liebe zu den Tieren und besonders zu den Hunden noch zu einem andern ungewöhnlichen Schritt verleiten, der aber keinen Erfolg brachte: er wollte einen sprechenden Hund entdeckt haben! Der Akademie der Wissenschaften zu Berlin und auch der Akademie in Paris berichtete Leibniz darüber. Der Hund gehöre einem Bauernjungen und könne „verschiedene Wörter, wie Tee, Kaffee, Suppe usw. sehr deutlich aussprechen“, auch habe er, Leibniz, selbst einen Pudel gehabt, der das Wort „Frau“ sehr deutlich gesprochen habe. Das Schreiben des Philosophen ist in dem Journal de Trevoux Mai 1715 veröffentlicht. Es heißt darin:

„Ich habe den Hund, welcher reden kann, im Christmonat des vorigen Jahres zu Zeitz gesehen und gehört. Ihre Durchlaucht, der Herzog von Sachsen-Zeitz hatte ihn bloß deswegen etliche Meilen weit herbringen lassen. Seine Gestalt hat nichts Außerordentliches, sondern eine vollkommene Ähnlichkeit mit anderen Bauernhunden. Er spricht viele deutsche Wörter aus, und da Tee, Kaffee, Schokolade und Assemblee sehr bekannte Wörter in Deutschland sind, so hat man sie ihm aussprechen gelernt. Der Herr dieses Hundes ist ein junger Bursch, der ziemlich lustig aussieht. Als er vorher einige Mal mit seinem Hunde gespielt, hat er geglaubt, einen Laut zu hören, der beinahe wie ein deutsches Wort klänge; und hieraus hatte er sich, so jung er auch gewesen, fest in den Kopf gesetzt, ihm reden zu lernen, und es ist ihm auch damit gelungen. Vielleicht entdeckt man wohl noch ebenso den Stein der Weisen, zu einer Zeit, da man es am wenigsten denkt. Lusus infantium. Wir wollen daher an nichts weiter verzweifeln.“

Da Leibniz den Hund selbst gehört hat, bleibt nur die Annahme übrig, es hat sich um einen am Gaumen und den Lippen anders gestalteten Hund gehandelt, der in der Nachahmung einige Laute, die Wörter darstellten, hervorbringen konnte. Mit Sprechen im Sinne der Bekundung von Gefühlen oder Vorstellungen hat das aber nichts zu tun. Da wird der Hund nun mal stumm bleiben müssen.

In den letzten Jahren seines kurzen Lebens – er wurde nur 27 Jahre alt – zog Johann Christian Günther, dem der Vater das Elternhaus verboten hatte, als Vagabund über die Landstraßen Deutschlands, begleitet von einem großen Hund, der das Elendsleben freiwillig teilte. Ausgemergelt wie sein Herr, schlich das Tier mit dem Sänger von Stadt zu Stadt, von Dorf zu Dorf, übernachtete mit ihm in Wäldern, Strohmieten und hinter Hecken. Freiwillig, denn als Günther einmal in aufwallendem Mitleid den Hund, damit er zu essen habe, einem Küster geschenkt hatte, kam ihm das Tier am nächsten Tag nachgelaufen und fand auch glücklich seinen Herrn wieder. Sie bettelten nicht, aber sie nahmen doch gern die Bissen, die ihnen in den Dörfern angeboten wurden, aus Mitleid mit dem abgemagerten großen Hund wohl mehr als aus Mitleid mit dem Menschen. Was sie bekamen, teilten sie in gleich große Happen und aßen sozusagen umschichtig.

Den Bauern machte dieses Treueverhältnis Spaß, wenn sie es auch für einen Trick hielten, berechnet, den Beifall zu reicheren Gaben zu nützen. Einmal fragte ein fetter Dorfschneider höhnisch den Dichter: „He, warum seid ihr beide eigentlich so dünn wie ein Lattenholz?" Der Dichter antwortete ruhig: „Weil wir nicht mehr essen, als wir brauchen." Der dicke Meister aber lachte: „Weil du nicht mehr hast, das wird es sein. Geh arbeiten, nimm einen Dienst an, und Herr und Hund werden bald wohl und rund aussehen!" Günther sah den Mann lange an, dann sagte er: „Du hast recht, Mensch. Aber mein Hund ist ein freier Geselle, und ich habe es ihm nachgemacht. Soll ich ihn nun verlassen? Freiheit aber macht schlank, Ketten mästen."

Im Frühjahr darauf brach der wandernde Dichter auf der Landstraße bei Jena zusammen. Als man ihn nach Jena hineintrug, folgte ihm der Hund und ließ sich nicht verjagen. Der Dichter starb, es war am 15. März 1723. Der Hund kehrte, immer wieder verjagt, zum Friedhof zurück und ist dort verendet.

Der gemütvolle und behäbige Weimarer Professor und Märchendichter Karl Musäus hatte in seinem großen schwarzen Kater „Murner" sozusagen einen Gehilfen und Mitarbeiter: der Kater vermittelte durch seine Liebschaften mit den Katzen der Stadt manche Bekanntschaft zwischen seinem Herrn und den bejahrten Herrinnen der bevorzugten Katzen. Musäus nutzte das aus, indem er die alten Frauen mit ihren Katzen und Spinnrädern zu sich ins Haus lud und sich Märchen und Geschichten erzählen ließ. Der Kater Murner saß dann immer seinem Herrn auf der Schulter und betrachtete gönnerhaft die spinnenden und plappernden Frauen und ihre schnurrenden Katzen, so, als kenne er genau den Zweck, dem die seltsame Gastfreundschaft seines Herrn dienen sollte.

Dieses nützliche Tier wurde dem Dichter im Garten von einem Jäger erschossen. Musäus berichtet darüber eingehend in einem Brief und rühmt die Verdienste des Toten sehr, denn „er besaß der guten Geistes- und Leibeseigenschaften viele, und war immer von ehrlichem, aufrichtigem Gemüt und ohne Falsch. Und sehr fleißig und rüstig, das Geschlecht der Katzen zu vermehren."

Aus diesen Zeilen leuchtet ein Widerschein des von Musäus gehobenen Märchenschatzes, und in seinem Lichte thront neben der würdigen Erzählergestalt des alten Musäus der schwarze Kater Murner.

Obwohl Goethe von Jugend an ein leidenschaftlicher Reiter war, hatte er kein persönliches Verhältnis zu seinen Pferden, auch nicht zu anderen Tieren. Zeitlebens war der Mensch für ihn das Maß aller Dinge. Interessant ist in diesem Zusammenhang, daß immer dann, wenn von Pferden die Rede war, niemals eins mit Namen genannt wurde, es heißt „das Pferd" oder „mein Pferd", auch nicht in den Studentenjahren, in denen Tiere leicht zu Kameraden, zu Individuen werden. Goethe ritt in seiner Leipziger Studentenzeit häufig. In einem Brief an Behrisch vom 2. November 1767 aus Leipzig heißt es: „... kurz, ich bin vom Pferde gestürzt, oder eigentlich, ich habe mich vom Pferde gestürzt, da es mit mir, einem sehr ungeschickten Reiter, durchging, um es nicht etwa zu einem Schleifen oder sonstigen Stürzen kommen zu lassen."

Bis zu seinem fünfzigsten Jahre ist Goethe geritten, dann schaffte er sich eine Equipage an und besuchte selbst den Pferdemarkt zu Buttstädt, um Rosse zu erhandeln, aber von einem besonderen Verhältnis zu ihnen ist nirgends die Rede. Das Herz für sie war ihm wirklich nur durch ihr Aussehen aufgegangen.

1801 heißt es in den Annalen:

„Das Pferd steht als Tier sehr hoch, doch seine bedeutende weitreichende Intelligenz wird auf eine wundersame Weise durch gebundene Extremitäten beschränkt. Ein Geschöpf, das bei so bedeutenden, ja großen Eigenschaften sich nur im Treten, Laufen, Rennen zu äußern vermag, ist ein seltsamer Gegenstand für die Betrachtung, ja, man überzeugt sich beinahe, daß es nur zum Organ des Menschen geschaffen sei, um, gesellt zu höherem Sinne und Zwecke, das Kräftigste wie das Anmutigste bis zum Unmöglichen auszurichten."

In „Wilhelm Meister" spricht er vom Pferde jedoch als dem edlen Tiere, und an anderer Stelle sagt er, daß die Reitkunst Aufmerksamkeit verdiene, da sie die Ausbildung, Erhaltung und zweckmäßige Benutzung des kostbaren, einzigen und in seiner Vollkommenheit immer seltener werdenden Tieres zum Zwecke habe. Dem Maler aber empfiehlt er das Studium der Pferde:

„Sie machen ein zweites Volk im Krieges- und Friedenswesen aus. Reitbahn, Wettrennen und Revuen geben dem Künstler genügsame Gelegenheit, Kraft, Macht, Zierlichkeit und Behändigkeit dieses Tieres kennenzulernen."

Das Pferd konnte zufrieden sein mit seiner Stellung in Goethes Augen, sah es auf den Hund. Gegen ihn hatte der Dichter trotz der auch von ihm nicht bestrittenen Intelligenz der Hunde eine ausgesprochene Abneigung, und er scheute sich nicht, sie immer wieder zu äußern.

Wann es begann mit der Hundegegnerschaft, ist nicht bekannt, sie scheint ernstlich jedoch erst um die Jahrhundertwende durchgebrochen zu sein, als Goethe in die Fünfziger kam. Denn von der Kampagne 1792 in Frankreich, die

Goethe als Beobachter mit dem Reichsheer mitmachte, berichtete er noch über seine Reisekameradschaft mit dem „Kämmerier“ Wagner und dessen Pudel:

„Kämmerier Wagner und sein schwarzer Pudel waren die ersten Begrüßenden, beide erkannten einen vieljährigen Lebensgesellen, der abermals eine bedenkliche Epoche mit durchkämpfen sollte.“

Aus den Kämpfen wurde nicht viel, so hatte Goethe trotz der Aufmerksamkeit, die er den heraufkommenden Weltereignissen widmete, Zeit, des Pudels zu gedenken, immer noch sehr manierlich:

„Traf der Kämmerier Wagner, den Pudel mit eingeschlossen, bei guter Zeit mit aller Equipage bei uns ein.“

Als er dann gezwungen war, in engere Berührung mit dem Pudel zu kommen, brach freilich schon die Abneigung, wenn auch noch verhalten, durch: „Kämmerier Wagner wurde ihnen zur Pflege mitgegeben, und ich säumte nicht, auf gnädigste vorsorgliche Anmahnung, den vierten Platz einzunehmen. Mit Empfehlungsschreiben an den Kommandanten wurden wir entlassen, und als beim Einsitzen der Pudel nicht zurückbleiben durfte, da ward aus dem sonst so beliebten Schlafwagen ein halbes Lazarett und etwas Menagerieartiges.“

Goethe hat in früheren Jahren gelegentlich auch gut über den Hund gesprochen. In der Erzählung „Die guten Weiber“ heißt es: „Sie erinnern sich wohl, was ein Reisender von der Stadt Grätz erzählt: daß er darin so viele Hunde und so viele stumme, halb alberne Menschen gefunden habe. Sollte es nicht möglich sein, daß der habituelle Anblick von bellenden unvernünftigen Tieren auf die menschliche Generation einigen Einfluß haben könnte?“

In einer anderen Geschichte hält ein Hund bei einem jungen Mädchen die Erinnerung wach an den fernen Geliebten, der ihr den Hund geschenkt hat. Als der Hund stirbt, verblaßt das Gedenken an den fernen Freund, und ein anderer Liebhaber scheint nicht ohne Absicht auf Erfolg dessen Platz einnehmen zu wollen. Bis ein kluger Mann dadurch, daß er dem Mädchen einen neuen Hund schenkt, den Halbvergessenen wieder aus dem Dunkel hervorholt und mit der Liebe des Mädchens für den neuen Hund die Liebe zu dem alten Freund wiedererweckt.

Hat hier der Hund eine schöne Aufgabe zu erfüllen, so ist er in einer anderen Geschichte Zerstörer des Liebesglükkes, indem er die Liebe eines Mädchens so sehr gewinnt, daß ihr daneben die Liebe ihres Geliebten blaß und farblos und egoistisch erscheint und schließlich erlischt. Die Geschichte kann nach einer Lobpreisung des Hundes aussehen, sie kann aber auch das Gegenteil darstellen. Wahrscheinlich ist der Hund nur ein Bestandteil der Geschichte, Gegenstand eines Gleichnisses, und hat mit Goethes Tierbeziehung überhaupt nichts zu tun.

Wie das auch der Fall ist mit dem Gedicht aus dem West-östlichen Divan auf die vier Tiere, die ins Paradies kommen: der Esel, den Jesus geritten hat; der Wolf des Mahomet; das Hündlein, das den Siebenschlaf so treulich mitschlief; und Abuherrira's, des Propheten, Katze. Auch sie sind nur Gegenstände eines schönen Stoffes, einer reizvollen Komposition. Denn, da ein Hund dabei ist, dürfte die Ehrung sich wirklich nur auf das eine Exemplar bezogen haben, den andern Hunden der Welt hingegen würde der Dichter schwerlich solch Los verheißen oder gönnen.

Schon in den Annalen von Goethes Aufenthalt in Göttingen heißt es:

„Andern Anlaß zur Verzweiflung gaben ganz entgegengesetzte Töne: eine Hundeschar versammelte sich um das Eckhaus, deren Gebell anhaltend unerträglich war. Sie zu verscheuchen, griff man nach dem ersten besten Werfbaren, und da flog dann manches Ammonshorn des Hainberges, von meinem Sohne mühsam herbeigetragen, gegen die unwillkommenen Ruhestörer, und gewöhnlich umsonst. Denn wenn wir alle verscheucht glaubten, bellt' es immerfort, bis wir endlich entdeckten, daß über unsern Häuptern sich ein großer Hund des Hauses, am Fenster aufrecht gestellt, seine Kameraden zur Erwiderung hervorrief."

„Manche Töne sind mir Verdruß, doch bleibet am
meisten Hundegebell mir verhaßt: kläffend zer-
reißt es mein Ohr."

Ganz böse aber wird der Dichter in dem bekannten venezianischen Epigramm, es ist das 73., das nur dadurch etwas

Versöhnlicheres hat, daß mit dem Hund auch der Mensch, das Maß der Dinge, abgeurteilt und verdammt wird:

„Wundern kann es mich nicht, daß Menschen die
Hunde so lieben, denn ein erbärmlicher Schuft ist,
wie der Mensch, so der Hund."

Der Hund muß in Goethes Augen geradezu eine Mephisto-Gestalt geworden sein, so daß der weise Mann ihn irgendwie fürchtete und mit Humor abzuwehren trachtete. Anders ist die Szene nicht zu erklären, die Falk in seinen Gesprächen mit Goethe erzählt:

„Indem ließ sich ein Hund auf der Straße mit seinem Gebell zu wiederholten Malen vernehmen. Goethe, der von Natur eine Antipathie wider alle Hunde besitzt, fuhr mit Heftigkeit ans Fenster und rief ihm entgegen: ‚Stelle dich wie du willst, Larve, mich sollst du doch nicht unterkriegen!' Höchst befremdend für den, der den Zusammenhang Goethescher Ideen nicht kennt; für den aber, der damit bekannt ist, ein himmlischer Einfall, der eben am rechten Orte war. ‚Dies niedrige Weltgesindel', nahm er nach einer Pause und etwas beruhigter wieder das Wort, ‚pflegt sich über die Maßen breit zu machen; es ist ein wahres Monadenpack, womit wir in diesem Planetenwinkel zusammengeraten sind, und möchte wenig Ehre von dieser Gesellschaft, wenn sie auf andern Planeten davon hörten, für uns zu erwarten sein'."

Wären es Menschen gewesen, die ihm den Kummer antaten, der Dichter hätte vielleicht aus der Sache ein Theaterstück gemacht, am Ende gar ein Lustspiel. Da es Hunde waren, blieb Goethe stumm und floh nach Jena, indessen die Weimarer lachten, der großherzogliche Freund am meisten. Es war auch etwas allzu Komisches geschehen: Hunde hatten den allmächtigen Olympier gestürzt, wenigstens vom Thron des großherzoglich weimarischen Theaterdirektors.

Das Menschlich-Allzumenschliche dieser Geschichte wurde freilich nicht allein von Goethe geliefert. Da agierte zunächst der Großherzog selbst, der ein Liebhaber von schönen Hunden war und seinen Freund Goethe oft damit geärgert hatte. Dann war da die Schauspielerin Demoiselle Karoline Jagemann, eine Liebhaberin kleiner zierlicher

Hündchen und dadurch schon bestimmt, den Theaterdirektor Goethe zu ärgern, hätte sie es nicht ohnehin durch ihre Impertinenz getan, welche sie sich erlauben konnte, dieweil ihr Liebhaber wieder der Großherzog war. Und dann waren da die Weimarer Stadt- und Hofphilister, die über alle drei sich ärgerten: über den Geheimen Rat, über den Großherzog und über die Schauspielerin.

Demoiselle Jageman hatte von einem erfolgreichen französischen Theaterstück des Namens „Der Hund des Aubri de Mont-Didier oder der Wald von Bondy" gehört, in welchem Drama ein Hund die Hauptrolle spielte, ein Hund und eine junge Witwe, und das Stück sollte an allen Theatern Europas einen großen Erfolg haben. In Wien ergötzte sich der Hof daran, und der Schauspieler, dem der Theaterhund gehörte, war ihr Kollege und früherer Freund Karsten. Sie schrieb ihm, und er war bereit, mit seinem Pudel in Weimar zu gastieren. Sie gewann auch den hundenärrischen Großherzog Karl August, die Aufführung des Spektakelstückes in Weimar gutzuheißen.

Nur den Theaterdirektor Goethe bekamen sie beide nicht dazu, und ein Konflikt entbrannte. Den entschied die herzogliche Laune:

Mochte das Stück ein scheußlicher Schmarren sein, eine Entweihung des hohen Tempels weimarischer Theaterkunst darstellen, der Großherzog wollte auf jeden Fall den Schauspieler-Wunderhund sehen, der in einem Stück von fünf Akten seinen ermordeten Herrn an dem Mörder rächt. Bis ins tiefste gekränkt, nahm Goethe am 21. März 1817 seinen Abschied als Theaterdirektor, verließ auf längere Zeit Weimar und fuhr nach Jena, von der ganzen Schande nichts zu hören und nichts zu sehen. Vielleicht hatte er gehofft, der großherzogliche Freund werde das Rücktrittsgesuch nicht annehmen und doch noch auf das Hundetheaterstück verzichten. Das geschah nicht, der Dichter bekam am 13. April 1817 lediglich ein herzliches Schreiben des Großherzogs: „Lieber Freund, ich komme gerne hierin Deinen Wünschen entgegen, dankend für das viele Gute, was Du bei diesen sehr verworrenen und ermüdenden Geschäften geleistet hast, bittend, Interesse an der Kunstseite derselben zu behalten ..."

Auf der ganzen Fahrt und die ersten Tage in Jena konnte kein Mensch es in Goethes Nähe aushalten.

In Weimar aber spielten Herr Karsten aus Wien, sein Pudel Dragon und Demoiselle Jagemann die Schauergeschichte „Der Hund des Aubri de Mont-Didier". Sie spielten so schön, daß die Weimarer Philister ihr Naserümpfen über die großherzogliche Demoiselle vergaßen und ganz damit einverstanden waren, einen Künstler wie den Pudel Dragon in ihren Mauern einem davongefahrenen Dichter Goethe vorzuziehen. Jedermann wußte um des Geheimrats Abneigung gegen Hunde, und jedermann betonte, daß er sie nun erst recht nicht verstehe. Doch auch in Weimar konnten sie nicht ewig die Geschichte vom Hund des Herrn Aubri spielen, und so zog Herr Karsten aus Wien mit dem Pudel Dragon wieder von dannen, neuen Ruhm auf deutschen Bühnen zu ernten. Am doppelt verwaisten Theater aber herrschte nun Demoiselle Jagemann unerbittlich, und der Großherzog ließ ihr den Willen. Die Abneigung der Hof- und Stadtgesellschaft, die neu und verstärkt wieder aufgelebt war, reizte sie zu immer neuen Extravaganzen, besonders, da sie nun gar hören mußte, wie sehr man die Amtsniederlegung des Herrn von Goethe bedauere und daß es eigentlich eine Schande sei für Weimar, wegen eines Hundes und eines schlechten Theaterstücks den größten Dichter der Welt davongetrieben zu haben. Goethe im benachbarten Jena hatte längst die Ruhe wiedergefunden.

Da machten die Hunde auch seine Niederlage wieder gut, und das ist nun gar eine tragikomische Sache. Einer der schönen Jagdhunde des Herzogs biß das kleine Schoßhündchen Joli der Jagemann tot, und die ergrimmte Schauspielerin verlangte von ihrem fürstlichen Liebsten die Hinrichtung des „Mörders" ihres Hündchens. Über welches Ansinnen der Großherzog herzlich gelacht haben soll. Desgleichen die Hof- und Stadtgesellschaft. Worauf die Demoiselle dem Landesvater ihre Gunst entzog; worauf der sich einen anderen Trost suchte; worauf Karoline Jagemann Weimar verließ und gastierend umherzog.

Goethe kehrte nach Weimar zurück, gewillt, niemals wieder das Theater als Direktor zu betreten, sondern nur noch als Dichter. Er hatte erkannt, daß er Jahre an eine für ihn unnütze Aufgabe verschwendet hatte, und verzieh nun weise allen, den Schauspielerinnen und den Hunden.

Goethe, der in seinem Wesen so viel von seiner Mutter hatte – nicht nur die Frohnatur und die Lust zum Fabulieren –, ist vielleicht auch in seinem Verhalten zu den Tieren nur der Sohn der Frau Rat gewesen. Von ihr, dieser lebensfreudigen, heiteren, gütigen und großzügigen Frau weiß man, daß sie doch immer die Frau Rat blieb und den menschlichen Dingen, die jenseits der Patrizierfamilie Textor lagen, kein rechtes Verständnis entgegenbringen konnte. Sie konnte sich über alle Lebewesen freuen, mied aber die persönliche körperliche Berührung mit ihnen wie ihr Sohn und war doch überzeugt, eine Tierfreundin zu sein.

Bezeichnend und nicht ohne Pikanterie ist das Gespräch, das Bettina von Arnim aufgezeichnet haben soll. Die Unterhaltung fand kurz nach der Einquartierung französischer Soldaten in Frankfurt statt; Frau Rat hatte einen jungen Offizier in Quartier bekommen, der die würdige Dame mütterlich verehrt haben muß, wogegen sie das alte Herz an den französischen „Buben" fast verloren hatte. Der Leutnant scheint ein eigenartiger Mensch gewesen zu sein, er hatte einen Vogel mit ins Quartier gebracht, eine Elster, und sie beim Abmarsch der Frau Rat als Geschenk gelassen. Sie wußte nicht, was sie damit anfangen sollte. Bettina berichtet:

„Frau Rat: Weißt du was? Meine französische Einquartierung hat gestern von mir Abschied genommen! Und eh ich's mir verseh, fällt mir der Bub um den Hals und küßt mich und sagt: ‚Vous êtes ma mère!' und flennt, und ich muß auch flennen, und da hättst das Ambrassieren sehn sollen, denn er ist immer wieder die Trepp heraufgesprungen und hat mir noch einmal die Hand gedrückt und noch einmal. Es hätt kein End genommen, wenn die Trommel nicht gegangen wär. Und heut morgen kommt der Falk da hereingehüpft und hat ein Vergißmeinnichtstrauß auf den Buckel gebunden, und jetzt macht mir das Tier alles voll!

Bettina: Ei, Frau Rat, das ist kein Falk.

Frau Rat: Nun, so ist's ein Adler!

Bettina: Es ist aber auch kein Adler!

Frau Rat: Nun, so ist's meinetwegen der Geier!

Bettina: Kein Geier ist's auch nicht!

Frau Rat: So ist's dann der Kuckuck, denn kein Spatz ist's doch auch nicht!

Bettina: Nein, es ist eine Atzel (Elster).

Frau Rat: Nun, so nehm die Atzel und schlepp sie mit fort und exter mich nicht mit deine dumme Naturwissenschaften, derweil deine Atzel mir den ganzen Stubenboden vollmacht.

Bettina: Ei, warum ist dann die Atzel jetzt mein?

Frau Rat: Ja, sie ist dein! – Und die Vergißmeinnicht kannst du auch behalten, was soll die alte Frau mit Vergißmeinnicht. Aber jetzt schaff mir die Atzel vom Hals. Wo soll ich hin mit dem Tier?

Bettina: Laßt sie wieder in den Wald fliegen!

Frau Rat: So! Wo das Tier schon so klug geworden ist und einem alles von den Augen absieht, wie man's verstanden haben will, da soll man's wieder in den Wald jagen?

Bettina: Nun, ja, da kann's die andern Atzeln auch klug machen und kann seine Apostel in die Wüste senden unter die Menschheit.

Frau Rat: Der klein Franzos! Wie der Abschied nahm mit seinem frischen feurigen Blick; – das liegt mir im Sinn, dort stand er am Fenster abends, wenn die Sonn unterging, und hat ihr nachgeguckt, und wenn er sich dann herumgewendt hat, da waren ihm die Augen voll Wasser; ich sagt: ‚Komm her, Bub!' und reicht ihm die Hand und fragte: ‚Gelt, du denkst an deine France, an deine Patrie?' – ‚Oui, Patrie!' hat er gesagt. ‚Adieu pour jamais!' sagt er, und dann küßt er den Vogel dort, den er mitgebracht hat aus seiner France. Nein, dacht ich, der hat kein Soldatenblut. Aber wie's gestern geheißen hat: Marchons enfants de la patrie – da hättest du den Buben sollen sehn, wie er sich gestreckt hat, wie sein Schritt aufprallte, und die Glut in seinen Augen, und sein Mund war ganz übermütig angeschwollen wie dem Kriegsgott; er strich sich die Haare aus dem Gesicht und stülpt den Helm auf, und wie die Atzel ihm wollt auf den Kopf fliegen, sagt er: ‚Non! Non!' und litt's nicht! – Nun, fort ist er! – Armer Letiers! Gut Bürschchen –

Nun, sieh einmal den Vogel dort, wie er aufhorcht! – Guck, da kommt er aus der Eck hervor, man sollt meinen, er kennt den Namen! Hol ihn herbei und setz ihn auf den Tisch. – No! Potztausend! – Hüpft mir der Satan auf den Kopf! – Herunter von der neue Haub, die ist kein französischer Rockschweif!"

Wolfgang Amadeus Mozart, dessen Seele von der Kinderzeit an in Melodien und Harmonien schwang, stand zu den Tieren und besonders zu seinem Spitz in einem kameradschaftlichen Verhältnis. Spitzl nahm am Schaffen seines Herrn teil, an seinen Sorgen und an seinen Erregungen. Als Mozart erfuhr, Constanze, seine Braut, habe sich die Waden messen lassen, was damals eine Art Gesellschaftsspiel war, geriet er in eifersüchtigen Zorn und schrieb ihr:

„Dergleichen finde ich sehr unstatthaft, das tut man selbst. Ich wollt, mein treuer Spitz wäre Ihnen in die Waden und dem unverschämten Maßnehmer in die Finger gefahren. So ein Hund hat mehr Gefühl für das, was sich schickt!"

Von seinen Reisen aus hat sich Mozart stets nach dem Spitz Bimperl und nach seinem Kanarienvogel erkundigt und den Tieren Grüße und Küsse geschickt.

Im übrigen erkannte auch Mozart dem geliebten Spitz nicht immer das richtige Gefühl und Verständnis zu. Constanze, längst seine Frau, hatte ihm geschrieben, der Spitz scheine nicht mit allem, was sein Herr komponiere, einverstanden zu sein, er kritisiere manches recht deutlich. Da kam ein deutlicher Brief aus Wien: „Wenn Spitzl noch einmal bei Deiner Wiedergabe meiner Kompositionen auf dem Spinett so sehr heult, gib ihm in meinem Namen ein paar tüchtige Ohrfeigen. Aber laß ihn um Gottes willen keinen Mangel leiden!"

Für Jean Paul waren die Tiere unentbehrliche Gesellschafter. Er liebte sie, setzte sie nicht in Gegensatz zum Menschen, er machte jedoch den Menschen auch keine Konzessionen, räumte ihnen keine Vorteile ein.

Jean Paul forderte vom Menschen die Anerkennung der Gleichwertigkeit der Geschöpfe, und da er sie nicht erzwingen konnte, zog er praktisch für sich die Konsequenz und stellte den Menschen, die ihn zu sich einluden, die Wahl, auch seine Tiere einzuladen oder auf ihn zu verzichten. Das war keine Marotte, kein Versuch, die Menschen zu ärgern, es war ihm eine Verpflichtung gegenüber dem verachteten Mitgeschöpf. Seine Ethik war einfach: „Bei den Tieren kann ich damit rechnen, daß sie um so besser gegen mich sind, je besser ich gegen sie bin; bei Menschen nicht, ja oft umgekehrt!“ Und er forderte: „Man darf Tiere, Vögel und Hunde nicht durch freundliches Zureden an sich lokken und sie dann greifen; denn es ist den Menschen nicht erlaubt, tierisches Vertrauen zu täuschen.“ Der Dichter hat bereits als junger Mann einen Hund gehabt und fragt, als er von Hof weg mußte, die Mutter als erstes: „Was macht mein Hund?“ In der Zeit der Wanderjahre wird kein Tier erwähnt, aber nachdem er in Meiningen seßhaft geworden ist, heißt es in einem behaglichen Erzählerbrief vom 12. Februar 1802: „Um 6½ fahren wir aus den Betten, oft meine Frau voraus, um Sahne abzuschöpfen – der Kaffee steht schon in meiner Stube. Doch vorher, bei dem Eintritt in mein Museum, wird ein gescheites Wort mit Spitz gesprochen, der ebenso antwortet. Dann putzt sie sich in ihrer Stube, ich schreibe. So verläuft fast ein Winter-Vormittag. Um 1 Uhr ruft sie mich und den Hund in ihr Zimmer zum Diner.“

Welch wundersames Verhältnis sich zu diesem Spitz entwickelt, zeigt eine Eingabe an den Herzog Georg von Meiningen vom 19. September 1802:

„P. P.

Durch einige schlechte Wilddiebe und Wildspione unter unserer Gemarkschaft ist es leider dahin gediehen, daß wir alle mit Stadtarrest belegt sind. Da wir wenig Vernunft haben – indem unsere größte darin besteht, daß wir saufen und nicht voll sind –, so kann ich nichts aufsetzen; daher nimmt sich mein trefflicher Chef und Brotherr die Mühe, für mich Endesunterschriebenen mehr als Endesunterschreibenden, eine Supplik zu machen, daß ich meinem Chef folgen dürfe, wenn er nach Welkershausen oder nach Grimmenthal geht. Ich kann Atteste von meinem Prinzipal beibringen, daß ich so wenig von der Jagd verstehe als er und daß ich stets hinter seinem Stock der nächste bin; und die einzige niedere Jagd und freie Pirsch, die ich mir erlaube, weil mich der R(eichs)-Anzeiger dazu ermuntert, ist zu Zeiten eine Feldmaus. Da ich nun mein Brot bei meinem Brotherrn verlieren würde, wenn er mich nicht außerhalb des Tores brauchen dürfte, wohin gerade seine Geschäfte mit mir fallen – und da ich sein einziger Viehbestand bin und seine Poularderie und Fasanerie und sein Wappentier, und da Sie ihn gewiß halb so lieben als er Sie; und da Sie oft, wenn Sie bei ihm waren, die Gnade gehabt, mich armen Hund zu streicheln und zu sagen: komm Spitz – so versteh ich mich zu meinem Glücksstern und Hundestern, daß mir verstattet werde, früher als ich zu Schuhen zugeschnitten bin und auf anderen Füßen als auf fremden, vor das Tor kommen.

Spitz, p. t. Hund bei S. J. P."

Diesen Brief zu schreiben, nahm Jean Paul sich Muße am Tag vor der Entbindung seiner Frau von ihrem ersten Kind. In einem anderen Brief, den er am Tage der Geburt schreibt, vergißt er nicht zu erwähnen:

„Recht menschlich greift er (der Herzog) ins Menschliche ein. Gestern schickt ich ihm eine im Namen meines Spitzes verfaßte Supplik. (Der Revierens wegen sind alle Hunde mit Stadtarrest belegt, wovon ich meinem loshalf. Du kannst die Supplik haben.)" An einen anderen Freund schreibt er tags darauf:

„Alles geht richtig – alle gekauften Bücher werden befolgt (d. h. Bücher über Wochenpflege) – das Kind ist ein Lamm – die Mutter eine Jungfrau – und alles so einfach eingerichtet, daß man nirgends den fünften Treffer (denn der Spitz gehört zum Cinquarambole des Hauses) darin merkt und ich morgens arbeiten kann."

Die ersten vier Treffer sind also: Jean Paul, seine Frau, die Haushilfe und der Hund, der fünfte: das Kind! Am 3. November 1802 übersendet Jean Paul einem Bayreuther Freund die Abschrift der Supplik und meldet dazu:

„Leider genoß mein sel. Spitz sein privileg portae nur kurz und Petrus machte ihm ein ganz anderes Tor auf. Er wurde von einem tollen Hund vor 4 Wochen gebissen. Ich merkte von fernem die kommende Wut und ließ ihn noch bei Verstand vor meinen Augen erschießen. Eben bekam ich einen Nachfahren wie ein Wolf groß."

Am 15. November 1802 erinnert er den Herzog an frühere Bitten und erwähnt wieder die um einen Paß für Spitz – jetzt bittet er um ein vergebendes Lebewohl, „wenn ich als ewige Wanderratte im Frühling nach Koburg wandere mit Frau und Kind und Hund".

Anfang Januar machte er eine Reise. Seiner Frau hinterläßt er einen „Morgen- und Abendsegen mit 17 Punkten". Der erste heißt: „Lott soll jeden Morgen den Hund ausführen, und soll ihm ein Wasser zum Saufen hinsetzen." Erst Punkt 10: „Trage täglich das Kind in die Luft!" Punkt 15: „Bleibe nicht immer zu Hause, und nimm den Spitz mit." April 1803 lädt er seinen Freund Thieriot ein, ihn gleich in Koburg zu besuchen.

„Einen Spitz finden Sie auch, von dem eben nicht zu hoffen ist, daß er Sie, wie der vorige, sogleich beim Arme nehmen wird mit den Zähnen, um Sie aus Liebe zu fressen. Der Hund von einem Hund ist leider ein Lamm, und ich muß ihn hetzen."

Dann kommen von 1804 an die Jahre in Bayreuth. Bald schon mietet er sich ein Zimmer in einem kleinen Wirtshaus an der schattigen Kastanienallee, die zur Eremitage führt, bei der trefflichen Frau Rollwenzel. Dorthin wandert er nun ganze Jahrzehnte hindurch in der schönen Jahreszeit (ja oft bis tief in den Winter hinein) jeden frühen Morgen, den Dachsranzen auf dem Rücken, den derben Knotenstock in der Hand und von seinem Hund begleitet, um zu arbeiten.

Nach dem Tode des Spitz schafft Jean Paul sich einen Pudel an, der auf allen Reisen mit mußte. So berichtet Heinrich Voß aus Heidelberg (1817): „Des Morgens ½ 8 Uhr geht Jean Paul mit seinem Hund und dem Schreibzeug und einer Flasche Wein auf die Sattler-Müllerei, und vor dem Gartenhäuschen oben auf der Höhe setzt er sich zum Arbeiten hin."

Dankbar berichtet der Dichter von einer besonders freundlichen Wirtin in München und vergißt nicht zu erwähnen: „Als ich ausging, hatte sie eine unscheinbare Decke eingeschwärzt für den Ponto."

Aber er erhob auch Ansprüche für ihn. In Löbichau auf dem Schloß Tannenfeld war Jean Paul einmal Gast, und sein Pudel gehörte dazu. Er verlangte für ihn denselben Zutritt zum Salon wie für sich. Daß er seinen unzertrennlichen Gefährten, den Pudel, mit in den Abendsalon nehmen dürfe, ward ihm allerdings nur unter der Bedingung gestattet, daß der Pudel mit dem Schoßhündchen der Herzogin von Sagan, einem King Charles, gute Freundschaft halte. Dieser Pudel Ponto benahm sich allerdings schon recht menschlich. Er war sehr artig, machte unaufgefordert allerhand Kunststücke und betrachtete im übrigen nur unverwandt die Menschen. Auf der Straße ging Ponto ganz genau am linken Knie seines Herrn; vor dem Tor kam dann das Wort „Ponto – sassa!", und der Hund fegte los, umkreiste aber dauernd in weiten Bogen seinen Herrn, bis der „Ponto" rief; dann schritten beide wieder gravitätisch der Stadt zu.

Jean Paul bedurfte der ständigen Gesellschaft von Tieren, sie waren ihm die Vermittler der Natur, nahm er den Pudel nicht mit, war es ein anderes Tier, die Auswahl hing von der Stimmung ab. Sehr oft erschien er in Bayreuth in der „Harmonie" mit einem Eichhörnchen, das an ihm herumturnte. Er brachte das Tier sogar mit zu einer Taufe bei einer befreundeten Familie. Und während er die eine Hand über den Täufling hielt, mußte er sich mit der andern ständig mühen, das Eichhörnchen in der weiten Tasche seines Rockes zu halten, damit es nicht die Handlung störe, denn es steckte dauernd den Kopf aus der Tasche und wollte dem Dichter auf die Schulter kriechen, was es auch tun durfte, als man nachher bei Tische saß.

Jean Pauls Arbeitszimmer wimmelte von Tieren: Vögel hatte er mehrere, ging er aus, schloß er das Fenster und öffnete alle Käfigtüren: die Tiere sollten eine Entschädigung dafür haben, daß er sie allein ließ, er fürchtete, sie möchten sich langweilen! Er behielt nur Vögel, die bei ihm bleiben wollten; das zu erproben, öffnete er gelegentlich die Fenster und stellte es den Tieren frei, zu entfliehen. Groß war dann seine Freude, wenn sie wiederkehrten. Nur den Kanarienvogel ließ er nicht fort, in der berechtigten Befürchtung, der Stubenvogel könne sich draußen weder ernähren noch beschützen.

Der Dichter hatte auch Laubfrösche und Mäuse, ja sogar in einem Pappkarton, den eine Glasscheibe bedeckte, eine Kreuzspinne, mit der er sprach und die sich an ihn gewöhnt hatte. In der Dämmerstunde aber erzählte der Dichter den Kindern Märchen. Da lag er auf dem langen Kanapee, die Kinder drängten sich alle drei zwischen die Sofawand und des Vaters Beine; oben über ihm lag der schlafende Hund.

Friedrich Schiller hielt in Weimar keine Tiere, obwohl er sehr tierliebend war und in den Briefen an seine Braut, Charlotte von Lengefeld, sehr oft deren Hund erwähnte, ihn grüßen ließ und sogar versprach, für den Hund, als er krank war, beten zu wollen. Der Hund starb, und Charlotte scheint sich keinen andern mehr angeschafft zu haben. Möglicherweise haben auch die beengten häuslichen und wirtschaftlichen Verhältnisse den Ausschlag gegeben.

Wie Friedrich Schiller zum Tier stand, geht aus einem Briefe hervor, den seine älteste Tochter Karoline an ihre Stieftochter Adelheid Junot richtete; in diesem Brief heißt es:

„... wie Du in Deinem letzten Briefe von Deinem lieben Pudel, dem Mohr, plaudertest, fielen mir die Geschichten wieder ein, die mein lieber Vater von dem klugen Pinscher in seinem Elternhaus erzählte. Dieses Tier war der Liebling der ganzen Familie, ein Muster von Intelligenz und Behendigkeit, von besonderer Anhänglichkeit an meine Großmutter, aber auch voller Launen.

Wenn zum Beispiel abends Großmutter Schiller das Bette aufschlug, um sich niederzulegen, da war der Hund sofort zur Hand, um vor seiner Herrin den besten Platz in des Lagers Mitte zu erobern. Nur zögernd, widerwillig, ja selbst knurrend und brummend, wich er endlich vor der

Einsteigenden etwas dem Rande des Bettes zu. Er war eben sehr verzogen, und damit es dem lieben Kinde auch an nichts fehlte, stand in dem Schlafzimmer neben dem Wasserkruge auch bei Nacht ein mit frischem Wasser gefüllter Tonnapf. Kam nun die Zeit des Schlafengehens, wurde allerhand Kriegslist benutzt, um das Tier vom Bette wegzulocken und dieses vor ihm zu gewinnen. Bald siegte die Großmutter, bald der Hund.

Eines Abends hatte die Erstere auch glücklich den Sieg davongetragen, was ihr, da sie am Nachmittage mit den Hund einen langen, ermüdenden Spaziergang hinter sich gehabt, sehr angenehm war. Das überlistete Tier hatte also mit einem Nebenplatz im Bett vorliebnehmen müssen. Großmutter wollte gerade das Licht auslöschen, als Freund Ami, so müde er selbst auch sein mochte, sich erhob, über seine Herrin schonungslos hinwegschritt und mit einem entschlossenen Satz das Bette verließ. Der Arme, den der Durst nicht auf seinem weichen Lager ruhen ließ, trollte sich nach seinem Trinknapf. So schien es wenigstens! Das Gefäß blieb aber unberührt von ihm. Nur am Rande leckte die lechzende Zunge, und zungenleckend, unter glucksenden, bittenden Tönen, kehrte der Hund an das Lager zurück. Großmutter hatte ihm verwundert nachgesehen und begriff nun, daß das Wasser im Napf fehlte. Sie wunderte sich zwar, daß mein Vater (Friedrich Schiller), damals noch ein 11jähriger Knabe, das Wasser vergessen hatte, und schimpfte innerlich ein wenig auf ihn, denn es blieb ihr ja nichts anderes übrig, als aufzustehen und das Vergessene nachzuholen. Aber wie staunte sie, als sie den Napf bis oben gefüllt fand! Ihr Staunen wuchs noch mehr, als in demselben Augenblick der Hund mit einem kühnen Schwung in das jetzt leer gewordene Bett hüpfte, um dessen Mittelplatz nun mit Hartnäckigkeit zu verteidigen.

Neben dem Hause der Großeltern wohnte ein alter Regimentstambour, mit dem zusammen der Großvater den österreichischen Erbfolgekrieg als Feldscher mitgemacht hatte. Dieser besaß eine kleine Pinscherhündin, die im hinteren Teil des Hauses angebunden war. Eines Tages riß sich das Tierchen los, sprang mit dem Stricke durchs Fenster und lief davon. Da nun der Hund am Abend nicht zurückkam, glaubte der Musikus nicht anders, als daß man das liebe Tier aufgefangen und getötet habe. Nun fiel der Großmutter auf, daß ihr Ami mehrere Tage lang alles, was er an Eßwaren bekam, statt diese zu verzehren, nach dem Walde trug. Ja, der Hund lief sogar in der Nachbarschaft herum und bettelte sich etwas zusammen. Eine Nachbarin sagte nun einmal zu ihm: ‚Ami, ich habe heute nichts für dich wie dieses trockene Brot.' Indem sie es dem Tier hinreichte, schnappte es heftig danach und lief davon dem Walde zu.

Dieses sonderbare Benehmen fiel aber doch allgemein auf, und man beschloß, das nächste Mal dem Hunde zu folgen. Am nächsten Tage, als er wieder mit seinem Essen in den Wald lief, folgten ihm Großmutter, mein Vater und die Kinder des Tambours eine große Strecke. Da sie in den Wald kamen, fanden sie die kleine Ausreißerin dermaßen mit dem Strick in einem Gebüsch verwickelt, daß sie nicht loskommen konnte. Nun hatte sie Ami vier Tage lang mit der Aufopferung seiner eigenen Ration gefüttert, denn als man die beiden Tiere fand, war des Musikus Hündin dick und fett, der arme Ami so abgemagert, daß man seine Rippen sehen konnte.

Vater (Friedrich Schiller) pflegte diese Geschichte immer dann zu erzählen, wenn beschränkte Leute Gedankengänge in der Seele eines Hundes bezweifelten, ja das Dasein einer Seele im Tier überhaupt ableugnen wollten. Er schloß derartige Erörterungen immer mit dem Bericht und dem Beispiel von der aufopfernden Freundschaft dieses famosen Pinschers aus seiner Kindheit."

Johann Peter Hebel hatte in seiner Gesellschaft nacheinander und auch miteinander Igel, Hund, Distelfinken und Katzen. Das letzte Kätzchen war ein Findling, ein Eindringling. Es saß eines Abends, als der Dichter heimkehrte, vor seinem Fenster. Hebel ging ins Haus, öffnete das Fenster und lud das Tier ein, ihn zu besuchen, er glaubte, wie er sagt, es sei nur eine kurze Visite:

„Bald merkte ich aber an seiner Demut und hageren Gestalt, daß es dienst- und brotlos sei. Aber wer ihm mit nichts aufwarten konnte als mit einigen Kanderner Brezeln, war ich. Am anderen Morgen früh um halb sechs Uhr saß es schon wieder, als ich noch im Bett war, unter dem oberen Fenster, welches offenstand, und miaute mir einen Guten Morgen. Kaum hatte ich geantwortet, als es mit einem großen Satz in die Stube herabsprang. Jetzt ließ ich ihm aus meinem Kosthaus eine Milchsuppe hereinholen und machte es förmlich zu meinem Eigentum."

Das Tier blieb bei dem Dichter, der überzeugt war, es habe zu ihm und zu keinem andern gewollt.

Seltsam ist das Verhältnis der Seefahrer zu ihren Schiffstieren. Es wird geteilt vom Admiral bis zum letzten Matrosen, und wer nicht selbst die Zärtlichkeit zu dem Bordtier aufzubringen versteht, die für die meisten Seeleute selbstverständlich ist, der respektiert wenigstens den Gegenstand der Liebe der andern. Die Schiffstiere gehören vielen Arten an, am verbreitetsten ist aber die Katze.

Einer der größten Katzenfreunde unter den Seefahrern war Lord Nelson. Von dem Tag an, an dem er zum erstenmal das Kommando eines Schiffes führte, hatte er außer der Schiffskatze noch eine besonders für ihn bestimmte an Bord. In seinem Hause, das er allerdings nur selten bewohnte, da er fast immer auf See war, wimmelte es von Katzen, sehr zum Verdruß seiner Frau.

Als Lord Nelson der französischen Flotte vor Boulogne auflauerte, nun schon Englands berühmter Admiral, wurde sein Schiff in einem bösen Sturm auf einen Felsen geworfen; es war in der Nacht unmöglich, der Besatzung Hilfe zu bringen. Gegen Morgen konnte es endlich geschehen, es war in der letzten Minute, das lecke Schiff begann sich vom Felsen zu lösen und zu sinken. Nelson verließ als letzter das sinkende Schiff und wollte gerade das rettende Boot besteigen, als er hörte, daß die Katze noch an Bord sei. Sofort stieg er wieder auf das Schiff und ging noch einmal suchend über das ganze Deck, obwohl das Schiff jeden

Augenblick bersten mußte. Da er die Katze nicht fand, stieg er auch zum Ruderhaus hinauf, wo sich das Tier auch wirklich aufhielt. Nelson nahm das zitternde Kätzchen unter den Arm und verließ nun erst das Schiff, das gleich darauf versank.

Kurz vor seiner letzten Ausfahrt ließ sich Lord Nelson von seiner Frau scheiden; in der Ehescheidungsklage soll sie als Grund für das erschwerte Zusammenleben mit Lord Nelson auch die „Affenliebe des Lords für Katzen“ angegeben haben, und der Richter hat sich diesen Punkt zu eigen gemacht.

Es darf aber wohl angenommen werden, daß hier die Katze nur als Gleichnis gewählt wurde und damit Lady Hamilton getroffen werden sollte, die Witwe des britischen Gesandten in Neapel, zu der Nelson Beziehungen unterhielt, die nicht nur in England sehr verschnupft hatten; Lady Hamilton war wegen ihrer geschmeidigen diplomatischen Art schon früher als Nelsons Kätzchen bezeichnet worden.

Ernst Theodor Amadeus Hoffmann bekannte zu Freunden, daß er ohne seine Tiere weder die „Nachricht von den neuesten Schicksalen des Hundes Berganza“ hätte schreiben können, noch jemals die „Lebensansichten des Katers Murr nebst fragmentarischer Biographie des Kapellmeisters Johann Kreisler“. Beides sind keine Tierbücher, aber die Art, wie Hoffmann die Tiere sich benehmen läßt, zeigt eben den großen Tierbeobachter und -freund.

Hoffmann hatte literarische Vorbilder, wie sich Nachahmer fanden. Er bekennt sich in seinen Büchern zu diesen Vorbildern: der „Hund Berganza“ ist das Kind des großen Cervantes, wie Berganza auch der Hund des Spaniers ist; der Kater Murr ist der entstiefelte Kater von Tieck. Aber Berganza hat in dem eigenen Hund Hoffmanns, einem schwarzen Bullenbeißer namens Pollux, der dem Dichter in Bamberg zugelaufen war und den er sehr liebte, den Kameraden gefunden, der ihm die Zunge löste; und der Kater Murr war so innig Hoffmanns Hausgenosse geworden, daß der Dichter beim Tode des geliebten Katers ganz erschüttert Todesanzeigen an seine Freunde schickte.

Berganza, der Hund, spricht sehr klug über die Menschen, von seiner Rasse aber sagt er:

„Ich meine nichts anderes als dasjenige hundertfach modifizierte Hin- und Herbewegen unseres Schweifes, wodurch wir alle Nuancen unseres Wohlgefallens von der leisesten Rührung der Lust bis zur ausgelassensten Freude zu bezeichnen wissen, und welches ihr schlecht genug: wedeln nennt. Adel der Seele, Hoheit, Stärke, Anmut und Grazie sprechen sich bei uns aus in dem Tragen des Schweifes, und sehr schön liegt auch daher in diesem Teil der Ausdruck unseres inneren Wohlbefindens sowie in dem gänzlichen Verstecken, Einklemmen desselben der Ausdruck der höchsten Angst, der qualvollsten Trauer ..."

Der Kater Murr verspottet den Literaten und beweist die leichte Erlernbarkeit des Handwerks. Hoffmanns Schatten (und Pseudonym), der Kapellmeister Kreisler, sagt von diesem Kater sehr viel Schönes:

„Indem ich diesen klugen Kater betrachte, fällt es mir wieder schwer aufs Herz, in welchen engen Kreis unsere Erkenntnis gebannt ist. – Wer kann es wagen, wer nur ahnen, wie weit das Geistesvermögen der Tiere geht! – Wenn uns etwas oder vielmehr alles in der Natur unerforschlich bleibt, so sind wir gleich mit Namen bei der Hand und brüsten uns mit unsrer albernen Schulweisheit, die eben nicht viel weiter reicht als unsere Nase. So haben wir denn auch das ganze geistige Vermögen der Tiere, das sich oft auf die wunderbarste Art äußert, mit der Bezeichnung Instinkt abgefertigt. Ich möchte aber nur die einzige Frage beantwortet haben, ob mit der Idee des Instinkts, des blinden, willkürlosen Triebes, die Fähigkeit zu träumen vereinbar sei. Daß aber z. B. Hunde mit der größten Lebhaftigkeit träumen, weiß jeder ..."

Der Braunschweiger Theaterdirektor Klingemann erzählt in seinen Erinnerungen von einem Buch bei E. T. A. Hoffmann im November 1821:

„Während ich mich eine Weile mit andern unterhielt, hatte Hoffmann mit Devrient gesprochen. Es betraf, wie ich gleich merkte, einen sehr schwer Kranken, an dessen

Herstellung die hinzugerufenen Ärzte zweifelten, indes sie ihm, wie Hoffmann bemerkt, noch zum letzten Versuche Einreibungen und Blähungen verordnet hätten."

Klingemann fragt dann nach diesem Kranken, da öffnet Hoffmann die Tür zu einem Seitenzimmer und weist gerührt nach einem Lager, auf dem ein ansehnlicher Kater schlummert. Klingemann glaubt an eine Mystifikation, aber Devrient bedeutet ihm, das leidende Tier stehe mit Hoffmann gleichsam in einem magischen Rapport, es sei der Kater Murr. Bald nach dem Besuch erhielt Klingemann eine Karte:

„In der Nacht vom 29. bis zum 30. November d. J. entschlief, um zu einem besseren Dasein zu erwachen, mein teurer geliebter Zögling, der Kater Murr, im vierten Jahr seines hoffnungsvollen Lebens. Wer den verewigten Jüngling kannte, wer ihn wandeln sah auf der Bahn der Tugend und des Rechts, mißt meinen Schmerz und ehrt ihn durch Schweigen. Berlin, d. 1. Dezbr. 1821. Hoffmann."

Johann Gottfried Herder hatte in seinem Hause einen Hund und Katzen, und diesen Hund verlor er auf eigenartiger Weise.

Herzog Karl August war, wie die meisten Fürsten seiner Zeit, ein eifriger Jäger und, wie ebenfalls die meisten Jäger der Zeit, bei der Ausübung dieser rein als Vergnügen angesehenen Beschäftigung nicht gerade zartfühlend. Wurde nun eine große Jagd veranstaltet, beklagten Männer wie Herder die gehetzten Tiere; unterblieb die Jagd auf längere Zeit, bestürmten die Bauern und Pächter den Herzog, recht bald eine Jagd abzuhalten, da das Wild die Felder verwüstete.

Nachdem nun wieder einmal ein blutiges Gericht unter den Wildschweinen abgehalten war, warf Herder die Frage auf: Wenn man die Wildschweine nur jage, weil sie die Felder verwüsteten, warum dann immer neue Wildschweine großgezogen würden? Eine Antwort bekam er nicht, die Wildschweine mußten sterben, weil sie Schaden an den Früchten anrichteten.

Als nun Herder mit seinem Hunde draußen sich erging, sah er in einem Rübenfeld ein Wildschwein, und da er fürchtete, es möchte deswegen erschossen werden, hetzte er seinen Hund in die Rüben, das Tier zu verscheuchen. Das Wildschwein lief auch fort, aber es knallte dennoch, und der Hund blieb tot liegen: ein angestellter Jäger hatte, so glaubte er, einen wildernden Hund erschossen!

Der arme Dichter stand fassungslos vor dem Jäger, der nun, da er den Herrn Hofprediger und Oberkonsistorialpräsidenten erkannte, auch erschrak.

„Aber, lieber Mann", beschwor Herder den Jäger, „warum nur töten Sie denn den Hund?"

„Weil er das Wild jagte", stotterte der Förster, „ich hatte ihn ja nicht erkannt und ihn für einen wildernden Hund gehalten."

„Warum aber schießen Sie sonst Wildschweine?"

„Weil sie die Felder verwüsten!"

„Nun wohl, wenn nun aber ein Hund die Felder schützt, indem er ein Wildschwein aus den Rüben verjagt, warum töteten Sie dann den Hund und nicht das Wildschwein?"

„Weil – nun, weil der Hund kein Recht zum Jagen hat!"

Da wurde der gütige Mann doch böse: „Sie aber, Sie haben ein Recht dazu, Hunde zu erjagen?"

Der Förster nickte. „Und warum erjagen Sie nicht die Wildsau?"

Nun begriff der Förster Herder nicht mehr. „Weil ich dazu keine Erlaubnis habe!"

„Sie hätten also die Sau ruhig in den Rüben gelassen?"

„Ja."

Mit schwerem Kopfschütteln über diese sonderbare Welt der Menschen und mit Trauer im Herzen über seinen Hund ging Herder heim.

Friedrich Hölderlin hatte aus seiner Kinderzeit die Liebe zu den Tieren behalten; der Stiefvater, Kammerrat Gok, hielt Hund und Katze. Aus Hölderlins Studentenzeit ist nicht bekannt, daß er einen Hund besaß, auch findet sich in den Werken jener Jahre kein Niederschlag. Aber im Jahre

1796, und zwar im Februar, schreibt der Dichter an seinen Stiefbruder Karl Gok aus Frankfurt am Main, daß er sehr über die Menschen trauere, „aber ich habe mich so sehr über den Hund Fripon gefreut, denn es ist ein herzlich tröstend Gefühl, die Verwandtschaft, in der wir mit der weiten frohen Natur stehen, zu ahnen und so viel wie möglich zu verstehen."

Ob es sich hier um den Haushund der Familie Gontard handelt, ist nicht ersichtlich, dem stünde die Bemerkung über die Menschen entgegen, denn nach einem Briefe vom Januar des Jahres 1796 sind Gontards noch „sehr gute und, nach Verhältnis, wirklich seltene Menschen". Aus späteren Briefen ist jedoch ersichtlich, daß ihm der Bankier Gontard, Diotimas Mann, nie sympathisch war.

Im Jahre 1806 kommt Hölderlin als unheilbar geisteskrank in Pflege zu dem Tischler Zimmer in Tübingen und lebt dort vierzig Jahre in einem kleinen Erkerzimmer überm Stadtgraben. Nur selten durchbrachen lichte oder, richtiger, erhellte Tage das Verdämmern. Dann dichtete der Kranke unverständliche Verse oder sprach von der unvergessenen Diotima.

In den letzten Jahren seines Lebens hatte er es immer als schmerzlich empfunden, daß auf dem Hofe, der seiner Stube gegenüber lag, ein Hund dauernd an einer verfallenen Hütte angekettet war. Jahrelang. In seinen lichten Stunden sprach der Dichter von dem Unglück des Hundes, den nicht so sehr die Grausamkeit der Menschen als ihre Unwissenheit und Gleichgültigkeit in Frost und Schnee bei kargem Futter verkommen lasse, dennoch aber einen Dienst, und einen sehr großen von ihm fordere: sie zu bewachen! Dann bat der Dichter seinen Wirt, doch dem fremden Hunde das Leben zu erleichtern.

Abgesehen von einer leichten Strohdecke als Unterlage und gelegentlich einem Kanten Brot bekam der Hund nichts, denn auch Hölderlins sonst so redlicher und menschlicher Wirt fand es abwegig, daß ein so unglücklicher Mensch, wie der Dichter Hölderlin, in seinen wenigen lichten Tagen sich mit dem Schicksal eines fremden Hundes beschäftigte. Dies mochte wohl nur, nahm er an, in der Eigenart seiner Erkrankung begründet liegen. Und so wiederholte sich noch einige Jahre lang das Bild, daß der Dichter die umflorten Augen aus seinem Zimmer über die Straße hinweg auf den fremden Hof schickte und mit dem ersten Bewußtseinsschimmer den Anblick eines angeketteten, zum Leiden verurteilten Mitgeschöpfes aufnahm.

Bis einmal die Qual dieses Anblicks so unerträglich wurde, daß der zerstörte Geist aus seinen Trümmern doch noch einen festen Willen formen, einen festen Vorschlag machen konnte. Hölderlins Pfleger hatte dem Dichter klargemacht, daß ein Teil der zur Verfügung stehenden knappen Mittel unbedingt für einen neuen warmen Rock für den Winter und eine Decke verwendet werden müßte. Er hatte darüber wohl nur mit dem Dichter geplaudert, um ihn in einer gerade wieder erhellten Zeit zu unterhalten, denn Meister Zimmer schaffte sonst nach eigenem Ermessen das an, was nötig war. Er war daher auch sehr erschrokken, als Hölderlin in immer stärker werdende Erregung geriet und sich schließlich der Schimmer von Zufriedenheit und Glück auf sein müdes Gesicht legte – der Dichter hatte gefunden, wonach er Jahre gesucht: er verzichtete auf den warmen Rock und die Decke und bat seinen Wirt, das Geld zum Loskauf des Kettenhundes zu verwenden!

Zuerst sträubte sich der Meister, als er jedoch sah, wie flehentlich der Hilflose bat, sagte er zu. Leider machte er das sehr ungeschickt, denn er hätte das verwahrloste Tier für ein paar Groschen bekommen können, da er jedoch dem Besitzer erzählte, daß der kranke Dichter gerade diesen Hund haben wolle, forderte der dunkle Ehrenmann zunächst einen hohen Preis. Aber schließlich konnte Meister Zimmer den Hund doch erstehen.

Es war, als sei das verlorene Paradies wieder auferstanden in einer kleinen Stube am Stadtrand von Tübingen, in der ein geisteskranker Dichter und ein verhungerter, halb gelähmter Hund sich ihre gegenseitige Liebe bezeugten. Von der ersten Stunde an nahm der Hund seinen Platz zu Füßen des Dichters ein und legte den Kopf auf die Knie seines Herrn. So saßen sie unbeweglich viele Stunden, Blick in Blick gesenkt, und genossen das Glück einer seelischen Begegnung hinter der zerfallenden Erscheinung.

„Sie müssen", meinte Meister Zimmer, „schon vorher

voneinander gewußt haben, es war, als hätten sie nur aufeinander gewartet!“

Das Glück dauerte noch vier Jahre. Kurz nach Hölderlins Tod im Jahre 1843 starb auch der Hund.

Ludwig van Beethoven, der gigantische Mann, der die unvergleichlichen Harmonien aus der Welt hinter den Dingen beschwor, dem ein Weltall erklang, als sein leibliches Ohr längst nicht mehr hörte, war ein Rufer für das Mitleiden und die Verbundenheit mit dem Tier. Auch bei ihm gehörte das Mitleidenmüssen mit allem Lebenden zu seinem innersten Wesen, war ihm angeboren und Notwendigkeit seines künstlerischen Schaffens.

In frühester Jugend schon offenbarte es sich in leidenschaftlichen Handlungen: Einmal stand der Knabe mitten in einem Zimmer der elterlichen Wohnung und phantasierte auf der Violine. Die Mutter trat ein, um ihn zum Essen zu holen, sagte jedoch nichts und hörte ergriffen zu, da er sie nicht bemerkte und mit nach oben gekehrtem Blick andächtig weiterspielte.

Da sah sie, wie in der Höhe seines Gesichtes eine große Spinne an einem Faden von der Decke herabschwebte, sich emporzog und wieder herabließ. Von Widerwillen erfaßt, riß sie die Spinne herunter, schleuderte sie auf den Fußboden und zertrat sie. Der junge Beethoven geriet über dieses Tun so in Schmerz und Zorn, daß er seiner Mutter die Geige vor die Füße warf, wobei sie zerbrach.

Er hatte nicht für seine Mutter, er hatte für die Spinne gespielt und schon aus der Knabenseele Bilder beschworen, in denen wohl Tiere, welche die Menschen als häßlich bezeichnen, Platz hatten, nicht aber häßliche Handlungen der Menschen.

Es liegen nicht viele unmittelbare Bekenntnisse Beethovens zu Tieren vor; er fand keine Zeit und Neigung zu umfangreichem Briefwechsel oder zu Tagebuch-Aufzeichnungen. Wir wissen nur, daß er vor seiner Übersiedlung nach Wien eine „Elegie auf den Tod eines Pudels“ komponierte und mit den Tieren seiner Freunde und Freundinnen auf dem Standpunkt gleichberechtigten Lebensanspruchs verkehrte. Das Schoßhündchen der Frau von Malfatti, „Gigons“, wurde von ihm so lange umworben, bis es sich ihm anschloß. Dann schrieb er triumphierend an seinen Freund J. von Gleichenstein:

„Du irrst, wenn Du glaubst, daß Gigons Dich allein nur suche, nein, auch ich habe das Glück gehabt, ihn gar nicht von meiner Seite kommen zu sehen. Er speiste an meiner Seite zur Nacht, er begleitete mich noch nach Hause, kurzum, er verschaffte mir eine sehr gute Unterhaltung; jedenfalls konnte ich niemals oben sitzen, immer ziemlich tief unten.“

In einem Brief an Therese Malfatti bekennt er seine begeisterte Naturliebe:

„Wie glücklich sind Sie, daß Sie schon so früh aufs Land konnten. Erst am 8. kann ich diese Glückseligkeit genießen: kindlich freue ich mich darauf. Wie froh bin ich, einmal in Gebüschen, Wäldern, unter Bäumen, Kräutern, Felsen wandern zu können! Kein Mensch kann das Land so lieben wie ich!“

Auf einem seiner Spaziergänge ereignete sich dann auch der vielbelachte Zwischenfall, der dem Meister so bitterernst war. Er ging über eine Wiese, das begeisterte Auge trunken vom Leben in der Natur. Da sah er eine junge Dame im sommerlichen Kleid lachend mit einem Knaben durch die Wiesen springen. Beethoven freute sich an diesem Bild und ging näher. Und bemerkte empört, daß die junge Dame mit einem kleinen Kescher hinter Schmetterlingen herlief. Es handelte sich bei der Schmetterlingsjägerin um Karoline Wimmer, die spätere Mutter des Schweizer Tierdichters Josef Viktor Widman.

Sie hatte in Mödling bei Wien sich damit vergnügt, auf einer Aue mit einem Netz Schmetterlinge zu fangen. Da wurde sie eines Mannes gewahr, der in kurzer Entfernung neben ihr herlief und mit einem Taschentuche alle Schmetterlinge, die sie zu fangen trachtete, verscheuchte. Das wiederholte sich an noch zwei Tagen. Wenn sie auf der Wiese ankam, stand dort schon der Mann und machte ihr das Schmetterlingsfangen unmöglich. Schließlich verbat sich das Mädchen die Belästigung, worauf der Mann mit lauter

Stimme fragte: „Hat eine wohlerzogene junge Dame nicht gelernt, sich die Zeit anders zu vertreiben als mit dem Morden armer Tiere?“ Nach kurzer Verblüffung antwortete Karoline: „Ich habe sehr wohl auch anderes gelernt, aber davon würden Sie auch nichts verstehen, nämlich vom Klavierspielen!“

„Doch“, antwortete der Mann, „davon verstehe ich schon etwas, und ich könnte Ihnen sogar sagen, ob Sie Klavierspielen gelernt haben. Gehen Sie nach Hause und spielen Sie bei geöffnetem Fenster mir etwas vor!“ Das junge Mädchen ging auf den Scherz ein und war sehr erstaunt, als nach kurzer Zeit der Mann ins Zimmer trat und ihr erklärte: „Sie können Klavier spielen. Um so weniger Anlaß haben Sie, harmlose kleine Tiere zu ermorden.“

Durch das Gespräch aufmerksam gemacht, kam die Mutter Karolines in das Zimmer und erkannte in dem seltsamen Besucher Ludwig van Beethoven. Von nun an durfte Karoline den Meister des öfteren auf seinen Spaziergängen begleiten, aber erst, nachdem sie ihm versprochen hatte, „nie wieder unschuldige Tiere zu morden.“

Karolines Mutter erzählte die Geschichte der gewaltsamen Bekehrung ihrer Tochter durch Beethoven, und der Meister, darüber befragt, bestätigte es in neu aufflackernder Empörung über die Unsitte des Schmetterlingsfangens. Er erreichte nichts weiter damit, als daß die Wiener Gesellschaft etwas zum Lachen hatte über die Marotte Beethovens.

Der Sänger Cramoloni berichtet in seinen Erinnerungen an Beethoven, wie er in den Jahren 1816–1818 mit Beethoven im selben Hause in Mödling gewohnt und sehr oft mit ihm gesprochen habe. Er sei damals noch ein Knabe gewesen und habe gedacht, dem großen Musiker eine Freude zu machen, indem er ihm große Schmetterlinge zeigte und fragte, wie diese Art wohl heißen möge. Da sei er von dem sonst so freundlichen Mann barsch abgewiesen worden mit den Worten: „Laß mich in Ruhe, kleiner Mörder!“

Arthur Schopenhauer ist, sicher weil er nicht aus Mitleid zum Tier kam, sondern aus Menschenverachtung und Vereinsamung, wohl einer der merkwürdigsten unter den Tierfreunden. Die Beziehungen zum Tier stammen aus der Kinderzeit, in der seine zarte, empfindsame Mutter im Park des großen Familiensitzes in Oliva bei Danzig weißen Lämmchen silberne Glöckchen um den Hals band, mit Hunden und Katzen spielte und dem Gesang der Vögel lauschte. Die Tiere und ihre Welt blieben in der Erinnerung für den grübelnden Knaben die Welt des paradiesischen Friedens; die Welt der Menschen, in welcher der Vater als Kaufmann zu Hause war und in der später die Menschen wohnten, die das Schopenhauersche Familienvermögen bedrohten und den jungen Philosophen nicht gebührend beachteten, wurde ihm zum Bild der Hölle. Er floh diese Menschenwelt, verachtete sie, und da er wirtschaftlich nicht in der Lage war, einen Landsitz mit Tieren zu halten, hatte ein einzelner Hund die Aufgabe, seine Frankfurter Junggesellenwohnung in ein Paradies zu verwandeln.

Und er tat es: Schopenhauers Pudel mit seinem seltsamen Namen „Atma" gehört zur deutschen Geistesgeschichte, worunter der Philosoph „Selbst" oder „Weltseele" verstanden wissen wollte. Ungezählt sind die Geschichten, die über den Pudel und seinen ebenso knurrigen Herrn in Frankfurt im Umlauf waren.

„Atma" war indessen der Titel des Pudels, sein Rufname war „Butz". Der braune Pudel lag im Zimmer immer dem Schreibsekretär gegenüber am Fenster auf einem schwarzen Bärenfell. Der arbeitende Philosoph hatte ihn so stets im Auge; wendete er den Kopf ein wenig, so kam ihm der Gipsabdruck eines Hundekopfes in den Blick: über der Tür hing dieses plastische Porträt des früheren weißen Pudels. Er war 1849 gestorben. „Butz" war sein Nachfolger.

Schopenhauer machte keinen Schritt in Frankfurt ohne seinen Pudel, der genauso stolz wie sein Herr durch die Straßen wandelte. Jeden Mittag gingen sie beide zum Essen und anschließend daran einige Stunden spazieren, meist in der Umgebung Frankfurts. Draußen durfte „Atma" ein Hundeleben führen, der besorgte Blick des Philosophen ließ ihn jedoch niemals unbeaufsichtigt. Da der Pudel sehr gelehrig war und eine Reihe Kunststücke kannte und sie gern machte, hatte der sonst so menschenfeindliche Philosoph aus Stolz auf seinen Hund nichts dagegen gehabt, gelegentlich Kindern, die von dem Talent des Pudels gehört hatten, diese Künste zu zeigen. Die Folge war nun, daß immer häufiger Kinder hinter dem Hund und seinem Herrn herliefen und Vorstellungen wünschten. Und eine weitere Folge war, daß die größeren Kinder, besonders die Buben, über die Verweigerung der Vorstellungen ärgerlich waren und nun wieder den Pudel und seinen Herrn durch Zurufe ärgerten. Dann ereignete es sich stets erneut, daß der alte Herr mit einer Gebärde seinen großen Kopf herumdrehte und einen langen Blick aus seinen stahlblauen Augen auf die Übeltäter schoß, und der genügte fast immer, selbst die Verwegensten zum Schweigen zu bringen. Die Bengels rächten sich dann, indem sie den Hund zu reizen versuchten, wenn sein Meister nicht dabei war.

„Atma" lag gewöhnlich am Vormittag zwischen 9 und 11 Uhr, denn sein Leben war ebenso geordnet wie das des Philosophen, neben der Haustür auf den Steinfliesen, weil dort die Sonne schön warm schien. Er knurrte jeden an, der ins Haus wollte, und ging nicht vom Fleck, so daß der Eintretende über ihn hinwegsteigen mußte. Er biß zwar nicht, aber sein Stilliegen und Knurren genügten, die Furchtsamen fernzuhalten. Worüber sich der Philosoph hinter dem Fenster freute.

Nur die Bengels ließen sich von „Atma" nicht beeinflussen, sie neckten ihn gelegentlich auch vor der Haustür und stiegen unbesorgt über ihn hinweg. Worüber sich dann der Philosoph ärgerte, das Fenster bedächtig öffnete und nun seiner Verachtung der Menschen, einschließlich der Kinder, in einem Selbstgespräch Ausdruck gab, das immer sehr wissenschaftlich und gewöhnlich in lateinischer, griechischer oder französischer Sprache gehalten war. Die Jungens zogen sich dann zurück, aber auch „Atma" mußte von der Straße verschwinden. Mitunter durfte er dann vierzehn Tage lang nicht wieder vor der Haustür liegen.

Schopenhauer hatte schon in seiner Göttinger Studentenzeit einen Hund, ebenfalls einen Pudel. Auch das schwarze Bärenfell war schon da. Wie überhaupt die Einrichtung seiner Studierstube sich in fünfzig Jahren nicht wesentlich änderte, an welchem Ort sie sich auch befand: Platons und Kants Werke, Voltaires Büste, Goethes Porträt, das Bärenfell und der lebende Pudel. Der Pudel mußte des öfteren erneuert werden, im Gegensatz zu den Büchern, zur Büste und zum Porträt, das war's, was Schopenhauer am meisten schmerzte. Später kam ein Kupferstich hinzu, der in damaliger Zeit sehr verbreitet war und die Erschießung eines Soldaten darstellte. Der Mann war bereits niedergekniet, hatte sich dann aber wohl das Taschentuch von den Augen genommen, denn er versuchte, mit dem Tuche seinen Hund, der Miene machte, zu ihm zu laufen, zurückzuscheuchen, um ihn so vor den Kugeln, die ihm, dem Manne, galten, zu bewahren. Schopenhauer hat das Bild bis zu seinem Tode gehabt und oft davor gesessen, aber niemals darüber gesprochen, was ihn an der Darstellung so ergriff: Die Größe, zu der ein Mensch fähig ist, oder die Tierliebe! Ein Jahr vor seinem 1860 erfolgten Tode machte Schopenhauer sein Testament, mit einem kleinen Kapital stellte er die Unterkunft und Verpflegung seines Hundes „Atma" sicher.

Der Dichter Lord Byron liebte Hunde und Katzen. Da er in den Tieren stets das Individuum achtete, wurden seine Tiere für ihn Persönlichkeiten, belebten seine Vorstellungswelt und drängten sich oft in seine Rede. In seinem Kater Ship, der keinerlei besonderen Wert als Rassetier besaß, als Persönlichkeit aber ein Genie gewesen sein muß, verkörperte sich für den Dichter geradezu die bessere Welt.

Bei den Engländern gehörte es damals zum guten Ton, ganz große Tierfreunde zu sein; es gehörte bei vielen auch zum guten Ton, Verehrer der Byronschen Muse zu sein. Aber die Damen, die den göttlichen Lord verhimmelten, fanden seine Liebe zu Katzen und ausgerechnet zu diesem Kater wenig originell, es war letzte Mode, fremdartige Tiere zu lieben, besonders Äffchen. Und so stellten eines Abends ein paar Damen der Gesellschaft den Lord, der gerade wieder von seinem Kater geschwärmt hatte, und eine Herzogin erklärte ihm: „Edler Lord, Sie müssen Ihren Geschmack im Tierreich verändern. Ein Kater ist, entschuldigen Sie, für Lord Byron unfein. Gehen Sie zu den Affen über und verschenken Sie Mister Ship! Er behindert Ihren Weg zum Paradies!"

Der Dichter erwiderte lächelnd: „Liebste Lady, hier zeigt sich wieder, daß Eva auch dann noch vom Paradies redet, wenn sie längst nicht mehr in ihm zu Hause ist. Adam erlag im Paradies einem Apfel, außerhalb des Paradieses würde er vielleicht einem Äffchen erliegen. Aber Adam war schwach, doch Lord Byron ist stark und läßt sich nicht verführen. Er verzichtet selbst auf das entzückendste Äffchen und behält Ship!"

Der versteckte Spott war verstanden worden und hatte die Dame sehr empört. Sie brachte es fertig, die Katze dem Dichter heimlich zu stehlen. Doch das Tier entfloh nach drei Tagen und fand den ziemlich weiten Weg zu dem verzweifelten Lord zurück. Da setzte er sich hin und schrieb der Dame einen Brief:

„Liebe Lady, es wäre vielleicht richtiger, den Katzendiebstahl zur Anzeige zu bringen. Der Schmerz eines Dichters durfte Ihnen gleichgültig sein, der Schmerz eines Tieres nicht! Ich verzichte dennoch auf Anzeige, denn ich weiß, die Wut über Ihren Mißerfolg macht Sie unglücklich genug. Eva war auf jeden Fall verführerischer, das beweist der unterschiedliche Erfolg."

Der Dichter sorgte dafür, daß sein Brief bekannt wurde. Dann aber, um die Herzogin zu versöhnen, schaffte er sich eine Äffin an, allerdings zu Kater und Hund.

Alexander von Humboldt ging mit Schillers Schwägerin, Caroline von Wolzogen, im Park von Weimar spazieren und erzählte ihr vom fernen Amazonas und den Indianern, als die Dame erschreckt aufschrie und in die Gegend deutete: dort lief ihr verhätscheltes Schoßhündchen Pitt, auf das zu achten sie bei der fesselnden Schilderung vergessen hatte, geradewegs auf eine große Bulldogge zu, die stehengeblieben war und mit finsterem Gesicht den dreisten Ankömmling musterte. Frau von Wolzogen faßte erbebend ihres Freundes Arm, gleich würde die riesige Bulldoggenschnauze sich öffnen, und die zarten Knochen des kleinen Pitt würden zerbrechen. Aber der Gelehrte lächelte: „Seien Sie unbesorgt, es wird dem Pitt nichts geschehen. Wohl aber werden Sie einer interessanten Demonstration über die Wurzeln der Sittengeschichte beiwohnen. Geben Sie acht!"

Doch die besorgte Dame hörte nicht zu, sie sah nur, daß ihr kleines Wachtelhündchen sich schon bis auf ein paar Meter dem dräuenden Untier genähert hatte. Nun war es heran und machte etwas Absonderliches: es warf sich vor der Bulldogge auf den Rücken und streckte alle vier Beine in die Luft! Da wandelte sich die Angst der Dame in Stolz: „Sehen Sie nur", rief sie entzückt aus, „Pitt will mit dem Riesen spielen! Welchen Mut hat doch der kleine Hund!"

„Das nun nicht", lächelte Humboldt, „spielen will er nicht, und Mut hat er auch nicht. Aber so sind wir Menschen, daß wir uns gern über die Eigenschaften derer täuschen, die wir lieben. Pitt zum Beispiel handelt in diesem Augenblick lediglich aus Angst! Er fürchtet den großen Hund, dem er sich zuerst aus Neugier genähert hatte. Nun der finstere Bursche so abwartend stehenbleibt, hat der Kleine es mit der Angst bekommen, mußte aber dennoch näher herangehen, weil er fühlte, bei einem Fluchtversuch würde der Große ihn einholen und beißen. Also ging er mit harmloser Miene heran und tat instinktiv das allein Richtige: Er nahm die hilfloseste Lage an und zeigt dem gefährlichen Gegner zweierlei: erstens sagt er ihm, sieh her, ich entwaffne mich und will dir nichts tun; zum zweiten setzt er hinzu: ich bin ganz hilflos und von dir besiegt, ich rechne mit deiner Großmut! Und, sehen Sie, er hat recht spekuliert: Nun beschnuppert die Bulldogge, ein wenig hochmütig und herablassend, den demütigen Wicht und denkt nicht daran, ihm etwas zu tun. Pitt kann jetzt aufstehen und fortlaufen, die Dogge wird ihm nicht nachsetzen, sie denkt nicht an ein kriegerisches Tun. Pitt hat den Gegner entwaffnet!"

Caroline von Wolzogen, beglückt über die Klugheit ihres Lieblings, wollte nun wissen, wieso der Vorgang ein Kolleg über Sittengeschichte sein sollte.

„Über die Wurzeln der Sittengeschichte, meine teure Freundin", antwortete Humboldt. „Was Pitt soeben tat, das tat einst auch der Urmensch. Es soll noch heute in Südafrika einen Volksstamm geben, bei dem die Männer, wenn sie sich begegnen, sich auf den Rücken legen und sich so einige Male hin und her rollen. Das soll bezeugen, sie machen sich vor dem andern hilflos und vertrauen auf seine Gutmütigkeit, eine Erinnerung an Vorfahren, die sich als Schwache einmal so dem Starken gezeigt und auf seine Gnade gerechnet haben. Ursprünglich hat das sicher nur der wirkliche Schwächling getan; als aber Männer, die ungefähr gleich stark waren, nicht abschätzen konnten, wer bei einer kriegerischen Begegnung Sieger bleiben würde, zogen sie es immer häufiger vor, sich beide auf den Rücken zu werfen. So werden wir in diesem Tun wohl die älteste Grußsitte zu erblicken haben. Aus ihr entwickelten sich dann die Formen, die wir heute noch gedankenlos üben: das tiefe Verbeugen, das Berühren der Erde mit der Stirn, das Niederknien, der Hofknicks, das Knickschen unserer kleinen Mädchen und zuletzt auch die Entblößung des Hauptes, womit die Männer der früheren Zeit zeigen wollten, sie machten sich schutzlos, weil sie dem andern vertrauten. Ja, sogar das Hinstrecken der rechten Hand ist nichts weiter als die Erklärung, ich mache mich wehrlos, ich unterwerfe mich deiner Großmut! Sehen Sie, dies alles hat uns der kleine Pitt soeben vorgetragen. Und weil er ein richtiger Dozent ist, hat er es durch Demonstrationen verdeutlicht. Ich habe nur die Aufgabe, das Kolleg gelegentlich fortzusetzen, sofern Sie mir durch Ihre Gegenwart dazu Gelegenheit geben!"

Der Mensch kann das Verhältnis zum Tier auch übertreiben; der französische Staatsmann und Dichter Lamartine hat es zweifellos getan. Dabei war dieser Mann nicht nur der von schwärmerischen Stimmungen erfüllte Lyriker, dem man die Verehrung für seine Brüder, die Hunde, leichter nachzusehen geneigt wäre, er war in seinen orientalischen Reiseberichten und seinen Geschichtsschilderungen auch ein guter Schriftsteller.

Lamartine verglich die Menschen, die ihn umgaben, gesellschaftlich und beruflich, mit einer Salonmeute, die in ihren Motiven weit unter den Hunden seiner Bekanntschaft stünde. Er feierte daher in Gedichten den Hund als den Kameraden und Freund, dessen Anhänglichkeit ehrlich und innig sei, und pries alle Menschen glücklich, die sich solcher Hunde als Freunde rühmen konnten. Mit ihrem Herzen seien die Hunde wertvoller als die Menschen, mit ihrer Intelligenz nicht geringer, er, Lamartine, sei stolz, seines Hundes Bruder sein zu dürfen.

Als die Menschen in den Lobpreisungen der Hunde durch Lamartine lediglich die abfällige Kritik eines Dichters und Staatsmannes an Menschen sahen, bewies ihnen Lamartine die Echtheit seiner Bekenntnisse zum Bruder Hund: er stellte sich mit den Tieren auf gleichen Fuß. Da er stets sechs bis acht Hunde besaß, trat das ein, was ein Spötter zuerst im Spaß behauptet hatte: Lamartine war aus dem Freund und Bruder seiner Tiere ihr Diener geworden, sie gehörten nicht ihm, er gehörte den Hunden. Andauernd verlangten sie von ihm, daß er sich mit ihnen beschäftige, kratzten an der Tür, die zum Hofe führte, um hinauszukommen, kratzten von außen an der Tür, um hereinzugelangen, forderten ihn auf, mit ihnen zu spielen, holten ihn vom Schreibtisch fort, und da sie ihrer sechs oder acht gegen einen waren, machten sie den Menschen wirklich zu ihrem Sklaven.

Dennoch behielt Lamartine das Verhältnis ohne Änderung bis ans Ende seines Lebens bei. Er selbst erzählte, daß es ihm sehr gut bekomme, er arbeite trotz der Zeit, die er seinen Hunden widme, noch immer genug für seine Landsleute, und wenn er sich zum Dichten niedersetzte, respektierten das die Hunde und ließen ihn oft eine ganze Stunde in Ruhe.

Hatte der Dichter keine Mittagsgäste, so speiste er mit seinen Hunden; sie saßen artig um den Tisch herum, und er füllte zuerst jedem seine Schüssel voll, dann erst legte er sich vor. Hatte er Besuch, mußten die Herren Hunde an einem besonderen Tisch dinieren, jedoch im selben Raum. Mit der größten Gelassenheit ließ der Staatsmann auch bei Gesellschaften erst seinen Hunden reichen, bevor seine Gäste an die Reihe kamen.

Leider ließen sich die Menschen diese unwürdige Behandlung gefallen, es drängten sich an seine Tafel nicht nur die, welche die Sache originell fanden, sondern ebenso jene, die sie für eine Herabwürdigung des Menschen hielten, aber dem Herrn Minister nicht mißfallen wollten.

Adalbert Stifter liebte sehr die Hunde. In seinen Schriften kommt das oft zum Ausdruck, so insbesondere in seinem „Hagestolz". Hier soll ein Jüngling von seinem schrulligen Onkel gezwungen werden, einen Spitz, der ihn treulich auf langer Wanderung begleitet hat, zu ertränken; er weigert sich und erringt sich dadurch die erste Achtung des Menschenfeindes – der Spitz spielt in dieser wohl stärksten und tiefsten Erzählung Stifters überhaupt eine gewichtige Rolle.

Als Stifter seinen eigenen Hausstand gegründet hatte – bescheiden genug –, hatte er sich sogleich einen Hund angeschafft. Er hing sehr an dem Tier, und diese Neigung war schuld, daß er ein schlampiges Dienstmädchen nicht abschaffte, wie es mit seiner Frau eigentlich vereinbart worden war. Er schreibt dazu am 20. August 1841:

„Ich muß dir ein Geständnis tun, daß ich die Franzi gar nicht weg tat, weil sie mir den Muffi so feierlich begraben half." Und einen Tag später ergänzte Stifter:

„Das Schicksal des armen Muffi wirst Du bereits in meinem ersten Briefe erfahren haben, er starb noch an demselben Sonntag, als Du abreistest. Ich habe um ihn recht viele und schmerzliche Tränen geweint, insbesondere darum, weil ich mir denken kann, wie Dir das Herz weh getan haben wird, als Du seinen Tod vernommen hast. Aber denke, daß Du noch mich hast ... Muffis Grab habe ich erst gestern besucht, es ist noch unversehrt, und es fängt schon Gras darauf zu wachsen an."

Die Liebe zu den Hunden war ein besonderes Band zwischen Stifter und seiner Frau, besonders da ihnen Kinder versagt blieben. Zeugnis davon legen die Briefe ab, die der zum Schulrat in Linz beförderte Dichter von all seinen Dienst- und Erholungsreisen an seine Frau schrieb. Nun hatten sie zwei Hunde, Lidy und Puzi. Die ganz besondere Liebe galt der kränklichen Puzi, um ihretwillen stieß Stifter des öfteren sogar seine Reisepläne um. Am 27. 10. 1859 kündet er der befreundeten Freiin Louise von Eichendorff, der Schwester des Dichters, seinen und seiner Frau Besuch an:

„Wir bringen ein kleines Hündchen namens Puzi mit, das wir nicht zu Hause lassen wollen, weil wir um sein Wohl besorgt sind, und weil uns das kleine Ding so liebt, wie uns vielleicht kein Mensch liebt, der etwa, wie es beinahe Regel ist, mehr sich als den andern vor Augen hat. Puzi ist gut und tut Ihren Katzen nichts ..."

Die Reise aber verschob sich, und als es auf den Dezember ging, konnte sich Stifter nicht mehr entschließen:

„Jetzt wird die Jahreszeit immer rauher, der Garten ist gar nicht zu genießen. Die Tage sind eigentlich Nächte und (lachen Sie nicht) die arme Puzi, welche wir durchaus nicht in den Händen von Dienstboten zurücklassen können, macht uns auch Sorge, da wir für sie fürchten, wenn in der Reise größere Kälte eintreten sollte. Es wird vielen Leuten lächerlich sein, und manchem frommen Christen ärgerlich, daß wir auf einen Hund so viel Rücksicht nehmen; aber wenn man durch so schreckliche Verhältnisse plötzlich in solche Vereinsamung gestürzt ist, wie wir (Stifters Pflegetochter war aus dem Leben gegangen), dem tut die treue, wahrhaft uneigennützige und heiße Liebe eines Tieres wohl, besonders wenn man von Mietlingen umgeben ist, die nur sich lieben und uns zu hintergehen suchen, und wenn die meisten Menschen des gewöhnlichen Umgangs, gelinde gesagt, kalt oder sogar falsch sind. Man ist daher dem Tier dankbar für seine Liebe."

Es hat etwas Erschütterndes, zu sehen, wie der immer mehr Vereinsamende und der Liebe doch so Bedürftige sich hier an das Hündlein klammert, das durch Schwäche oder Krankheit besondere Pflege brauchte. Es war Stifter daher eine Selbstverständlichkeit, daß er 1860 nach München nicht nur die Frau, sondern auch die Puzi nachkommen ließ. Sie blieb sein Liebling, obwohl noch ein zweiter Hund dazukam. Auf den Dienstreisen schlief er schlecht und freute sich:

„Wie wohl wird der erste Schlaf in meinem Bette wieder tun, selbst wenn die Puzi mich weckt. Ich glaube, ich wache darum auf, weil ich das Gewecktwerden gewohnt bin."

Für 1862 freute er sich auf einen Aufenthalt im Böhmerwald: „Wir nehmen auch die Puzi mit", und selbst als er seine Frau einlud, ihn an einem besonders schönen Ort, wo er Schulen zu inspizieren hatte, zu besuchen, vergaß er nicht hinzuzusetzen: „Nimm die Puzi mit."

Und wieder ist die Puzi ein Hauptgrund, weshalb er eine Reise – diesmal nach dem geliebten Wien – unterläßt. Es heißt in dem Brief vom 7.12.1862:

„Die Zeitungen meldeten, daß in Wien eine Epidemie der Hundewut herrsche und Hunde die Wut aus Miasmen der Luft bekommen. Wir müssen unsere kleine Puzi überall mitnehmen, weil sie ohne ihre Frau nicht leben kann, sollen wir nun das Leben eines unschuldigen Geschöpfs, dessen ganzes Dasein in Liebe zu uns besteht, eines Vergnügens wegen einer, wenn auch noch unwahrscheinlichen Gefahr aussetzen? Wir konnten es nicht, da das Vergnügen unter diesen Umständen keins gewesen wäre."

Aber auch der größere Hund, Lidy, genoß Stifters ganze Liebe. Bezeichnend dafür ist, wie der Dichter von Lidys Tod erzählt:

„Mein größerer Hund erkrankte vor zwölf Tagen. Anfangs hielten wir es nicht für bedeutend, weil das Tier bisher ausnehmend gesund war; aber nach einigen Tagen wurde die Sache bedenklich, ich kam in große Unruhe und pflegte das Tier, wie man fast einen Menschen pflegt; ich stand nach Mitternacht auf und heizte ihm in meinem Zimmer, das ich ihm eingeräumt hatte, ein. So tat ich auch heute morgen um zwei Uhr. Das Tier ging noch auf mich zu und wedelte. Es hatte, damit es sein Wasser finden könne, ein Nachtlicht im Zimmer. Heute um halb sieben fand ich es tot. Es wurde im Garten der Gebrüder Kaindl begraben. Ich habe aus Kummer mehrere Tage nicht gearbeitet, und es dürften noch drei oder vier Tage in Betrübnis vorübergehen. Man kann das an mir sehr tadeln; aber ich sage: Wenn es Gott der Mühe wert achtet, ein Tier mit so kunstreichen und feinen Werkzeugen auszurüsten, wenn er ihm eine ganze Kette von Lebensfreuden und Glückseligkeiten mitgab, so dürften wir es der Mühe wert achten, diesem Ding einige Aufmerksamkeit zu schenken! Und das gestorbene Tier hatte nur einen einzigen Lebensinhalt, in dem alles andere aufging, Liebe zu mir! Es hat mich während neun Jahren nie gekränkt, nie beleidigt, und in seiner Krankheit hätte es manchem Christenmenschen zum Beispiele dienen können. Nicht einen einzigen Seufzer stieß es über sein Leiden aus. Es war ihm genug, wenn ich im Zimmer war und freundlich zu ihm sprach, und es litt geduldig. Ich habe ihm diesen einzigen Trost, den es hatte, nicht entzogen und blieb stets bei ihm ..."

Im Herbst 1865 siedelte Stifter für einige Zeit in das Dorf Kirchschlag oberhalb Linz über. Brief auf Brief ging zu der Frau nach Linz, und immer hieß es: „Grüße die arme Puzi", oder „Was macht Puzi, die läßt mich nie grüßen." Sie gehörte zu seinem Leben: „Ich liebe mit dir unsere Geräte, unsere Bilder, deine Kleider, unsere arme Puzi." – „Ich freue mich auf dein Kleid, auf dein Tuch, auf die Puzi, auf alles." Und er bekennt am 25. März 1866:

„Endlich geht die Botin zur Tür herein. Erste Frage: Ist die Frau gesund? Ja, gesund. Zweite Frage: Ist sie heiter? Ja, recht lustig. Dritte Frage: Sind alle andern gesund? Ja, alle sind gesund und lassen die Hand küssen. Vierte Frage: Ist Puzi gesund? Ja, hat recht gebellt. Nun ist es gut."

Solang er noch reiste, fragte Stifter: Was macht Puzi? Dann kam die Zeit, wo sich der Alternde immer mehr auf sein Arbeitszimmer zurückzog und sich auch innerlich täglich mehr abschloß – das Hündchen blieb seine Freude, den Tieren blieb sein Dank bis zu seinem Ende.

Gottfried Keller, dessen Tierliebe von Sentimentalitäten und Verschrobenheiten frei war, eröffnete seine Katzenbeziehungen auf eine nicht alltägliche Weise. Als er noch

Stadtschreiber in Zürich war, besuchte ihn in seiner Schreibstufe des öfteren eine fremde Katze. Erwählte sie sich dann einen Aktenstoß zum Lager, erlaubte Keller nicht, daß sie gestört wurde, er ließ Parteien und Vorgesetzte warten, aber die fremde Katze durfte nicht gestört werden. Wenn er jedoch nachts bei offenem Fenster noch arbeitete und die Katze störte ihn, indem sie im Garten mit anderen Katzen die bekannte Musik machte, entschloß er sich, sie zu verjagen. Es geschah auf seltsame Art: er warf das Lineal in den Garten, aber so, daß er die Katze nicht traf; gewöhnlich half es auch nichts, und es folgten andere Gegenstände nach: der Leimtopf, das Tintenfaß, Bücher, manchmal sogar ein Schemel. Kam dann am anderen Morgen der Bürodiener, um die Aufträge des Herrn Stadtschreibers entgegenzunehmen, hörte er als erstes dies: „Waibel, holen Sie doch das Handwerkszeug vom Garten herauf, die Katze hat es die letzte Nacht wieder gebraucht!“

Fast jedes Gedicht des Pfarrers Eduard Mörike aus Cleversulzbach im Württembergischen trägt die Musik der Natur in sich; als Hugo Wolf viele von ihnen vertonte, brauchte er, wie er sagte, die Verse nur gegen eine Saite zu sprechen, und sie erklangen. Kein Wunder, daß die Lieblingstiere Mörikes die Vögel waren.

Im April 1827 schreibt Mörike an Wilhelm Hartlaub:

„Soeben schießt eine Wachtel (Ich habe ihrer drei auf dem Boden laufen), vom Lichte geblendet, hoch auf. Mein Star sitzt ruhig, auf einem Fuß und den Kopf untergesteckt, auf einer Sesselstange und schläft; ein paar andere Singvögel auf einem grünen Forchenast, der in einen Stockscherben gesteckt ist … Mein Zimmer ist groß, freundlich und neu, es hat ein Nebenkabinett, das man für den Sommer zu meiner Vogelmenagerie eingeräumt hat …

Nichts gleicht dem Vergnügen, wenn man nach dem Kaffee mittags en famille herausgeht, gärtelt und nichts tut, und ich bringe auch den Staren auf der Hand mit heraus; wie er die kuriose Natur um sich her und die neue Sonne betrachtet, den Kopf nach allen Seiten dreht, so daß man schwören muß, er denke! Auf die Gefahr des Davonlaufens ... laß ich ihn nach allen Richtungen vor mir draus spazieren, wobei er sich fast wie ein Mensch benimmt, der auf Stelzen geht, oder ich setz ihn auf einen Tannenzweig, wo er unbeweglich bleibt. Du glaubst nicht, wie dieses Tier mein Freund geworden ist; ich träume oft von ihm und habe dann, immer als wäre er in Lebensgefahr, schon viel um ihn geweint. Sein Gesang ... ist öfters unbeschreiblich schön und weich, aber freilich meistens zerstückt und wie die rührende Ärmlichkeit einer Drehorgel, auf deren Walze bei der Melodie einige Stifte fehlen; auf die Art pfeift er ein gewisses Schäferliedchen, das er mitunter auch durch sonderbares Geschwätz, Schnalzen, deutlich gesprochene Scheltworte und unübertreffliches Hühnergacksen unterbricht. Ich hatte neulich – sehr pressiert – auf eine Predigt zu denken und mußte ihn, so lieblich er sang, einsperren, damit er aufhöre; aber nun ging's ganz hitzig mit ‚Spitzbub! Dieb! Dieb!' auf mich los. Ich sage Dir, daß seine komische Einfalt und herzige Naseweisheit mich oft zu Tränen rührt."

Und an seine Braut, Luise Rau, im Dezember 1831:

„Und nun – was erzähl ich Dir von meiner beschränkten Existenz? Diese bewegt sich um eine Reihe leerer und ein bewohntes Zimmer, das in Ermangelung vernünftiger Gesellschaft Tiere mancherlei Art, neuerdings auch einen artigen Spitzhund, beherbergt, welcher sich auch bald Deine Gunst zu erwerben hofft, wie er die meinige, als ein gescheites, wachsames, lebhaftes Geschöpf, bereits gewonnen hat. Dem Staren konnte er übrigens den Rang bis jetzt noch nicht ablaufen. Diese possierliche Kreatur bringt mich oft zum gesundesten Lachen. Ich rede ihm morgens beim Erwachen (gewöhnlich machen wir alle zusammen die Augen zu gleicher Zeit auf) als einen ausländischen Virtuosen, als den Violinisten Tertino an, spreche bunten Schwulst über Musik, französische und italienische Schule zu ihm und versichere, daß, wenn man den Meistern seines Vaterlandes auch alle Gerechtigkeit widerfahren lasse, sie am Ende doch nur seichte Schnörkler gegen die goldgediegene Kunst eines Gluck, Händel und Mozart seien. Dabei widerspricht er mir nun bald sanft, bald schmeichelnd, bald in den rasendsten Expektorationen seiner kauderwelschen Waldsprache.

Wenn ich dann eine Weile für mich gelacht habe, so fange ich wieder mit ganz bescheidenem Tone an: ‚Indessen, mein Herr, wenn ich mir die Frage erlauben darf, wie kommt es doch, daß Sie eine so treffliche, liebliche Oper, wie Martins Lilo ist, nich-‘ (er unterbricht mich sogleich lebhaft und erstickt meine Worte mit einem Geschwätz, das in Staren-Notenschrift sich ungefähr folgendermaßen ausnehmen müßte) … Aber genug von diesen Possen! – Dem Vischer in Maulbronn, der für sein Leben gern physiognomische und pathologische Bemerkungen an kleinen Tieren macht, riet ich jedoch kürzlich ganz ernstlich, sich auf den Frühling so einen Burschen einzutun …“

Fr. Th. Vischer berichtet er in zwei Briefen von seinen Tierfreundschaften. Im ersten heißt es:

„Ich halte mir einen Staren. Ich bitte Dich, das wäre was für Dich! Da gibt's Bemerkungen über einen tierischen Humor! Tu Dir doch einen ein. Auf den Frühling wenigstens in Dein Schlafzimmer. Du hast tausend Freuden von dem Spitzbuben. Nur eins bedingt er sich aus, und diese Kondition zählt er Dir gleich in der ersten Minute, die er ins Zimmer steigt, ärschlings redlich auf den Boden. Aber auch das gehört zu seinen schönsten Amüsements. Nur ein Beispiel. Er nahm seinen Nachtsitz neulich auf dem Rand meines Potchambers, des ich nicht wüßte, ihm sonst auch nie eingefallen war zu tun. Um ein Uhr wach ich auf und mache mein klein Geschäfte, sehe den Halunken im Mondschein, wie er verwundert umguckt, sich aber nur auf eine andere Seite rückt und übrigens nichts dagegen hat, daß ich den Strahl neben ihm herablasse. Mit wahrer Rührung stellte ich das Gefäß ganz sachte wieder an seinen Ort, und er und ich schliefen wieder ein …“

Und im zweiten:

„Auch etwas zum Lachen. Ich habe einen sehr zierlichen und gescheiten Spitzhund, schwarz, mit natürlichem, weißem Halsband. Neulich fiel mir meine Oblatenschachtel hinunter, ich vergaß die zerstreuten Dinger aufzuheben, und der Hund, naß vom Felde heimgekommen, legt sich in die gewöhnliche Ecke unter mein Pult, und zwar weil ihm sehr naß war, nach seiner Gewohnheit auf den Rücken, während ich geruhig fortlas. Nach einer halben Stunde stellt er sich ganz gelassen auf meinen Ruf vor mich hin. Merveille! Ihrer sechs bis sieben rote Oblaten in ziemlicher Symmetrie zierten ihm das Fell dergestalten rührend-geschmacklos, daß ich, vollends bei dem unschuldigen Blick seiner Augen, außer mir vor Lachen kam. Er schämte sich oder glaubte, ich sei etwa wahnsinnig geworden, ließ den Schwanz traurig hängen und sah regungslos auf den Boden. Die Oblaten waren trocken geworden, und um der Gemeinde nicht, samt dem Hunde, selber zum Spotte zu werden, befreite ich ihn von dieser Not."

Inzwischen hatte Mörike sich noch eine Katze angeschafft. Er schreibt an Hartlaub, im März 1839:

„Ich unterhalte mich viel mit der Katze. Den Joli macht sein Alter faul, diffizil und empfindlich."

Spitz Joli wurde dann auch bald „abgesetzt". Darüber schreibt Mörike an Hartlaub:

„Gestern habe ich meinen seit acht Jahren besessenen Haus- und Spazier-, auch Jagdhund, genannt Joli, seiner Dienste förmlich entlassen, und zwar, um mir den täglichen Ärger über seinen Ungehorsam zu ersparen. Meine Spaziergänge waren ihm nachgerade langweilig – er ließ den Schwanz sinken, sobald er mich die Stiefel anziehen sah, während er lauter Leben war, wenn Klärchen (die Schwester) nur von weitem Miene machte zu einem Gang nach Neuenstadt und ins Dorf. Dies letztere war gestern abend so auffallend, daß ich mich kurzweg resolvierte. Ich stellte zu mehrerer Feierlichkeit zwei brennende Kerzen auf den Tisch, nahm den Hund auf den Arm, hielt eine kleine Anrede, worinnen ihm bedeutet ward, daß er, der bis dahin meiner gefolgt, nunmehr, wie ich dieses eine Licht auslösche, mich fürder nicht als seinen Herrn mehr zu betrachten, sondern der Schwester zu gehorchen habe, daß ich jedoch Atzung und Steuer wie bisher zu prästieren übernehme, etwaige Kalfaktereien aber, die er künftig zu meinen Gunsten tun möchte, auf keine Weise akzeptieren werde usw. Er zeigte über diesen ganzen Aktus die Visage eines Simpels, der Schläge befürchtet. Klärchen sofort empfing ihn auf dem Arm, nachdem sie anfangs abergläubisch gegen eine so bedeutende Veränderung im Hause protestiert. Agnes sah ernsthaft zu, gleichfalls mit stiller Mißbilligung, als wenn es sie um ihn erbarmte. ‚Er ist dir', sagte sie, ‚doch einmal treu gewesen.' Zuletzt ließ sie sich aber doch von mir überzeugen, und heut werd ich ihn zum erstenmal zu meiner Nachmittagspromenade nicht einladen."

Wieder aus einem Brief an Hartlaub:

„Wie freu ich mich auch auf die Kinder! Als wenn sie mein wären! Wär's nur um vierzehn Tage früher, da hätten sie eine ganze Menagerie von Vögeln bei mir angetroffen. Sag ihnen doch gleich folgendes: Wir fanden eines Abends hinterm Garten, in jenem Baumgärtchen am Kirchhof, ein Nest mit sogenannten Pfannenstielen. Sie gehören ins Meisengeschlecht und haben ihren Namen von der Gestalt des Schwanzes, welcher schmal und länger als der Vogel selber ist. Sie machen ihr Nest flaschenförmig, gebaucht, ohne sichtbaren Eingang; so klein ist das Schlupfloch der Alten. Ich hatte sogleich Lust, mich der Jungen zu bemächtigen und sie durchs Käfig von den Eltern ernähren zu lassen, zumal da ich befürchtete, sie würden ehestens von einer groben Hand doch ausgenommen werden und zugrunde gehen.

Allein der Konsistorialerlaß, wonach dem Volk dergleichen mit aller Strenge verboten wurde, fiel mir ein; man möchte es als böses Beispiel nehmen, dacht ich, und unsere Beratung wurde zuletzt mit dem Verse beschlossen:

Die Familie Pfannenstiel
Hat nunmehr gewonnen Spiel,
Weil in selbigem Dekret
Viel zu ihren Gunsten steht.

Am andern Tag aber war das Nest richtig heruntergerissen und fort. Die Alten schrien und flatterten erbärmlich um uns her, als hätten wir's getan und sollten's wiedergeben. Ich wurde rot und blaß vor Wut, spürte dem Täter nach und brachte ihn auch bald heraus. Ein vierzehnjähriger Flegel, der die kaum flügge Brut ein paar Kindern als Spielzeug auf etliche Stunden, bis sie etwa verhungert wären, übermachte. Ich aber ruhte nicht, bis alle sechs, zum Glück noch wohl bei Leben, in meinen Händen waren. Ich zeigte sie alsbald den Alten, und da hieß es:

Die Familie Pfannenstiel
Schwelgt in lauter Lustgefühl!

Jetzt gleich hinein ins Käfig, warm gebettet, an einem sichern Baum im Garten aufgehängt, zuletzt vor meinem Fenster, wo es nun eine Freude war, so zuzusehen, wie die Alten alle Vaterunser Länge einmal herbeigeflogen kamen und das Futter durch das Gitterchen in die sechs aufgesperrten Schnäbel stießen! Nach ein paar Tagen waren vier, von den Eltern gelockt, echappiert; wir bemerkten, daß nicht alle Stäbe gleich eng beisammenstanden. Die zwei Zurückgebliebenen verrieten uns den modum fugiendi (die Art der Flucht E. W.) selbst. Sie durften aber vollends durch die geöffnete Tür. Auf gleiche Weise hatten wir einige andre Vögel beherbergt. Ein ausgewachsener Kukkuck, den man auf anderm Weg bekam, machte uns nur kurze Zeit Vergnügen: er wurde krank und mußte sterben."

Die „Menagerie Mörike" wurde immer größer. Im Oktober 1840 schrieb er an Hartlaub:

„Der Star, der Distelfink, der Igel, Hund und Katze geben auch noch immer ihren Teil zur Unterhaltung ab. Gestern hab ich die Menagerie in folgende Tierklassen eingeteilt:

1. stinkende und zugleich singende
2. rein singende
3. rein stinkende
4. solche, die weder stinken noch singen, unter welch letztere der Joli und die Katze zu kommen sich schmeicheln.

Den Distelfink im Wermutshäuser (also Hartlaubs) Käfig zu hören, ist aber wirklich eine Lust!"

Die Tierliebe und die Tiergemeinschaft blieben bis ins Alter. Ende Dezember 1863 schrieb Mörike an Hartlaub:

„Unser Hausgötzlein aus dem Tierreich ist der im vorigen Sommer bei Dorrers aus dem Ei geschlupfte Kanarienvogel, der Fritze, auch Dotter genannt ... Des Morgens singt er eine Stunde oben auf dem Spiegel, zwar als ein Weibchen äußerst zart, aber sehr geflissen und mannigfaltig, was einen rührt, weil er von Eltern und Geschwistern her gar keine Schule hatte. Ich sagte neulich zu den Kindern: Jetzt weiß ich, was er immer singt:

Weit um mich her ist nichts als Freude
Und Anmut und Zufriedenheit!
Wie schön ist dieses Fricks Gebäude (Mörikes Häuschen E. W.)
Für mich zum Wohnhaus eingeweiht."

Bis zu seinem Tode, 1875, suchte der Dichter den Umgang mit Tieren. In unzähligen seiner Gedichte treten sie auf: Vögel, Immen, Schmetterlinge und viele andere; nicht zuletzt die Mäuse, denen er sein entzückendes „Mausfallen-Sprüchlein" zur Warnung gedichtet hat:

Kleine Gäste, kleines Haus.
Liebe Mäusin oder Maus,
Stell dich nur kecklich ein
Heut nacht bei Mondenschein!

Mach aber die Tür fein hinter dir zu,
Hörst du?
Dabei hüte dein Schwänzchen!
Nach Tische springen wir
Nach Tische singen wir
Und machen ein Tänzchen!
Witt witt!
Meine alte Katze tanzt wahrscheinlich mit.

Im „Bötjer Basch" von Theodor Storm steht eine schöne Geschichte über den Trost, den ein kleines Tier dem Menschen in größtem Leid zu geben vermag. Sie handelt von einem Dompfaff, dem der Meister Daniel das Pfeifen beibringen wollte. Der Sohn hatte, als er noch Schüler war, den Vogel mit nach Hause gebracht, doch hatte das Tierchen sich als sehr ungelehrig erwiesen. Nun waren die Jahre darüber hingegangen, des Meisters Frau war gestorben, Fritz, der Sohn, war in Amerika, vereinsamt war das Haus des alten Meisters, dem nun auch noch die alte

Schwester gestorben war. Und aus Amerika war kein Brief mehr gekommen:

„Erst als er wie betäubt nach Hause ging, ergriff ihn ein jäher Schmerz um seine Schwester, daß er nur mit Gewalt einen Tränenausbruch zurückdrängte; er war nun ganz verlassen.

Als er in seinem Hause nach der Giebelkammer hinaufstieg, stand er mitten auf der Treppe still: er hörte den Vogel in der Kammer pfeifen. Das hatte er freilich schon tausendmal gehört; aber heute kam es so frisch, ganz wie ein Frühlingsgruß aus der kleinen Brust herauf; Meister Daniel erklomm die letzten Stufen und brummte zur Begleitung die Worte der Melodie. Aber was war denn das? Der Meister hatte, an dem Erfolg verzweifelnd, in den letzten Wochen seinen Unterricht ganz aufgegeben; immer hatte der Schüler nur gestümpert, und jetzt – jetzt sang er alles: womit ihn Fritz ins Haus gebracht, was dieser ihn gelehrt und was zuletzt der Meister selbst ihm vorgepfiffen hatte. Die unerwartete Freude hatte dem Alten wohl den Kopf verwirrt, denn er wandte sich wieder, faßte mit jeder Hand eine Stange des Geländers, und, sich vorbeugend, rief er laut ins Haus hinab: ‚Fritz! Fritz! Nu fleut he ock de tweete Reeg!‘

Da öffnete sich rasch die Tür der unteren Wohnstube, und Mamsell Riekchen war auf den Flur hinausgehüpft. ‚Wer? Was flötet, Meister Daniel?‘ rief sie ängstlich.

‚Der Dompfaff! Der Dompfaff!‘ kam es von der Treppe herunter.

‚Ach, Sie und Ihr alter Dompapst‘, rief Mamsell Riekchen, denn es war ihr genierlich, Dompfaff zu sagen, und hüpfte in ihre Kammer zurück. ‚Sonderbarer Mann!‘ sprach sie zu sich selber und schüttelte ihre beiden dünnen Lokken, ‚hat eben sein‘ Schwester begraben und schreit um seinen alten Dompapst!‘

Der alte Mann dort oben hatte sich auch besonnen; der Vogel zwar hatte seine Lektion gelernt, wo aber war der, den er gerufen hatte?“

Auch über das Leben seiner Familie mit Katzen schreibt Theodor Storm: „Mit Katzen ist es in früherer Zeit in unserem Hause sehr ‚begänge‘ gewesen. Noch vor meiner Hochzeit wurde mir von einem alten Hofbesitzer ein kleines kaninchenblaues Kätzchen ins Haus gebracht. Diese Katze, welche einen weißen Kragen und vier weiße Pfötchen hatte, hieß die ‚Manschettenmieze'. Während ihrer Kindheit hatte ich sie oft, wenn ich arbeitete, vorn in meinem Schlafrock sitzen, so daß nur der kleine hübsche Kopf hervorguckte. Höchst aufmerksam folgten ihre Augen der schreibenden Feder, die bei dem melodischen Spinnerlied des Kätzchens gar munter hin und wieder glitt. Oftmals, als wollte sie meinen gar zu großen Eifer zügeln, streckte sie auch wohl das Pfötchen aus und hielt die Feder an, was mich dann stets bedenklich machte und wodurch gar mancher Gedankenstrich in meine nachher gedruckten Schriften gekommen ist.

Es geschah aber, daß unser mit drei Katzen so stattlich begründetes Heimwesen durch den hereingebrochenen Dänenkrieg gar jämmerlich zugrunde ging, meine beiden Knaben, und noch ein kleiner, dritter, der hinzugekommen war, mußten mit mir und ihrer Mutter in die Fremde wandern, und so gastlich man uns draußen aufnahm, es war doch in den ersten Jahren eine trübe, katzenlose Zeit. Zwar hatten sie ein Kindermädchen, welches Anna hieß, ihr gutes, rundes Gesicht sah allzeit aus, als wäre sie eben vom Torfabladen gekommen, weshalb die Kinder sie ‚die schwarze Anna' nannten, aber eine Katze in unser gemietetes Haus zu nehmen, konnten wir noch immer nicht den Mut gewinnen. Da – drei Jahre waren so vergangen – kam von selber eine gelaufen, ein weiß und schwarz geflecktes Tierchen, schon wohlerzogen und von anschmiegsamer Gemütsart.

Was ist von diesem Kätzchen zu sagen? Zum mindesten der Pyramidenritt. Da nämlich den größeren beiden Buben das gewöhnliche Zubettgehen gar zu simpel war, so hatten sie's erfunden, auf der schwarzen Anna zu Bett zu reiten: derart, daß sie dabei auf ihrer Schulter saßen und die kleinen Kinderbeinchen vorn herunterbaumelten. Jetzt aber wurde das um vieles stattlicher; denn eines Abends, da sich die Tür der Schlafkammer öffnete, kam in das Wohnzimmer zum Gutnachtsagen eine vollständige Pyramide hereingeritten; über dem großen Kopf der schwarzen Anna der kleine des lachenden Jungen, über diesem dann der noch viel kleinere Kopf des Kätzchens, das sich ruhig bei den Vorderpfoten halten und dabei ein gar behagliches und vernehmliches Spinnen ausgehen ließ. Dreimal ritt diese Pyramide die Runde in der Stube und dann zu Bett.

Es war hübsch, aber es wurde der Tod des kleinen Katers. Die guten Stunden, die er nach solchem Ritt zur Belohnung im Federbett bei seinem jungen Freunde zubringen durfte, hatten ihn so verwöhnt, daß er eines scharfen Wintermorgens, da er am Abend aus Versehen ausgeschlossen worden, tot und steifgefroren im Waschhause aufgefunden wurde.

Und wieder kam eine stille, katzenlose Zeit.

Aber wo fände sich nicht eine Aushilfe? Ich konnte ja vortrefflich Katzen zeichnen – und ich zeichnete! Freilich nur mit Tinte und Feder; aber sie wurden ausgeschnitten und aus dem Tuschkasten sauber ausgemalt, Katzen von allen Farben und Arten, sitzende und springende, auf vieren und auf zweien gehend, Katzen mit einer Maus im Maule und einem Milchtopf in der Pfote, Katzen mit Kätzchen auf dem Arme und einem bunten Vöglein in der Tatze; den Preis aber über alle gewann ein würdig blickender grauer Kater mit rauhem, bärtigem Antlitz. Ihm wurde in einer Kammer, wo die Kinder spielten, aus Bauholz ein eigenes Haus mit Wohn- und Staatsgemächern aufgebaut. Viel Zeit und Mühe war darauf verwandt worden, deshalb erhielt es aber das Vorrecht, vor dem zerstörenden Eulbesen der Köchin durch strenges Verbot geschützt zu werden. Es hieß ‚das Hotel zur schwarzen Anna‘, und der ‚alte Herr‘, welchen Namen der Graue sich gar bald erworben hatte, hat lange darin gewohnt. Selten nur verließ er seine angenehmen Räume; desto lieber, da es ihm an Dienerschaft nicht fehlte, versammelte er bei sich die Gesellschaft seiner Freunde und Freundinnen. Dann ging es hoch her; wir haben oft durchs Fenster geguckt. Außer solchen Festen lebte übrigens der alte Herr still für sich weg; nur manchmal liebte er es, aus seinem Hause auf die Spiele der Kinder hinabzublicken, wozu er die bequemste Gelegenheit hatte, da das ‚Hotel zur schwarzen Anna‘ auf einer Fensterbank erbaut war. Dann stieß wohl eins der Kinder das andere an und flüsterte: ‚Seht, seht! Der alte Herr steht wieder einmal am Fenster.‘

Aber es nimmt alles einmal ein Ende. Da wir eines Morgens aufgestanden waren, fanden wir ihn ‚tot‘ in seinem Bette. Ob er bei dem letzten leckeren Mahle sich zuviel getan, ob ihm die zugemessene Lebensdauer abgelaufen war, soviel steht fest, was wir hier vor uns sahen, war nur noch eine entseelte Hülle.

Also wurde ein Schächtelchen mit schwarzem Papier beklebt und ausgeschlagen. Und so ein Sarg daraus gemacht. Der alte Herr wurde hineingelegt und stand zur Parade in dem großen Saale des Hotels, wo von der Wand noch sein in aller Lebensfülle gemaltes Bildnis auf den Sarg herabsah.

Endlich wurde er auf dem Steinhofe – ach, einen Garten hatten wir da draußen nicht – in das für ihn gegrabene Grab gesenkt und mit einem schweren Steine fest und dauerhaft bedeckt.

Für Kinder und alte Leute, welch ein erlösender Zauber liegt in dem Begraben!“

Storm verlor sich in seinen Tierbeziehungen nicht in Sentimentalitäten. Dafür ist ein besonderes Zeugnis sein berühmtes Gedicht von den sechsundfünfzig Katzen:

Vergangnen Maitag brachte meine Katze
Zur Welt sechs allerliebste Kätzchen,
Maikätzchen, alle mit schwarzen Schwänzchen.
Fürwahr, es war ein zierlich Wochenbettchen!
Die Köchin aber – Köchinnen sind grausam,
Und die Menschlichkeit wächst nicht in einer Küche –
Die wollte von den Sechsen fünf ertränken,
Fünf weiße, schwarzgeschwänzte Maienkätzchen
Ermorden wollte dies verruchte Weib.
Ich half ihr heim! – der Himmel segne
Mir meine Menschlichkeit! Die lieben Kätzchen,
Sie wuchsen auf und schritten binnen kurzem
Erhobnen Schwanzes über Hof und Herd; Ja, wie die
Köchin auch ingrimmig drein sah,
Sie wuchsen auf, und nachts vor ihrem Fenster
Probierten sie die allerliebsten Stimmchen.

Ich aber, wie ich sie so wachsen sah,
Ich preis mich selbst und meine Menschlichkeit. –
Ein Jahr ist um, und Katzen sind die Kätzchen,
Und Maitag ist's! – Wie soll ich es beschreiben,
Das Schauspiel, das sich jetzt vor mir entfaltet!
Mein ganzes Haus, vom Keller bis zum Giebel,
Ein jeder Winkel ist ein Wochenbettchen!
Hier liegt das eine, dort das andere Kätzchen,
In Schränken, Körben, unter Tisch und Treppen,
Die alte gar – nein, es ist unaussprechlich,
Liegt in der Köchin jungfräulichem Bette!
Und jede, jede von den sieben Katzen
Hat sieben, denkt euch! sieben junge Kätzchen,
Maikätzchen, alle weiß mit schwarzen Schwänzchen.
Die Köchin rast, ich kann der blinden Wut
Nicht Schranken setzen dieses Frauenzimmers.
Ersäufen will sie alle neunundvierzig!
Mir selber! ach, mir läuft der Kopf davon –
O Menschlichkeit, wie soll ich dich bewahren!
Was fang ich an mit sechsundfünfzig Katzen! –

Friedrich Hebbel betont in seinen Tagebüchern oft, daß er die Tiere so sehr liebe, weil die Menschen ihn enttäuscht hätten, doch zeugt sein Leben gegen dieses Motiv.

Als armer Student in Heidelberg hatte Hebbel einen Pinscher geschenkt bekommen, den er Hänschen nannte und zärtlich liebte. Die dürftigen Verhältnisse, in denen sie lebten, haben das Band zwischen Mensch und Tier noch verstärkt, und als Hebbel im Frühjahr 1839 von München aus zu Elise Lensing nach Hamburg wollte und infolge Geldmangels nur der Marsch zu Fuß übrig blieb, entschloß er sich, Hänschen mitzunehmen, und wenn er es tragen mußte. In seinen Tagebüchern und Briefen hat Hebbel ein lebendiges Bild dieses Hündchens gemalt:

Heidelberg, 14.7.1836:

„Sogar an einem Hund, den ich allerdings auch schmerzlich entbehren würde, fehlt's mir nicht, denn neulich hat ein Freund mir ein schönes, braunes, wohlgenährtes Tier mit weißen Pfoten und dem appetitlichsten Gesicht geschenkt, so daß mich nun, was für mich einen unendlichen Wert hat, immerwährend, auf Spaziergängen, auch im Zimmer, eine freundliche, tölpelhaft schmeichlerische Kreatur umgibt."

München, 12. Dezember 1838 an Elise Lensing:

„Meine Buchstaben geraten, wie Du bemerken wirst, nicht zum Besten; es kommt daher, weil mein kleines Hündchen, welches, wenn ich schreibe, nicht eher ruht, als bis ich's vor mich auf den Schoß nehme, mir die schreibende Hand und mitunter auch die Feder leckt. Es ist ein allerliebstes Tierchen, kastanienbraun mit weißen Pfötchen und weißer Brust, schönen Ohren, glänzenden Augen und von unbegrenzter Anhänglichkeit. Ich bringe es mit nach Hamburg. Du wirst es gewiß hätscheln, es zieht hier, wenn ich ausgehe, wegen seiner Schönheit und Munterkeit die Aufmerksamkeit aller Damen auf sich."

Es ging ihnen wirklich nicht gut in München. Hebbel konnte sich anderthalb Jahre kein Mittagessen leisten. Er findet sich damit ab und schreibt am 20. November 1838 an Elise, die sich Sorgen um ihn macht:

„Doch hab ich bei meinen Hausleuten um 2 Kreutzer einen Teller Suppe, den ich mit meinem Hündchen teile."

Bald kam eine neue Sorge, denn das Hänschen, das eine Hündin war, hatte sich eine Familie zugelegt, und der Dichter gesteht in einer Eintragung am 22. November 1838:

„Ich befinde mich sehr unwohl, der Kopf ist mir eingenommen, auch hab ich Schnupfen; mein Hündchen hat in der letzten Nacht sechs Junge geworfen, die bis zum Morgen heulten und wimmerten; wohl 10 Mal stand ich auf, um sie, wenn sie vom Kissen heruntergerollt waren, der Mutter wieder unterzulegen, damit sie nicht erfrören. Dabei hab ich mich erkältet, und von dem Lärm, den sie erhoben, konnte ich, obwohl todmüde, nicht schlafen."

Als sich das Hündchen von seinem Wochenbett erholt hatte – die Kleinen hatte Hebbel verschenkt –, konnte die Wanderung nach Hamburg losgehen. Sie war für Mann und Hund eine böse Anstrengung, und in Koburg mußte der Dichter doch ein Fuhrwerk nehmen. Die Eintragung darüber besagt:

„Ich fuhr am 18. März nachts um 3 Uhr ab. Ein Wägelchen, auf dem man kaum sitzen konnte; schneidende Kälte, ohne Mantel, mit nassen Stiefeln; eine wahre Tortur. Mehr fast, als ich selbst dauerte mich mein armes Hündchen, das ich vergebens auf meinem Schoß zu erwärmen suchte; vom Laufen waren ihm die kleinen Füße wund und blutig, es war so erkältet, daß es fast jede Minute sein Wasser lassen mußte; auf dem Wagen fror es. In Hildburghausen verließ ich das Fuhrwerk und ging über Schleusingen nach Suhl."

Göttingen, 23. 3. 1838 an Elise Lensing:

„... mein armes kleines Hündchen hinkt auf seinen wundgelaufenen Vorderfüßen zu mir heran und bittet um sein Frühstück." (Nach einer Schilderung der Strapazen, die er wohl ertragen): „Nur mein kleines zartes Hündchen dauert mich. Es geht trotz aller Pflege, die ich ihm angedeihen lasse, fast zu Grunde, und das tut mir weh. Es sei Dir für Hamburg auf die Seele gebunden; seine Anhänglichkeit an mich ist grenzenlos, und es wird auch Dir mit Liebe und Treue für wohlwollende Aufnahme lohnen."

Von Hannover nach Celle am 27. März:

„Nachmittags starker Regen. An der einen Seite der Chaussee waren Steine aufgelagert; mein Hündchen lief hinter den Steinen, die es wie eine Mauer gegen den Regen schützten, jeden Augenblick aber erhob es das kleine gelbe Köpfchen über die Steine, um sich zu überzeugen, daß ich noch da sei, dann wedelte es und setzte den Weg fort. Selten hat mich etwas so gerührt."

Von Celle nach Soltau am 28. März:

„In Soltau ließ ich dem Hündchen Milch geben, die mußte sauer gewesen sein, denn es fing an, sich aufs heftigste danach zu erbrechen. Als es Bouillon ablehnte, riet ein Bauer, befragt, es dazulassen; werde es nicht besser, wollt er's totschlagen. Ich gab ihm keine Antwort und verließ sein Haus; es war mir ein unsäglich peinlicher Gedanke, daß das treue Tierchen unterwegs sterben sollte; ich konnte die Tränen nicht zurückhalten, nahm es, ungeachtet ich einen schweren Ranzen zu schleppen hatte, wieder auf den Arm, bedeckte es, so gut es ging, mit meinem Rock und versprach ihm, als ob es mich verstehen könne, in Hamburg das schönste Leben."

Es ging dann auch wieder besser, denn Hebbel konnte berichten:

„Hänschen erhielt mittags einen Teller Suppe oder was sonst Warmes zu haben war. Eine halbe Stunde Ruhe, währenddessen leckt sich Hänschen den Schmutz ab. Auf eine fast unwiderstehliche Weise gab es mir, wenn ich zu Stock und Ränzchen griff, durch die lieblichsten Gebärden und Bewegungen zu verstehen, daß es noch bleiben möchte, aber ich durfte mich nicht daran kehren, sondern es hieß vorwärts ..."

Und, endlich in Hamburg, das Aufjubeln. Die Eintragung ist vom 12. April:

„Ich bin noch immer Feuer und Flamme. Habe ich doch Tränen vergossen, als auf dem Wege von Soltau bis Celle mein kleiner Hund erkrankte. Es wäre mir aber auch der ärgste Verlust gewesen, der mich treffen konnte."

Über Hänschens Tod liegen seltsamerweise keine Eintragungen vor. Aber zwanzig Jahre später ehrt Hebbel noch seinen geliebten Hund. Am 26. Oktober 1861 schreibt der Dichter aus Berlin an seine Frau Christine:

„Mein allerteuerster kleiner Pinscher!

... Aber habe ich Dir je die Geschichte meines ersten kleinen Pinschers erzählt, weißt Du, warum ich Dir gerade in den Stunden des Überfließens in innigster Liebe und Verehrung seinen Namen beilege? Denke Dir das süßeste, zarteste Hündchen, das mitten im Winter, weil ich es in München nicht zurücklassen wollte, den weiten Weg von München nach Hamburg mit mir machen mußte, und zwar zu Fuß ... Das rührte mich so tief, daß dieser kleine Pinscher von dem Moment an das Symbol der Treue für mich wurde und daß ich das Höchste und Herrlichste, so wunderlich es für den, der die Geschichte nicht kennt, auch klingen mag, mit seinem Namen nenne!"

Hebbel hatte, wenn immer es nur ging, Hunde. Sehr liebte er seinen Lidsal, den er 1855 bekam. Von ihm berichtet der Dichter, der nun als Ehegatte und Vater lebte, in seinen Tagebüchern, 11. März 1858:

„Wenn ich des Morgens erwache und den ersten Laut meiner Frau und meines Kindes vernehme, so kann ich mich freuen, daß mir die Tränen ins Auge treten: wenn ich des Mittags nach dem Essen das kleine Hündchen nach der Küche herüberhole und es mit fröhlichem Gebell um mich herumspringt, weil es auch nun seinen Teil erwartet, so ergötze ich mich so, daß ich mich jedesmal ärg're, wenn das Tierchen von selbst kommt, weil eine der Mägde die Türe offengelassen hat."

In einem Brief vom 29. Juni aus Weimar an Christine, seine Frau: „Tu dem kleinen Lidsal in meinem Namen etwas zu Gute und sei, nebst dem allerkl. Pinscher, herzlichst gegrüßt und geküßt." Er malt sich seine Rückkehr aus: „Das Töchterchen soll Heil dir im Siegerkranz blasen. Lidsal muß mit Gebell einstimmen, wofür er ein Beefsteak erhalten soll. Und die Frau ..." also immer alle drei.

Über ein tragisches Ereignis im Leben der Familie berichtet eine Tagebuch-Eintragung vom 10. Dezember 1858:

„Gestern abend wurde ich durch einen häuslichen Vorfall stark an die Vergänglichkeit alles Irdischen erinnert. Gleich nach unserer Hochzeit kauften meine Frau und ich bei einem Spaziergang ein kleines gelbes Hündchen, das ein Schusterjunge feilbot. Es entwickelte sich allerliebst ... Wahrhaftig leidenschaftlich seiner Herrin ergeben, hatte es in ihrer Abwesenheit nicht Rast noch Ruhe; genau kannte es die Schlußzeit des Theaters und horchte, bis der Wagen an der Tür hielt; mit einem rührend fröhlichen Gebell stürzte es dann ihr entgegen, die Treppe hinunter. Gestern sitzen wir, wie gewöhnlich, um 9 Uhr bei Tisch und rufen den Lidsal; er heult, aber er kommt nicht. Wir öffnen die Tür des Salons, er tappt hin und her und findet den Ausgang nicht. Wir nehmen ihn, setzen ihn auf das Sofa und halten ihm Fleisch hin, er bemerkt's nicht und schnappt erst zu, wenn er den Bissen riecht. Meine Frau sagt mit feuchten Augen: wenn er nur nicht blind geworden ist! Ich lache darüber, da ich ihn am Mittag noch munter auf meinen Ruf: Essen! Essen! hinter mir herspringen sah, aber ich drohe ihm mit der Hand, und er fürchtet sich nicht. Heute morgen scheint es sich traurig zu bestätigen; welch ein entsetzlich rascher Übergang! Du armes Tier! Wie oft hast du mich durch dein anmutiges Bitten bei Tisch innig ergötzt, wie zierlich kratztest du mit deinen Vorderfüßen auf den Tisch und ticktest deine Herrin an Arm und Schulter! Ich mag mir selbst nicht gestehen, wie mich der kleine Vorfall ergreift."

Ein Jahr noch lebte der blinde Lidsal, dann heißt es im Tagebuch vom 23. Dezember 1859, morgens 10 Uhr:

„Komme eben von einer schweren Arbeit. Beim Kaffee erzählt meine liebe Frau, sie habe im Traum den kleinen Lidsal, unser armes blindes Hündchen, in neu verjüngter Gestalt gesehen: mit glänzenden Augen und schönen langen Ohren habe er bittend mit seinen zierlichen Pfötchen bei mir auf dem Sofa gesessen. Nach dem Frühstück fragte mich die Marie, ob sie es der gnädigen Frau sagen dürfe, sie habe den kleinen Lidsal heute morgen in seinen Tüchern tot gefunden. Es tat mir sehr weh, und ich habe ihn in eine Schachtel gelegt und in ein anderes Tuch gewickelt, sowie mit dem bißchen Grün, das sich im Hause vorfand, bedeckt, im Keller begraben, nicht ohne ihm die kleinen Pfötchen noch einmal zu drücken und seinen kalten kleinen Körper mit den Lippen zu berühren. Nie gab es ein treueres, anhänglicheres Tier; wer das als Mensch wäre, was er als Hund gewesen ist, von dem würde nichts mehr verlangt werden."

Am 25. Dezember sieht Hebbel einen Mann mit großem Christbaum, der zugleich ein allerliebstes Hündchen von der Farbe des toten Lidsal trug. Er folgt ihm, freut sich an dem Tier. Dann heißt es:

„Als der Mann das Tier wieder aufnahm, trat ich hinzu und klopfte es, da sagte er zu mir: ich hab's um fünf Sechser gekauft und geb's wieder her. Auf der Stelle gab ich ihm einen Gulden und trug das schöne Geschöpf nach Hause. Hier angekommen, fragte ich meine Frau: Hast du deinen Lidsal in dieser Gestalt gesehen? und sie sagte: Ja!"

Fast mehr noch als seinen Hunden fühlte sich Friedrich Hebbel – wenn er eine Unterscheidung zu machen gehabt hätte – seinen Eichkätzchen verbunden. Besonders seinem ersten, dem geliebten „Herzi-Lampi-Schatzi". Vorher hatte er sich einen Raben zugelegt, der ihm auf einem Spaziergang im Prater direkt in den Arm geflogen war. Dies mußte Bestimmung sein, doch das Tier ging, wie der Dichter berichtet, „an zu guter Pflege, verbunden mit einiger naturwissenschaftlicher Ignoranz meines Hauses" zugrunde.

Das erste Eichkätzchen kam Ende November 1858 ins Haus und eroberte sich das Herz Hebbels im Sturm. Er schreibt schon am 3. Dezember 1858 an seinen Freund Stockmann:

„Wissen Sie, was mich jetzt morgens die erste und abends die letzte halbe Stunde ergötzt? Ein Eichhörnchen, dessen Baum ich vorstelle und das so zahm ist, daß es uns alle leckt ... Possierlich-Anmutigeres hat die Natur nicht hervorgebracht."

Das war zu einer Zeit, als das Hündchen Lidsal noch lebte. In den Tagebüchern steht dann, vom 15. Oktober 1859, folgende Eintragung:

„Wir haben seit einem Jahr ein kleines Eichkätzchen, das uns allen unendliche Freude macht. Neulich verletzt das arme Tier sich am Fuß und reißt sich, weil es im Käfig hängenbleibt, bei'm Losmachen eine ganze Tatze aus. Es blutet furchtbar, und weil es den Fuß schüttelt, befleckt es sich mit den Blutstropfen die weiße Brust. Augenblicklich hört es auf, den wunden Fuß zu lecken und leckt die Brust, die es beschmutzt glaubt. Rührenderes habe ich in der Natur nie gesehen."

Und am 19. Oktober:

„Mit diesem lieben Tierchen teilte ich eben eine Haselnuß. Es hielt sie im Mäulchen, ich biß die Hälfte ab, es ließ es ruhig geschehen. Kann es weiter gehen?"

„Wenn das Eichkätzchen reden könnte, welche wunderlichen Gedanken über Sonnenschein und Duft würden wir vernehmen? Denn eigentlich ist der Eindruck immer vorüber, sobald sich ein Wort dafür findet, und vielleicht sind die Tiere nur darum stumm, weil sie zu stark und einseitig empfinden."

Das kleine anmutige Eichkätzchen bringt den ernsten Mann zu reiner Naturverzückung. Am 24. Mai 1860 schreibt er ins Tagebuch:

„Die Sommersonne hat mein Gehirn verzehrt, und sogar die Hand zittert und fliegt mir, obgleich sie eben durch mein Eichkätzchen geleckt worden ist und also gewiß würdig war, etwas Poetisches niederzuschreiben."

Und am 24. September 1860 an seinen Freund, den Dichter Franz Dingelstedt:

„Wenn Du mich jetzt schreiben sähest, würdest Du Deinen Spaß daran haben. Mein liebes Eichkätzchen will den Brief durchaus nicht zustande kommen lassen; bald zupft es an der Feder, bald hüpft es über das Papier, und wenn ich das Tintenfaß nicht immer zudeckte, würde es gewiß seine Pfötchen hineintauchen und Dir ein Autograph mit schreiben. Hast Du je ein solches Tierchen in der Nähe gehabt? Ich kenne nichts Anmutig-Possierlicheres; wir haben das unsrige schon zwei Jahre, und es macht uns sehr viel Vergnügen, denn es ist so zahm, daß es die Hand leckt und hinterherläuft wie ein Hündchen."

In den Briefen, die Hebbel von seinen Reisen an seine Frau richtete, fehlen nie die Grüße an sein „Herzi-Lampi-Schatzi", wie der spröde Dithmarsche das Eichkätzchen nennt. „Hütet es mir! Ich sehe sein Rosenblatt-Zungel." Und im Oktober 1861 in einem Brief: „Grüßt Schatzi und Semmi!" Was war geschehen? Friedrich Hebbel hatte sich noch ein zweites Eichkätzchen zugelegt, das wegen seiner Semmelfarbe Semmi genannt wurde.

Und dann kam im Oktober der Tag, an dem der zärtliche Tierfreund sein Eichkätzchen durch den Tod verlor. Erschüttert schreibt er am 6. November in sein Tagebuch:

„Der gestrige Tag war ein sehr trauriger für uns alle; unser Liebling Herzi-Lampi-Schatzi ist verschieden, kaum 3 Jahre und einige Monate alt. Erst zwei Tage bin ich von einer Reise zurück, alle meine kleinen Zwecke habe ich erreicht, eine neue schönere Wohnung hat mich empfangen, aber ich wollte, das alles wäre anders und das liebe Geschöpf lebte noch. Wieder etwas vorüber, und diesmal etwas Himmel-Schönes, das so nicht wiederkehrt."

Der Schmerz des Dichters um den Tod des Lieblings wurde gesteigert durch neues Leid: zwei Monate nach dem Todesfall starb auch das zweite Eichkätzchen, Semmi genannt. Darüber berichtet Hebbel in seinen Tagebüchern vom 5. Januar 1862:

„... seit gestern liegt auch das liebliche Wesen, wo Schatzi vor sieben Wochen lag, starr und steif, mit Tannenlaub vom Weihnachtsbaum bedeckt, zwischen meinen Fenstern. Es erkrankte unter Erbrechungen am 1. Jan. und lag des Nachmittags schon einmal in seinen Tüchern wie tot da; wir saßen traurig beim Kaffee umher und wagten nicht, uns unsre Gedanken mitzuteilen; da erhob es plötzlich sein süßes Köpfchen gegen uns, und ich sprach: Wenn Gott dich erhält, so schenke ich morgen dem ersten Armen einen Gulden!

Es wurde wirklich, wie es schien, wieder besser, und ich hielt mein Gelübde, indem ich eine alte Frau, die an Krükken ging, mit dem Gulden erfreute; wir waren über alle Angst hinaus und zündeten gestern abend im Salon den Weihnachtsbaum noch einmal an, um ihn dann zu plündern und für das liebe Tierchen zum Klettern ins Familienzimmer hinüberschaffen zu lassen. Meine Frau und Tochter gehen, um den Eßtisch zu richten, ich bleibe noch, um einen Nibelungen-Bogen zu korrigieren; da ruft Titi mich ab. Ich denke, das liebe Geschöpf tut irgend etwas Anmutiges, und eile, um das schöne Bild nicht zu versäumen; wie finde ich's? Im Sterben; Zuckung auf Zuckung; es will sich erbrechen und kann nicht. Meine Frau trägt's auf den Armen herum, wir reichen ihm Kamillentee, gutmütig bis zum letzten Augenblick läßt es sich das Mäulchen aufbrechen und schluckt. Aber es hilft nichts; die Angst des Todes überkommt's, es entspringt meiner Frau, auf den Tisch, nun erbricht es sich, aber Blut, fällt um, dehnt die Glieder aus und verhaucht seinen letzten Odem in meiner Hand! – Von den Menschen getäuscht, bin ich zu den Tieren geflohen, wie bitter, daß mir keins bleibt!"

In einem Briefe an Stockmann klagt Hebbel:

„Sie haben das Eichkätzchen verloren, das mich an das meinige erinnerte? Meines ist auch dahin, und ein zweites, ganz junges, das nur ein paar Monate neben ihm spielte. Das ist für mich und meine Familie wie ein Sterbefall gewesen, und noch jetzt kann ich diese Zeilen nicht ohne tiefe Rührung schreiben, denn in Bezug auf Tiere bin ich ganz Inder. Sie werden in meinen ‚Nibelungen' in fünf neu hinzugefügten Versen ihre Grabschrift finden."

Die Verse aus den Nibelungen, von denen Hebbel hier spricht, sind Kriemhild, die ihre Vögel und ihr Eichkätzchen füttert, in den Mund gelegt:

„Sie sind mit mir zufrieden ... sie bleiben,
sogar das Kätzchen. Dieses Sonntagsstück
des arbeitsmüden Schöpfers, das er lieblich
wie nichts gebildet hat, weil ihm der schönste
Gedanke erst nach Feierabend kam,
und das bei mir zum Kind geworden ist –
wie sollt ich sie nicht lieben!"

Die Dankbarkeit des großen Dichters an ein kleines Tier ist hier in die Weltliteratur eingegangen.

Richard Wagner konnte nie ohne Tiere sein: es waren in der Hauptsache Hunde. Der erste war der musikalische Pudel, der den blutjungen Kapellmeister Wagner in Magdeburg, es war 1834, auch ins Theater begleitete und im Orchester seinen festen Platz hatte, den er freilich verlassen mußte, als er es sich angewöhnte, gegen die gelegentlich unreinen Töne des Kniegeigers durch lautes Heulen zu protestieren.

Des Pudels Nachfolger wurde der berühmte Neufundländer Robber. Wagner hatte sich mit Minna Planer verheiratet und war Kapellmeister in Riga geworden. Es ging ihm wirtschaftlich sehr schlecht, und schließlich mußte er bei Nacht und Nebel aus Riga fliehen. Der Hausrat und manches Wertvolle von dem kleinen Besitz blieben zurück; der große Hund wurde jedoch mitgenommen, obwohl Wagner ihn leicht an den Vorbesitzer, einen Rigaer Kaufmann, hätte zurückgeben können. So macht denn Robber die gefahrvolle Seefahrt von Riga nach London auf einem Segler mit, und schließlich auch die nicht minder beschwerliche Reise nach Paris. Hier war die traurigste Zeit in Wagners Leben, er hungerte oft für seinen Hund. Dann wurde Robber gestohlen. Er hat ihm in seiner Erzählung „Ein Ende in Paris" ein Denkmal gesetzt.

Wie alle seine Hunde – auch Robber hatte im Orchester gesessen, bis er durch „Zwischenrufe" zu stören anfing – wurde auch Wagners nächster Hund, der kleine „Peps", der Gehilfe des Meisters. Wagner behauptete das allen Ernstes in vielen Briefen; mit welcher Einbeziehung eines Tieres in den schöpferischen Prozeß des Künstlers er ja nur in die Gesellschaft anderer großer Männer tritt. Nur daß diesen meist die Nähe des geliebten Tieres genügte, Wagner ihm aber eine direkte Beteiligung zugestand. Peps hat nach Wagners Angaben ihm oft geholfen, schon beim Tannhäuser: er war ein Gegner aller zu starken ekstatischen Ausbrüche, heulte dann und zwang so seinen Herrn, die Sache noch einmal zu überprüfen, worauf gewöhnlich eine Mäßigung erfolgte.

Peps hatte aber auch eine menschliche Aufgabe: er mußte seinem Herrn helfen, die Verbannung aus seinem Vaterlande zu tragen. In jenen Züricher Jahren kehrt in Wagners Briefen immer sein Peps wieder, der ihn zu den täglichen Spaziergängen anhält und ihn die Not vergessen läßt. Wie sehr Wagner diesen Hund liebte, geht daraus hervor, daß er ihn in einem Brief an Minna den besten Freund von allen männlichen Geschöpfen nannte und seinem besten Freund Franz Liszt den Ehrennamen „Doppel-Peps" beilegte, welche Würdigung Liszt dankbar annahm und anwendete.

In einem Brief an Mathilde Wesendonk schreibt Wagner:

„Ich fürchte, mein guter alter treuer Freund, mein Peps, wird mir heute sterben. Es ist mir unmöglich, das arme Tier zu verlassen. Sind Sie uns böse, wenn wir Sie bitten, heute ohne uns zu speisen? Gewiß lachen Sie mich nicht aus, wenn ich weine."

Peps starb 1855. Wagner beklagte ihn lange, und noch ein Jahr später schrieb er:

„Ich weine noch, wenn ich an den Sterbetag des guten Tieres denke. Sein Porträt habe ich mir mitgenommen. Ich werde den Todestag dieses lieben und guten Freundes mit ganzem Herzen feiern."

Auf Peps folgte das Hündchen Fips, das ihm Mathilde Wesendonk geschenkt hatte. Es eroberte sich bald Wagners Herz und kehrt in vielen Briefen wieder. Über Fips schreibt er an seine Frau:

„Um Fipsens Lob zu schreiben, müßte ich noch einen ganzen Bogen verschreiben. Als in Zürich der Zug abging, fing er, auf dem Tische sitzend, plötzlich an zu schreien und guckte nach der Seite hin, wo Du verschwunden warst;

mich beachtete er gar nicht, ich konnte mit ihm reden, was ich wollte. Dann fügte er sich, wie ich in den Postwagen ging, und hat sich auf der ganzen Reise so klug, artig und ganz unmerkbar gehalten, daß ich ihn gar nicht genug loben kann. Nur wollte er die ersten Tage weder fressen noch saufen, nur mit den besten Bratenstücken konnte ich ihn endlich dazu bringen. Noch jetzt will er fast nichts anderes, doch mache ich ihm mittags eine Suppe, allerdings sehr delikat. Allmählich findet er sich schon. Hier scheint es ihm sehr gut zu gefallen, ich lasse ihm die Türen auf, da legt er sich bald auf die Zinne und betrachtet die Gegend, die Leute und das Vieh, bald macht er eine Promenade im Garten. Wachsam ist er über alle Maßen, die Leute haben ihn sehr gern. Er grüßt schönstens."

Fips wurde nicht alt, er starb in Zürich, und Wagner schreibt darüber an Mathilde Wesendonk:

„Endlich starb noch das Hündchen, das Sie mir einst vom Krankenbett zuschickten: schnell und rätselhaft! Vermutlich stieß ihn auf der Straße ein Wagenrad, wodurch sich innerhalb dem Tierchen ein Organ zerstörte. Nach fünf Stunden, die er liebenswürdig, freundlich, ohne einen Klagelaut von sich zu geben, aber mit zunehmender Schwäche verbrachte, hatte er lautlos geendet. Nicht ein Stückchen Erde stand mir zu Gebot, um das liebe Freundchen zu begraben: mit List und Gewalt drängte ich mich in Stürmers kleines Gärtchen ein, wo ich ihn verstohlen unter Gebüsch selbst begrub. – Mit diesem Hündchen begrub ich viel! Nun will ich wandern, und auf meinen Wanderungen werde ich keinen Begleiter mehr haben."

Aber Wagner war nicht nur den eigenen Tieren verbunden, er litt der fremden wegen, begnügte sich jedoch nicht mit Bedauern, sondern half, wo er konnte. Von den vielen Beispielen, die Hans von Wolzogen, der Freund des Meisters, in seinem Buche „Richard Wagner und die Tierwelt" gibt, sei ein sehr bezeichnendes hier wiedergegeben:

„Freund- und freudelos lag in seiner Nachbarschaft ein armer, fremder Hund in Biebrich Tag und Nacht an der Kette, was Wagners Mitleid sehr herausforderte. Er löste ihn zuweilen von seiner Fessel, ließ ihn in seine Wohnung kommen und reichte ihm manchen Leckerbissen. Merkwürdigerweise erregte dies die Unzufriedenheit von Leos Herrn. Dieser sah darin einen Vorwurf, daß er selbst seinen Hund nicht gut genug halte. Vergebens, daß Wagner sich jede erdenkliche Mühe gab, dem Manne von den Gemütsbedürfnissen eines so hoch organisierten Tieres einen Begriff beizubringen. Auf seinem Schreibtisch lagen damals eine Menge von angefangenen Briefen, worin er sich selbst immer noch nicht an Klarheit und Deutlichkeit genug getan zu haben schien, um jenes obskure Gehirn zu erleuchten. Einer dieser Briefanfänge hat sich im Privatbesitze einer dem Meister befreundeten Persönlichkeit bis auf heute erhalten und legt von dem teilnahmsvollen Ernst, mit dem sich der Künstler mitten in seinen Sorgen und Arbeiten der Sache seines Schützlings annahm, ein ergreifendes Zeugnis ab. In dem harten Winter von 1862/63 – für ihn selbst einer der sorgenvollsten und bedrücktesten seines Lebens – machte er sich selbst noch in der Ferne von Wien aus (da er den Aufenthalt in Biebrich bereits aufgegeben) Sorge um den Hund in seiner kalten Hütte und wußte es durchzusetzen, daß diesem zum Schutz gegen Frost und Wetter durch Freundeshand ein warmer Teppich als Decke übermittelt wurde."

Mit den Bayreuther Jahren und den besseren wirtschaftlichen Verhältnissen vermehrte sich der Tierbestand des Wagnerschen Haushaltes, dem bisher außer Hunden noch Papageien angehört hatten, rasch und erheblich. Eine große, kindliche Freude hatte der Meister an den Schwänen, die ihm der König von Bayern geschickt hatte. Wagner nannte sie nur „meine weißen Pfauen", stand stundenlang und sah ihnen zu, und in dem lauten, klagenden Schrei der Tiere hörte er erschauernd „die Stimme der leidenden unerlösten Natur".

Von den späteren Hunden ragt besonders der Bernhardiner Ruß hervor. Als er starb, bekam er seine Ruhestätte im Erbbegräbnis der Familie Wagner in Wahnfried und einen Denkstein mit der Inschrift: „Hier ruht und wacht Wagners Ruß."

Wie Hans von Wolzogen berichtet, wurde die Stelle von Ruß durch eine ganze Bernhardiner-Neufundländer-Familie eingenommen, die sich in mehreren Generationen erhielt. Über ihnen aber schwebte gewissermaßen der Geist des alten Ruß. Das Familienoberhaupt war der gewaltige Marke, Wagners letzter Hund. Als die mächtige Schar einmal in den Bibliothekssaal kam, in dem gerade eine geistvolle Unterhaltung über die Kunst im Gange war, sah der Meister von seinem Vortrag auf und rief in tiefer Ergriffenheit aus: „Da kommt die Natur."

Marke hatte eine Frau, die von den Kindern Wagners Brange genannt wurde, nach Brangäne. Die Kinder liebten es überhaupt, den Hunden Namen aus Wagners Werken zu geben. Als Brangäne gestorben war, erhielt Marke eine neue Frau, eine Preishündin aus Hannover, von den Kindern Kundry getauft. Die ersten zwei Söhne des Paares erhielten die Namen Fasolt und Fafner; Fasolt blieb später in Venedig, Fafner wurde Wächter des Festspielhauses und würdiger Nachfolger seines Vaters Marke. An weiteren Hundekindern gab es in Wahnfried die beiden weiblichen Wesen Freya und Fricka und ihre späteren Ehemänner Froh und den großen, weißen Frisch.

Richard Wagner hat bekannt, daß ihm, sooft er einem Tier begegnete, das Herz aufgegangen sei. Daß es sich ihm allerdings auch immer, wenn er nachher über das Los der Tiere nachgedacht habe, schwer zusammengezogen habe. Eine ziemliche Zeit hatte er einen Papagei, an dem er zärtlich hing. Hans von Wolzogen erzählt, wie Wagner über den Tod des Vogels klagte:

„Mein armer lieber kleiner Papagei, nun ist er auch gestorben! Das war mein Spiritus familiaris, mein guter Hausgeist! Es ist mir ganz gleichgültig, ob man mich darüber auslacht. Allerdings müßte ich denen, die mich auslachen könnten, Bücher darüber schreiben, um ihnen begreiflich zu machen, was einem Menschen, der mit allem nur auf die Phantasie angewiesen ist, solch ein kleines Geschöpf sein kann."

Bis in sein Alter bewahrte sich Wagner die innige Vorliebe für die Werke von E.T.A. Hoffmann, da in ihnen die Idee der Einheit aller Natur einen ganz eigenartigen, phantastischen Ausdruck erhalten habe. Kater Murr, der Hund Berganza, der Meister Floh, der goldene Topf mit dem vogelreichen Zaubergarten des Salamander-Archivarius Lindhorst und Serpentina, der goldgrünen Schlange, das Märchen vom Nußknacker und dem Mausekönig nannte er wunderbare Dichtungen.

Die Zahl der Tiere, die in Wagners Werken lebt, ist groß und bunt. Pferde gibt es in Rienzi, Walküre und Götterdämmerung, im Tannhäuser daneben noch Hunde und Falken. Wundersam eins ist Brünhilde mit ihrem Roß Grane:

Grane, mein Roß,
sei mir gegrüßt!
Weißt du, Freund,
wohin ich dich führe?
Im Feuer leuchtend
liegt dort dein Herr
Siegfried, mein seliger Held.
Dem Freunde zu folgen,
wieherst du so freudig?
Lockt dich zu ihm
die lachende Lohe?
Fühl meine Brust auch,
wie sie entbrennt –
Heiaho, Grane!
Grüße den Freund!
Siegfried! Siegfried!
Selig gilt dir mein Gruß! –

Der Lohengrin hat Schwan und Taube, das Rheingold den Riesenwurm und die Kröte, die Walküre außer den Rossen das Widdergespann Frickas, der Siegfried einen Drachen, einen Bären und den Waldvogel, die Götterdämmerung außer den Rossen noch Stiere und Wotans Raben und der Parsifal den getöteten Schwan.

Iwan Turgenjew kannte und liebte die Tiere sehr. Besonders stark war die Verbundenheit des Dichters mit seinem früheren Jagdhund; es ist das Verhältnis zweier Wissenden:

„Wir sitzen im Zimmer: mein Hund und ich. Draußen heult ein heftiger Sturm. Der Hund sitzt dicht vor mir – er schaut mir gerade in die Augen.

Und auch ich schaue ihm in die Augen.

Es ist, als ob er mir etwas sagen wollte. Er ist stumm, hat keine Worte, begreift sich selber nicht; ich aber begreife ihn.

Ich begreife, daß in diesem Moment ihn und mich dasselbe Gefühl beherrscht, daß nicht der geringste Unterschied zwischen uns besteht. Wir sind gleichartige Wesen. In jedem von uns leuchtet und glüht dasselbe zitternde Flämmchen.

Der Tod eilt herbei mit dem Flügelschlag seiner breiten kaltfeuchten Fittiche, und alles ist zu Ende.

Wer will dann den Unterschied jener Flämmchen feststellen, die in uns beiden geglüht haben?

Nein! Nicht Tier und Mensch sind's, die jene Blicke tauschen. Es sind zwei gleichgeschaffene Augenpaare, die aufeinander gerichtet sind. Und aus jedem dieser Augenpaare, aus dem des Tieres wie aus dem des Menschen, spricht hell und deutlich das ängstliche Bedürfnis nach gegenseitiger Anschmiegung."

Als Emile Zola im Dezember 1870 Sekretär des Ministers für Nationale Verteidigung in Bordeaux war, schrieb er seiner Frau, die mit dem großen Hunde Bertrand von Marseille aus zu ihm kommen sollte, einen langen Brief mit Verhaltungsmaßregeln. Es hieß da:

„Es gibt Hundehütten, die an einer Seite geschlossen sind: besorgt euch eine solche, damit er nicht erfriert. Kurz, versucht, ihn so gut wie nur denkbar unterzubringen. Im Notfalle gebt dem Schaffner ein Zweifranc-Stück und fragt ihn, was man tun kann, um das arme Tier vor Lungenentzündung zu bewahren."

Zola hatte viele Hunde, derjenige, von dem er sich am schwersten trennte, war ein Griffon mit Namen Fanfan. Das Tierchen starb in Zolas Armen, und der Dichter war von diesem Anblick so erschüttert, daß er lange weinte. Er bekannte es später:

„Ich konnte mich nicht entschließen, mich von ihm zu trennen, mein Herz sträubte sich gegen den Gedanken, daß ich nicht mehr da sein würde, um das Tier aufzuheben und zu beruhigen, und daß es mich nicht mehr mit seinen kleinen, klaren Augen ansehen würde, mit seinen von Angst gequälten Augen, die mich dankbar ansahen. Ein Tier, nur ein kleines Tier; aber ich litt so sehr durch seinen Verlust, und die Erinnerung an Fanfan war eine so beharrliche, daß ich meinen Schmerz schildern wollte, in der Gewißheit, daß dies Blätter wären, aus welchen der Leser mein Herz herausfühlen würde. Heute ist alles dies fern; andere Leiden sind gekommen; und ich fühle, daß die Dinge, die ich über ihn erzählte, eisig kalt sind. Damals aber schien es mir, daß ich so viel zu sagen hätte und daß ich wahre, tiefe und entscheidende Dinge über die Liebe zu Tieren gesagt haben würde, die so dunkel und so mächtig sind, über welche ich in meiner Umgebung lächeln sah und die mich dennoch so beklommen machten, daß sie mir schier mein Leben trübten."

Aber der Dichter mußte noch über manchen Hund weinen. Da war zum Beispiel Pinpin, den Zola, als er 1898 nach London ins Exil ging, in Frankreich zurücklassen mußte. Der Hund grämte sich so über die Trennung, daß er das Futter verweigerte und rasch einging. Zola beweinte ihn wie ein verlorenes Kind.

Auf dem kleinen Gute in Médan, das Zola gehörte, wimmelte es von Tieren. Sie führten sämtlich ein Leben in Wohlbehagen und hatten gerade nur immer so viel zu tun, daß sie beschäftigt wurden oder sozusagen ihrer Pflicht nachzukommen hatten: ein wenig die Wagen ziehen, Milch zu geben und ein paar Eier zu legen. Doch gab es in Médan viel mehr Tiere, die nichts Nützliches zu vollbringen hatten, deren Aufgabe lediglich darin bestand, dazusein.

Sehr oft kamen Menschen und sahen sich das Tierparadies an; sie hatten vordem noch nie so üppige Pferdeställe mit marmornen Krippen, weite, helle Kuhställe, die vor Sauberkeit blitzten, oder Hühnerkäfige von Ausmaßen gesehen, als sollten Riesendrachen ihr Unterkommen finden. Den Tauben ging es ebenso gut, Katzen und Meerschweinchen und Kaninchen lebten in Mengen und vermehrten sich immer mehr, und für alle wurde gesorgt, und kein Tier wurde getötet.

Zola wußte, daß diese Art, Tiere zu halten, keineswegs ein Muster war. Er wollte auch nur sein eigenes Gewissen beruhigen, denn er liebte die Tiere in einer Weise, die es ihm nicht ermöglichte, in der Nacht zu schlafen, hatte er am Abend auf dem Spaziergang einen herrenlosen Hund gesehen. Tagelang war er dann in Sorge um den fremden Hund, „was er treibt, wo er ist, ob ihn jemand mitgenommen hat, ob er ißt, ob er nicht vor Kälte hinter irgend einem Grenzstein zittert". Und er fragte sich: „Warum gehören alle diese Tiere zu meiner Familie wie Menschen und im gleichen Maße wie die Menschen?"

Zola liebte alle Tiere. Bei den Katzen machte er jedoch einen Unterschied zwischen den gepflegten, hochgezüchteten Salonkatzen und den gewöhnlichen Hauskatzen und bekannte:

„Ich schätze die Katzen auf der Dachrinne mehr, diese stolzen und mageren Katzen, deren harte Silhouetten an die Haltung der Helden in den Legenden erinnern. Sie haben kurzes Haar, feurige Augen, behende Glieder; in ihren Sprüngen liegt ungeheure Anmut. Sie sind die Meister der freien Luft, sie lieben die Höhe, sind unzähmbare Tiere, die in unseren Städten noch ihrer Jagd und ihrer Betriebsamkeit obliegen, ohne daß sie jemals einen Winkel an unserem Feuer annehmen."

Ebenso war es mit den Ziervögeln und den freien Kindern der Lüfte: „Aber die Schwalben! Und die Spatzen! Bei ihnen ist viel mehr Lebensfreude. Der Spatz zieht die grauen verstaubten Alleen, die brennend heißen Boulevards dem frischen Schatten von Meudon und von Mont Morence vor. Er gefällt sich im Lärm der Wagen, trinkt im Rinnstein, ißt Brot, promeniert in aller Ruhe auf dem Bürgersteig. Er hat die Felder verlassen, logiert unter unseren Dachziegeln, wo die Nacht hell ist von den Gaslaternen, und erledigt am Tage seine kleinen Angelegenheiten in unseren Straßen als Flaneur oder wie ein pressierter Mensch."

Der deutsche Maler Hans Thoma war ein großer Tierfreund. Aber bedeuteten ihm die Tiere allgemein ohne Unterschied untrennbare Teile der Natur, so war ihm der eigene Hund doch darüber hinaus noch ein Kamerad, von dem man manchmal auch Dinge verlangen konnte, die eigentlich dem Wesen eines Tieres fremd sein mußten. Davon heilte ihn dann jedoch ein neuer Hund, den Thoma sich angeschafft hatte:

„Ein junger Freund mit intelligentem Kopf und klugen Augen, mit ungestutztem Schweif und Ohren, die ein ausdrucksvolles Gebärdenspiel ermöglichen, hat mir eine Zeitlang viel zu schaffen gemacht, ich wollte das kluge, muntere Tier zu dem erziehen, wie ich es brauchen könnte. Vor allem wollte ich ihm das ungestüme Bellen abgewöhnen, womit er jeden Ankömmling belästigte.

Ich stellte ihn mit der Peitsche in der Hand zur Rede und verbot ihm sein Bellen. Er wedelte mit dem ganzen Körper und sah mich treuherzig-furchtsam an.

In diesem Augenblick kam die Gabe, die Tiersprache zu verstehen, über mich –, ‚Herr Professor', sagte das Tier, ‚wenn Sie das Bellen nicht dulden wollen, dann hätten Sie sich keinen Hund anschaffen sollen. Für Sie hätte ein Schaf genügt.'

Ich mußte dies ruhig einstecken und die Peitsche auch. Flock reichte mir zur Versöhnung das Pfötchen, und aus seinem leisen Winseln erklang's wie eine uralte Klage, mit der er mich darum beneidete, daß ich den Vorzug einer Hand habe und er nur Pfoten."

Kein Mensch würde je auf den Gedanken kommen, Alfred Brehm die Tierliebe abzusprechen. In seinen „Kleinen Schriften" stehen jedoch uns nachdenklich stimmende Berichte, die dem Empfinden des Jägers ebenso zuwiderlaufen wie der Auffassung des Tierfreundes, nach welcher die Eigentümlichkeiten eines Tieres bei der Nahrungsaufnahme oder beim Beutemachen nicht nach menschlichen ästhetischen Auffassungen beurteilt werden sollten:

„Wie das Zarte und Erhabene so oft dem Rohen und Gemeinen unterliegen muß, so auch hier. Ein fressendes Nilpferd ist in der Tat ein ekelhafter Anblick. Der häßliche große Kopf verschwindet in der Tiefe und wühlt unter den Pflanzen herum, der sich auflösende Schlamm trübt das Wasser weithin; dann erscheint das Vieh wieder mit einem Maul voll abgerissener Pflanzen, legt sie auf die Oberfläche des Wassers und zerkaut und zermalmt sie nun langsam. Zu beiden Seiten des Mauls hängen die Ranken und Stengel der Gewächse lang heraus, und grünlicher Pflanzensaft läuft, mit Speichel untermischt, beständig über die wulstigen Lippen herab. Einzelne halbzerkaute Grasballen werden ausgestoßen und von neuem verschlungen. Die blöden Augen glotzen bewegungslos ins Weite, und die fußlangen Stoß- und Eckzähne zeigen sich in ihrer ganzen Größe."

Eine für einen Naturfreund und Zoologen gewißt seltsame Art, Tiere zu beschreiben.

Es folgt die Schilderung einer Schießerei, die nicht mehr gut als Jagd anzusehen ist:

„Ich willfahrte seiner Bitte, schoß und hörte die Kugel auf dem Schädel einschlagen. Das Nilpferd brüllte laut auf, tauchte einige Male unter und schwamm nach der Mitte des Sees zu, wie es schien, ohne durch den Schuß wesentlich gestört zu sein. Nur seine Wut nahm von Stunde zu Stunde zu. Freilich ließ uns unsere Rachsucht fortan die hier und da erscheinenden Köpfe als Scheiben ansehen, nach denen wir, so oft es anging, eine Kugel entsendeten. Ich wußte aus Erfahrung, daß meine schwache Büchsenkugel selbst bei einer Entfernung von noch nicht vierzig Schritten kaum die Haut des Kopfes durchbohren konnte, wollte mir aber gleichwohl das Vergnügen nicht versagen, den ‚Abgesandten der Hölle' unsern Ärger fühlen zu lassen."

Und ohne Kommentar gibt Brehm die Schießtat eines andern Zwiespältigen wieder:

„Rüppel erzählt, daß er mit seinen Begleitern fünfundzwanzig Kugeln aus glattläufigen Gewehren in einer Entfernung von fünf Fuß auf den Kopf eines Nilpferdes schoß, von denen bloß eine einzige die Haut und den Nasenknochen durchbohrte; alle übrigen Kugeln waren in der dicken Haut steckengeblieben. Erst nachdem man fünf Kugeln aus einer schweren Büchse in derselben Entfernung auf den Kopf des Untieres gefeuert hatte, gab es seinen Geist auf.

Vier Stunden lang kämpfte die Jagdgesellschaft mit dem angeworfenen Tier; dasselbe riß einen kleinen Kahn unter das Wasser, wo es ihn zerschmetterte, und schleifte das große Schiff an der Leine des Wurfspeeres nach Belieben hin und her. Freilich war dieses Tier ein altes riesenhaftes Männchen, das von der Schnauzenspitze bis zum Schwanzende 13½ französische Fuß maß; seine Eckzähne waren, der Krümmung nach gemessen, von der Wurzel bis zur Spitze 26 Pariser Zoll lang."

Aber es wird noch seltsamer in diesen „Kleinen Schriften":

„Nun wird das Ungetüm durch das schmerzerregende Anziehen der Harpunenleinen beliebig oft zur Oberfläche des Wassers heraufgezaubert und ihm im Verlauf der Jagd der breite Rücken derartig mit Lanzen bespickt, daß er wie der Pelz eines Stachelschweines aussieht."

Niemand wird bezweifeln, daß dies ein anderer Brehm ist als der Mann, der für uns hinter dem Tierleben steht. Noch dazu, da auch die Angaben über die Eigenart der Nilpferde nicht stimmen, denn Hagenbeck behauptet über die Zähmungsmöglichkeit des Nilpferdes das genaue Gegenteil von Brehm, und er hat es praktisch erprobt.

Aber selbst vom Standpunkt des Jägers aus sträubt sich alles in uns gegen eine Jagdausübung, wie Brehm sie schildert; auch eine Jagd zu wissenschaftlichen Zwecken, zur Erbeutung wenig bekannter Tiere, rechtfertigt nicht das Abschießen schlafender oder gar brütender Tiere. Alfred Brehm jedoch erzählt:

„Ich beschloß, sofort den zum Schlafen aufgebäumten Vögeln einen Besuch zu machen. Nächtliche Jagden habe ich von jeher mit besonderer Liebe betrieben, weil sie bei vielen Tieren, und zumal bei Vögeln, gewöhnlich am sichersten zum Ziele führen. Man kann sich da so hübsch verstecken, und der arme, fliegende Schelm, den man aus seinen ersten Träumen aufstört, hängt viel zu sehr an dem einmal gewählten Platz, als daß er gleich flüchten sollte. Er zeichnet sich auch, wenn die Nacht ziemlich dunkel ist, im Fliegen noch immer klar genug ab, um es dem Schützen möglich zu machen, das Todesrohr einigermaßen sicher zu richten."

Ein Punkt nur im Gewimmel, er selbst, der Dichter-Maler Wilhelm Busch nennt sich so, und das Gewimmel sind die Tiere, die das Weltall und seine Werke bevölkern. Allein in dem Gedichtband „Zu guter Letzt" hat Busch folgende Tiere behandelt:

Fuchs, Igel, Affe, Schnecke, Kranich, Fink, Frosch, Löwe, Wolf, Gans, Meise, Hahn, Huhn, Spatz, Schwalbe, Maulwurf. Er hat nicht einmal die Mücken vergessen; sie sind in die große Gemeinschaft liebevoll mit aufgenommen, in welcher Wilhelm Busch sich eben nur als Pünktchen im Gewimmel fühlte.

Der Dichter machte in seinem Verhältnis zur Tierwelt keinen Unterschied zwischen dem kleinen Getier und dem hochentwickelten. In allen seinen Büchern kommen Kerbtiere vor, und sie sind ihm nicht bloß Gegenstand der zeichnerischen Verdeutlichung humoristischer Gedanken; alle diese Fliegen, Ameisen, Flöhe und Käfer sind mit der Liebe und Sachkunde des Naturkenners und Naturfreundes gesehen und behandelt. Denn Wilhelm Busch hatte das Leben der Kerbtierwelt studiert, und seine Darstellung des Bienenstaates in seinem „Schnurrdiburr" ist der Beweis eines innigen Verhältnisses des Menschen zu der geheimnisvollen Welt des Tieres und seiner Naturverbundenheit ganz allgemein. Wilhelm Busch sagt:

„Ist auch der heitere Bienenzüchter über vieles im Klaren, so ist er doch über manches im Dunkeln; der Bau, die Brut und Geschlechtsverhältnisse sind ihm bekannt genug, aber gewisse absonderliche Dinge, wie das willkürliche Eierlegen der Königin und das seltsame Handeln der Arbeitsbienen, alles das, was er im Gefühl seiner Menschenwürde Instinkt zu nennen pflegt, wird seinem Kopfe wohl so lange anstößig bleiben, bis er sich entschließen kann, den kleinen aber rechtmäßigen Anteil eines gemeinsamen Erbes seinen bescheidenen Brüdern nicht länger vorzuenthalten.

Er wird dann auch in innerster Seele die Quelle finden, aus der sein Interesse an der Natur, also auch seine Liebe zu den Bienen, hervorströmt. Er wird sich das Gefühl der innigen, alles umschlingenden Sympathie zum Bewußtsein bringen, die nur in voller Einheit, in einer gemeinsamen

Wurzelverwandtschaft aller Dinge ihren letzten Grund haben kann."

Und in dem Gedicht „Vertraut" bekennt er diese Verwandtschaft erneut:

Mit allen Kreaturen bin ich
In schönster Seelenharmonie.
Wir sind verwandt, ich fühl es innig,
Und eben darum lieb ich sie.

Im Alter wurden Wilhelm Buschs Beziehungen zum Tier immer enger, und es wird berichtet, daß der große Humorist außer Ungeziefer wie Blattläuse und Raupen kein Tier tötete. In seiner Wohnung in Frankfurt hatte er Mäuse. Wurden welche gefangen, konnte er sich nicht entschließen, sie zu töten, und ließ sie – ein echter Witz von Busch – über die Mauer in das Nachbargrundstück springen. Welcher Art das Geschöpf auch war, vor den liebevollen Blikken des Humoristen erstand sofort das Verhältnis zum Menschen und der Vergleich mit dem Menschen. Und der fiel nicht immer gut für den Zweibeiner aus. Denn was das Tier tun durfte, war dem Menschen noch lange nicht gestattet, bei ihm gab es zu unterscheiden „Zwischen bös und gut":

Wie kam ich nur aus jenem Frieden ins Weltgetös'!
Was einst vereint, hat sich geschieden,
Und das ist bös.

Nun bin ich nicht geneigt zum Geben,
Nun heißt es: Nimm!
Ja, ich muß töten, um zu leben,
Und das ist schlimm.

Doch eine Sehnsucht blieb zurücke,
Die niemals ruht.
Sie zieht mich heim zum alten Glücke,
Und das ist gut.

Nicht nur in Gedichten, auch in seinen Briefen hat Wilhelm Busch diese seine Tierverbundenheit bekannt. So schrieb er an die Holländerin Maria Anderson im Mai 1875:

„Ich sehe die Glieder der Kette in Eins: Kinder, Eltern,

Völker, Tiere, Pflanzen und Steine. Und alle sehe ich sie von einer Kraft erfüllt. Sind Berge, Wellen, Lüfte nicht ein Stück von mir? Wie könnte uns auch das Zeug nur so bedeutungsvoll erscheinen, wenn alles nicht aus einer Wurzel wüchse? Der allgegenwärtige Drang zum Leben ist überall derselbe, der einzige; im Himmel und auf Erden; in Felsen, Wasser, Sternen, Schweinen wie in unserer Brust. Er schafft und füllt und drängt, was ist. Im Oberstübchen sitzt nur der Intellekt und schaut dem Treiben zu. Der Wille aber, das bin ich. Ich bin mein Vater, meine Mutter, ich bin Sie und alles. Darum gibt es Mitleid, darum gibt's Gerechtigkeit."

In einem zweiten Brief an dieselbe Frau schreibt der Dichter:

„Sie mögen gern Tiere leiden, ach, ich auch. Des Morgens um halb sechs werden die Hühner gefüttert und der schlanke Pfau mit dem Krönchen auf und dem Gefieder von Gold und Edelstein. Der ist der Vornehmste. Er pickt nur wenige Körner. Dann geht's trrr! und ein Fächer von tausend Liebesaugen flimmert in der Morgensonne. Das zittert und trippelt und macht mit den Flügeln! Aber die alten Hühnertanten gucken nicht hin, sondern hacken mit ihren harten knöchernen Nasen im Sande weiter. Der Pfau muß wohl ein verwunschener Prinz oder ein metamorphosierter Olympier sein; denn wenn die Frau Brückner, das kleine Waschweibchen, auf den Hof kommt, so fliegt er auf ihren Rücken und faßt sie ganz ordentlich und regelrecht beim Zopfe an. Wenn sie nur nicht nächstens das Eierlegen anfängt. Wenigstens schnattern und gackern tut diese Madame Leda genug.

Mein Bruder hat eine Küche gebaut, eine Zeitlang waren keine Fenster drin. Ein Rotstärchen – es singt immer zick zackzackzack! und bibbert dabei mit dem Schwanz – war heimlich aus- und eingeflogen und hatte sich auf einem Balken mit vieler Geduld ein weiches Nest gebaut von manchem Halm und mancher Feder. Nun kommt der böse Glasmeister und macht alles fest zu. Das gibt ein trauriges Gezwitscher in den Bäumen da draußen.

Neulich pusselt Nachbar Mumme mit dem Spaten in seinem Garten herum, dicht bei den Stachelbeerbüschen. Auf einmal springt ein fremder Hund heraus und knurrt und will nicht weg und zeigt die Zähne. Der Hund ist toll! so heißt es gleich. Man holt die Flinte – bum! Die Kugel geht dem Hunde durch den Kopf, er streckt sich aus und stirbt. Wie man genauer zusieht, liegen drei ganz kleine neugeborene Hündchen im Gebüsch. – Ach, meine liebe Frau Anderson!"

Das Erlebnis mit dem Hund im Nachbargarten ergriff Wilhelm Busch so, daß er sich durch ein Gedicht davon zu befreien suchte. Es steht in dem Band „Schein und Sein":

Der fremde Hund

Was fällt da im Boskettgesträuch
dem fremden Hunde ein –,
geht man vorbei, so bellt er gleich
und scheint wie toll zu sein.

Der Gärtner holt die Flinte her.
Es knallt im Augenblick.
Der arme Hund, getroffen schwer,
wankt ins Gebüsch zurück.

Vier kleine Hündchen liegen hier
nackt, blind und unbewußt.
Sie saugen emsig alle vier
an einer toten Brust.

Die Befreiung von dem Eindruck des in Unwissenheit mordenden Menschen erfolgte nicht. Noch viele Jahre sah Wilhelm Busch das Bild der getöteten Hundemutter als Anklage stehen und litt darunter, den Angeklagten nicht finden zu können.

Wie so viele tierfreundliche Menschen hatte auch Wilhelm Busch sein Jagderlebnis hinter sich, bevor er zur Ablehnung der Jagd überhaupt kam. Das geschieht bei ihm nun nicht in lebensfremder Abgekehrtheit, er setzt sich mit der Jagd auf seine Art auseinander und bezieht sogleich das Schweineschlachten und Fleischessen mit ein. In einem Brief an Frau Anderson schreibt er aus Wiedensahl:

„Hierbei mit freundlichem Dank die Bücher zurück. So eigentlich angeregt hat mich nur die kleine Schrift (Das Jagen) und einer der vorangestellten Wahlsprüche. Die Folgerung, zu der das Schriftchen kommt, hat meinen vollen

Beifall; die Voraussetzung aber ist falsch. Die Voraussetzung: ‚der unverdorbene Mensch hat von Natur bei allen Leiden seiner Mitgeschöpfe ein unangenehmes Gefühl' – ist falsch, weil einseitig. Das Leiden, die Marter, hat vielmehr etwas schauderhaft Anziehendes, es bewirkt Grauen und Ergötzen zugleich. Haben Sie jemals den Ausdruck von Kindern bemerkt, wenn sie dem Schlachten eines Schweines zusehen? Nein? Nun, so rufen Sie sich das Medusenhaupt vor die Seele. Tod, Grausamkeit, Wollust – hier sind sie beisammen. Und die Jagdlust? Sie ist ein Stück Lebenslust, sie ist eine Übung der Daseinsbedingungen. List, Scharfblick, Kraft, Gewandtheit, verbunden mit dem Reiz der Grausamkeit. Sie ist folglich natürlich, folglich bös. Und die Strafe bleibt nicht aus: Jeder Jäger wird mal ein Hase, früher oder später, denn die Ewigkeit ist lang. Was mich betrifft, so werd ich jedenfalls, nachdem ich ein- oder zwei- oder drei- oder vierhundertmal gestorben, ein Spatz. Mein Weibchen wird ein Nest zusammenzotteln unter dem Dach; es wird Eier legen; und wenn dann die wakkelköpfigen Jungen ausgekrochen, so kommt ein flachshaariger Bub daher, holt eine lange Stange, spaltet sie an der Spitze und – heraus mit dem Nest! Da wird der alte Spatz ein schönes Geschrei erheben."

So ordnete denn Wilhelm Busch das Verhältnis zwischen Mensch und Tier. In einem anderen Brief an die Holländerin heißt es dazu:

„Von dem blaßgrünen Helm der Dünen aus seh' ich deutlich die holländische Küste, und deutlich hör' ich das Brausen der sich überstürzenden Wellen. Ich lese auch zuweilen im holländischen Gesangbuch:

> Dan moogt g' in zegepraal uw' voet,
> Ja uwer honden tong' in't bloed
> Van elken vyand steken.

Eine brave, sangbare Haifischmoral.

Vor ein paar Tagen lag ein Seehundsknabe, den die Flut verschlagen hatte, ganz hilflos auf dem Sande. Da ihm vorn nicht recht zu trauen war, so wurd' er bei den Hinterbeinen ans Wasser gezogen; worauf er mit großer Geschicklichkeit an zu rudern fing, sich noch mal umsah und dann hinuntertauchte. Hoffentlich wird er seiner Familie erzählen, daß manche Leute am Lande auch ihre guten Seiten haben."

Und die Tiere selbst, wie antworten sie nach Busch? Wie der alte Esel:

Es stand vor eines Hauses Tor,
Ein Esel mit gespitztem Ohr,
Der käuet sich sein Bündel Heu
Gedankenvoll und still entzwei. –
Nun kommen da und bleiben stehn
Der naseweisen Buben zween,
Die auch sogleich, indem sie lachen,
Verhaßte Redensarten machen,
Womit man denn bezwecken wollte,
Daß sich der Esel ärgern sollte. –
Doch dieser hocherfahrne Greis
Beschrieb nur einen halben Kreis,
Verhielt sich stumm und zeigte itzt
Die Seite, wo der Wedel sitzt.

Aber mit der Abwendung des Tieres soll es nicht sein Bewenden haben, Wilhelm Busch ruft den Menschen an. In „Zu guter Letzt" steht der im Geist dieses weisen Poeten und gütigen Menschen gehaltene Ruf an den Menschen, geformt von zwei Tieren, die der Mensch einander feindlich glaubt:

Miezel, eine schlaue Katze,
Molly, ein begabter Hund,
wohnhaft an demselben Platze,
haßten sich aus Herzensgrund.

Schon der Ausdruck ihrer Mienen,
bei gesträubter Haarfrisur,
zeigt es deutlich: zwischen ihnen
ist von Liebe keine Spur.

Beide lebten in der Scheune,
die gefüllt mit frischem Heu,
Alle beide hatten Kleine,
Molly zwei und Miezel drei.

Einst zur Jagd ging Miezel wieder
auf das Feld. Da ging es bum.
Der Herr Förster schoß sie nieder.
Ihre Lebenszeit ist um.

Oh, wie jämmerlich miauen
die drei Kinderchen daheim.
Molly eilt, sie zu beschauen,
und ihr Herz geht aus dem Leim.

Und sie trägt sie kurz entschlossen
zu der eignen Lagerstatt.
Wo sie nunmehr fünf Genossen
an der Brust zu Gaste hat.

Mensch, mit traurigem Gesichte,
Sprich nicht nur von Leid und Streit!
Selbst in Brehms Naturgeschichte
Findet sich Barmherzigkeit.

Ferdinand Raimund, der erfolgreichste österreichische Bühnendichter aus dem ersten Viertel des neunzehnten Jahrhunderts, lebte, wie Grillparzer sagte, durch eine Katze und starb durch einen Hund. Ein sonderbares Schicksal waltete über diesem Mann, der es vom Zuckerbäckerlehrling zum gefeierten Schauspieler und Dichter brachte, an der bunten Welt des Scheins hing und doch ununterbrochen unglücklich in ihr war; der die Natur liebte, sich nur draußen im Wald und mit Tieren wohl fühlte und doch nicht den Weg zur Befreiung finden konnte. Raimund war kein Menschenfeind, kein Verächter der Welt, aber er liebte sie nicht. Das Lachen seiner bejubelten Werke ist aus bitterem Wissen geboren, und sein Leben selbst ist wie eins seiner komisch-ernsten Märchenspiele. Er lebte wirklich durch eine große Katze und starb durch einen Hund, allerdings, ohne daß die Tiere es im wörtlichen Sinne verschuldeten.

Raimund lag, ein Säugling, unbeaufsichtigt in der Wiege in der armseligen Kellerwohnung; dem Vater, dem Drechsler Raimund, ging es nie gut. Da kletterte eine große Ratte auf die Wiege und näherte sich dem Gesicht des schlafenden Kindes. In diesem Augenblick muß die Hauskatze Musty hinzugesprungen sein, denn als Raimunds erheblich ältere Schwester Anna dazukam, kämpfte die Katze noch auf der Wiege mit der Ratte und biß sie schließlich tot. Das kleine Kind Ferdinand Raimund erfuhr nachher mit den ersten Lauten, die es verstand, von der Tat der Katze und bewahrte dem Tier eine unbegrenzte Dankbarkeit. Die Katze war sein ständiger Begleiter, sie ging mit zur Musikschule, wo sie während des Unterrichts still in der Ecke saß. Als Raimund zehn Jahre alt war, starb die Katze. Sie bekam eine Nachfolgerin, Raimund war bis zu seinem Tode nie ohne eine Katze, jede hieß Musty. In seiner Schmierentheaterzeit war der lange, hagere Wanderkomödiant mit der Katze unterm Arm ein beliebtes Spottobjekt der Kollegen. Als Raimund seinen eigenen Hausstand gründete, kam zu der Katze noch der Pudel Florian.

Die Ehe wurde nicht glücklich, obgleich die Gatten einander liebten; die Eifersucht, die beide fühlten, jagte das Glück immer wieder zur Tür hinaus. Hinzu kam Raimunds maßloser Ehrgeiz und die Angst, überholt worden zu sein. Der aufrauschende Erfolg des jungen Nestroy stürzte den Liebeverhinderten in Menschenscheu. Aus der ländlichen Einsamkeit schrieb er an seine eifersüchtige Frau:

„Nirgends bin ich Dir sicherer und besser verwahrt als an dem reinen Herzen unserer Mutter Natur. Das Aufblühen der Natur erhebt mein Herz zu Gott. Welch himmlisches Vergnügen gewährt es mir, in meinem kleinen Gärtchen zu sitzen, ach, welche Seligkeit, hier in dieser blumigten Einsamkeit, welche durch nichts belebt wird als durch das Summen fleißiger Bienen und durch den leichten Schwung der Schmetterlinge. Ich empfinde in diesem Augenblick eine so wohltuende Ruhe in meinem Innern, und meine Hoffnung, Dich ewig zu besitzen, grünt in dieser glücklichen Stunde noch herrlicher als mein leuchtendes Gärtchen über den üppigen Wiesen des Brühls."

Raimund besaß um diese Zeit ein hübsches Landhaus zwischen Pernitz und Gutenstein. Die Angst, vergessen zu werden, trieb ihn wieder unter Menschen. War er jedoch draußen, schrieb er:

> Einsam bin ich selber in der Menge,
> streb' ich gleich zu sein, wo Menschen weilen,
> einsam selbst im wildesten Gedränge,
> wer soll Lust, wer Freuden mit mir teilen?

Auch Hund und Katze und die freien Tiere des Waldes konnten ihm nicht genügen. Er bildete sich ein, zu verarmen und sein Brot mit den Tieren teilen zu müssen. Er teilte es freiwillig mit ihnen und – starb daran.

Daß in seinem „Alpenkönig und Menschenfeind" in der elenden Köhlerhütte als Hausgenossen der armen Kohlenbrennerfamilie Hund und Katze mitzuspielen haben, hat in Raimunds eigener Tierverbundenheit seine Ursache genauso, wie die zankenden Ehefrauen in den verschiedenen Stücken ein Widerhall aus der eigenen Ehe sind. Seine Toni war wohl wirklich etwas geradezu mit dem Mund, doch auch ein sanfter Friedensengel hätte den überreizten Dichter-Schauspieler nicht im Glück halten können, vermochten es doch nicht einmal seine geliebten Tiere. Seit einmal ein fremder Hund, den er streicheln wollte, nach seiner Hand geschnappt hatte, bildete sich Raimund ein, tollwütig zu werden, obwohl über die Geschichte viele Jahre dahingegangen waren.

Der „Hund im Gehirn" spukte immer wieder neu in seinen Befürchtungen.

Raimund hatte auf seiner kleinen Besitzung einen Wachhund, Hektor, den er sehr liebte, gab er ihm doch den Schutz, nach dem der Dichter so begehrte. Den Hund hatte er freilich durch seine nervöse Art so scharf gemacht, daß man ihn am Tage an die Kette legen mußte. Als Raimund ihm nun wieder einmal Brot brachte, schnappte der Hund etwas stürmisch zu und brachte Raimund eine leichte Schramme auf dem rechten Handrücken bei. Sie blutete nicht einmal, denn Toni, der er sofort angsterfüllt das Ereignis mitteilte, konnte nichts entdecken. Raimund ließ sich aber nicht beruhigen, er behauptete immer wieder, der Hund sei sicher tollwütig, und er werde es nunmehr bestimmt auch. Er hatte eine neue Möglichkeit der Ansteckung gefunden: da die Hand keine Spur einer Verletzung zeigte und auch nicht angeschwollen war, müsse die Ansteckung anders in ihn eingedrungen sein, er habe in seiner Zerstreutheit und Aufregung das Brot, von dem Hektor abgebissen hatte, selbst weiter gegessen. Er fühlte, er sei verloren, wenn nicht sofort ein Arzt eingreife. Um ihn zu beruhigen, ließ die Frau mitten in der Nacht anspannen. Sie kamen nur bis Pottenstein, ein stürmischer Regen zwang zur Übernachtung. Scheinbar ganz ruhig legte Raimund sich zum Schlafen nieder, während seine Frau an seiner Seite wachte. Gegen Morgen bat er sie, ihm doch Wasser zu holen, er habe großen Durst. Kaum hatte sie das Zimmer verlassen, als Raimund sich, um den Hund im Gehirn, von dem er immer phantasierte, zu töten, aus einem Terzerol eine Kugel in den Mund schoß. Der Unglückliche lebte unter großen Schmerzen noch fünf Tage.

Der „seltsame, unbegreifliche Narrentraum", wie Grillparzer es nannte, war ausgeträumt, ein genialer Mensch, der fest geglaubt hatte, sein Leben einem Tier zu verdanken, fand bei seinen Tieren nicht das gesuchte Glück, weil er vom Wahn gescheucht war, durch ein Tier sein Leben wieder verlieren zu müssen.

Die stillen Gefährten des Menschen und Erinnerungen stellen sich ein

Niemals wird der wahre Tierfreund
in verschwommener Gefühlsseligkeit
neben dem rauhen Leben einhergehen
und die Sorge um das Tier höher
stellen als die um den Menschen.

Ich wohnte einen Sommer über in Dagow, einem kleinen Walddorf im Kreise Neuruppin. Als ich mit meinem russischen Steppenhund Wanjusch wieder einmal in den Wald ging, sahen wir auf einer kleinen Lichtung ein Eichhörnchen auf dem Waldboden. Bis zum nächsten Baum waren es etwa 25 Meter. Das Eichhörnchen wandte sich sofort dem Baum zu, aber der gewitzigte Hund nahm ebenfalls die Richtung auf den Baum. Er erwischte auch das Eichhörnchen, das jämmerlich schrie. Haben Sie mal ein Eichkätzchen in Todesangst schreien hören? Das klingt wie das Klagen eines krankgeschossenen Hasen. Waren es diese Angstlaute, war es mein scharfes Rufen, ein Biß des Tieres – der Hund ließ los, und das Eichkätzchen huschte den Stamm hinauf. Unten stand der Hund mit weitgeöffnetem Fang, Mordlust in den Augen, und starrte nach oben. Wahrscheinlich hatte er das Eichkätzchen erheblich verletzt. Als es auf einem Ast herumturnte, verlor es den Halt und stürzte herab, dem Hund direkt in den Fang. Ich riß den Hund zurück, es war wohl zu spät; das Eichkätzchen wandte den Kopf hin und her, aber seine hinteren Gliedmaßen zuckten nur noch. Das beste wäre gewesen, ich hätte den Hund erneut herangelassen, ich brachte es nicht fertig. Ich hatte vom zähen Leben der kleinen Waldteufel gehört, nahm meinen Pilzbeutel, packte das Eichkätzchen hinein und trug es nach Hause. In einem großen Vogelbauer – nach vierzehn Tagen war es gesund – lebte es vier Monate bei uns, oft betrachtet vom schuldbewußten Wanjusch. Im Oktober mußten wir abreisen und beschlossen, das Tier wieder in den Wald zurückzubringen. An derselben Stelle, an der es verunglückte, wurde es in Freiheit gesetzt. Ein Husch, und es saß auf dem Baum. Den Vogelkäfig stellte ich unter ein Gebüsch am Rand der Lichtung, wir wollten erst noch einen Spaziergang machen. Als wir nach zwei Stunden zurückkehrten, saß unser Eichkätzchen wieder mitten auf dem Boden der Lichtung. Mein Hund, erfreut über den Anblick, sprang hinzu. Erschreckt tat das Eichkätzchen drei Sprünge in der Richtung des Baumes, dann aber machte es zu unserer grenzenlosen Überraschung eine Wendung, schoß auf das Gebüsch zu und verschwand – im Vogelbauer! War es die Erinnerung an den Baum, an den Hund, war es das instinktive Erfassen, wo die größte Sicherheit zu erwarten war? Es saß im Bauer, dessen Tür offen stand, und sah uns unbeweglich an. Sie wollen wissen, was weiter geschah?

Wir banden den Hund an einen entfernten Busch, trugen den Käfig an den Baum und stülpten ihn um. Es dauerte eine ganze Zeit, bis das Eichkätzchen begriff. Dann verschwand es in der Krone des Baumes, und wohl nur Wanjusch, der unbeweglich nach oben starrte, sah, was es da trieb. Es war diesmal ein besonders schmerzlicher Abschied vom Wald.

Eines Vormittags im Spätherbst schreckte mich ein helles Menschengebrüll, das mit einem tiefen, anscheinend tierischen Stöhnen abwechselte, aus der Arbeit und rief mich in den Garten. Dort steckte in dem aufgeweichten Lehmboden ein Mistwagen, und der Kutscher, ein Bursche von etwa zwanzig Jahren, bemühte sich, durch eine mit Geschrei und Peitschenhieben auf ein altes Pferd erzwungene harte Wendung die eingesunkenen Räder auf eine festere

Bahn zu bringen. Seine Erfahrung hätte ihm sagen müssen, daß dies unmöglich war, denn er hatte nur ein Pferd vor dem Wagen, viel zu schwer geladen, und außerdem ging das Pferd nicht in der Schere, sondern an der Deichsel. Was er zu tun gezwungen war, hätte er gleich nach dem Einsinken tun können: ein zweites Pferd holen. Wie er entschuldigend berichtete, habe er zwei Pferde einspannen wollen, doch der Besitzer habe ihn daran gehindert und gesagt, dann würde der wehleidige Zosse nur noch fauler. Und er lächelte mich vertraulich an: „Sie brauchen nicht aufzupassen, wenn ich das andere Pferd hole, der Ella läuft nicht weg, der ist froh, wenn er stehenbleiben kann.“

In der Tat stand das Pferd, obwohl ihm von der Anstrengung noch die Flanken flogen, fast unbeweglich. Nur die Ohren spielten ein wenig, und die Augen sahen verlangend nach den belaubten Zweigen eines nahen Busches. Es reckte auch einmal den Hals, doch fuhr der Kopf sogleich wieder zurück, so, als sei es gewohnt, für ein solches Verlangen mit einem Schlag auf die Nase bedacht zu werden. Als ich ihm die zitternden Flanken klopfte, sah sich das Pferd nach mir um, langsam, fast vorsichtig oder gar ängstlich, und wendete dann behutsam wieder den Kopf nach vorn.

Ich hatte Zeit, das Tier zu betrachten. Es mochte zwanzig Jahre alt sein, die Knochen standen hervor, das Fell war struppig und verfilzt, an vielen Stellen abgeschabt und die Haut dort hart wie Sohlenleder, die Hufe ohne Eisen, an den Vorderhänden mal vernagelt und nun breitgetreten und ungepflegt, an der linken Hinterpartie ragte aus Borken von altem Mist eine verschorfte Hüfte. Ließen der traurige Zustand nicht doch den klaren und guten Knochenbau und die gezeigte Leistung vor dem Wagen nicht die noch immer vorhandene Kraft des Pferdes erkennen, man würde das arme, abgetriebene und verwahrloste Tier als lediglich für den letzten Gang verwendbar angesehen haben.

Das zweite Pferd, das der Bursche brachte, war eine Schimmelstute, jünger wohl an Jahren als der Fuchs, aber durch die Farbe noch älter aussehend als der Wallach. Kaum war der Schimmel angespannt und der Kutscher hatte die Leine genommen, da begann der Fuchs zu zittern und den Kopf zu drehen; er ging im Geschirr sogar einen Schritt zurück, stöhnte, als der Kutscher losbrüllte, durchdringend auf, sah sich noch einmal ängstlich um und warf sich dann mit solchem Ungestüm in die Sielen, daß ich glaubte, das Zeug würde reißen. Und war nun bemüht, den Druck nicht mehr zu mindern, bis der Wagen aus der Kuhle war und wieder stand. Dann verharrte der Wallach erneut bewegungslos, es sah aus, als habe er direkt Angst, sich ohne Befehl auch nur zu rühren.

Ein solches Benehmen eines Pferdes hatte ich noch nicht gesehen. Ein Tier, das vor dem Ziehen zurückweicht, sogar vor dem festeren Berühren, und erst recht vor dem Straffen des Sielenzeuges, und das dann, durch Gebrüll zum Ziehen gezwungen, ohne Peitsche und Zuruf so fest und ohne Unterbrechung zieht, daß erst einige harte Zügelrucke es zum Stehen bringen können. Da der Mistwagen haufenweise entladen werden mußte, sah ich das Schauspiel, das der Wallach mit seinem seltsamen Ziehen bot, sich wohl zehnmal wiederholen. Und der Kutscher bestätigte grienend, daß er das schon ein Vierteljahr mache, solange hätten sie ihn, und es käme daher, daß er – …

Gerade der Tierfreund soll sich nicht für vollkommener halten und damit nicht besser machen als er ist! Ich bekenne, es war zu meiner Beschämung möglich gewesen, daß ich, verleitet durch das sonderbare Betragen des Wallachs, der zudem „Ella“ hieß, und beeinflußt von tierpsychologischen Studien, beim Suchen nach der Ursache des Verhaltens mich in abgelegene Bezirke verlor und das Naheliegende, das Nächstliegende, übersah, so daß nun ein durchaus nicht verrohter, nur gleichgültiger Kutscher es mir enthüllen mußte: Die arme Kreatur hatte unter dem breiten Kumt an Hals und Brust und auf dem Rücken unter dem Sielenzeug handbreite wunde und vereiterte Stellen, so daß das Leder im nackten Fleische saß. Bei jeder neuen Berührung durchzuckte ein wilder Schmerz das Tier, und es scheute daher vor dem Ziehen zurück; hatte aber in den Monaten seiner Leiden die Erfahrung gemacht, daß ein verstärkter Druck und ein dadurch zur Unerträglichkeit gesteigerter Schmerz das Gefühl schließlich fast ausschaltet. Ein Dutzend Male hatte sich also auch vor meinen Augen eine

Tragödie fortgesetzt, die, es ist unfaßlich, schon ein Vierteljahr dauerte. Länger noch, denn der Besitzer hatte, wie ich nun erfuhr, das Pferd schon mit den wunden Stellen gekauft, billig, da die Wunden anscheinend nicht heilen wollten, er aber geglaubt hatte, es mit seinem Hausmittel wenigstens so weit schaffen zu können, um das Tier mit Profit loszuschlagen. Nun aber wäre es immer schlechter geworden, und da er es nicht verkaufen konnte, habe er es vor den Wagen gespannt, um den unnützen Fresser wenigstens zu zwingen, sich sein Futter zu verdienen.

Nein, auch der Besitzer des Pferdes war an sich kein verrohter Patron, kein gefühlloser Mensch, sofern es sich um menschliche Leiden handelte; er war eben nur, wie die meisten Nutztierhalter, ein Sachbesitzer; einer, der es unter Umständen sogar verträgt, an der Sache ohne Nutzen zu bleiben, der aber empört ist, wenn die Sache ihm Schaden zufügt. Der dann vergißt, daß eine Sache aus sich selbst nicht handeln kann, daß also er selbst, der Mensch, sich geirrt, falsch kalkuliert haben muß. Der aber darüber, sagt man es ihm, erst recht in Ärger und schließlich in Zorn gerät und nun in der Sache wieder ein vernunftbegabtes Wesen sieht, das aus Trotz oder gar aus Bosheit den Menschen ärgert und daher mit Gewalt gezwungen werden muß. Wobei derselbe Mensch im selben Augenblick vergißt, daß diese nun zu einer lebendigen Kreatur gewordene Sache somit auch krank sein und leiden kann wie er selbst. Und so darf zunächst noch etwas von dem Menschen gesprochen werden, der hier seine Gattung vertrat.

Er hieß, als ich in das Dorf kam, Pferde-Schuster, war ein kleiner Landwirt, der trank und mit Pferden handelte. Zum Handeln war er gekommen, weil die Landwirtschaft zu klein war, und zum Trinken, weil der Handel allein zu einer Existenzsicherung nicht ausreichte, als Nebenbetrieb aber wieder für die Landwirtschaft zu groß war. Um den Handel zu erweitern, mußte er noch mehr unterwegs sein, und das hieß, so sagte er wenigstens, mehr trinken. Die Zehn-Morgen-Wirtschaft verdankte er dem Umstand, daß sein ältester Bruder im Weltkrieg gefallen war. Er selbst hatte, aus Liebe zu den Pferden, wie er betonte, auf einem Gute als Pferdejunge gedient, später als Pferdeknecht. Bis sie ihn wegjagten, da er heimlich Futterkorn stahl, aber nicht, wie das üblich und sozusagen geduldet ist, für die Pferde stahl, sondern es den Pferden stahl und nachts wegschleppte. Immerhin kam er auch, als er seinen Denkzettel weghatte, von den Pferden nicht los, meldete sich freiwillig zur Kavallerie, und selbst für seine zehn Morgen mußte er einen Gaul haben. Auf den war er stolz, und der fraß ihn beinahe arm, denn er mußte immer sehr gut aussehen. Möglich, daß diese angebliche Pferdeliebe also nur wieder die Eigenliebe des Menschen war, die oft genug als Tierliebe sich ausgibt und auch so gewertet wird. Bei August Schumacher, dem Pferde-Schuster, war es jedenfalls so, daß er nur die Pferde, mit denen er Staat machen konnte oder die ihm beim Weiterverkauf einen größeren Vorteil versprachen, gut fütterte und pflegte, die andern aber nur gerade unterhielt, damit sie nicht abfielen und dadurch noch schwerer verkäuflich wurden. Blieben ihm aber gar Tiere auf dem Hals, so hatten sie ihre Schwerverkäuflichkeit dadurch zu sühnen, daß sie schlechtes und karges Futter bekamen und schwere Arbeiten verrichten mußten. Dies alles gab er als sein Geschäftsprinzip zu, ohne Bösartigkeit, aber auch ohne Gefühl, ja auch ohne jedes Bewußtsein eines Unrechts. Und immer wieder passierte es ihm, daß er schwer verkäufliche und alte Tiere erwarb, verleitet lediglich durch einen billigen Preis und die Gier auf einen größeren Verdienst.

Wie dieser Herr, so auch sein Knecht: als der Kutscher damals mir die Aufklärung über den Zustand des Wallachs gegeben und ich ihn über die strafbare Tierquälerei aufgeklärt hatte, riß er die Pferde hart herum und antwortete auf meinen Protest: „Na, den leeren Wagen wird er doch wohl mitziehen können!“ Noch immer war die Tatsache, daß das Sielenzeug in den nackten Wunden saß, für ihn ohne Bedeutung, hing die Ziehfreudigkeit eines Pferdes allein von der Last oder dem Willen des Tieres ab. Der Wallach hatte wieder weitaufgerissene, von Angst und Schmerz flakkernde Augen, er stöhnte auch wieder durchdringend und stemmte sich dann ins Geschirr, daß der Schimmel fast ins Rad gezogen wurde.

Ich weiß, ich hätte auf Grund der vorliegenden Tatsachen die Weiterverwendung des Pferdes vor dem Wagen sofort verhindern müssen. In der Stadt, auf der Straße, wäre es auch leicht gewesen, es zu erzwingen. Auf dem Lande jedoch war ich machtlos, denn kein Kutscher läßt sich auf das Gebot eines einzelnen Fremden ein Pferd ausspannen, weil es „ein bißchen was im Fell hat". Und auch kein Nachbar würde Beistand leisten, das verhindert ein berufliches Solidaritätsgefühl, denn schließlich sind Pferde zum Ziehen da; und würde eine Pferdeverwendung wie diese vielleicht auch als Schinderei angesehen, so mischt man sich doch nicht gern in fremde Angelegenheiten. Nein, diese eine Fahrt mußte der arme Wallach noch aushalten, denn Hilfe für ihn war nur von der Einsicht seines Herrn zu erwarten.

Pferde-Schuster hatte keine Einsicht. Zwar stand das Tier, als ich ankam, abgeschirrt bereits im Stall, und irgendein weißliches Pulver war auf die wunden Stellen gestreut, sicher aber nur, weil der Kutscher von meiner Empörung berichtet und sein Herr schon etwas vom Tierschutz gehört hatte. Er tat ärgerlich und sagte, ich könne keinen Mist mehr von ihm bekommen, denn dafür, daß er fremden Menschen einen Gefallen tue, sich vielleicht auch noch anzeigen zu lassen, sei er nicht da. Da ich ihn nicht unterbrach, wuchs sein Mut: immer hätten sie, die von Pferden nichts verstünden und keine besäßen, das größte Wort, und er möchte mal sehen, ob ich solchen Schinder, der bloß fressen wolle, aus lauter Spaß füttern würde! Mit dieser Anregung beschäftigt, antwortete ich nicht gleich, als er schwieg, und so fuhr er fort: „Wenn es nach gewissen Leuten geht, dann kommt so ein Bock ins Krankenhaus, wird ins Bett gelegt, und drei Professoren müssen ihm warme Umschläge machen. Aber dazu habe ich kein Geld, ich muß mir meins zu sauer mit meinen Händen verdienen und kann nicht wie andere in der Stube sitzen und Papier vollschreiben. Und die Fuhre Mist kostet zehn Mark!"

Er war angetrunken und gewillt, frech zu werden. Früher hätte mich das nicht gehindert, ihn wegen der Schinderei anzuzeigen. Mit den Jahren war ich immerhin soweit gekommen, einzusehen, daß damit dem armen Gaul nicht geholfen wurde, ich mich aber mit dem ganzen Dorfe, soweit es aus Pferdehaltern bestand, verfeinden würde. Es mochte zwar keiner den Pferde-Schuster leiden, aber man zeigt eben keinen an „wegen so'ner Sache“. Auf dem Dorfe ist man in irgendeiner Weise immer aufeinander angewiesen. Und so schlug ich Pferde-Schuster vor, ich würde den Tierarzt und die Medikamente bezahlen. Er sah mich an, als sei ich betrunken, grinste dann und fragte: „Und wer bezahlt mir den Hafer dafür, daß der Zosse faul im Stall steht?“ Ich wollte mich erbieten, auch noch den Hafer zu bezahlen, doch da fiel mir rechtzeitig ein, daß der Wallach wohl nie ein Haferkorn zu sehen bekommen hatte und nun erst recht keins erhalten würde. Es sei denn, ich füttere ihn selbst. Pferde-Schuster wollte zwar das Geld für den Hafer annehmen, aber fremde Leute möge er nicht in seinem Stalle haben. Wenn mir der Fuchs so leid täte, könnte ich ihn ja kaufen, und er wurde unverschämt: „Leute, die nichts zu tun haben und immer in der Stube sitzen, brauchen doch ein Reitpferd!“ Und er machte mir das Angebot, den Fuchs für dreihundert Mark zu erwerben. Zu seiner Verwunderung ging ich auf den Handel ein, drückte aber den Preis noch um fünfzig Mark, um nicht als gar zu dumm von ihm angesehen zu werden. Und zog dann mit dem Wallach am Halfter los.

Mein Nachbar zur Linken meines Grundstückes weigerte sich, obwohl er Raum, Futter und Leute hatte, „den Schinder, der wahrscheinlich die Räude hat“, bei sich unterzustellen. Mein Nachbar zur Rechten war vernünftiger, ihn lockte nicht so sehr die Einnahme für die Beköstigung und Pflege des Pferdes als die Neugier, „ob aus dem Klepper wirklich noch mal ein Pferd wird“. Der Tierarzt kam, machte ein nachdenkliches Gesicht, reinigte die Wunden, schmierte Salbe und streute Puder, gab Anleitungen, kam wieder, und so ging es ein Vierteljahr hin. Da fingen die Wunden an, sich zu schließen. Einige eiterten zwar noch, andere sonderten Wässerigkeit ab, die Borke riß immer wieder, aber schließlich sah auch der Zweifler, daß Schonung, Reinhaltung und Behandlung des Übels Herr werden würden.

Es wird, liebe Leser, keine aufregende Geschichte. Vielleicht war sie es aber für den Wallach. Das Tier war anfänglich so nervös und gereizt, daß es trotz seines elenden körperlichen Zustandes hochging und zu beißen und zu schlagen versuchte, kam man den wunden Stellen nahe. Es mußte Entsetzliches ausgehalten haben, die Monate hindurch. Langsam schien ihm die neue menschliche Hand im Gedächtnis zu bleiben, die Hand, die zwar ein paar Minuten weh tat, dann aber eine Linderung zurückließ; und schließlich war aus dem ängstlichen und entsetzten Stöhnen und Aufbäumen ein freudiges Wiehern und der erste Versuch eines Hinstrebens zu dem neuen Menschen geworden. Im übrigen fraß „Ella", wie der Wallach weiter hieß, heftig und wurde langsam rund und glatt, und wenn auch die harten Stellen der Haut keine Haare bekamen, so wuchsen ihm nun, da wir ihn bürsten, striegeln und scheren durften, die Haare ziemlich voll und glänzend nach. Die Angst wich aus den Augen, bei seinen Spaziergängen auf dem Hof sah er sich neugierig nach allen Seiten um, versuchte an andere Pferde heranzukommen, und nur, wenn man ihm ein Kumtgeschirr hinhielt, schrak er zurück und hatte wieder den entsetzten Blick.

Pferde-Schuster hatte gleich nach dem Verkauf im Dorfkrug erzählt, wie er mich hineingelegt hätte. Und sie hatten alle weidlich über den dummen Schreiber gelacht, der zwar von einem Bauernhofe stammen wolle, aber in der Stadt nicht gerade klüger geworden sei.

Nun waren vier Monate vergangen, und mein Pferdekauf hatte längst das Interesse verloren, als er wieder Gesprächsstoff wurde. Der Nachbar, bei dem der Fuchs stand, hatte von seinem neuen Zustand berichtet, sicher gleich ein wenig zu prahlerisch, und nun kam einer nach dem andern, das Wunder sich anzusehen. Wir zeigten es gern, und ich bemühte mich, den Bauern den Nutzen einer guten Behandlung der Tiere zu deuten. Die Wirkung blieb ein mitleidiges Lächeln und der Satz: „Ja, wenn einer dazu Zeit hat?" Dabei war es Winter, und sie hatten alle mehr Zeit als ich. Oder sie sagten: „Ja, wenn einer dafür Geld übrig hat?" Und rechneten mir nach: was ich bezahlt hätte: den Kaufpreis, den Tierarzt, die Medikamente und die Futterkosten. Ich rechnete auch: das Pferd kostete jetzt vierhundertfünfzig Mark, war es ganz hergestellt, rund fünfhundert. Das war nicht zuviel für das Tier, das dann vor uns stehen würde, es war nur zuviel für Pferde-Schusters „Ella“, den sie alle gesehen hatten.

Eines Tages kam auch der Händler an, um, wie er sagte, sich sein Pferd mal anzusehen. Er sagte nichts, er beäugte nur die verheilten Wundstellen, betrachtete den übrigen Zustand des Wallachs, bestrich das Fell, wollte auch das Gebiß besehen, doch „Ella“ biß so trotzig nach ihm, daß er es aufgab. Dann erklärte er mir, ich hätte das Pferd zu billig von ihm gekauft, und verlangte noch hundert Mark. Ich wies ihn hinaus.

In seinem Ärger betrank er sich und forderte durch sein Klagen über seine Dummheit, dem gerissenen Städter ein so schönes Pferd unter Preis verkauft zu haben, die anderen Besucher der Schänke zu Spöttereien über seinen vermeintlichen Pferdeverstand heraus, bis ein Dorfgelächter daraus wurde. Da kam er wieder zu mir und verlangte eine Nachzahlung von wenigstens fünfzig Mark: ich hätte seine Notlage ausgenutzt, er habe für das Pferd vierhundert Mark bezahlt und es nur so billig abgegeben, weil er Angst vor einer Anzeige wegen Tierquälerei gehabt hätte. Da ich inzwischen erfahren hatte, daß er für das Pferd nur zweihundert Mark gegeben, es sogar schon für zweihundert angeboten hatte, warf ich ihn ein zweites Mal hinaus.

Der Vorfrühling kam, und wir legten „Ella“ ein Geschirr an, kein Kumt, dagegen bäumte er sich noch immer auf. Und dann spannte ich den Wallach in den Korbwagen des Bauern, bei dem er stand, und fuhr zu einem fünfzehn Kilometer entfernten Dorf, wo ich hoffte, das Pferd verkaufen zu können, weil es von dort stammte. Aber das ist eben die Lebensgeschichte des Wallachs.

Auf die Gefahr hin, nun auch sentimental zu erscheinen, muß ich bekennen, daß mich im Winter der von Angst und Grauen erfüllte Blick der Pferdeaugen viele Nächte lang nicht verlassen hatte. Die Vorstellung dieser Kette von Schmerzen, die unnötig war, da der Mensch sie aus Unwissenheit selbst verursacht hatte und zu seinem eigenen Schaden aus Gleichgültigkeit mehrte, wurde unerträglich, sobald sie die Bilder des Hergangs formte. Und es wuchs die Gewißheit in mir, daß der Wallach ein edles Tier gewesen sein müßte, bevor er auf die Bahn des Elends gezwungen war. Die anklagenden Pferdeaugen störten mich in meiner Arbeit, ich mußte den Versuch machen herauszubekommen, wie dieses Pferdeleben verlaufen war. Vielleicht gelang es nicht, wer kümmert sich schon um die Vergangenheit einer Ware, sie wird geschätzt und gehandelt nach ihrem augenblicklichen Zustand. Der Umstand jedoch, daß hier ein Wallach „Ella“ hieß, konnte bei der Ermittlung der früheren Besitzer von Nutzen sein.

Und so war es auch. Pferde-Schuster hatte den Fuchs von einem Roßschlächter in der benachbarten Provinzhauptstadt gekauft, der das Tier wieder von einem kleinen Fuhrhalter erworben hatte. Es war auf der Straße vor Schwäche zusammengebrochen, und als Passanten dabei die Wunden festgestellt und Lärm geschlagen hatten, habe der Fuhrmann so getan, als sei er schon auf dem Wege zu einem Schlächter gewesen. Der Roßschlächter erkannte, daß das Pferd eigentlich nur verhungert und schlecht gepflegt war, und versuchte, es herauszufüttern und zu heilen und dann teurer zu verwerten. Als ihm das nicht gelang, hatte er es dem ihm bekannten Pferde-Schuster angeschmiert, der im Suff geprahlt habe, den kleinen Schaden im Fell schon beheben zu können.

Jener kleine Gelegenheitsfuhrmann wieder hatte das Pferd nur ein Jahr gehabt, es sei ihm von einem Gärtner angedreht worden, der mit dem Pferd jede Woche dreimal die fünfzehn Kilometer in die Stadt gekommen sei. Fünf Jahre lang habe der Gärtner das Tier wohl gehabt und es angeblich nur verkauft, weil sein Geschäft immer mehr zurückging und er seine Kiepen wieder auf den Buckel nehmen und mit dem Zug in die Stadt bringen mußte. Da der Betrieb schon jahrelang nicht leben und nicht sterben konnte und alles Körnerfutter verkauft werden mußte, hatte der Wallach hier die Vorbereitung zu seinem letzten Zustand gefunden. Der Gärtner sprach von ihm, er sei faul und empfindlich gewesen, der Pferdehändler in Eberswalde habe ihn damit angeschmiert.

Der Pferdehändler entsann sich genau, daß der Gaul von einem Berliner Fuhrunternehmen zum Verkauf gekommen war, als pflastermüde und weil er alle Augenblicke hinkte.

Na, und daß man ihn für das Stallstehen zuletzt nicht besonders gefüttert habe, könne man keinem übelnehmen. Er habe ihn von dem Fuhrunternehmer nicht direkt gekauft, sondern – ja, auf dem Markt in Cottbus, von einem Händler, wahrscheinlich Meier aus Frankfurt oder Seligmann aus Guben. Er soll ja mal ein Offizierspferd gewesen sein, aber da seien die Herren sicher beschnapst gewesen, daß sie einen Wallach „Ella" genannt hätten. Des Spaßes wegen sei der Name geblieben.

Meier entsann sich durch den verdrehten Namen, daß er das Pferd vor der Versteigerung eines Hofes in der Uckermark gekauft hatte, es sei sehr herunter gewesen, darum habe er es vier Wochen lang herausgefuttert und ohne Verdienst an einen kleinen Händler abgegeben, eigentlich zu billig, und warum diese Nachfrage komme, sein Geschäft sei reell.

Der Hof in der Uckermark war fünfhundert Morgen groß gewesen, dort war Ella zuerst als Kutschpferd gegangen, dann, als nach Beendigung der Inflation die Wirtschaft ein besonderes Kutschpferd nicht mehr gestattete, vor dem Milchwagen, schließlich vor dem Pflug. Und hatte hier wohl furchtbar zu leiden gehabt, denn der Händler wußte noch von total zerschlagenem Fell auf dem Rücken und an den Beinen zu erzählen. Der Hof habe einer Berliner Gemüsegroßhändlerin gehört, die ihn an einen Direktor weiterverkauft habe. Vom mitverkauften Inspektor des Hofes erfuhr ich, daß „Ella" von Anfang an ein Biest gewesen sei, bockig und verwöhnt, aber das komme daher, daß der Fuchs vorher wohl nur als Reitpferd gedient habe. Es seien ja immer die Menschen, die ein Tier verdürben, und auf einem Gute wie dem hier, bei dem es an allem gefehlt habe, sei natürlich auch keine Zeit gewesen, ein Pferd umzuschulen. Er habe es mit dem Pflug aber einigermaßen hingekriegt. Und dann erzählte er breit lachend, daß der Fuchs ursprünglich gar nicht „Ella" geheißen habe, sondern „Aetna". Und fragte, ob einer schon mal solchen Quatsch gehört habe, Aetna, das sei doch ein feuerspeiender Berg irgendwo in Afrika und kein Pferdename. Seine Chefin habe sich daher verhören und „Ella" verstehen können, denn da die Vorbesitzer in jeder Weise verrückt gewesen seien und eine Wirtschaft mit Mord und Totschlag geführt hätten, habe er es auch für möglich gehalten, daß die einen Wallach „Ella“ genannt haben könnten, und es dabei gelassen.

Der „verrückte“ Vorbesitzer lebte nicht mehr, er hatte sich erschossen. Das Pferd hatte er im Kriege von einem wegen einer schweren Verwundung untauglich gewordenen Kameraden übernommen und durch einen glücklichen Zufall mit nach Hause bringen können. Ein Zuhause war jedoch nicht vorhanden gewesen, nur die schmale Pension und die Liebe zu einem Pferd, das ihm durch seine Klugheit das Leben gerettet hatte. Er ließ seine Pension kapitalisieren, kaufte einen kleinen Hof und lebte des Wahns, nun das junge Mädchen heiraten zu können, mit dem er schon lange verlobt war. Er heiratete es auch, und sie fand es reizend, auf dem Lande zu leben, wo es bei den schlechten Zeiten gut zu essen gab. Und wo außerdem ein Pferd war und man wieder mal reiten konnte. Daß ein Hof von hundert Morgen keine Dame als Bauersfrau und, von allen anderen Ansprüchen abgesehen, kein Reitpferd vertragen konnte, wußten anscheinend Mann und Frau nicht; und so kam, was kommen mußte: die Ehe ging in die Brüche, der Hof auch, und übrig blieb das Reitpferd „Aetna“, das die Gemüsegroßhändlerin für einen alten Schuldschein sich abholte.

Die Frau kannte den Kameraden ihres Mannes, aber der sei gestorben. Doch wußte sie, daß das Pferd von seinem Bruder stammte, der ein größeres Gut besaß, dort sollte der Fuchs aufgezogen worden sein. Und da sie eine Pferdefreundin und Kennerin war, kannte sie auch die Jugendgeschichte unseres Tieres. Danach hatte der Wallach einmal sein Leben als Hengst leben und beenden sollen, eben, weil er so edel im Wuchs und Wesen gewesen sei. Eine wirtschaftliche Verschlechterung des Betriebes gebot jedoch eine Einschränkung der Zucht, und da das Hengstfohlen, das sie wegen seiner feurigen Ausbrüche „Aetna“ getauft hatten, durch sein Ungestüm Schwierigkeiten machte, wurde es verschnitten. Dennoch blieb der „Aetna“ ein edles Pferd, ausdauernd und verträglich und dazu ungewöhnlich klug, so daß es dem Bruder des Besitzers schließlich als

Soldatenpferd zufiel. Und als ihr Gatte, so erzählte die Frau, einmal in der Frühe eine kleine Ferme habe anreiten wollen, sei „Aetna“ nicht zu bewegen gewesen, nahe heranzugehen. Gleich darauf sei die Ferme unter einem Granatvolltreffer in die Luft geflogen.

Das Gehöft des Züchters lag nur fünfzehn Kilometer von meinem Dorfe entfernt, und zu diesem war ich nun unterwegs. Ich hatte vor, „Aetna“ dem Besitzer und Züchter billig, sozusagen für ein besseres Handgeld zu überlassen, vielleicht um das sentimentale Gefühl zu befriedigen, etwas von den Leiden der Kreatur gutzumachen.

Aber das Leben geht auch dann seine eigenen rauhen Wege, wenn wir ihm welche pflastern wollen. Auf dem großen Gute saß der Sohn des ehemaligen Besitzers, ein mehr als sachlich-nüchterner Mensch, der wohl nichts von der Pferdevernarrtheit seines Vaters und seines Onkels geerbt hatte. Auch war er verärgert, man hatte ihm das Gut zu Siedlungszwecken verkleinert, das Vorwerk hatte er ganz abtreten müssen, dort hatten sein Vater und Großvater die Pferdezucht betrieben. Nun, diesem Manne, der nicht einmal so viel Interesse aufbrachte, sich das Kriegspferd seines Onkels auch nur anzusehen, konnte ich „Aetna“ nicht anvertrauen, es blieb nur noch übrig, es mit dem neuen Besitzer des Vorwerks zu versuchen.

Der Wallach lenkte in das offene Hoftor ein, und als ich ihn mit leichtem Zügelzug vor die Haustür brachte, wendete er den Kopf und musterte die Ställe auf der anderen Hofseite. Ein Mann kam aus der Tür und fragte, was ich wollte, zu verkaufen hätte er nichts und kaufen könne er auch nichts. Käme ich aber von der Siedlungsgesellschaft, so hätte er mir allerhand zu sagen.

Da wurde das Küchenfenster hinter ihm aufgemacht, und eine noch junge, abgearbeitete Frau beugte sich heraus. Sie sagte nichts, aber das Geräusch des Fensteröffnens ließ den Mann verstummen. Und so konnte ich sagen, daß ich nicht von der Siedlung sei, ich hätte ihm nur gern dieses Pferd hier billig verkauft. Doch er lachte höhnisch und sagte, er habe an seinen Fressern genug. Ich antwortete, dann würde ich es ihm schenken, doch ich hatte das Wort schenken gerade ausgesprochen, da zeigte er mit dem Finger an seine Stirn und forderte mich auf, seinen Hof zu verlassen.

Im nächsten Krug hielt ich an und fütterte. Und saß auf der Steinbank an der staubigen Landstraße und sann einem Schicksal nach, das zwar nur ein Pferd betraf, das aber durch die Pferde, die auf dieser starkbefahrenen Straße an mir vorbeizogen, in endlosen schmerzlichen Variationen zuerst eine tiefe Resignation, dann jedoch eine heitere Zuversicht in mir schuf. Denn beim Nachdenken über das Nützlichkeitsprinzip, das der Tierhalter gewöhnlich seinem Verhältnis zum Tier zugrundelegt, mußte ich die Fülle von Unwissenheit und Dummheit erkennen, die den Menschen verhindert, vor lauter Nützlichkeitssucht und Vorteilswahn die Möglichkeiten der Nutzung und der Vorteile wahrzunehmen: da wollen sie fast alle in erster Linie vom Tiere Nutzen ziehen, von ihm leben und erkennen nicht, daß mit guter Behandlung und Pflege der Nutzen steigt oder sich einstellt. Und alles Reden und Erklären hilft nichts, und sofern der Versuch Geld kostet und die Früchte erst für später zu erwarten sind, bleibt es beim Sklavenverhältnis.

Ich bekam es dann ja auch noch bestätigt. „Aetna" blieb bei dem Bauern, der ihn mit mir zusammen gepflegt hatte. Er ging vom Frühjahr an vor dem Wagen, allein und mit einem andern Fuchs, er zog freudig den Erntewagen und im Herbst den Pflug. Der Bauer übernahm ihn im Herbst auf seine Rechnung und zahlte die zweihundertfünfzig Mark, die Pferde-Schuster bekommen hatte, mit dem Arzthonorar und den Futterkosten zurück, so viel war ihm das Tier wert.

Sechs Jahre sind darüber vergangen, der Fuchswallach „Aetna" – er hatte seinen alten Namen wiederbekommen – ist ein wenig holzbeinig geworden, aber er steht immer noch seinen Mann.

Im Dorfe aber schüttelten sie die Köpfe und sagten: „Wer hätte das wohl gedacht?" Und würden doch, das fühlten der Bauer und ich, dem Beispiel, das wir gegeben, nicht ohne weiteres folgen. Von mir sagen sie jetzt, daß ich einen Blick für Pferde habe. Und glaubten es nicht, als sie hörten, daß es nicht das Auge des Pferdekenners war, das die Geschichte verursachte, sondern daß lediglich der Verstand eines Menschen ausreichte, einen handgreiflichen Nutzen zu schaffen.

Aus einem Jagdhundzwinger erwarb ich einen Rauhhaardackel, für den nicht nur ein Stammbaum mit berühmtem Namen wertsteigernd galt, sondern mehr noch die der Familie anerzogene – wie sagt der Jäger? – Raubzeugschärfe. Der Vater hatte in einem Jahr siebzig Füchse gesprengt, die Mutter vierzig; und wenn sie am Dachs waren, gab es keine Schonung. Alle Vorbedingungen für den Gebrauchshund waren also erfüllt, und die vier Brüder, die in Jägerhände gelangten, rechtfertigten denn auch den Ruhm des Zwingers; sie wurden sämtlich richtige Würgemaschinen.

Als ich meinen bekam, war er fast ein Jahr alt und hatte seine Rauflust schon zu einem vielversprechenden Jagdtrieb entwickelt. Er fuhr in jeden Bau und begriff nicht, warum es Katzen auf der Erde geben mußte. Er begriff zuerst sicher noch viel weniger, warum es nie knallte, wenn er mit mir in den Wald ging, und warum mein Rucksack keine toten Hasen oder Hühner enthielt. In einer Wirtschaft traf ich einmal einen Jäger und legte dessen Rucksack, in dem zwei Hasen und ein Hermelin waren, neben meinen Dakkel, zu sehen, wie sich das vererbte Jägerblut bewähren würde.

Es bewährte sich, vom Standpunkt des Jägers aus, glänzend: der Hund bohrte seinen Kopf sofort in den fremden Rucksack, und als der zugeschnürt wurde, nahm er von ihm Besitz, gewillt, ihn mit den Zähnen zu verteidigen; ohne mein Einschreiten hätte der Mann seinen Rucksack nicht wiederbekommen. Er bot mir denn auch alles mögliche für diesen Dackel und beschimpfte mich, durch meine Weigerung, ihm den Hund zu verkaufen, ein Tier mit solchem Bau und solchen Anlagen zum Begleithund eines Spaziergängers zu verderben. Verderben, wörtlich.

An diesem Hund versuchte ich, ob ein Hundejüngling, der belastet ins Leben tritt, nicht durch Belehrung und Fernhalten vom Würgen – ohne jede Zwangsmaßnahme –

zum Freund der lebenden Kreatur umzustimmen sei. Es gelang in knapp zwei Jahren, er spielt mit Katzen, schnappt eine Maus und läßt sie laufen, schlägt mit der Pfote nach einer Fliege, macht sie aber nicht tot, betrachtet neugierig den Kanarienvogel, der sich auf seine Vorderpfote setzt und Haare rupfen will, jagt Hühner aus dem Garten, ohne eins zu beißen, buddelt einen Maulwurf aus der Erde und tut ihm nichts, er ist eben ein friedfertiger Kerl geworden. „Schade um den Hund", sagte der Förster, „ein Hund, der nicht beißt, ist naturwidrig! Das Dusseltier hat sicher schon verlernt, sich zu wehren, wenn es angegriffen wird!"

Das Dusseltier verfügt jedoch trotz seines Namens „Stups" über einen so erstaunlichen Grad von Intelligenz, daß ganz ausgepichte Kynologen verblüfft waren, und hat ein Temperament, das seinen Herrn zu keiner Bequemlichkeit kommen läßt. Und als neulich ein Schäferhund seinen Freund, einen Terrier, angriff, stürzte sich der sehr kräftige Dackel auf den Schäferhund und versuchte, ihn regelrecht zu würgen, ließ auch trotz böser Wunden nicht ab. Nur „aus der Natur heraus", wie die Menschen sagen, greift er kein Geschöpf mehr an. Jedoch ein selbst unbeabsichtigtes Treten auf die Pfoten betrachtet er als schwere körperliche Beleidigung und beantwortet es sofort mit einem harten Biß in die Schuhspitzen. Und er bekommt das Gesicht eines Tigers, drückt ihn ein Mensch in die Ecke und hebt die Peitsche. Er ließe sich eher totschlagen als verprügeln. Er ist wahrlich keine verächtliche Hundeseele, als welche der Mensch gern die Nebenmenschen bezeichnet. Ja, hebt sein Herr oder einer seiner Bekannten den Stock gegen einen dem Hunde fremden Menschen oder ein ihm fremdes Tier, sogleich wendet sich der Dackel gegen den Mann, der schlagen will, und sei er sein Freund. Er ist immer auf der Seite des Bedrohten. Und würde nun gar ein Mensch einen aus unserer Familie anfassen, der Mann könnte eher eine Natter abschütteln als diesen reichlich robusten Burschen. Im übrigen beschäftigt er sich mit den lächerlichsten Dingen, wirft Bälle in die Luft und fängt sie auf, läuft auf den Hinterbeinen durchs Zimmer, fängt blitzschnell geschleuderte Brocken, schießt Kobolz, springt über Hürden, findet jeden Monat einen neuen Unfug, der immer wieder eine Probe staunenswerter Intelligenz ist, und geht im dicksten Winter dauernd ins Wasser – ein Dackel!

Als ihn jedoch kürzlich sein Züchter sah, nach fünf Jahren, da sagte er bekümmert: „Ich schäme mich, daß der Hund aus meinem Zwinger stammt. Was wäre aus dem geworden, hätte ich ihn behalten! Kein Stück wäre dem entkommen! Ein geborener Otternhund ist das! Schade, Sie haben seine Natur zerstört!“

Ich bestreite zunächst, daß es die Natur eines Hundes ist, alles, was ihm Lebendiges vor Augen kommt, töten zu wollen. Da ein Tier aus sich immer nur tötet, wenn es Hunger hat – auch der Tiger –, so ist der sogenannte Hetz- und Kampftrieb des Hundes heute nichts weiter als eine Folge jahrhundertelanger Dressur. Mit Gewalt und Verlockung hat man den Hund dazu gebracht, gewisse Instinkte über das natürliche Maß zu entwickeln, zum Nutzen des Menschen. Ich habe nichts gegen die Nutzbarmachung eines Haustiers zu den verschiedensten, mit der Natur des Tieres zu vereinbarenden Diensten, also auch nichts gegen einen Gebrauchshund, ich wehre mich nur gegen die falsche Auffassung von einer in der Natur des Hundes liegenden Lust am Raufen, Hetzen und Töten. Wie wenig fest dieser sogenannte Naturtrieb beim Hunde sitzt, war mit diesem Dakkel ja bewiesen, dem keine Handlung, kein Gelüst mit Gewalt verboten wurde, der keinen Schlag bekam, der zum Kätzchen fand, weil sein Herr das Tier auf den Arm nahm und streichelte und dem Hunde versicherte, es sei ein gutes Kätzchen. Das Wort „Nein“, keinesfalls als Befehl gesprochen, nur als Zeichen aufzuachten, bewirkte schon nach kurzer Zeit einen sofortigen Blick auf den Herrn und ein Verharren. Ein Kopfschütteln verstärkte das Nein und ein „gutes, gutes Kätzchen“ oder ein „das liebe Vögelchen“ bewirkten sofort – nein, eben nicht Eifersucht, sondern das unbestreitbare Verlangen, es dem Herrn gleichzutun und ebenfalls zärtlich zu den Gestreichelten zu sein. Da ich Hunde auch zu anderem Tun „abgerichtet“ habe, sage ich mit Bestimmtheit, daß es leichter ist, einen Hund zur Sanftheit als zur Schärfe zu bringen, und folgere daraus, daß seine wahre Natur heute eben nicht im Würgenwollen liegt. Einen alten, verdorbenen Hund kann man nicht mehr ummodeln, jedes junge Tier jedoch, das noch durch keinerlei Dressur beeinträchtigt ist, will ich in kurzer Zeit zu einem anständigen Mitgeschöpf unter voller Wahrung seiner Tiernatur erziehen, und sind seine Eltern wahre Tigernaturen.

Wieviel nun erst von den sogenannten Dressuren verdorben wird, wieviel Tiere zerstört werden, weil der Mensch ebenso beschränkt wie brutal ist, dafür das zweite Beispiel.

Der Dackel Stups hat eine besondere Liebe für junge Tiere aller Art, unter Bevorzugung freilich der jungen Hunde. Sein ganz besonderer Freund wurde ein junger Schäferhund aus der Nachbarschaft, ein schönes, kluges Tier mit guten Eigenschaften. Immer, wenn der Dackel an der Gartentür vorbeikam, rief er den jungen Freund, und dann ging zur Freude des Schäferhundbesitzers wie zu meiner Freude und der der beiden Hunde das Spielen und Jagen los, bei dem der Dackel durch Pfiffigkeit den Unterschied in der Größe und Kraft ausglich. Die Hunde liebten einander, auch ein dem Tierleben gegenüber Gleichgültiger mußte es sehen. Der Dackel jaulte, ging der Weg nicht in der Richtung, in der das Haus seines Freundes lag. Und der Schäferhund stand stundenlang hinterm Gitter und wartete. Fand er einen Ausweg, so besuchte er den Dackel, und mehr als einmal tauchte er plötzlich vor der Stadt neben uns auf.

Aber er sollte einen Zweck erfüllen, dafür hatte ihn sein Herr angeschafft. Und so war Roland eines Tages verschwunden, mehrere Tage und Wochen, und wir erfuhren, er sei in Pension gegeben, er solle „abgerichtet" werden. Zum Wachhund. Nun, warum nicht. Allerdings klang mir der Bescheid: „Da ist ein früherer Polizeisergeant, der soll das gut verstehen!" nicht gut in den Ohren. Es wurde eine Tragödie.

Ein Vierteljahr war Roland fort, denn es wurde ihm eine „Volldressur" versetzt. Mit Bei-Fuß-Gehen, Setzen, Ablegen, Lautgeben und „Auf-den-Mann". Eines Morgens zog der Dackel, der sich anscheinend in das Unvermeidliche der Trennung gefunden hatte – die ersten Wochen hatte er oft traurig und rufend am Gartengitter gestanden –, wie Nurmi los: Hinterm Gitter stand sein Freund Roland. Stürmische Begrüßung von seiten des Dackels, Bellen und Jaulen; hinter dem Gitter nur ein langsames Schweifwedeln. Der Herr des Schäferhundes kam heraus, und wir freuten uns beide über das Wiedersehen. Also wurde das Gatter geöffnet. Der Dackel versuchte ein paar Freudentänze um den Schäferhund, der verfolgte ihn von der Seite aus, den Kopf tief gesenkt – ich ahnte, was das bedeutete, aber da war es auch schon geschehen: ohne einen Laut zu geben, hatte der Schäferhund den Dackel gepackt und beutelte den Verblüfften, der sich vor Erstaunen nicht wehrte. Ich sprang dazwischen und packte Roland am Halsband, da ließ er ab; das scharfe Zurufen vorher hatte nichts genützt.

Zitternd stand der Dackel und sah auf den finsterblickenden Roland. Etwas verlegen, aber durchaus im Gefühl, sein Hund habe nichts Unrechtes getan, erzählte mir Rolands Herr nun die Geschichte der „Dressur". Allerdings auch, daß der Hund als erstes nach der Heimkehr die Hauskatze, die er seit Monaten kannte, abgewürgt habe. „Aber er sollte ja scharfgemacht werden!" Das war die Entschuldigung. Am anderen Tage überprüfte ich den Schäferhund ohne Beisein des Dackels auf seine Dressur. Nichts saß richtig, kein Bei-Fuß-Gehen, kein Ablegen, kein Apportieren. Der Hund machte, was er wollte, und war nur auf eins scharf – aufs Würgen. Als Hund, der ein Hausgrundstück mit kleinem Garten bewachen sollte. Er ließ darum auch einen Hausierer, der einfach in den Garten gekommen war, weiter bis ins Haus gehen, schlug nicht einmal an, denn er mußte ja durch das Gatter die Straße beobachten, ob da nicht etwas zum Beißen oder Würgen vorbeikam. Ob er wirklich „auf den Mann" dressiert war, konnte ich nicht feststellen, wahrscheinlich ist, daß er erst auf Hetzen zupacken würde. Ich schlug daher seinem Herrn vor, sich nachts stets neben den Hund in die Hütte auf Wache zu legen.

Dennoch hoffte ich, der durch ein paar unvernünftige Menschen verdorbene und unnütz gewordene Hund würde sich noch zurechtbiegen lassen. Es gelang nicht. Acht Tage später würgte er auf der Straße einen Pinscher ab, und wieder nach ein paar Tagen stürzte er aus der zufällig offengebliebenen Tür auf seinen ehemaligen Dackelfreund und hätte ihn fraglos ebenfalls abgewürgt, wäre der Dackel nun nicht doch aus seiner Trauer erwacht und hätte sich gewehrt. Er kämpfte tapfer und behielt einen Riß im Behang und ein Loch im Genick als Erinnerung an eine durch menschliche Dummheit grausam zerbrochene Freundschaft. Und immer, wenn er an dem Haus vorbeiging, blieb er eine Zeitlang stehen und begriff, so schien es, das Leben nicht.

Was aus dem Schäferhund, diesem aus sträflichem Blödsinn zerstörten schönen und guten Tier, geworden ist, weiß ich nicht. Sein Herr hat ihn bald verkauft. „Sehr gut", sagte er, „da der Hund doch Volldressur hat." Ich wünschte damals eins: Hundebesitzer und Dresseure dieser Art eine Woche lang in Volldressur nehmen lassen zu dürfen. Freilich, dem Übel selbst wäre damit nicht abgeholfen. Denn was sogenannte Dresseure mit roher Gewalt und Prügel am Hunde sündigten, das tun Tausende durch eine verständnislose und falsche Behandlung an anderen Tieren: Auch sie zerstören das Tier, indem sie es entweder vergotten oder vermenschlichen. Wobei das Übel, das vom Vermenschlichen stammt, schlimmer ist.

Vor Jahren stieg ich im Winter auf den Brocken. Auf dem Scharfenstein waren es schon 26 Grad, eine Kälte, die wir nur alle zwanzig Jahre haben. Der Himmel war blau, und die Sonne lag auf dem Schnee, daß die Augen brannten. Im Norden stand eine schwarze Wolkenwand, leise quollen Talnebel im Westen, von Süden und Osten kroch der gewaltige weiße Berg hoch, still war es, kein Laut und kein Hauch, nur unter mir knirschte der Schnee.

Ich hatte das Gefühl, ganz allein zu sein in der Stille des gewaltigen weißen Rundes. Allmählich aber wurde mir, als klänge das Klingen meiner Skier weniger hell und weit. Es war, als zöge sich die Stille um mich zusammen und schöbe etwas Unangenehmes, ja Gefährliches in meine Nähe. Aufatmend blieb ich stehen, stieß den Stock in den Schnee und sah mich um. Ich mußte lächeln: da hatte mich wirklich das gleiche unangenehme Gefühl beschlichen und war mir in den Rücken gesprungen wie einst in der Kinderzeit, wenn ich abends noch durch den mondbeleuchteten Wald gehen mußte. Und ich war doch ein Mann geworden, hatte einen Krieg mitgemacht, und es war heller, lichter Tag.

Ich stieg weiter durch die dichtverschneiten Fichten. Da war nach einer Viertelstunde wieder dieses unangenehme Gefühl, bedrohlich nahe sogar, lächerlich, aber es war da. Ich warf im Laufen den Kopf zurück: an der Schneisenkreuzung, fünfzig Meter von mir, stand ein Mann und sah mir aufmerksam nach. Er hatte eine Militärmütze auf, Stiefel an den Füßen, um die Ohren einen Wollschal. Was wollte der in dieser Höhe und Einsamkeit!

Ich stieg weiter, fühlte aber, wie der andere mir folgte. Tue so, als hättest du was zu tun, dachte ich, blieb stehen und sah mich um. Da stand er auch. Also der wollte etwas.

Die schneebeladenen Äste klirrten, wenn sie sich rieben. Ich schlug mit dem Stock einen kleinen trockenen Zweig herunter. Als er brach, knackte es in der dünnen Luft, als knalle ein Pistolenschuß. Ich wußte, wenn ich jetzt weitergehe, wird der andere schießen.

Ich drehte mich um und sah voll zurück. Der Mensch trat rasch hinter die Fichten. Der Schnee schrie unter seinen Füßen höhnisch dreimal. Also stand der jetzt hinter einem Baum und wartete. Ein Kerl, der einen Überfall plante. Auf den Skiern war ich ihm auf der schmalen, schneearmen Schneise wehrlos ausgeliefert. Schnallte ich die Schneeschuhe ab, wurde es nicht besser.

Der Kerl da unten trat hinter den Fichten hervor und stieg zu mir hinan. Nach drei, vier Schritten begann er zu rennen. Nun erinnerte ich mich auch, eine Beschreibung seiner Kleidung gelesen zu haben.

Der weiße Zauber des Waldes zerbrach. Ich riß die Bretter herum und brach durch die Fichten, einer Senke zu; da würde viel Schnee liegen, so daß der Kerl nicht folgen konnte. Die Lichtung kam, hoher Schnee war da, ich jagte den Hang hinauf, wieder durch den Wald, eine Schneise entlang und weiter empor, dem Forsthause zu, Beistand zu holen und den Kerl zu stellen. Mein Körper dampfte, aber wenn ich vor Ermattung stehenblieb, stand die Kälte dicht um mich, schneidend und unerbittlich. Und wenn ich die behandschuhten Hände vorstreckte, stieß sie mich zurück. Irgendwie war sie im Bund mit dem schrecklichen Menschen, der die Stille und den Frieden eines winterlichen Waldes in Totenstille überführen wollte. So blieb ich eine Zeitlang stehen und sah gedankenlos die verschneiten Bäume an.

Dann stieg ich langsam weiter. Die Bäume wurden kleiner und kleiner, bald standen sie nur noch vereinzelt umher. Immer blauer wurde der Himmel, immer weißer der Schnee, immer ragender das Profil des Berges. Immer gigantischer auch die blendende, leblose Schönheit des Tages.

Da begannen die kleinen Fichten plötzlich zu wackeln. Über den Berg liefen sie, reihten sich zusammen, der Berg fiel auf die Seite, schlug sich ein Loch in den Kopf und färbte den Schnee rot. Mein Herz krampfte sich zusammen, mich verließen, ich fühlte es, ganz plötzlich die Kräfte. Nicht langsam wie früher, daß man Vorkehrungen treffen konnte, Sicherungen – nein, mit einem Schlage war ich am Ende. Hinsinken würde ich nun, liegenbleiben und spurlos vergehen im Schnee.

Aus dem lähmenden Schrecken riß mein Wille mich mit einem Ruck hoch. Nach zehn Metern aber stand ich schon wieder keuchend an den Stöcken. Drei Schritte noch. Mein Herz, das soeben wild hämmerte, ging unhörbar und schmerzte, und ich brach in die Knie, indes die Berge sich zu bewegen begannen. Willenlos ließ ich mich auf die Seite fallen ...

In dieser letzten Sekunde, in der mein Selbsterhaltungstrieb schon vom Gefühl des Verströmens umklammert wurde, hörte ich herrlichen Vogelgesang. So weit war ich noch wach, um mir sagen zu können, das müsse eine Täuschung sein. Denn wie käme hier oben ein Singvogel her, bei dieser fürchterlichen Kälte? Aber es sang da wirklich ein Vogel in meiner Nähe, zuversichtlich, voll Wärme und Liebe. Und da trat er auch aus der verschneiten Fichte, fröhliche Augen im mürrischen Gesicht, lockte, zwitscherte. Andere antworteten ihm. Und dann flog er auf, noch höher hinauf.

Das Unbegreifliche dieses Erlebnisses riß mich hoch.

Meine Kräfte kehrten wieder, nicht sehr, aber doch genügend, daß ich mich vorsichtig noch eine Stunde vorwärts schieben konnte. Dann erreichte ich das Haus und war unter Menschen.

Als ich dem Förster von meiner Begegnung berichtete, lächelte er und sagte: „Soeben rief mich mein Kollege aus Ebertal an, seine Leute haben den Kerl getroffen und mitgenommen. Er hatte eine Pistole bei sich und ist wahrscheinlich der Gesuchte."

Nachher berichtete ich von meinem Zusammenbruch und dem Vogel dort oben in Schnee und Kälte.

„Das war das Christlein überm Schnee", rief der alte, trübselige Mann, mit dem ich am Tisch saß, kam heran und faßte mich erregt an der Schulter. „War er rot wie Blut?"

„Ja, er war ganz rot."

„Und hatte er einen solchen Schnabel?" Er legte die Zeigefinger beider Hände gekreuzt übereinander.

„Ich glaube ja."

„Das ist der Vogel unseres Herrn, müssen Sie wissen, er hat ihm die Nägel aus dem Kreuz ziehen wollen. Dabei hat er sich den Schnabel verbogen, und seine Federn sind rot geworden von des Heilands Blut. Dafür lebt der Vogel nun ewig, und wenn einer stirbt, kann er doch nicht verwesen, und Kälte und Hitze können ihm nichts tun. Er singt im Schnee und brütet im Schnee hoch im Gebirge. Ich bin aus dem Gebirge. Aber man sieht ihn nicht oft, und er heißt das Christlein überm Schnee."

Des Alten Erregung flog durch die ganze Stube. Der Förster lachte: „Das war ein ganz gewöhnlicher Fichtenkreuzschnabel, der sich im Winter tatsächlich in solcher Höhe aufhält."

Und er fuhr fort: „Der Kreuzschnabel, müssen Sie wissen, ist der wunderbarste Wintergast dieser Wälder. Ganz plötzlich erscheint er, fühlt sich heimisch, verschwindet aber auch ebenso schnell wieder. Keiner weiß, woher er kommt oder wo er seine Heimat hat. Er nährt sich von Kiefern- und Fichtensamen. Er singt selbst bei strengster Kälte. Und dieser Gesang hat auf empfindsame Menschen wirklich eine ungeheure Anziehungskraft. Das kommt aber nur daher, daß er sich auch in Höhen aufhält, in denen im

Winter kein anderes Lebewesen mehr anzutreffen ist. Sein Körper verwest tatsächlich nicht, auch nicht im Sommer. Aber das Wunder erklärt sich aus der Harznahrung, die in den Fichtenzapfen enthalten ist. Der Vogel ist gewissermaßen präpariert schon bei Lebzeiten. Das ist, nüchtern besehen, das ganze Wunder Ihrer Errettung."

Natürlich ist es, nüchtern betrachtet, so. Aber ich konnte dem Förster ebensowenig recht geben wie dem wundergläubigen Alten. Es war für Nüchterne nur ein Vogel und für Fromme vielleicht ein Wunder, und war doch viel mehr: war das Glücksgefühl darüber, im Augenblick menschlichen Verzagens in der Wintereinsamkeit aus einem Vogellied einen Jubelgesang an das Leben zu hören.

Immer, wenn ich von der todesmutigen Kameradschaft lese, die Menschen zum Ausharren bei notleidenden Menschen zwingt, im Gebirge, auf See, im ewigen Eis, tritt vor mein Auge ein erschütterndes Erlebnis, obwohl in seinem Mittelpunkt nur zwei Schwalben stehen.

Nach einem goldenen Herbst, der ein Sommer war bis weit in den Oktober, heulte seit acht Tagen der Sturm in den großen Wäldern, Eichen warf er um, dicke Tannen, mit Ziegelsteinen vom Dach zerschmiß er die Apfelbäume, Tag und Nacht gurgelte der See und spie faulendes Buchenlaub in die Bucht, Regen und Nebel schlichen ums Haus und langten in die Fenster, und wenn der Ofen dampfte, rochen die Wände nach Friedhof und November. Es wurde Zeit, daß wir das Häuschen verließen und in die Stadt zogen.

Aber ich hatte es kommen sehen, als eines Abends, die Sonne war schon weg, und der Nebel kam aus den Wiesen dicker als sonst, die Schwalben von den Drähten der Lichtleitung sich erhoben, „biriwistbiwist", alle, hundert, tausend, eine splitternde, blauschwarze, singende Wolke gegen den leuchtenden Himmel, über uns kreisten minutenlang und südwärts sich wendeten.

Sie hatten uns dieses Jahr anscheinend ungern verlassen, zwei Wochen schon über die Zeit waren sie geblieben. „Die Schwalben sind fort, nun wird es ernst!" Aber meine

Leute zeigten auf das Dach der Veranda, wo unsere Schwalbenfamilie weiter zwitscherte. Doch es klang ein fremder Laut aus dem Geschwätz, deutlich war das „tiwilick“ aus dem Ruf der Mutter herauszuhören, das nicht mehr Klage war um das tote Kind, sondern Angst um die lebenden. So glaubte ich und mußte lachen: die Schwalben würden besser als ich wissen, wann ihre Zeit um war.

Viel später als üblich war die zweite Brut ausgekrochen, dieser Sommer konnte wohl Menschen und Tiere täuschen, auch die Hirsche verrechneten sich mit der Brunft. Fünf kleine Schwälbchen saßen noch im Nest, mit gelben Schnäbeln, weit im Oktober. In wirrer Hast, unermüdlich von früh bis in die Nacht, flogen die Alten hin und her und stopften die aufgerissenen Mäuler: Macht rasch, macht rasch! Die Kinder der wenigen ebenfalls zurückgebliebenen Nachbarn saßen schon auf den Drähten, kamen mit ihren Eltern zu Besuch, mahnten, warnten, forderten.

Der Oktober ging weiter, doppelt zählt seine Zeit, „wiriwiriwitt“ zwitscherten vor Wohlbehagen unsere Kleinen, aber die Alten machten nicht mehr mit, sie wurden traurig und ärgerlich. Und als ein paar Tage trübe und kalt waren, versuchte die Mutter, die kleinen Faulenzer aus dem Nest zu stoßen. Das gab ein Gezeter und Geschrei, doch sie blieben. Da setzten die Eltern sich auf einen Balken, zwei Meter vorm Nest, und ließen die Kleinen hungern, auf das Gerufe antwortend mit drohenden Aufforderungen. Das klang nur so von Erfahrungen des Alters, von elterlicher Autorität und Verantwortlichkeit. War es nun Gehorsam oder Hunger: das eine Schwälbchen wagte den Sprung ins Leben. Ängstlich flatterte es durch die Veranda, mied erschreckt den trüben Garten: das soll die Welt sein? und landete auf dem Tisch.

Wanjusch, der gutmütige Windhund, kam schnuppernd heran. „Willst du wohl dem Schwälbchen nichts tun!“ schalt ich und nahm es auf die Hand. Still blieb es sitzen. Die Schwalben sind klug und zutraulich. Hausgenossen des Menschen seit Jahrtausenden, wie Hund und Pferd. Die vier im Nest freilich sahen ängstlich zu, was da in der Tiefe geschah, und Vater und Mutter, die sonst dem Hund um den Kopf flogen, warnten „tiwilick“, vor allzu großer Vertraulichkeit. Ich streichelte die Schwalbe demonstrativ und hielt sie dem Hund ans Gesicht: „Da sieh her, so ein liebes Tier. Wer eine Schwalbe tötet, ermordet seine Mutter, sagt man bei den Menschen. Verstehst du? Sei lieb, nichts tun, ganz lieb sein, Wanjusch!" Und der kluge Hund beroch das Schwälbchen, sah es brav an und schickte sich an, es zu belecken. Ich setzte es hoch ins Weingerank.

Sofort änderten die Eltern den Ton, es war sicher, sie schalten das Kind und forderten es auf, zu fliegen. Aber das Schwälbchen wendete dem grauen Tag den Rücken und äugte nach dem Nest; es war eine aufregende Szene. Da brach die Sonne durch, jäh, seit drei Tagen zum ersten Male wieder. Im Licht, das sie nie gefühlt, saß die kleine Schwalbe still. Dann drehte sie sich um. Sofort schalten die Alten lauter, und unruhiger wurde es im Nest: das Schwälbchen plusterte sich, hob die Flügel und flog, nein, flatterte in den Garten bis zum nächsten Baum. Dort saß es still und sah in die Welt. „Wiriwitt" frohlockten die Alten und verschwanden im Blauen.

Eine Viertelstunde später bellte Wanjusch im Garten, bellte andauernd, sanft, freudig, wenn auch ungeduldig. Ich ging hinaus. Die alten Schwalben saßen auf einem Baum. „Zätsch, zätsch", riefen sie in Angst. Der Hund saß im Garten und tatschte mit der Pfote das Schwälbchen, das vor ihm lag, und seine guten, braunen Augen leuchteten. Aber das Schwälbchen war tot. Es hatte wohl, beseelt von der Sonne und angespornt von den Eltern, den Flug fortgesetzt, die Entfernung zwischen den Bäumen unterschätzt, war im Grase gelandet, und der Hund hatte es mit der Pfote getätschelt und dabei totgeliebt. Da habe ich ihm, der ich Schuld trug an diesem Tätscheln, einen übergezogen und habe ihn eingesperrt.

Der Flug in die Welt, eine Viertelstunde Sonne, nun war ein Leben beendet. Auf die vier im Nest mußte das Klagen der Alten wie ein schrecklicher Kriegsbericht gewirkt haben, sie kamen nicht heraus, den nächsten Tag nicht, den übernächsten nicht. Immer lauter schimpften die Alten, ließen die Kleinen hungern. Der Spektakel wuchs, von morgens bis abends kam schließlich Besuch und rief: „Es ist Zeit, es ist hohe Zeit!" Die Alten fingen erneut an zu füttern, drohten wieder, einmal gab es eine Prügelei mit den allzu stürmisch mahnenden Kameraden. Dabei ging die Zeit hin mit Riesenschritten, nun hatten auch schon die Verspäteten ihre Versammlung auf den Leitungsdrähten, und sie wurde größer und aufgeregter mit jedem Tag. Die Nachzügler warteten, es war klar, auf unsere Schwalben.

Die aber machten Tage einer furchtbaren Aufregung durch. Von morgens bis abends ein zitterndes Hin und Her, ein angstvolles Rufen und Jammern, es war unbegreiflich, wie unaufhörlich der zwitschernde Laut moduliert werden und wie das kleine Vogelherz die Qual der Angst aushalten konnte. Dann waren eines Morgens alle Nachzügler fort.

Nun heulte der Sturm, Regen peitschte die Bäume, es war bitter kalt geworden, leergefegt von Mücken, Fliegen und Faltern mußte der luftig-sonnige Tisch meiner Hausgenossen sein. Traurig und still saß das Schwalbenpaar im Gebälk, und hungrig schrien die Kleinen. Warum versuchten sie nicht zu fliegen, sie mußten doch soweit sein? Hatte das Ende der kleinen Schwalbe einen verhängnisvollen Einfluß auf die Entwicklung der anderen ausgeübt? Und was sollte daraus werden? Sollte ich die Schwalben einsperren und den Winter über füttern? Ein unsinniger Gedanke, diese Kreaturen der Bewegung und Freiheit gefangen zu halten, sie können ja nicht einmal im Sitzen ihr Futter verzehren, müssen es im Fluge erhaschen, müssen sogar im Fluge baden. Warum aber fliegen sie nicht fort? Irgendwie habe ich schicksalhaft eingegriffen in den Gang der Natur und trage Schuld. Aber irgendwie trägt ein anderer Schuld an meiner Schuld, und es ist Unsinn, daß ein Mensch sich anklagt wegen einer Schwalbenfamilie. Soll er aber gleichgültig zusehen, wie sechs Schwalben über seinem Kopfe verhungern? Es ist doch kein Unsinn, wenn ein Mensch darüber nachdenkt, wie unfaßlich stark die Kraft der Liebe zu den Kindern in diesem alten Schwalbenpaar ist, das bei der Wahl zwischen Verhungern und dem Verlassen der Brut sich für den Tod entscheidet.

Die Tragödie, die sich hier vorbereitete und die wir Menschen nicht verhindern konnten, zwang uns, ihren Verlauf abzuwarten.

Eines Morgens war das Nest leer, aber es war nach der Nacht, in der ein Sturm mit Hagelschauern die letzten Blätter im Garten zerfetzt und verweht hatte und im Gebirge der erste Schnee gefallen war. Da muß stärker als Kälte und Hagel und Todesgewißheit in den zarten Körpern die Sehnsucht nach Licht und Wärme gewesen sein. Oder der Hunger.

Ich stehe mit Elstern seit meiner Kindheit in guten Beziehungen: Als ich als kleiner Junge in die Dorfschule ging, begleitete mich zwei Jahre lang regelmäßig jeden Morgen unsere Elster. Sie flog von Baum zu Baum, blieb eine Zeit auf einer Esche vor dem Schulhaus sitzen, kehrte um und kam im letzten Jahr regelmäßig kurz vor Schulende wieder, mich abzuholen. Ging ich an schulfreien Tagen, um sie zu necken, scheinbar morgens zur Schule, dann aber durch das Schulhaus hindurch und über den Hof weiter, so glückte mir dieser Streich nur einige Male. Zu meiner Verwunderung kehrte die Elster an solchen Tagen gleich wieder um, und ich bestaunte lediglich ihre Klugheit. Als achtjähriger Junge kam ich nicht dahinter, woher ihr das Wissen um meine Absicht wurde. Heute weiß ich, daß das Fehlen der übrigen Jungens und damit des Lärms ihr sagte: Wenn er allein geht, bleibt er nicht in der Schule, will dich also nur necken!

Ein achtjähriger Junge ist kein Zeuge für Tierbeobachtungen. Darum will ich von einer Elster ein Erlebnis berichten, das ich mit ihr hatte, als ich schon ein vierzigjähriger Mann war. Diese Elster gehörte meinem Vater, und ich hatte mich mit ihr sehr angefreundet. Sie war ganz zahm und hatte keinen beschnittenen Flügel. Ihren Hang zu glitzernden kleinen Gegenständen hatte ich bewußt befriedigt, indem ich ihr des öfteren solche Sachen zum Wegnehmen hinhielt. Eines Vormittags legte ich mich ins Gras, wollte nachdenken und schloß die Augen. Da raschelte es leicht an meiner rechten Seite, ich blinzelte und sah, wie die Elster neben meiner Hand saß und mir einen kleinen Messingschlüssel, den ich, ohne es zu wissen, in der Hand hielt, wegnahm. Langsam war sie herangekommen, nun flog sie rasch damit zu ihrem Bauer. Ich ging hinterher und nahm ihr den Schlüssel wieder fort. Dann legte ich mich – nun in der Absicht, sie zu beobachten – wieder an die gleiche Stelle, den Schlüssel wieder in der rechten Hand. Nach kurzer Zeit kam der Vogel erneut. Er nahte sich mir ohne Scheu von vorn und sah mich an. Als ich dann die Augen schloß, faßte er wieder nach dem Schlüssel. Ich hielt ihn fest und drohte mit der Hand, worauf er sich entfernte. Einige Minuten, nachdem ich mich wieder hingelegt hatte, hörte ich, wie die Elster einige Meter vor mir sich zu Boden ließ. Ich blinzelte und sah, wie sie mich beobachtete. Meine Augenlider müssen ihr wohl nicht den Eindruck eines Schlafenden vermittelt haben, denn nach kurzer Zeit strich sie ab. Ich blieb liegen und beobachtete sie weiter durch die fast geschlossenen Lider. Meine Erwartung war richtig gewesen, sie hatte ihre Absicht nicht aufgegeben. Nach einigen Minuten kam sie erneut an, diesmal aber ließ sie sich fast lautlos h i n t e r mir nieder. Nach einer kleinen Weile näherte sie sich von hinten meiner rechten Hand, die noch immer ausgestreckt im Grase ruhte, machte sehr vorsichtig die letzten Schritte, hackte dann mit einem Ruck zu, hatte den Schlüssel und flog damit zu ihrem Bauer.

Noch nie hatte diese Elster es nötig gehabt, einem Menschen von hinten irgend etwas zu entwenden. Aus der Erfahrung, daß es ihr von vorne nicht gelang, den so begehrten Schlüssel wieder zu bekommen, hatte sie überraschend schnell die richtige Folgerung gezogen.

Auf Waldwiesen und auf den Hängen bewaldeter Berge sieht man im Frühling oft eine seltsame Erscheinung: aus dem frischen, helleren Grün des Grases heben sich Kreise und Schlangenlinien ab, die aus viel dunklerem Grün und längerem Gras bestehen. Gewöhnlich haben diese Kreise einen Durchmesser von etwa 3 m, mitunter messen sie aber auch 30 m, und die S-förmigen Figuren werden oft bis zu 20 cm lang. Was hier so seltsam aus dem Gras der Wiese aufragt, als habe es ein Gärtner besonders gesät, sind die „Hexenringe“, von denen die Väter glaubten – und viele Söhne tun es heute noch –, sie umgrenzten nächtliche

Tanzplätze der Hexen und Teufel, zum mindesten doch der Elfen und Waldgespenster.

Früher sträubten sich die Bauern, das Gras eines solchen Hexenrings mit abzumähen, und als selbstverständlich wurde erzählt, daß Hunde nicht in einen solchen Ring hineingingen. Der Spuk von den Hexenringen ist in Skandinavien, England, Frankreich und Italien genauso bekannt wie bei uns. Seltsam ist die Sache in der Tat: wie kommt auf eine unter gleichen Lebensbedingungen stehende Wiese dieser Ring von höheren, dunkleren Gräsern? Aber es ist eine sehr einfache Ursache, wenn man sie auch noch nicht allzu lange kennt: es sind die Abfallstoffe stickstoffhaltiger Schwämme, welche die merkwürdige Störung verursachen! Diese verfaulenden Stoffe düngen dort, wo sie liegen, das Gras so stark, daß es höher wächst und dunkler wird als das übrige Gras. Die Ringform der Hexenringe entsteht durch das Bestreben der Pilzschwämme, von der Stelle des Bodens, die erschöpft ist, weiter nach außen zu wandern. Ja, sagt einer, aber Tatsache ist doch, daß die Tiere das verhexte Gras der Ringe nicht gern fressen. Das ist richtig. Aber sie fressen es nicht gern, weil es durch die verfaulenden Pilzabfälle einen strengen Geschmack bekommt.

Es gibt auch Hexenringe, bei denen das Gras auf der Ringform nicht höher und dunkler steht, sondern verkümmerter, ja wo es sogar schon eingegangen ist. Da kann die Ursache also nicht gut in der Dungkraft abgestorbener Pilzteile liegen. Diese Tanzkreise des Waldteufels sind wirklich anders zustande gekommen. Aber im Grunde ging die Sache doch so vor sich wie bei den wuchernden Hexenringen, da die Pilze und Schwämme nicht ganz absterben, der Vegetationskörper vielmehr im Boden wuchernd verbleibt, umklammern diese fadenförmigen Wachstumskörper gelegentlich auch die Wurzeln des Grases so sehr, daß diese ausgesaugt und schließlich erstickt werden. So entsteht dann der negative Hexenring. Das ist zwar eine kleine Teufelei, aber, ohne Teufel, eine ganz natürliche.

Am Rande des von Birken durchsetzten Fichtenwaldes steht eine große Weißtanne und streckt ihre breiten Äste weit aus. Sie ist der schönste Baum dieses Waldstücks. Aber die Menschen schauen sie nicht deshalb an: auf einem der unteren Äste, der waagerecht ins Licht greift, trägt sie ein Gefüge aufwärtsstehender halbdürrer Reiser, so als habe ein Riese einen gewaltigen Besen auf den Ast gestellt. Wohl einen Meter lang und beinahe einen Meter im Durchmesser ist das seltsame Gewächs, das von weitem aussieht, wie ein gewaltiger Vogelhorst. Aber was ist es in Wirklichkeit? Jedenfalls ein Fremdkörper, eine Schmarotzerpflanze, denn die Reiser sehen gelbgrün aus, als wären sie krank. Es ist ein „Hexenbesen"!

Diese Hexenbesen, deren Entstehung man sich lange Zeit nicht erklären konnte, sind Krankheitserscheinungen des Baumes: es sind Wucherungen, die ein parasitischer Pilz hervorgerufen hat! Nicht nur Tannen und Birken, auch Weißbuchen, Pflaumen- und Kirschbäume können durch den Pilz angesteckt werden. Erfolgt die Ansteckung in der Nähe einer Knospe, wird diese durch den Pilz in ihrer Entwicklung gestört und zu krankhaften Wucherungen getrieben. Es ist ein seltsamer Naturvorgang, der sich nun abspielt: die aus einem waagerechten Tannenast senkrecht hoch wuchernden Reiserbündel sind zwar Tannenholz, aber auf ihren Nadeln tragen sie die Fruchtablagerungen des Rostpilzes, der die Wucherungen verursacht. Von hier aus werden die Sporen des Pilzes zu anderen Bäumen hinübergeweht. Gewöhnlich bleibt der Hexenbesen nur einen Sommer lang frisch. Man hat aber auch welche gesehen – besonders auf Weißbuchen –, die fünf Jahre hintereinander grünten.

Da oft auch dem Hexenbesen nahe liegende Äste früher als üblich ihre Nadeln oder Blätter verlieren, wird der Hexenbesen meistens schon im Hochsommer dem verwunderten Wanderer sichtbar. Der merkwürdige Baumschmuck kommt dem Spaziergänger keineswegs unschön vor. Der Förster dagegen weiß, daß es richtig wäre, alle befallenen Bäume schleunigst umzulegen.

Hexenbesen gibt es übrigens auch auf Kiefern- und Wacholderstämmen, ja sogar auf den Beerenbüschen am Waldboden.

Ich ging mit einem Freund durch den Wald nach Hause. Wir hatten uns verspätet, und es war nach Mitternacht. Der

Wald war feucht und dunkel, aber nicht still, und als wir am Moorsee waren und das sogenannte Teufelsfenn querten, trat der Spuk ein: am Rande des Fenns, dem Tümpel zu, liefen Kobolde umher und winkten mit ihren Lichtern. „Irrwische!“ sagte ich und deutete hinüber. Er hatte von solchen Dingen wohl gehört, aber nie welche gesehen und somit auch nie daran geglaubt. Jetzt stand er erschrocken still. „Irrlichter!“ wiederholte ich. „Sie können den Verirrten wirklich in den Sumpf locken.“ Der Begleiter kämpfte mit sich, vielmehr kämpfte seine Aufgeklärtheit mit seiner durch die Tatsachen bewirkten Benommenheit. „Aber was ist denn das wirklich?“ fragte er schließlich. „Wir wollen einen der Kobolde greifen“, sagte ich und ging auf das Moor zu. Der Aufgeklärte blieb zuerst stehen, dann kam er hastig nach. Bald aber blieb er wieder stehen, denn es schien wirklich, als vollführten die Geisterchen mit ihren Flämmchen einen Freudentanz, weil sich zwei Opfer nahten. Es war eine gesegnete Nacht: so viele und so stark leuchtende Irrlichter hatte ich hier noch nie gesehen. Es sah mitunter aus, als bildeten die Kobolde mit ihren Lichtern Spalier. Der Begleiter blieb auf dem Weg, als ich zum Moor hinunterschritt. Wie er die Minuten bis zu meiner Rückkehr verbracht hat, weiß ich nicht. Jedenfalls schien er froh, als ich wieder da war.

„Sehen Sie“, sagte ich, „dieses Irrlicht habe ich einem der Kobolde abgenommen!“

Ich hielt ihm ein in Fäulnis übergegangenes großes Stück eines Eichenstockes hin. Er sah mich verdutzt an, meinte dann aber sehr richtig, daß es ja gar nicht leuchte. Richtig. „Warten Sie einen Augenblick!“ Und ich warf das Holz in die Dunkelheit zwischen die Stämme. Da flog es hin wie ein Stück weißglühende Kohle. Der ganze Spuk ist also weiter nichts als phosphoreszierendes Holz, er besteht aus Eichenstöcken, die, in Fäulnis übergegangen, so viel Phosphor enthalten, daß sie bei besonderen atmosphärischen Verhältnissen leuchten und durch die Bewegungen des Menschen den Eindruck erwecken, als flögen sie hin und her. Ich habe den Irrwisch mitgenommen: er leuchtete auch noch in dem dunklen Schuppen, in den ich ihn einsperrte.

Wie kommen denn hierher diese Bäume? Diese Frage ist berechtigt: um uns ist Ödland, und inmitten der Fläche stehen eine paar Buchen, Büsche mehr als Bäume, und auch ein paar Kirschbäume. Ein komischer Mensch, der sich diese Mühe gemacht hat, hier Kirschbäume und Buchen anzupflanzen, weit weg von menschlichen Wohnungen, auf einer Ödlandfläche inmitten großer Wälder. Einer wußte es: das hat der Wind getan, der Wind hat den Blütenstaub hierhergeweht! Er wußte wenig, denn der Wind hat gar nichts dergleichen getan und konnte mit dem „Blütenstaub“ auch nichts anfangen. Nein, es waren Tiere, die hier den Gärtner gespielt hatten.

Sehr lang ist die Reihe der Pflanzen und Bäume, die durch Tiere ihre Verbreitung finden: Eichen und Buchen, Kirschen und Misteln, Wacholder und Waldbeeren und ungezählte Waldblumen. Und lang ist auch die Reihe der Tiere, die so für die Verbreitung der Pflanzen an den entferntesten Orten sorgen: Wildschweine, Dachse, Mäuse, Eichkatzen, Eichelhäher, Spechte, Stare, Drosseln – sie tragen die Früchte oft weit ins Land; und es ist nicht immer so, daß sie sie verlieren und daß auf diese Art ein Baum oder Strauch oder eine Blume an entfernter Stelle zum Erwachen kommt. Nein, ebensooft wie das Tier die Pflanzenfrucht verschleppt und verliert, macht es sich durch die Ablagerung seiner Exkremente zum unfreiwilligen Gärtner. Kerne und unverdaute Sporen werden mit dem Kot abgesetzt, und es ist nur nötig, daß die Ablagerung an einer Stelle geschieht, die ein scharrendes Tier zur Aufnahme vorbereitet hat, und ein Ödland erhält im Laufe der Jahre einen Baumriesen, und eine Felsengegend erglänzt im Blütenschmuck. Selbstverständlich verbreiten auch Insekten den Samen vieler Pflanzen, und nach der Ameise allein ist ein ganzes Sortiment benannt.

Unsere Buchen und Kirschen da auf dem Ödland im Wald: die Buchen sind sicher vom Wildschwein abgelegt worden und die Kirschsamen wohl von Krähen. Gesehen hat es keiner. Aber das wissen wir: der Wind war nicht der Gärtner, und der Mensch auch nicht. Das Tier vollführt auch auf diese Weise eine Aufgabe der Gegenseitigkeit im großen Gemeinschaftsleben der Natur.

Plötzlich steht da ein Baum, und er hat einen Kropf. Eine dicke Geschwulst voller Risse und Narben verunstaltete den glatten, schlanken Stamm, ein böses Gewächs. Wir sagen dazu auch: der Baum hat den Krebs!

Wie aber bekommt er ihn, der doch sonst so gesund aussieht? Jener Rostpilz, der den Hexenbesen verursacht, wenn sein Vegetationskörper in die Knospe einer Tanne, einer Birke oder Buche gerät, richtet ein gleich schweres Übel an, wenn er auf eine Wunde der Baumrinde kommt. Hier bei der Rüster: der gesunde Baum setzte sich mit aller Lebenskraft gegen den eindringenden Parasiten zur Wehr, indem er die Bildung immer neuer Zellen bewerkstelligte, die schließlich zu einer unförmigen Anschwellung der verletzten Stelle führte. Alle verfügbare Kraft schiebt der Baum zur Zellenbildung an diese Stelle, um den Parasiten zu verdrängen oder zu ersticken, aber es hilft ihm nicht: da die Rinde die große Geschwulst nicht mehr decken kann, platzt sie, und schließlich tritt der Brand in die Geschwulst – der Stamm fault, und ein richtiger Sturm knickt ihn an der befallenen Stelle. Der Krebs ist viel verbreiteter, als man gewöhnlich glaubt; als Bekämpfungsmittel gibt es nur – die Axt.

Da steht, nur kurz über den Erdboden ragend, ein dikker, alter und eigentlich toter Fichtenstubben. Seit Jahren ist der Baum geschlagen, und doch tut sich Seltsames auf der Schnittfläche: der Stubben lebt!

Das ist deshalb so merkwürdig, weil kein Stubben eines alten Baumes eine solche Lebenskraft aufbringen kann. Wohl schlagen auf dem Wurzelstock gefällter Pappeln und Weiden oft frische Reiser hoch, aber eine Fichte tut dergleichen nicht, und überdies sind hier nicht Zweige aus dem Stubben gekommen, es hat sich vielmehr vom Rande des Stubbens aus eine wuchernde Rindenmasse wie ein Ring um den Stubben gelegt und den Weg nach dem Innenpunkt der Schnittfläche angetreten: der Stubben ist dabei, die fürchterlichste Wunde zu schließen, die ein Baum erleiden kann! Warum aber geschieht das so selten?

Deshalb, weil es nicht der Stubben ist, der aus sich, aus seinem Wurzelwerk die Kraft holt zu diesem gespenstischen Heilversuch, sondern weil ein Baumkamerad von seinen eigenen Lebensäften abgibt. Sehen wir genauer hin: eine andere Fichte steht so nahe, daß sich ihr Wurzelwerk, dem Auge unsichtbar, mit den Wurzeln des Stubbens schon bei Lebzeiten des Stammes eng verflochten hatte, so eng, daß der Strom des Lebens die beiden Bäume verband wie siamesische Zwillinge. Die Fichte, die stehengeblieben ist, hat so viel Saft- und Kraftüberschuß, daß sie davon die gewaltige Leistung vollbringen kann, den absterbenden Stubben ins Leben zurückzuzwingen und ihm nicht nur Bast- und Rindenbildung zu ermöglichen, sondern auch noch den verzweifelten Versuch unternehmen kann, die Wunde zu schließen. Der Mensch, solches erkennend, tritt scheu beiseite.

„Den hat wohl der Blitz getroffen!“ sagte der Begleiter und wies auf einen großen Baum, dessen Rinde auf ihm geplatzt und vom Holz 20 cm breit zurückgetreten war; ein etwa 2 m langer, bis ins Kernholz gehender Riß zog sich von dieser Wunde senkrecht nach unten. „Dabei ist es eine Buche, die man bei Gewitter doch aufsuchen soll!“

„Suchen Sie beim Gewitter lieber gar keinen Baum als Schutz auf!“ antwortete der Förster. „Es ist vielleicht bewiesen, daß mehr Eichen als Buchen vom Blitz getroffen werden, aber die Buche ist wirklich kein Blitzableiter. Sehen Sie mal dorthin!“ Er deutete mit der Hand auf eine 20 m entfernte Waldblöße, auf der eine verdorrte Baumgruppe stand. „Ich wollte sie schon immer wegnehmen lassen, aber sie ist ein schöner Anschauungsunterricht gegen das Geplappere von den Buchen. Vor zwei Jahren hatte sich während eines Gewitters eine Gesellschaft von fünf Menschen unter diese Baumgruppe geflüchtet. Als der Regen durchkam, verließen die Leute den Platz und suchten unter der Eiche da drüben Schutz. Die wußten also anscheinend gar nichts von den Eichen, denen man weichen soll. Kaum waren sie unter der Buchengruppe fort, als der Blitz in einen der Stämme einschlug. Kommen Sie mal mit!“

Wir gingen hinüber. Man sah auch noch nach zwei Jahren, daß der Riß in der Buche viel breiter und roher war als in dem Baum, von dem der Begleiter zuerst vermutet hatte, er sei vom Blitz getroffen. „Aber die anderen vier Buchen haben doch gar keine Spuren vom Blitzschlag?“

„Dennoch hat sie der Blitz getötet“, sagte der Förster. „Dies war einer jener Fälle, in denen der Blitz an einem Stamm herunter in den Erdboden fährt, an den Wurzeln weiterläuft, die Wurzeln anderer Bäume trifft, sich teilt und von unten in eine ganze Anzahl anderer Bäume eindringt und sie tötet. Diese hier sind sämtlich das Opfer eines einzigen Blitzstrahls geworden.“

„Und was war mit dem ersten Baum los, der großen Buche da drüben, die den tiefen, langen Riß im Holz hat?“

„Das ist ein Frostriß aus dem strengen Winter 1928/29.“

„Was ist ein Frostriß?“

„Eisbildung im Innern sprengt den Baum.“

„Aber im Winter hat der Baum doch keinen Saft, der frieren kann?“

„So? Jeder Baum, der lebt, hat auch im Winter seinen Saft, wenn er auch müde umläuft. Er gefriert nicht so leicht, weil Holz ein schlechter Wärmeleiter ist. Gefriert er aber doch zu Eis, dann dehnt er sich in diesem Augenblick aus und zerreißt oft die Umgebung. Manchmal ist es nur die Rinde, meist ist es aber auch das Holz des Stammes. Das gibt oft einen Knall, als schösse einer mit der Flinte. Als ich Lehrling war, hörte ich einmal in der Früh vier solcher Schüsse hintereinander und weckte das ganze Haus, weil ich glaubte, es seien Wilddiebe.“

„Hier ist es ja gottlob selten so kalt.“

„Weniger strenge, aber andauernd gleichmäßige Kälte bringt das Platzen auch zustande, jedoch nur mit Hilfe der Sonne.“

Jetzt schwindelt er sicher.

„Wenn nämlich ein Stamm in Wochen langsam durchgefroren ist, und er ist dann nach einer kalten Nacht im Februar morgens der schon sehr warmen Sonne ausgesetzt, dann sprengt der Saft, der sich rascher als seine Holzumgebung erwärmt und ausdehnt, mitunter ebenfalls den Stamm. Diese Risse sind allerdings nicht so lang und so tief wie die Frostrisse.“

Verwachsungen von Bäumen kommen auf mannigfaltige Art zustande. Meist reiben sich die jungen Stämme oder Äste im Winde so lange aneinander, bis die Rinde durchgescheuert und die Kambiumschicht verletzt ist. Tritt dann Windstille ein, verwachsen die aufeinanderliegenden wunden Äste ohne weiteres. Man hat diesen Vorgang längst ausgenutzt und Baumhecken angelegt, die durch künstliche Verwachsungen dicht gemacht wurden; ja man hat sogar richtige Häuser auf diese Art zu bauen versucht.

Mitunter verwachsen auch Bäume verschiedener Holzart. Diese Bindung ist aber nicht echt und unlösbar wie bei Bäumen derselben Art. Es kann eine Buche wohl einen Fichtenstamm umschließen und völlig einhüllen, aber es entsteht dadurch keine auch im Saft gemeinsame Einheit: sobald man die Buche fällt, läßt sie sich wie eine Schale vom Fichtenstamm ablösen.

Die seltsamen Baumformen, die wir mitunter im Walde treffen, sind fast immer die Folge von Verletzungen in der Jugend. Das Wild verbeißt junge Stämme, brechende Äste schlagen die Wipfel kleiner Bäume herunter, Wildschweine verbeißen das Wurzelwerk, Menschen schneiden Rindenstücke heraus – der Nachwuchs im Wald ist vielen Gefahren ausgesetzt. Der zähe Lebenswille der meisten Bäume überwindet oft diese Beschädigungen, und es treten verkrüppelte und phantastisch geformte Gestalten in die Waldgemeinschaft ein. Und sie sind es oft, die einem ganzen Wald eine besondere Anziehungskraft geben.

Es ist bekannt, daß Hirsche und Rehböcke jedes Jahr ihr Geweih und ihr Gehörn abwerfen, und immer wieder wundert man sich, daß bei dem großen Wildbestand so wenige Stangen gefunden werden. Wo bleiben sie?

Sie werden, so seltsam es klingt, gefressen. Die Geweihe und Gehörne sind keineswegs, wie der Laie glaubt, besonders harte Knochen im üblichen Sinne. Die aus dem Stirnbein schnell wachsende Zier des Hirsches und Bocks besteht zwar aus Knochenmasse, aber sie wird sowohl beim Entstehen wie auch vor dem Abwerfen erheblich verändert. Sehen wir uns einen Hirsch an: der untere Teil des Geweihs, aus dem Stirnbein aufragende Verdickungen, bleibt die Basis aller Stangenbildungen. Man nennt sie „Rosenstöcke“. Sie sind stets mit Haut überzogen. Auf dem Rosenstock, durch ihn genährt, bildet sich die Stange, deren unterer, mit einem Kranz von runden Auswüchsen gezierter Teil die „Rose“ heißt. In vier bis fünf Monaten kann ein Hirsch ein Geweih setzen, dessen Stangen bis 1 m lang sind und zusammen 8 bis 10 kg wiegen. Dieser gewaltige Kopfschmuck nun fängt im Januar, Februar an zu kränkeln: über dem Rosenstock, also in der Rose, wird die Stange hohl. Es ist, als zersetze sie sich, und schließlich bricht sie ab.

Die an den unteren Enden keineswegs mehr harte Knochenmasse der Geweihe und Gehörne ist wegen ihres Kalk- und Salzgehaltes ein begehrter Gegenstand zum Knabbern für allerhand Getier: Hirschkühe und Ricken gehen daran, Füchse, Marder, Mäuse und vor allem Eichhörnchen. Die Eichkätzchen verschleppen die Rehgehörne sogar in ihre Nester hoch in den Bäumen. Die Stangen werden von unten nach oben benagt, und die harten Enden verschwinden schließlich im Waldland.

An schönen, sonnigen Herbsttagen hängen im Wald Hunderte und Tausende von zarten weißen Fädchen, und ebenso viele ziehen durch die Luft und sehen im Schein der Sonne aus, als flöge fein gesponnenes Silberhaar umher. „Marienfädchen“, sagen wir dann, oder auch wohl: „Altweibersommer“.

Seltsam ist doch der Mensch: weil wir diese Erscheinung von der Kindheit her kennen und mit irgendwelchen angenehmen Vorstellungen begleiten, stört uns auch die Wahrheit über den Ursprung dieser Fädchen nicht, obwohl wir doch sonst alles, was mit Spinnen zusammenhängt, nicht gerade schätzen. Marienfädchen aber dürfen uns um den Kopf fliegen und sich auf unsere Gesichter legen und sind doch eigentlich nur Ausscheidungen einer Spinne.

(Es geht dem Menschen mit diesen Spinnen wie mit den Marienkäferchen. Viele mögen auch Käfer nicht leiden, schütteln sich erregt, wenn ein kleines Tierchen ihnen zu nahe kommt, aber das Marienkäferchen lassen sie sich über die Hände krabbeln.)

Aber wir wollen vom Altweibersommer erzählen, und zwar nicht bloß, weil er den Faden einer Spinne darstellt.

Er ist viel, viel interessanter wegen der Spinne, die ihn anfertigt. Man fange sich einmal einen feinen, langsam dahinsegelnden Silberfaden, und man wird eine seltsame Entdekkung machen: der Faden, meist eine lange Schleife darstellend, ist in Wirklichkeit das Segelflugzeug der Spinnenjugend. Die sogenannte „Umherschweifende Krabbenspinne", ein kleines Tierchen mit einer hübsch gezackten Zeichnung auf dem Rücken, sitzt im Mai und Juni zwischen den Blättern der Büsche, spinnt eine paar Blätter zusammen und legt ihre Eier. Im Juli und August hütet sie brav den Nachwuchs. Der wird im Herbst, an sonnigen Tagen, plötzlich von einem tollen Wandertrieb befallen: er will in die weite Welt! Um das zu vollbringen, baut sich die kleine Spinne ein Flugzeug: sie stellt sich fest auf den Boden und läßt aus dem Hinterleib einen feinen, dünnen Faden quellen, dessen Ende sie an einem Blatt oder an einem Zweig befestigt. Und nun spinnt und spinnt sie, und der Wind nimmt den Faden und hebt ihn in Schleifenform – da seine Enden ja am Blatt und an der Spinne hängen – in die Luft. Glaubt die Spinne, er sei lang genug, dann nimmt sie das Ende des Fadens in die angezogenen Beine, beißt das am Blatt befestigte andere Fadenende ab und läßt sich nun in die Luft entführen, ganz gleich wohin. Und das Allermerkwürdigste ist: nur in der Jugend hat die kleine Krabbenspinne diesen Wandertrieb und die starke Spinnfähigkeit; wird sie älter, begnügt sie sich mit dem Strauch als Lebensraum, und es genügt ihr das Spinnen fürs Nest.

Die Erkenntnis, daß nur der Wechsel beständig ist in der Natur, braucht uns nicht sentimental zu stimmen. Erst recht nicht im März, wo die Naturnotwenigkeit des Werdens und Vergehens ihre erste Hälte im Knospen und sogar schon im Blühen angenehm offenbart.

Der Lenz ist vor den Toren – gehen wir ihm ein wenig entgegen.

Das wird wohl alles so sein müssen aus nüchterner Zweckmäßigkeit der Natur und braucht mit der Singe-Sehnsucht sentimentaler Dichter nichts zu tun zu haben, daß auf den Winter der Frühling folgt, auf den Sommer der Herbst und das Rad sich dreht Jahr und Jahr. Aber es kann sein, daß dieses Rad – nüchtern und pflichttreu lief es viele Jahre als Pflugrad über den geliebten Acker – aus unerklärlichen Gründen einmal ganz plötzlich stille steht. Die Pferde halten an, werfen den Kopf hoch und schnauben laut, hinter dem Pflug die Krähen erschrecken und stieben krakend zum Holz.

Der Bauer schiebt die Hand über die Augen und sieht nach Westen, aber da ist nichts, gar nichts ist da, nur ein Himmel zwischen blau und gelb, glänzende Dunstfetzen gehen darüber hin, und die dicken Weiden am Graben stehen wie bereifte Stallbesen. Ganz still ist die Luft, die großen brüllenden Frühlingsstürme schlafen noch hinter dem violetten Schimmer des Horizonts, bloß, daß die aufgerissene Erde riecht. Da ist es dann vorgekommen, daß das Rad sich löste vom Pflug, ein Fahrrad wurde, Eisenbahnrad, eine Schiffsschraube, eine Flügelrad gar, und den Mann mit sich riß auf die große Wanderschaft. Sie sagen oft, es sei der Zug in die Stadt, und es sei Verrat, ihm zu folgen. Nie sagen sie, was es ist, wenn der Mann an seinen Füßen den Acker mit sich trägt in die große Stadt, über Länder und Meere, und ihn nicht loswerden kann, auch wenn er es möchte. Und keiner hat untersucht, ob nicht gar der Acker davongefahren ist und hat den Mann mitgenommen, denn unbegreiflich und geheimnisvoll ist ein heimatlicher Acker. Viel größer als ein Mensch. Selbst August Schumacher, letzter Pferdeknecht des Gutshofs, Dorftrottel, gestand ein, daß ihn der blaue Schimmer einmal verführt und auf dem Pflugrad davongetrudelt habe. Allerdings lief Augusts Flügelrad bloß vom Feld bis ins Dorf und saß anderntags wieder in der lehmigen Furche. Sei nicht stolz auf deine Standhaftigkeit, August, und schäme dich nicht deiner Feigheit. Irgendwie laufen unser aller Flügelräder einmal zurück in die Ackerfurchen. Nur, daß sie nicht alle wieder an den Pflug finden. Aber auch dies wird wohl so sein aus der nüchternen Zweckmäßigkeit der Natur, die auf den Winter den Frühling folgen läßt und auf den Herbst den Winter, und hat mit dem sentimentalen Gelüst der Dichter nicht das kleinste zu tun.

Die Wälder um die großen Städte rauschen früher als die hier draußen. Menschen gehen dort in Scharen, Fahrräder klingeln, Autos tuten, Kinder schnattern und singen, und vor den Gasthäusern sitzen die Wagemutigen und rufen nach Kaffee. Zwischendurch sprechen sie von Aman Ullah und vom schönen Wetter und daß wir ganz bestimmt einen frühen Lenz bekämen. Abends haben sie gewöhnlich den Frühling vergessen, und wenn es zufällig die nächsten Sonntage schlechtes Wetter ist, bemerken sie erst im Mai wieder, daß es noch einen Lenz in dieser sachlichen Welt gibt. Hier draußen liegt noch Schnee auf den Tannen, kein weißer Schnee, schmutzig ist er und mit Nadeln gespickt. Es hat eine Menge Schneebruch gegeben, wer hätte das gedacht von diesem vermanschten Winter? Still es es hier, feucht und kalt.

Ich gehe den hohen Hang hinunter und folge dem Bach. Das ist, als sei ich rückwärts durch das Jahr gegangen, aus dem Winter in den Herbst. Da ist kein Schnee mehr auf den Bäumen, Sonne liegt auf den Wipfeln und fällt durch das Laub bis auf den Boden. Es ist eine seltsame Landschaft: gelbe, warme Sonne, dunkelgrüne Grasnarben zwischen dürren Farren, Vogelzwitschern und blauer Himmel. Aber das Laub an den Bäumen ist tot, es sind die Blätter des vorigen Sommers, die an den Rotbuchen hängen. So steht man auf einmal mitten im Herbst. Darüber kommt der Mensch im März nicht hinweg, so schön das Bild auch ist, er mag nicht rückwärts durch die Zeit gehen, ich glaube, daß das alles Unsinn ist, was sie reden von dem krankhaften Wunsch der Menschen, die Jahre aufzuhalten. So gehe ich lieber aus diesem herbstlichen Steinach-Wald hinaus und trete auf das hohe Feld.

Ein großer Vogel kreist langsam im Blauen, ein Bussard wird es sein. Früher, als ich noch auf Tiere schoß, wußte ich das genauer, wußte auch, ob der Vogel auf Beute lauere und schädlich sei.

Heute weiß ich nur, daß er schön ist. Ein Hasenpaar macht lustige Tänze auf dem Feldzipfel, der sich in den Wald hineinschiebt, Frühlingserwachen oder Johannistrieb, meinen Segen haben die beiden so und so. Vor acht Wochen scheuchte ich mal zwei aus dem Kuscheln, am Waldrand standen Jäger und ballerten wild, die Hasen entwetzten, und ich war nicht traurig. Vielleicht sind das die beiden, die hier im stürmischen Tanze schäkern, es hat alles seine Vergeltung. Gestern sagte der Nachbar, daß es ein gutes Hasenjahr geben würde. Es habe alles seine Bestimmung. Der Nachbar sagte das von dem guten Hasenjahr, weil wir bis in den Garten hörten, wie die Füchse nachts im Wald bellten. Den Zusammenhang verstand ich nicht, aber der Nachbar ist ein leidenschaftlicher Jäger, und Jäger haben wohl keine Zusammenhänge.

Breiter und klarer wird der Bach. Vorher schien er noch aus Schneewasser zu sein, hier geht er schon dahin, als zöge er durch sommerliches Land. Die Steine sind warm von der Sonne, ich beuge mich nieder, greife das Wasser und sehe, daß tausendfältiges Leben die Oberfläche deckt. Aus dem Wasser langt es empor und wächst, eine rätselhafte, ungeheure Welt, als Flechte oder Moos über die Steine. Die liegen breit da, und es sieht aus, als höben sie ihre grünen Flanken, als atmeten sie. Es ist schön, hier zu sitzen, eine Minute lang, eine Viertelstunde, eine halbe Stunde sich als zweckloser Mensch zu wissen.

Ich sehe mich um, da ist niemand in der Nähe, ich nehme einen Stein und werfe ihn in den Bach. Mit großem Geknister fährt ein Schwarm kleiner Vögel aus den meterhohen Stengeln am Ufer, und es stäubt aus den Rispen der Gräser hinterdrein. Es hat alles seine Bestimmung, auch das Unkraut am Wege. Meisen und Finken, sie können nicht alle nach Italien reisen, wenn es frostig wird bei uns, oder nach Ägypten. Südland ist ein relativer Begriff: wenn es den norwegischen Meisen zu kalt wird, reisen sie auch nach dem Süden, aber ihr Italien sind schon diese norddeutschen Wälder. Da stieben sie nun dahin, vom Essen verjagt, weil es einem zwecklosen Menschen einfiel, mit Steinen nach einem Bach zu schmeißen.

Im Grund, in dem die Mühle steht, ist es noch kalt. Es ist gar keine richtige Mühle mehr, denn sie mahlt nicht. Das Rad ist zerbrochen, aber der Bach bildet noch immer einen Teich, und das Wehr ist noch da. Der Müller ist kein Müller, sondern ein einfacher Landwirt. Als wir als Jungen hierher kamen, staubte das Mehl aus den Bodenluken, wir krochen auf den Säcken herum und bekamen zu Hause ausgeschimpft. Der alte Meister liegt auf dem Dorffriedhof, wir haben ihn noch zu Grabe gesungen, sein Sohn hat das Anwesen verkauft und ist in die Stadt gezogen. Nie mehr ließ er sich in der Heimat sehen. Der jetzt hier Müller ist, stammt aus einer fernen Gegend, die Bauern mochten ihn nicht, er legte die Mühle still und hungert sich durch mit seinen 20 Morgen. Sommers verkauft er trübes Flaschenbier und dünne Milch, und wenn die Wandervögel aus dem Wald treten, stimmen sie das Lied an von dem Mühlenrad, das in einem kühlen Grunde geht.

Die Wiese unterhalb der Mühle ist noch grau und trokken, aber grüne Inseln zeigen, daß der Frühling seine Fingerspitzen gegen die Decke stößt. Wie kleine, frierende Mädchen in weißen, rotgesäumten Kattunkleidchen stehen bescheidene Gänseblümchen umher und äugen nach dem blauen Ehrenpreis. Wochenlang stehen sie so, denn wenn auch tagsüber Heiterkeit aus dem Boden schlägt, die Erde kann noch nicht glücklich lächeln. Da sind zwar Knospen an Sträuchern und Bäumen, aber wenn ich neugierig eine zerbreche, um dem Geheimnis, das hier lebt, näher zu kommen, dann sehe ich, wie ein harter, fester Mantel zäh und eng den kommenden Frühling umklammert hält. Schnee wird noch über das Land kommen, und die Gänseblümchen werden sich ducken, das Leben auf dem Bach wird sich noch einige Male verkriechen, und das gute Hasenjahr wird revidiert werden müssen. Zwar sollen in diesem Jahr auch schon die Rebhühner paaren, aber die Krähen, die klugen Krähen, verwenden ihre Zeit noch ganz auf die Sorge ums tägliche Brot.

Ich gehe über die Felder ins Dorf. Der Boden ist schwer und feucht, und ich trage bald meine halbe Heimat an den Stiefeln. Jetzt beginnt das Bruch, zwei Kilometer breit und unübersehbar lang. Schnurgerade geht der Bach hindurch, schnurgerade auch der Damm. Ein großer Strom habe sich in grauer Vorzeit einmal hier entlang gewälzt, erzählte uns der Dorfkantor, und große Schiffe seien da gefahren. Es gibt auch noch alte Leute im Dorf, die haben beim Torfstechen riesige Anker gefunden. Am Bach entlang und auch am Damm, so weit man sehen konnte, standen Pappeln, himmelhoch, eine neben der anderen, wunderschön sah das aus. Das mache unsere Heimat so schön, wie Italien, hatte der Kantor gesagt.

Ja, das waren im Laufe der Jahre immer weniger Pappeln geworden, und der Rest lag nun da, frisch gefällt. Von irgendwoher wirft eine Hand Bitterkeit in meine Seele, und dieses Gefühl verliert seinen sentimentalen Geschmack und wird zornig, als ich erfahre, daß die Bauern die herrlichen Bäume fällen mußten, um die hohen Abgaben und Zinsen bezahlen zu können, mit denen der Staat und die Banken ihre verschuldeten Höfe bedrücken.

Die Pappeln sind dahin, ihre Leichname liegen umher, das gibt dem verärgerten Blick die Möglichkeit, die Schwarzerlen zu erkennen, und daß sie schon Frühlingskätzchen tragen. Viele Jahren stehen die hier, sicher, nur sah ich sie nie vor Freude über die Großen. Von irgendwoher, wahrscheinlich vom Waldrand, hat der Wind auch einmal Weißbirken-Samen getragen; der ging sogar auf diesem wässerigen Boden auf, und ein ganzes Rudel krüppeliger Bäumen schaukelt nun in langen Fingern zarte Kätzchen. Wenn die Leute die Pappelstämme abfahren, werden sie sich Kätzchenzweige abbrechen und an den Hut stecken. Ohne dabei vom Frühling zu reden.

Zu diesem Buch

I

Seit Jahrzehnten kennen Millionen Menschen Ehm Welk. Das bis auf den Tag anhaltende Interesse einer in sich durchaus uneinheitlichen Leserschaft an Werk *und* Leben dieses Mannes, der sein Publikum Mitte der dreißiger Jahre unseres Jahrhunderts gewann und der es bis heute – lange nach seinem Tode – nicht verloren hat, gleicht einem Dauerereignis, das auch und vor allem in jenem großflächigen Raum, in dem Bücher erdacht und geschrieben, gedruckt und verlegt, verkauft und verliehen werden, Seltenheitswert hat. Nicht vielen war es vergönnt, die Zeiten zu überdauern, literarisch zu überleben. Manches wurde in der langen Geschichte der Literatur überschätzt, anderes unterschätzt. Autoren und Bücher gerieten, waren die aktuellen Bezüge vorüber und die Probleme verblaßt, schnell und oftmals für immer in jene Vergessenheit, aus der es kaum eine Wiederkehr gibt. Ehm Welk gehört nicht zu ihnen. Spätestens seit 1937, als sein bald berühmter Prosaerstling „Die Heiden von Kummerow" erstmals gedruckt wurde, scheint sich eine ungewöhnliche Zuneigung der Leser von Generation zu Generation zu „vererben". Seine Bücher, allen voran die „Kummerows“ („Die Heiden“, „Die Gerechten von Kummerow“ und „Die Lebensuhr des Gottlieb Grambauer“), genießen, auch aus der Sicht unserer Gegenwart, immer weiter liebevolle und dankbare Bewunderung. In diesen Familiengeschichten, in denen von der autobiographischen Basis ausgehend, sich episodisch Geschichten und Zeitgeschichte ineinander verschränken, wo Leben und Welt nicht nur belletristisch resümiert, sondern unkonventionell und auf sehr heiter-nachdenkliche Weise befragt werden, haben nicht wenige Menschen, nach eigenen Worten, einen Teil ihrer Probleme wiedergefunden. Solcherart Wirkung läßt sich natürlich nicht einfach dadurch erklären, daß wir sagen, Ehm Welk sei eben ein hervorragender Geschichtenerzähler, einer, der tief aus dem Brunnen der Menschheitsgeschichte schöpfe. Obschon dies nicht falsch ist, die Frage, was Welks Prosa als Produkt seines Lebens und seiner dichterischen Phantasie, im ganzen so wirkungsvoll und für die Leser seit fast einem halben Jahrhundert so anziehend macht, wäre damit nicht beantwortet. Der wesentliche Grund ist vielmehr, daß so gut wie alle Texte, die Ehm Welk als Journalist, Stückeschreiber und Erzähler veröffentlichte, von einer zeitlosen und die Zeiten überdauernden Wertschätzung für den im Leben tätigen Menschen zeugen. Sie sind, ohne viel Aufhebens zu machen, bewegende Darstellungen von Lebenswirklichkeit, eigenwillige Plädoyers zugunsten einer humanen Emanzipation. Welks „Helden“ lehnen sich gegen die Gesetze einer untergehenden bürgerlichen Welt und ihre überkommenen Wertvorstellungen auf, zwar erleiden sie dabei Niederlagen, doch am Ende gehören sie immer zu den Siegern. Die Mächtigen sind zwar grausam, engherzig und böse, aber die Zukunft gehört ihnen nicht. Vor allem in den bedeutsamen Büchern haben die handelnden Figuren Wesenszüge, die dem Erzähler selbst eigen waren: Humor, eine gescheite Heiterkeit und Tapferkeit, sensible Gelassenheit und Sinn für die einfachen Dinge des Lebens, Respekt vor der Vielfalt der Welt und Mut zum produktiven Eigensinn. Der Heide von Kummerow dachte – um ein Wort Theodor Fontanes zu zitieren – mit dem Herzen und fühlte mit dem Geist. Das soll nun nicht heißen, einen anderen charakteristischen Ausdruck seiner Kunst – die erstaunliche Wirkung seiner Sprache, die in ihrer scheinbaren Einfachheit so sehr der Sprache des lebenserfahrenen und ungekünstelt empfindenden Volkes entspricht – geringer zu bewerten. Doch das Besondere ist Welks Geisteshaltung, mit der er seinen Mitmenschen und den gesellschaftlichen Verhältnissen begegnet. So sehr sich dieser Mann gewandelt, über seine Anfänge hinaus entwickelt hat, unzerstörbar war seine Geradheit, unerschütterlich sein Glaube an die Kraft des Menschen, geblieben ist ein Leben lang die Zuneigung zu den Menschen und seine eigene neugierige Lust zu leben. Mit anderen Worten: Die so ungemein positive Übereinstimmung zwischen Ehm Welk und den Lesenden entsteht aus einer fehlenden Diskrepanz zwischen Leben und Werk des Autors. Offenbar empfinden dies die Leser. Sie fühlen, daß die Aussage seiner Werke mit seiner Person erlebnismäßig verknüpft und mit seiner Überzeugung identisch ist. Dies begünstigt und stabilisiert den langen Erfolg. Zwischen Ehm Welk und seinen Lesern herrscht immer eine fröhliche, nachdenkliche, manchmal gar wehmütige Intimität. Sie spüren, daß für Welk, in freier Abwandlung eines Brecht-Gedankens, Literatur – ohne in billigen und kurzsichtigen Optimismus zu verfallen – die Abbildung von selbsterlebten, überlieferten oder erdachten Geschehnissen zwischen Menschen war und ist, zum Nutz und Frommen einer genußvollen, vergnüglichen Unterhaltung. Das ist gewiß nicht wenig.

II

Dies sind, zugegeben, sehr verkürzte Deutungen. Sie erklären mithin nicht alles. Dennoch könnten wir uns hier damit zufriedengeben. Wenn wir jedoch auf jene Texte der vorliegenden Sammlungen blicken, die zu Beginn („Neunundzwanzig bedenkenswerte Entwürfe eines Moralisten“) zum ersten Mal den Journalisten Welk in einem Buch vorstellen, dann müssen wir nachfragen. Die Parallelen zum späteren Erzähler sind so verblüffend, daß Zufälliges von vornherein auszuschließen ist. Also beginnen wir mit einer kurzen biographischen Rückschau: Vor allem: woher kam dieser Mann?

III

In dem Dreieck Angermünde–Prenzlau–Schwedt liegt Biesenbrow: das Kummerow der Romane, Kummerow im Bruch hinterm Berge, durchzogen von Bächen, umgeben von Teichen und Seen. Den Kindern – und nicht nur ihnen – erschien es als Paradies auf Erden, ein Paradies, das sich im Wechsel der Jahreszeiten und des Lichtes ständig veränderte. An ihm entzündete sich die Phantasie der jungen und alten Biesenbrower: Märchenhaftes vermengte sich mit geschichtlicher Überlieferung, die Wirklichkeit verwandelte sich, die Sage wurde zur Realität. Da waren die gekröpften Zauberweiden, die am Tage schliefen und des Nachts die Menschen ängstigten, als Heimstatt von Gespenstern und Geistern; da war das Bruch, ein vier Kilometer breites Urstromtal, „dessen silberner Ostrand profan der märkische Höhenzug heißt und dessen Westrand die dunklen Wälder sind, die nach unten bis zur Schorfheide reichen", in dessen Ausbuchtungen vom Frühling bis zum Spätherbst das Vieh sich fett weidete und das bei den Kindern den Glauben nährte, daß geheimnisvolle Kräfte alles ordneten; da waren die heidnischen Überlieferungen, die eine Taufe im unheimlichen Schwarzen See verlangten; Bäume und Sträucher standen teils auf festem, teils auf trügerisch moosigem Grund, Gräser wuchsen und blühten, und auf den Seen schwammen Tausende von Seerosen. Und da waren die Bewohner des Bruches, Tiere in großer Vielfalt: die schönsten waren die Kraniche, verehrt fast wie heilige Tiere.

In diesem „Paradies", in Biesenbrow, wurde am 29. August 1884 Ehm Welk als viertes Kind von Auguste und Gottfried Welk geboren. Ganz offensichtlich hatte die kleine, in sich geschlossene Welt für das Leben des Jungen einzigartige Bedeutung. Diese natürliche Umgebung, „Heimat für Tiere und Träumer", gab dem jungen Ehm Welk in einer seltsam-einfachen Weise Antwort auf seine Fragen nach dem Wesen der Welt. Natur! Das ist das große Zauberwort. Sie ist ein Buch, in dem man nur zu lesen habe, sie ist zu fühlen und zu fassen und zu sehen, man kann sie mit allen Sinnesorganen wahrnehmen, und man kann sie erforschen, um der geheimnisvollen Kraft, die scheinbar bestimmt und ordnet, auf den Grund zu kommen.

Irgendwann in seinem Leben hat Ehm Welk einmal geäußert: „In seinen Lebensjahren von vier bis zwölf wird der Mensch gemacht." Und er hat sich zu dieser beinahe imperativen Aufforderung immer ohne Ausflüchte bekannt. Tatsächlich weist dieser Satz auf den innersten Kern seines Lebens hin. Auch wenn er den wuchernden psychoanalytischen Theorien seit dem Ende des 19. Jahrhunderts, über die inneren und äußeren Kindheitseinflüsse und ihre Einwirkungen auf alle wesentlichen späteren Charakteristika, zu keiner Zeit nahestand, er beschäftigte sich nicht einmal mit ihnen, so bleibt es dennoch unbestritten, daß Welk dem Umfeld des Kindes, seinem Elternhaus und den gesellschaftlichen und natürlichen Lebensbedingungen große Bedeutung beimaß. Er hatte es selbst an sich erfahren. Wie immer es damit bei anderen bestellt sein mochte, Welk lebte aus und mit den Erinnerungen seiner Kindheit, nichts fiel der Vergessenheit anheim. Keine einzige existentielle Erfahrung, vor allem nicht die vom intuitiven Zusammengehörigkeitsgefühl arbeitender, einfacher Menschen, wurde vergessen. Dieser „Boden" gab Sicherheit und Selbstvertrauen.

Die Kindheit. Sie und der weitere Lebensweg Ehm Welks wären sicher anders verlaufen, wenn er nicht in den ersten sechzehn Jahren zwei außergewöhnliche Menschen an seiner Seite gehabt hätte. Vater Gottfried Welk huldigte einer ganz und gar irdischen „Frömmigkeit", die die Hoffnung auf soziale Gerechtigkeit einschloß. In seinen Lebenserinnerungen, die der Sohn Mitte der dreißiger Jahre beim Schreiben seiner „Lebensuhr des Gottlieb Grambauer" vor Augen hatte, versuchte er seine „Religiosität" zu definieren. Von den drei Grundpfeilern des Christentums: Glaube, Liebe, Hoffnung, bejahte er vor allem die Liebe, die er als Hinwendung zum Menschen und seiner Umwelt verstand und praktizierte. Gewiß, die Philosophie des alten Mannes ist kraus, aber sie ist nicht untypisch für die Bauern und Handwerker dieser Zeit. Die Charta caritatis, ein Grundgesetz der Menschenliebe, erschien als Möglichkeit, wenigstens etwas vom verheißenen Himmel auf Erden zu holen. Da der Gedanke, daß die Menschheit mittels einer sozialen Revolution zu ändern sei, für ihn außer Betracht lag, sah Gottfried Welk die Chance für eine allgemeine Besserung nur darin, daß sich jeder einzelne Mensch ändere. Die liebevolle Zuneigung, die Gottfried Welk für seine Mitmenschen empfand und die ihn bei allem leitete, sollte sein Sichselbstverändern und das der anderen befördern. Mit solchen Auffassungen verträgt sich gut das bäuerlich-kleinbürgerliche Ideal der „Redlichkeit“: daß man sich fernhält von schmutzigen Geschäften, aber zugleich das Seine tut, um den kleinen Besitz zu mehren. Gottfried Welk demonstrierte Sinn für die „einfachen Tatsachen des Lebens“, er ging Ungerechtigkeiten nach und distanzierte sich konsequenterweise von staatlichem und kirchlichem Obrigkeitsdenken. Wenn auch die Möglichkeiten des sozialen Protestes gering waren und das Aufbegehren gegen das Unrecht sich auf das beschränkte, was sich im Weichbild des kleinen Dorfes zutrug, so wirkte dies doch formend auf den Charakter des Jungen. Des Vaters Prinzip, wie er es selbst einmal formuliert hatte, immer ein „anständiger Mensch sein zu wollen“, wurde auch für den Sohn zur Maxime.

Offenbar erzog der Vater den Jungen auch mit großem pädagogischen Geschick. Dieser muß exzeptionell schnell gelernt haben: mit nicht einmal sechs Jahren konnte er lesen, schreiben und etwas rechnen. Beigebracht hatte es ihm der Vater. In der Schule riefen ihn die Kameraden bald Dr. Klew, die Umkehrung des Wortes Welk. Dennoch war er ein ganz normaler Junge. Er trieb sich mit seinen Hunden umher, versorgte das Vieh, und organisierte Kriegszüge gegen die Nachbardörfer. Ehm Welk, liebevoll von der Mutter umsorgt, verlebte eine konfliktlose Kindheit, Auguste Welk waren häusliche Behaglichkeit und familiäre Innigkeit zu verdanken – doch die wichtigste Bezugsperson blieb der Vater. Er repräsentierte Sitte und Brauchtum, traf die Entscheidungen, bestimmte Haltung und Einstellung zu Mitmenschen und Umwelt. Wie in den meisten Familien der Zeit geht auch bei den Welks zweierlei Hand in Hand: eine tiefe Beziehung zu den Schönheiten der Landschaft und den Unwägbarkeiten der Natur. Aber Natur und Landschaft waren auch danach befragt, welchen materiellen Ertrag sie einbringen. Ehm Welks innere Übereinstimmung mit seinem Vater, die ihren schönsten Ausdruck in der „Lebensuhr des Gottlieb Grambauer" finden wird, hat wesentlich dazu beigetragen, daß beim späteren Journalisten und Schriftsteller die eigene Kindheit immer präsent ist oder gar zur eigentlichen Stoffgrundlage seiner Werke werden wird.

Von ebenso großer Bedeutung war Ehm Welks andere Orientierungsperson. Kantor Böttcher, der Lehrer, Urbild des Kannegießer in den „Kummerow"-Büchern, verfeinerte, filterte und ergänzte das vom Vater vorgegebene System von Wertmaßstäben. Von ihm empfing der junge Welk neue und wirksame Eindrücke. Natürlich konnte die Biesenbrower Dorfschule, ein einziger Raum, in dem zur gleichen Zeit achtzig Kinder im Alter von sechs bis vierzehn Jahren von einem einzigen Lehrer unterrichtet wurden, den Wissensdurst des Jungen nicht stillen. Böttcher, Anhänger der Aufklärung und aufgeklärter Pädagoge, was damals keineswegs selbstverständlich war, suchte und fand andere Bildungsmöglichkeiten. Die wichtigsten Anregungen dazu kamen aus der Literatur. Böttcher hatte wenig Mühe, unter Ehm Welks Neigungen das Interesse für Bücher und Literatur in den Vordergrund zu schieben, er vermochte die Leselust des Knaben immer wieder zu schüren. Das hatte Folgen. Auch in dem Jungen wuchs nach und nach der Wunsch, das Vorhandene auszubauen und sich Bücher von ersparten Groschen selbst zu kaufen oder schenken zu lassen. Lesend entdeckte von nun an Ehm Welk die Welt. Wo immer ein Buch, eine Zeitung, ein Fetzen bedrucktes Papier sich findet, er wird es lesen.

Dieser hellwache Junge sollte eine gute Ausbildung erhalten. Doch es kam nicht dazu. In einem autobiographischen Kurzbericht, geschrieben, als Ehm Welk achtzig Jahre alt war, gab er eine Erklärung, die allerdings nur mit Vorbehalt betrachtet werden kann: „Da wir uns nicht einigen konnten, blieb ich zu Hause und befriedigte meine

Lese- und Lernsucht nach einem selbsterdachten System."
Unerklärlich bleibt, warum der Wunsch nach einer gediegenen Ausbildung – der durchaus Realität hätte werden können – am Ende doch nur eine Absicht blieb. Ehm Welk hat diesen nicht aufzuhellenden Vorgang, die Inkonsequenz seines sonst so lebensklugen Vaters, stillschweigend übergangen. War eine Äußerung nicht zu umgehen, dann wurde die leidige Angelegenheit ironisch heruntergespielt: „Denn meine Mutter wollte, daß ich Pastor werde, das wollten jedoch mein Vater und ich nicht. Mein Vater wollte, ich sollte Lehrer werden; das jedoch wollten meine Mutter und ich nicht. Ich wollte Seemann oder Maler werden; das wollten mein Vater und meine Mutter nicht."

Mit Beginn des neuen Jahrhunderts gingen für Ehm Welk Kindheit und Jugend zu Ende. Es kam der Abschied von der stillen, treuen Mutter, vom fabulierfreudigen Vater, vom verständnisvollen und verstehenden Lehrer, von Biesenbrow im Bruch hinterm Berge. In einer 1959 erzählten Anekdote gibt Welk zu verstehen, wie er den Ursprung seines journalistischen und schriftstellerischen Tuns sieht: „Wie das zusammenpaßt, mögen Sie beurteilen, wenn Sie das kleine Erlebnis gehört haben, das ich vor einigen Jahren hatte. Ich begleitete einen Freund, der im östlichen Mecklenburg ein Haus suchte. Nach einer längeren Fahrt auf feuchten Lehmwegen waren wir in ein kleines Dorf gekommen. In der Mitte des Ortes zweigte ein anderer lehmiger Weg ab, und dort stand eine gelbe Tafel mit der Inschrift: Nach Pasewalk 32 Kilometer. Der Freund mußte lachen über den Einfall eines Dorfgewaltigen, in einem weltverlorenen Nest, das vom nächsten ebenso kleinen Nest 9 Kilometer Landweg entfert war und in das wohl nur gelegentlich das Auto eines Händlers kam, eine Tafel aufzustellen mit dem Hinweis auf eine ferne, größere Stadt, zu der es 32 Kilometer Landweg sind. Da sagte ich zu dem Freund: Vielleicht entzünden sich an solcher Tafel das Herz und die Phantasie eines heute noch flachsköpfigen Dorfbuben, und die Wegtafel wird ihm zum Fenster in die Welt, der Wegweiser wird ihm ein winkender Arm, und er folgt ihm, größer geworden, nach bis Pasewalk und weiter, immer weiter, und es stehen größere Orte um ihn, Städte seines Landes und die fremder Länder, Schiffe rauschen über Ozeane, Flugzeuge brausen über hohe Bergketten, Autos durchkriechen glühende Steppen ... und zu allem war vielleicht der Ausgangspunkt ein Wegweiser in einem kleinen norddeutschen Dorf, der auf eine fremde Stadt wies, die zwar nur Pasewalk hieß, für die Phantasie aber Paris, Berlin und New York bedeuten kann. Man merkt, sagte der Freund, den Dichter. Vielleicht wurde er damals geboren, antwortete ich."

Man wird das ziemlich wörtlich verstehen dürfen. Die Zeit in Biesenbrow hat der künftigen Entwicklung Ehm Welks die Richtung gegeben. In drei Stunden seines Lebens kehrte er in die engere Heimat zurück: 1917 krank an Leib und Seele, 1935 gedemütigt von den deutschen Faschisten und schließlich ein letztes Mal 1953, als das für ihn „Unzerstörbare" neu entdeckt wird, die Landschaft und der Gegenstand der Erinnerung.

IV

Im ersten Spätsommer des neuen Jahrhunderts verließ Ehm Welk das Land seiner Kindheit und Jugend. Dieser junge Mann, der da auf dem Wege nach Stettin ist, scheint einer gutbürgerlichen Familie zu entstammen, die dem Sohn, mit einem splendiden Wechsel ausgestattet, ermöglicht, Leben und Menschen kennenzulernen. Das äußere „Bild" trügt über die einfachen bisherigen Lebensverhältnisse hinweg, läßt nichts von Holzpantinen und auch nichts von der einklassigen Dorfschule ahnen. Es war so, als hätten die Vorbereitungen auf Stettin sozusagen über Nacht einen anderen Menschen hervorgebracht.

Zwar ist die Zukunft ungewiß – was und wer wollte man werden –, aber das spielte angesichts eines neuen und so ganz anderen Lebens kaum eine Rolle. Eine Kaufmannslehre wird zunächst begonnen, doch das eigentliche Interesse gilt Dingen, die Freude machen und die der Mühe wert sind. Der Handel mit Rotwein, Tabak, Gewürzen, mit Kartoffeln und Heringen gehört jedenfalls nicht dazu. Lange bevor Ehm Welk dem deutschen Kaufmannsleben den Rücken kehrt, ist dieses Kapitel für ihn abgeschlossen.

Musisches dagegen, vom Lehrer Böttcher zuvor geweckt und gefördert, kann jetzt mehr und mehr befriedigt werden: das Theater wird entdeckt, „die erste wirkliche Bibliothek“, die Zeitungen. Frühere Wunschvorstellungen bekommen konkrete Namen. Dann, nach vier Jahren, die Entscheidung, der entscheidende Schritt. Ehm Welk wird Volontär bei der „Stettiner Abendpost“, noch im Herbst des gleichen Jahres arbeitet er in der Lokalredaktion der „Stettiner Neuesten Nachrichten“. Bereits die ersten journalistischen Veröffentlichungen Welks lassen dessen Gabe zur geschliffenen Darstellung und treffsicheren Beurteilung erkennen. Ein offenbar von der „Natur“ begünstigter junger Journalist beginnt sich einen Namen zu machen. Doch bald bläst ihm der Wind geradewegs ins Gesicht. In einem Kapitel seines Erinnerungsbuches „Mein Land, das ferne leuchtet“ erzählt Welk von einem Seemannsstreik, mit dem er sich journalistisch solidarisiert. Zwar habe er nicht Kopf und Kragen riskiert, aber dafür doch seine Arbeit bei der Zeitung verloren. Eine ihm angetragene und in die Feder diktierte „Richtigstellung“ habe er verweigert, weil die verwitterten und erbitterten Gesichter aus der Versammlung vor seinem geistigen Auge erschienen: „Ich hatte mich um den Seemannsstreik bisher nicht gekümmert, mein Streben langte nach der Kunst, dem Feuilleton; nun saß ich unter diesen rauhen Männern, die da streikten, weil sie einen schweren, gefahrvollen und doch so schlecht bezahlten Beruf hatten. Der Hauptredner brandmarkte die Reeder als Ausbeuter, schilderte die unfaßlichen Zustände an Bord der meisten Schiffe, und mein Herz flammte in Liebe für die Seeleute und in Zorn gegen die Reeder. So war denn auch das, was ich darüber schrieb, voll Liebe und Zorn, und ich zeichnete es stolz mit einem großen E. W. Wäre der Lokalredakteur rechtzeitig gekommen, es hätte mein Leben wahrscheinlich einen ganz anderen Verlauf genommen. Aber der Verantwortliche kam nicht, und so gab ich meinen Bericht einfach in die Setzerei.“

Soweit diese Selbstdarstellung. Für uns ist hier bedeutungslos, ob sie als Teil eines authentischen Lebensberichtes verstanden werden darf. Uns interessiert die Haltung, die wir aus dem Text „herauslesen“ vermögen. Der „Kern“

dieses Mannes, jener kleinste innnere Bestandteil, aus dem sich alles entwickelt. Was sich da in nuce andeutet, wird sich fortan immer wieder zeigen, als ein unveränderter und unveränderlicher charakteristischer Grundzug seines Wesens. Das Biesenbrower Erbteil bleibt präsent, es artikuliert sich in einer unverschnörkelten Empörung über das „trostlose, freudlose, winzige Leben“ der Entrechteten und Armen. Welks geradezu seismographisches Gefühl für Ungerechtigkeiten, Unterdrückungen und Demütigungen, seine Fähigkeit, sich tief in andere hineinzudenken, führten ihn auch im städtischen Umfeld ganz selbstverständlich an die Seite des „einfachen, kleinen Mannes“, den er damals freilich mehr als geschundene Kreatur denn als Streiter für eine gerechte politische und soziale Ordnung sah.

Zweifellos wurde bereits im ersten journalistischen Jahr Welks Blick für die soziale Wirklichkeit geschärft. Deshalb war der Stettiner Prolog notwendig, die dort verbrachte Zeit nicht verloren. Schon die erste – vergleichsweise noch harmlose – Konfrontation mit der deutschen Bourgeoisie im typischen Ausschnitt verschaffte Gewißheit. Die Zeitung trennte sich zwar unvermittelt von dem renitenten Anfänger, doch Wie und Daß es geschah, entmutigte ihn nicht. Im Gegenteil. Im engagierten Journalismus sah er von nun an seine Zukunft.

Ein neues Betätigungsfeld wird gesucht und bald gefunden. Seine Wahl fällt auf Bremerhaven, die „Provinzial-Zeitung“ beruft ihn zum Chefredakteur, und er ist der jüngste im damaligen Deutschland. 1906 geht er nach Gardelegen, 1907 nach Stendal, 1909 nach Stolp, dann kommt 1910 der Ruf nach Braunschweig. Welk ist inzwischen sechsundzwanzig Jahre alt. Eine der angesehensten niedersächsischen Zeitungen, der „Braunschweiger Allgemeine Anzeiger“, wird bis zum Jahre 1920 seine journalistische Wirkungsstätte, die er allerdings während des ersten Weltkrieges, zwischen 1915 und 1918, verlassen muß.

Betrachtet man seine journalistischen Arbeiten aus dieser Zeit, dann fällt auf, daß Welk mehr und mehr den politischen und ökonomischen Mißverhältnissen auf die Spur kam, daß er auch die gesellschaftlichen Widersprüche in der Wirklichkeit zu entdecken begann. Selbst wenn er die

Auseinandersetzungen nicht theoretisch, sondern nur emotional führte, so entfernte er sich doch das erste Mal weg von seinen bisherigen „allgemein menschlichen" Wertvorstellungen. Wir finden Ansätze einer Kritik an den Rechtfertigungsideologien der bürgerlichen Klasse: das erbärmliche Leben der Proletarier, so in der Reportage „Belgisches Skizzenbuch", erschienen kurz vor dem ersten Weltkrieg, wird dem Leser als ein Ergebnis kapitalistischer Produktionsverhältnisse vorgeführt. Deutlich erkennbar ist sein Argwohn und sein Mißtrauen gegenüber der bestehenden Gesellschaft.

Natürlich finden sich in den gedruckten Aufsätzen und Leitartikeln des Journalisten Ehm Welk auch immer wieder die für ihn charakteristischen ethischen Formeln: soziales Mitgefühl und humanitäre Sozialkritik, pazifistische Sympathie und Solidaritätsbekundungen. Sie stellt er bisweilen scharf dem Politischen gegenüber. Die Eigenheiten von Welks Argumentationsweise, sein moralischer, ja moralisierender Blickwinkel, verraten Herkunft und Erziehung. Wem von uns Heutigen dies nicht genügt, hat recht und unrecht zugleich.

V

Mit der Flucht Wilhelms II. nach Holland in der Nacht vom 9. zum 10. November 1918 hatte die Monarchie abgedankt. Ein Krieg wurde beendet, der allein Deutschland fast zwei Millionen Tote gekostet hatte. Die feudale, großgrundbesitzende Aristokratie, Industrielle und Militärs bangten einen langen, historisch unwiederholbaren Augenblick um ihre Existenz, um ihre Zukunft. Sehr zu Unrecht, wie sich zeigen wird. Denn von den Führern der deutschen Sozialdemokratie hatten sie nichts zu befürchten. Diese übernahmen die regierende Macht, ohne die gesellschaftliche Basis zu verändern, so daß die Überleitung der bürgerlich-demokratischen Revolution in eine sozialistische nicht gelang. Die Sozialdemokratie entschied sich, bündig gesagt, für das zu reformierende Alte, gegen das revolutionäre Neue. Für die alte Armee der Untertanen, gegen die neue Klasse der revolutionären Arbeiter und Soldaten. Die Erkenntnis vom

Möglichen und Notwendigen muß winzig klein gewesen sein. Was kommen wird in den folgenden Jahrzehnten, hier ist der Anfang. 1933 begann schon 1918.

Die Erfahrungen des Krieges hatten viele Menschen verändert. Auch Welk. Vor dem Kriege verband sich der Begriff Heimat, mit seiner Herkunftslandschaft. Jetzt sah er manches in einem anderen Licht. Die Worte Heimat, Vaterland und Nation bekamen eine andere Dimension: sie konnten allein durch Biesenbrow nicht mehr abgedeckt werden. Dafür legen die nun in Braunschweig und Leipzig, wo er von Oktober 1920 an beim „Leipziger Tageblatt und Handelszeitung“ arbeitet, geschriebenen Leitartikel Zeugnis ab.

Welk erweist sich zwischen 1920 und 1923 als sachkundiger Informant, kluger Analytiker, vorausschauender Kopf. Der Kritiker ultrarechter Ideologien und Ideologen zeigt sich in diesen Jahren von seiner konsequentesten Seite. Mit provokativer Absicht entglorifiziert er die Erfinder der Dolchstoßlegende und des Wir-hätten-doch-siegen-Müssen. So wird – beispielsweise – der Kapp-Putsch in einem Leitartikel, der den bezeichnenden Titel „Der Ausbruch der Gegenrevolution“ trägt, verurteilt, und die Mörder der Ermordeten Liebknecht, Luxemburg, Eisner, Landauer, Gareis, Erzberger und Rathenau sind für ihn nichts weiter als Verbrecher. Und da er die politische Verantwortung der Journalisten ernst nahm, sah er auch seinen „Kollegen“ besonders streng auf die Finger. Er hatte ja miterlebt, wie im November und Dezember 1918 die Reaktion und die ihr hörige Presse zum Morden aufrief: „Schlagt ihre Führer tot! Tötet Liebknecht! Dann werdet ihr Frieden, Arbeit und Brot haben.“ Als dann am 15. Januar 1919 das Abscheuliche wirklich geschah, mußte auch Welk mit ansehen, wie die reaktionäre bürgerliche Presse über die Ermordung von Karl Liebknecht und Rosa Luxemburg mit unverhohlenem Triumph und die Tatbestände verfälschend berichtete. Fortan versäumte er keine Gelegenheit, diese Art von Journalismus ein verbrecherisches Handwerk, die „kalten Mörder“ beim Namen zu nennen.

Es blieb nicht aus, daß sich Welks „Zeitgenossen“ von ihm herausgefordert fühlten. Wer so über Ludendorff und

Rathenau, über Versailles und den Kapp-Putsch, über Erzberger und die Kriegsschuldigen dachte und schrieb, der gehörte nicht in ihre Reihen. Im Namen der von Ehm Welk „beleidigten Journalisten“ klagte ein „Ehrengericht“ des „Reichsverbandes der Deutschen Presse“ gegen ihn, wegen „schwerer Verletzung der Ehre des Standes vor der Öffentlichkeit ... damit hat sich der Beschuldigte selber um die Möglichkeit seiner ferneren Zugehörigkeit zur Organisation unseres Berufes gebracht ...“

Mit diesem Ausschluß hatten die monarchistisch-reaktionären Kräfte fraglos einen Sieg errungen. Die Stimme eines demokratischen, moralisch integren und intelligenten Journalisten verstummte. Er beschloß, Deutschland zu verlassen. Im April 1923 reiste Ehm Welk von Bremerhaven nach Amerika: die für ihn bedeutungsvolle Zeit eines politischen Journalisten war zu Ende.

VI

1927. Ehm Welk war längst aus Amerika zurück, lebte, inzwischen verheiratet, im hektischen Berlin der zwanziger Jahre. Mit seinem Drama „Gewitter über Gottland“, uraufgeführt am 23. März 1927 in der dramaturgisch und politisch zugespitzten Inszenierung von Erwin Piscator, wird er sich einen neuen Namen machen: als Verfasser spektakulärer Theaterstücke. Just in diesem Augenblick, genauer: wenige Tage vor der ersten Aufführung, kehrt Welk jedoch zu seinem alten Metier zurück. Wer oder was bewog ihn dazu?

Da gab es in Berlin zunächst einmal den marktbestimmenden und finanzstarken Ullstein-Konzern, der allein aus seiner „Berliner Illustrirten Zeitung“ einen Jahresgewinn von mehr als neun Millionen Mark zog. „Liberal“, „demokratisch“ und „überparteilich“, was immer die fünf cleveren Söhne des Ullstein-Gründers darunter verstanden, gaben sich alle Produkte des Hauses. Das Eigeninteresse geschickt ausnutzend, vermied man denn auch innerhalb der Grenzen bürgerlich-kapitalistischen Denkens jede Festlegung auf eine bestimmte Partei oder Weltanschauung. „Man brach“, schrieb der damalige Ullstein-Verlagsleiter

Emil Herz, „mit dem in der deutschen Presse noch immer als heilig angesehenen Grundsatz, alle Formen des politischen und kulturellen Lebens in ein weltanschauliches System zu pressen." Eine wahrlich vornehme Umschreibung für die Tatsache, daß es den Ullsteins vor allem ums Geld ging.

Ein weiterer Grund war jene für Ehm Welk offenbar damals höchst reizvolle journalistische Idee, die Richard Katz ihm unterbreitete. Katz reiste vor 1927 viele Jahre für den Ullstein-Konzern durch die Welt und schrieb über die von der „Zivilisation" noch unberührten Länder und Erdteile Aufsätze, Serien und Bücher, die nur in Ullsteins Zeitungen, Zeitschriften und im Buchverlag erschienen. Seine Texte waren Meisterwerke versimplifizierender Weltsicht, aber mit seiner Neigung, komplizierten Sachverhalten erfolgreich aus dem Wege zu gehen, paßte er genau in das Konzept des Ullstein-Hauses. Selbstbewußt schreibt er nach dem zweiten Weltkrieg in seinen Memoiren: „Damals waren Ullsteins der größte Verlag Europas, mag sein der Erde –. Sie betrieben eine Riesenproduktion an Zeitungen, Zeitschriften und Büchern und beschäftigten zwölftausend Angestellte und Arbeiter ... Es war ein Verlag, der ein neues Buch ebenso wichtig nahm wie sein Kassabuch; deshalb stimmten beide. Die Ullsteins wählten ihre Mitarbeiter mit Sorgfalt aus, aber im Handumdrehen beschlossen sie, drei Flugzeuge zu kaufen, um ihre Zeitungen vor den anderen in die Seebäder zu bringen. Ihr Erfolg war märchenhaft. Als sie ihrer Berliner Illustrirten für fünfzehn Millionen Mark – Goldmark wohlgemerkt! – ein neues Druckhaus gebaut hatten, konnten sie es schon in der nächsten Bilanz auf eine Mark abschreiben ... Als ich von meiner ersten Weltreise zurückgekommen war, empfingen mich Ullsteins in Berlin mit dem Auftrag, ihnen eine neue Zeitschrift zu gründen. Die Welt kennte ich ja nun zur Genüge, meinten sie – du lieber Himmel, ein paar Punkte von ihr kannte ich erst und die recht oberflächlich! – und nun sollte ich meine Weltkenntnis in rentables Futter für ihre Rotationsmaschinen umsetzen. Nicht in der Buchform, an die ich gedacht hatte, sondern Woche für Woche in einer interessanten Wochenschrift. Für deren Titel und Inhalt ließen sie mir freie Hand ... Wie ich sie mir denn vorstelle, fragte mich ironisch der Direktor, der für die Ullsteinpropaganda zuständig war ... so simpel dächte ich sie mir, wie ich selber sei; Muße statt Hast; Freude an der Natur statt im Kino; Wandern statt Autofahren; Liebe zum Detail – und sei es die rechte Art, Kaninchen zu züchten – statt Obenhinhudelei über Weltpolitik ..."

Diese lapidaren Stichworte bringen uns auf das für Welk ganz zutreffende und wohl wichtigste Motiv: auf seine eigene Biographie. Nach dem hier Dargelegten wird es nicht verwundern, daß allein der Gedanke, das Paradies im Bruch hinterm Berge, journalistisch einmal voll einbringen zu können, all das also, was man in der Kindheit und Jugend erworben hatte, für Welk auf- und anregend genug gewesen sein muß. Denn das, was ihm die Ullsteins und Katz da anboten, war eine einmalige „Tribüne", von der aus besonders gut moralische Maximen unter die Leute gebracht werden konnten. Damals traf man überall auf Menschen, die sich, resigniert und müde geworden von den politischen und ökonomischen Dauerkrisen der Weimarer Republik, bewußt und unbewußt, nach Frieden, Harmonie, Besinnlichkeit, Unbeschwertheit und Ruhe sehnten, nach dem berühmten „einfachen, schönen Leben". Die in Teilen des Volkes äußerst herabgesetzte Bereitschaft zur politischen Aktion zeigte sich in jenen Jahren nicht nur beim „Mann auf der Straße". Selbst der damalige angesehene Präsident der Sektion Dichtkunst der Akademie der Künste, Walter von Molo, wußte 1929 zu berichten, „daß Besinnlichkeit als tiefe Sehnsucht in allen Deutschen lebt, daß alle Teile unseres Volkes zu erkennen beginnen, daß wir eine Einheit sind, in der jeder jeden braucht, daß es wohl Unterschiede der Hirne und Entwicklungen, nie aber der Herzen gibt, gleichgültig, ob diese in der Stadt oder auf dem Lande, in dieser oder jener Landschaft, im Büro, bei der Feldarbeit oder in den Fabriken schlagen". Und Ehm Welk ergänzte im gleichen Jahr: „Die Schaffung einer persönlichen, anständigen Gesinnung nach außen hin zu bestätigen, im Beruf und in der Öffentlichkeit, ist die zwangsläufige Auswirkung eines ehrenwerten Charakters. Solche Bestätigung wird bei aller Selbsterhaltungspflicht niemals zur Schädigung anderer Menschen und Schichten führen; sie wird vielmehr das Gefühl der Pflicht lebendig halten, in allem öffentlichen Tun das Volksverbindende zu suchen und zu stärken, wo es auch wachse."

Diese und andere Auslassungen waren zweifelsfrei Reflexe auf die Verhältnisse der damaligen Zeit. Was hier über die Sprache mit Sendungsbewußtsein und pädagogischen Ambitionen festgemacht wurde, ist eine sehr subjektive Botschaft, die – historisch betrachtet – ins Allgemeine verströmen mußte, ist ein mit moralischen Rigorismen ausgestatteter Appell an das Gewissen des Einzelnen. „Im Staub des unaufgeräumten, mit Gerümpel bestellten Hausbodens", so formulierte es Welk damals poetisch, „liegt das köstliche Samenkorn des menschlichen Lebens: der Wille, persönlich friedfertig zu sein! Ein Gut, das gereinigt und ausgesät auf den Äckern des häuslichen und beruflichen Lebens, nach und nach auf den Feldern des öffentlichen Wirkens die Erfüllung reifen lassen kann." Dabei – und bei nichts anderem – wollten von nun die Redakteure der „Grünen Post" helfen.

Sie ermunterten alle Literaten und Journalisten ähnlicher Konfession ein gleiches zu tun. Ihnen gab die neue Wochenzeitung Raum und Stimme. Nahezu unberührt von den schwierigen politischen Problemen der Zeit, widmete man sich verheißungsvolleren Aufgaben: Auf die Größe und Einfachheit des Lebens und der Natur wird reduziert, doch diese Reduzierung wird nicht als ein Rückzug begriffen, sondern als eine Hinführung zu vermeintlicher menschlicher Kraft und Stärke, die alles zu überwinden vermag.

Im April 1927 erschien die erste Nummer der „Grünen Post". Ehm Welk ist Landwirtschaftsredakteur: ein Bauernsohn, „der Schriftsteller geworden war, ohne doch seine Vorliebe für Feld und Vieh eingebüßt zu haben". Mit diesen Worten begründete Richard Katz seine Wahl. Der Leitartikel der ersten Nummer der „Grünen Post", verfaßt von Katz, umriß noch einmal das Programm der „Muße und Naturfreude", das dem eher sensationeller Berichterstattung zuneigenden Haus Ullstein total zu widersprechen schien: da schrieb ein Ernährungsfachmann eine volle Seite darüber, daß Schwarzbrot bekömmlicher sei als Weißbrot; Fotos zeigten Rehe in freier Wildbahn; eine Seite war den hornlosen Milchziegen vorbehalten, und auf einer anderen wurden Wanderfahrten mit dem Fahrrad beschrieben. „Die ganze Zeitschrift", so Katz, „galt dem Alltäglichen, dem ein smarter Journalist kaum ein paar Zeilen zum Ausfüllen der Spalte gegönnt hätte, während ich wiederum der Meinung war, daß sich kein Gedanke klar zu Ende denken läßt, ohne mindestens eine Zeitungsseite zu beanspruchen. ‚Digest'-Extrakte halte ich für Unkraut unserer Zeit. Seine Wurzel ist die Eile, seine Frucht die Oberflächlichkeit."

Die Mitarbeiter bei Ullstein spotteten, und die zeitkritische Öffentlichkeit vermeinte, daß „Die Grüne Post" spätestens in einem Jahr vom Markt verschwunden sein würde. Sie irrten alle. Diese Wochenzeitung wurde der sensationellste und dauerhafteste Erfolg kapitalistischer Zeitungsgeschichte: im Mai 1928, ein Jahr also nach der ersten Nummer, wurden bereits eine Million Exemplare gedruckt und verkauft. Angestellte und Akademiker, Arbeiter, Bauern und Bürger lasen und abonnierten sie, und Exemplare des Blattes lagen ebenso in Kneipen wie in den Lesezimmern der Luxushotels. Sie war von ihrem Beginn an ein perfektes Produkt kapitalistischer Bewußtseinsindustrie. Ab Nummer Eins galt der Grundsatz, den Lesern alles leicht faßlich mitzuteilen, weil „unsereins ja doch nichts ändern kann". Man hielt weitgehend Beunruhigendes – das heißt, was dafür gehalten wurde – vom Leser fern, der unterhaltende, ablenkende Lesestoff dominierte: die Welt war schön für „Die Grüne Post" und damit für alle Menschen, „die guten Willens sind". Als Katz 1929 wieder „auf Reisen" ging, wurde Ehm Welk zum führenden Kopf der Zeitung. Er bestimmte von nun an ihr Gesicht, aber auch er ließ nach dem Gesetz, daß nichts erfolgreicher ist als der Erfolg, dies „Rezept" unangetastet.

Und doch war „Die Grüne Post" dann unter Welks Leitung, so etwas wie die Ausnahme unter den großbürgerlichen Publikationen der Zeit. Sie druckte, unter anderem, Romane von Jack London und Erzählungen von Maxim Gorki, und sie ließ Arno Holz, Thomas Mann, Hermann Hesse und Oskar Maria Graf zu Wort kommen. Vor allem aber ging sie den sogenannten Alltagsproblemen mehr und mehr nach: der Korruption, den Ungerechtigkeiten, der bürokratischen Borniertheit und blasierten Überheblichkeit der Regierenden in und aus allen Lagern. Sie prangerte die bürgerliche Rechtssprechung an und widmete sich mit besonderem Elan der Aufdeckung unzähliger Skandale, deren Folgen ja fast immer zu Lasten des Volkes gingen. Eine wegweisende und vorantreibende Funktion hatten dabei die wöchentlichen Leitartikel, die, so berichten Zeitgenossen, immer mit besonderer Spannung erwartet wurden. Am 6. Juli 1928 veröffentlichte „Die Grüne Post" den ersten von Thomas Trimm, von nun an Ehm Welks „aggressiver Zwillingsbruder", sein einziges jemals benutztes Pseudonym. In den folgenden fünf Jahren erschienen Woche für Woche insgesamt mehr als dreihundert Leitartikel und Berichte unter diesem Namen. Thomas Trimm, den schätzungsweise etwa drei bis vier Millionen Menschen wöchentlich lasen, wurde so bekannter als jeder andere Journalist, seine Popularität stieg von Ausgabe zu Ausgabe. Tatsächlich sind die Texte des Thomas Trimm in mehrfacher Hinsicht bemerkenswert, damals wie heute. Zum einen wirkt sich die lebensnahe Orientierung des Verfassers durchgängig vorteilhaft auf seinen Schreib-Stil aus: seine Texte sind überschaubar gegliedert, es wird nicht theoretisiert, sondern konkretisiert, man fliegt mit den Gedanken nicht gen Himmel, sondern bleibt fest auf Erden. Der ernstgenommene Leser wird, nach bestem eigenen Wissen und Gewissen, gründlich informiert und sorgfältig recherchiertem Hintergrundmaterial versehen. Dies geschieht nicht mit dem Gestus des Monologs, sondern des Gesprächs. Nicht selten beendet Thomas Trimm seine Darlegungen mit einer Frage, mit einem Fragezeichen. Der Leser wird einbezogen in den Fluß seiner Gedanken und in den Ablauf der Ereignisse: mitdenken und weiterdenken ist durchaus erwünscht. Ehm Welk alias Thomas Trimm schrieb in der Überzeugung, daß man sich den Sinn eines Artikels durchaus auch „erlesen" kann.

Das zweite Bemerkenswerte sind die Themen. Man könnte sie zusammenfassen in den Schlagwörtern „Alltagsprobleme" oder „Alltagsgeschichten". Allerdings würde man damit der eigentlichen Leistung des Journalisten Ehm

Welk nicht gerecht werden, weil in der Tat da einer seine Stimme erhob, der mehr wollte als eingängige oder auch mutige Worte zum Tage und den wertenden Reflex auf bestimmte und bestimmende Ereignisse und Zeiterscheinungen. Thomas Trimm war ein exzellenter Journalist, der seine Glaubensbekenntnisse zugespitzt formulierte, mitunter anekdotisch verkürzt und oft mit beißender Ironie. Doch am aufschlußreichsten sind das Umfeld und der Reichtum seiner Gedanken, sein konfessionelles Credo. Dies alles ließ die damaligen „Grüne-Post"-Leser aufhorchen. Welks Texte, die oft weit über den eigentlichen Anlaß hinausreichen, sind sozusagen einem dreifachen Postulat verpflichtet: sie wollen „Licht in eine Sache bringen", die soziale Wertigkeit analysieren und Beziehungen aufhellen, die es zwischen dem Gegenwärtigen, dem Vergangenen und Zukünftigen gab oder geben kann. Vergleichende Darstellung könnte man solcherart Herangehen nennen. Wirklichkeitsvorgänge wurden zwar festgemacht, doch nicht auf das einzelne Faktum richtete sich allein der Blick, sondern auf die Zusammenhänge. Der Leser konnte so auch das Woher und Wohin erkennen, wenn er sich Mühe gab. Gewiß konnte man damit nicht die ganze Realität erfassen, die ganze „Allseitigkeit des Lebens". Damals jedoch wurden die Leser von dieser Sichtweise und Perspektive, von Welks anspruchsvoller Genauigkeit und engagierter Nachdenklichkeit, ergriffen und gepackt. Ein wesentliches Motiv für die damalige Popularität Thomas Trimms und den Erfolg der „Grünen Post".

Im ersten Teil des vorliegenden Buches finden sich dafür genügend Zeugnisse. Ausgewählt wurden Texte der Jahre 1927 bis 1933, die, als Ganzes genommen und gelesen, auch in unseren Tagen einer radikal veränderten gesellschaftlichen Realität ihren Reiz nicht verloren haben, deren Stil und Gesinnung auch heute noch faßlich ist. Vielleicht wird der eine oder andere auch herausfinden, daß manches, obwohl scheinbar schon historisch geworden, uns selbst noch nahe ist...

Fast fünfzig Jahre liegen nun zwischen uns und jenen Zeiten. Es bleibt noch nachzutragen, daß am 29. April 1934 Ehm Welks letzter Leitartikel in der „Grünen Post" erschien: „Herr Reichsminister, ein Wort, bitte!“ Einen Tag nach der Veröffentlichung wurde „Die Grüne Post“ – für drei Monate – verboten. Sechsunddreißig Stunden später heißt es in einer „amtlichen Erklärung“, daß dieses Verbot notwendig war, „um die Autorität der nationalsozialistischen Regierung zu wahren. Außerdem soll durch dieses Verbot die ehrliche Arbeit der deutschen Schriftsteller um die Hebung der deutschen Presse vor Schädlingen des Berufsstandes geschützt werden. Der Artikel stellt eine einzige verantwortungslose Verunglimpfung der Absicht des Reichspropagandaministers Dr. Goebbels dar, die Gleichförmigkeit in der deutschen Presse aufzulockern. In keiner Zeile zeigt der Verfasser den Willen, das Seine zu diesem angestrebten Ziele beizutragen, wie das etwa zahlreiche andere Schriftleiter durch Artikel zum Thema getan haben, die im Ton maßvoll, manchmal sogar scharf, aber im Inhalt ihrer Ausführungen ein aufrichtiges Ringen um die Probleme erkennen lassen. Der Verfasser des Artikels ist zu feige, mit seinem wahren Namen an die Öffentlichkeit zu treten. Er gebraucht ein Pseudonym, das schon im Gleichklang der Anfangsbuchstaben an die üblen Zeiten der Peter Panter, Theobald Tiger usw. erinnert. Der wahre Name des Verfassers ist Ehm Welk. Dieser Mann ist Hauptschriftleiter einer Zeitung, die in erster Linie für das Landvolk bestimmt ist. Durch gekünstelte Wortbildungen versucht er in diesem Artikel, nationalsozialistische Begriffe, die heute jedem deutschen Bauern heilig sind, zu verdrehen und lächerlich zu machen. Darüber hinaus wagt es dieser Mann, ein Ministerium, das stolz darauf ist, in besonderem Maße volkstümlich zu sein, in der Öffentlichkeit dadurch herabzusetzen, daß er es so darstellt, als ob eine direkte Verbindung zwischen Volk und Ministerium nicht möglich sei. Anstatt dazu beizutragen, diesem nur für das Wohl des Volkes Tag und Nacht arbeitenden Ministerium und seinen Beamten die Arbeit zu erleichtern und aufklärend dazu zu wirken, daß es eben ohne eine gewisse Ordnung nicht geht, spricht dieser Mann in seinem Artikel von tausend Zimmern und tausend Vorzimmern, um damit dem Reichsministerium artfremden Bürokratismus zu unterstellen. (–) Das Verbot ist weiter dadurch gerechtfertigt, daß auch nach

Erlaß des Schriftleitergesetzes die Verlage durch zweckbewußte Personalpolitik die Pflicht haben, für die Gesamthaltung ihrer Verlagserzeugnisse in ihrer Arbeit für den nationalsozialistischen Aufbau Sorge zu tragen."

Als die „National-Zeitung Basel" am 3. Mai 1934 unter der Überschrift „Die Probe aufs Exempel" berichtete, daß Ehm Welk im deutschen Rundfunk angeprangert worden sei, setzte sie sorgenvoll hinzu, „daß heute niemand in seiner Haut stecken möchte". Doch da hatte der „Schädling am deutschen Volke" schon keinen Namen mehr, er war zur Nummer geworden, zum Häftling 2553: am 1. Mai 1934, dem zweiten faschistischen „Feiertag der nationalen Arbeit" hatte die Gestapo Ehm Welk in seiner Berliner Wohnung verhaftet und in das Konzentrationslager Oranienburg gebracht. Ehm Welks bedeutender Versuch, die neuen noch instabilen gesellschaftlichen Normen eines faschistischen Totalitarismus zu durchbrechen, war gescheitert. Das „Prager Tageblatt" sah es am 5. Mai 1934 so: „Mit großen Herren Kirschen essen ... So heißt eine Novelle Felix Saltens, die einen Zweikampf Caracallas mit einem kampfbewährten jungen Gladiator schildert. Der Kaiser möchte vor seinem Volke gern loyal erscheinen, den Kampf aber doch nicht verlieren. Da hierzu nur dann eine Aussicht besteht, wenn der junge Römer seine Kräfte zurückhält und wie es in der Sportsprache heißt: bloß markiert, so hänselt und stichelt sich der Monarch mit seinem Gegner leutselig herum, als käme es nur auf den Schein, nicht den Wert des Sieges an. Der junge Held akzeptiert das Spiel; er streichelt den kaiserlichen Gegner mit dem Schwert statt ihn anzugehen; er spielt den Unterlegenen. So gut aufgelegt und jovial war der Cäsar noch nie! Doch in einem günstigen Moment, da der Römerjüngling seine unbedeckte Flanke darbietet, stößt ihm Caracalla das Schwert in die Seite. – Joseph Goebbels, der deutsche Propagandaminister, ist trotz aller Machtfülle, die ihm das neue Deutsche Reich einräumt, von der Figur dieses Cäsaren gewiß weit entfernt. Aber erinnert sein Zweikampf mit Ehm Welk (Thomas Trimm), dem Chefredakteur der Grünen Post, der jetzt – wenn man den Meldungen Glauben schenken darf – zum Lohn für seinen Mut in ein Konzentrationslager abbefördert wurde, nicht an diese Novellen-Szene? Goebbels gehört, wie man weiß, zu jenen Männern der neuen Richtung, die Wert darauf legen, die Diktatur in ihrer Art als umgänglich, witzverständig, geist-kameradschaftlich erscheinen zu lassen. Darum bevorzugt er in seinen Reden selber die witzige, man möchte sagen: loyale Note. Die Leute sollen nicht glauben, daß man sich mit seinen Herren nicht aussprechen kann! Die Wüterich-Legende soll vom freien Umgangston widerlegt werden. Ehm Welk knüpft in einem Artikel der Grünen Post an eine dieser Reden an. Er erwiderte die Gutgelauntheit mit gleicher Münze, apostrophierte den Propagandaminister mit dessen eigenen Worten. Kurz: er nahm die Witzigkeit beim Wort. Das hätte er lieber unterbleiben lassen sollen. Ironie ist bei den Diktatoren von heute ein einseitiges, unteilbares Recht, der Humor wünscht keine Partnerschaft. In Parteikreisen nennt man das Wissen um dieses Gesetz gewiß: Takt. Man versteht dort das neue, umgekehrte Augurenblinzeln: ich bin nicht so witzig wie ich scheine. Ehm Welk wußte es nicht. Schwapp! War ihm, wie dem Rotkäppchen vom gutmütigen Wolf der Kopf abgebissen. Mit großen Herren ist wahrhaftig nicht gut Kirschen essen."

Ehm Welks Scheitern kennzeichnet zugleich das Ende einer Epoche. Nach dem 29. April 1934 wird – in Deutschland – Herr Goebbels von niemandem mehr „auf ein Wort" gebeten. Die Bahn ist endgültig frei für die faschistische Presse. „Die Grüne Post" erschien im „Deutschen Verlag" in kleiner Auflage noch bis 1944. Von Ehm Welks Mitarbeitern ist nur einer bis zuletzt dabei: Bruno H. Bürgel, dessen populärwissenschaftliche Beiträge weitaus das Beste sind, was diese nun ganz bedeutungslos gewordene Zeitung zu bieten hatte.

VII

Wir haben verfolgen können, wie nachhaltig Ehm Welks Menschenbild und Weltsicht von den Erfahrungen und Erlebnissen seiner Kindheit und Jugend geprägt wurden. Auch die große Prosa der nun folgenden Jahre, als der, wie er selbst sagt, „Romanautor geboren wurde", zeigt dies überdeutlich. Vom Biesenbrower Grunderlebnis legen zudem und in besonderem Maße jene Tierbeobachtungen, Erzählungen und Anekdoten, die den „Entwürfen eines Moralisten“ in vorliegender Sammlung folgen, ein beredtes Zeugnis ab. Sicher wäre es nun angängig zu erkunden, ob und inwieweit Ehm Welk mit diesen hier abgedruckten schönen und lesbaren Texten immer und in jedem Detail das naturwissenschaftlich oder tierpsychologisch Richtige trifft, ob er dem auch schon damals erreichten Stand des Wissens gerecht wird. Ein solches Herangehen indessen würde dem Charakter seiner Stories über Menschen und Tiere nicht gemäß sein. Zweifelsfrei liegt neben persönlicher Erfahrung Faktenmaterial den erzählten Anekdoten und Geschichten zugrunde. Die Art seiner Verarbeitung zeigt jedoch, daß es Ehm Welk in den Schreibjahren zwischen 1939 und 1943 vielmehr um die literarische Bewältigung dessen ging, was in seiner Kindheit auch angelegt worden war: die Wiedergabe wissenschaftlich abgesicherter und nachprüfbarer Beispiele hatte er nicht im Sinn. Ihm kam es mit dem erfahrenen Blick für Ursache und Wirkung nur auf einen Punkt an: auf das Lehren, Verbreiten und Festigen der Tierliebe, die ohne menschliche Überheblichkeit ausgeübt wird, auf eine natürliche, selbstverständliche Verbundenheit mit dem Mitgeschöpf ohne Gefühlsduseleien. Mit welchen Augen der Mensch auch zurücksieht auf seinen Ursprung, immer findet er sich als der gattungsmäßig Spätergekommene. Jenseits der auch von Welk unbestrittenen Menschwerdung des Affen durch die Arbeit gibt es aber durchaus Berührungspunkte zwischen Mensch und Tier, die gerade neuere Wissenschaftszweige, wie etwa die Verhaltensforschung, aufgedeckt haben. Diese „Gemeinsamkeiten“ interessierten den Autor, und er bemühte sich herauszufinden, was sie „bedeuten“ können. Das ist das eigentliche Thema der „Wundersamen Freundschaften“, eine Variation des großen Themas seines Lebens.

Dem Erzähler Ehm Welk ist deshalb zeit seines Lebens nie der Gedanke gekommen, zu behaupten, das Tier sei in seinem Wesen besser als der Mensch. Das zynische Wort gar, „seit ich die Menschen kenne, liebe ich die Tiere“, war ihm tief zuwider: es kam niemals über seine Lippen.

Zweifelsfrei aber hatte Welk – als Kind und als Erwachsener – ein wahrhaft kameradschaftliches Verhältnis zum Tier, eine wissende und verständnisvolle Beziehung, die alle Romane und Erzählungen auf eine sehr freundliche, manchmal wundersame Weise durchzieht: Da ist – beispielsweise – Martin Grambauers Hund Flock und Nachbar Kienbaums Katze, es wird erzählt vom Regenpfeifer, der Martinsgans, dem Stotterkuckuck, dem Wiedehopf und von einem Pferde, das sein Besitzer, der dummbrutale Müller Düker, zu Tode prügelt, von den Gefährten Krischan Klambüdels, dem Hunde Schill und den Kühen, Freunde und Gesprächspartner des Hirten in den „Heiden von Kummerow"; da tummeln sich in den „Gerechten von Kummerow" bedeutungsvoll die Störche auf Wilhelm Trebbins Scheune, da begleitet das Kaninchen Männe Martin und Johannes auf der Flucht; es geben sich in der „Lebensuhr" und in „Mein Land, das ferne leuchtet", in „Der Hammer will gehandhabt sein", in „Mutafo" und in „Der Nachtmann" Hunde und Pferde, Kraniche, Nachtigallen, Mücken und Möwen, Fische, Krebse, Ziegenböcke, Bullen und immer wieder Hunde ein Stelldichein: Pudel und Dackel, Steppenhirtenhunde und Undefinierbare, weil Mischungen aus diesem und jenem. Ja, der Biesenbrower Bauernjunge hatte die Freunde seiner Jugend nicht vergessen. Intensiver als andere Schreiber blickte Ehm Welk immer wieder zurück, um zu erkennen, welcher Art das allererste Bild war, das in sein Bewußtsein trat. Dabei wird er den Zauber verspürt haben, der über seinen ersten Lebenstagen lag und der stark genug war, Wesen und Werk des gereiften Mannes zu bestimmen. In diese Perspektive ist das Welksche Bekenntnis hineinzustellen, mit dem die Geschichte vom Pudel Simson beginnt, eine durchaus schlüssige Einleitung, wenn es da heißt: Am Anfang meiner Tage steht ein Tier.

Mit diesem Satz von exemplarischer Schlichtheit offenbart sich des Autors Verbundenheit mit dem Tier. Für ihn ist der Weg, den Menschen und Tiere Seite an Seite durch die Jahrtausende zurückgelegt haben, der Weg einer Bruderschaft, bei dem das Tier Mitgeschöpf des Menschen war. Glaubhaft argumentiert er, daß ein festes Band besteht vom Menschen zu allen Tieren, zu den Haustieren ebenso wie zu denen, die in Freiheit leben, zu den leidenden und geliebten. Andererseits weiß Welk, daß der wahre Tierfreund niemals in „verschwommener Gefühlsseligkeit" neben dem Leben einhergehen und die Sorgen um das Tier höher stellen darf als die Sorge um den Menschen. Und ebenso ist ihm bewußt, daß Grausamkeit gegen Tiere mit Inhumanität zu tun hat, selbst wenn er ihren gesellschaftlichen Wurzeln in seinen Anekdoten und Geschichten nicht nachzugehen vermag.

Wir könnten auch darüber streiten, ob Welks – hier nur andeutungsweise wiederzugebendes – Grundschema, nach dem die Menschen nach ihren Motiven, die sie für ihr Verhältnis zum Tier haben, einzuordnen sind (die Brüderlichen, Lehrhaften, Einsamen, Mitleidigen, Kameradschaftlichen, Ästheten und so weiter), handhabbar ist. Aber auch das führte uns weit von der literarischen Vorlage weg. Er selbst jedenfalls bemühte sich demonstrativ um ein vorurteilsfreies Verhältnis zum Tier, wie wir auch hier nachlesen können.

Diesem Selbstverständnis entsprach es, daß Ehm Welk stets ein Tier, einen Hund zumeist, um sich hatte: bis zu seinem Tode. Und wenn am Anfang der Tage Simson der Pudel stand, dann begleitete ihn bis zu seinem letzten Tag ein anderer Pudel: Tüdel. Ein „kluger und nobler Hund", der wußte, wo die Brille des Herrn, oft genug Suchobjekt im Hause Welk, lag, und der vortrefflich seine „Tier-Persönlichkeit" bei einem „Herrn" entwickeln konnte, der ihn verstand, achtete und respektierte.

Wer immer die Zeit und die Lust auch fürderhin hat, die Texte Ehm Welks verstehend in sich aufzunehmen, wird entdecken und zu bedenken haben, daß sein gesamtes journalistisches und literarisches Werk von einem großen Traum *und* einer konkreten Idee durchdrungen war: „Gerechtigkeit in die irdischen Dinge zu bringen". Gerechtigkeit für Mensch und Tier gleichermaßen, dürfen wir nun hinzusetzen. Die vorliegenden Geschichten und genußvoll erzählten Anekdoten, wollen und können zwar nicht den Rang seiner Romane beanspruchen, doch ohne sie würden wir den ganzen Welk nicht kennen, und gern wollen wir dem Autor aufs Wort glauben, wenn er einmal sagte: „Keine Geschichten habe ich lieber geschrieben als diese."

Inhalt

Quellen

Für die vorliegende Neufassung wurden benutzt:

Braunschweigische Landeszeitung aus dem Jahre 1927.

Die Grüne Post. Die journalistischen Arbeiten des Thomas Trimm. Berlin 19. Juni 1927 bis 15. Juni 1933

Der deutsche Wald. Herausgegeben von Ehm Welk. Leipzig 1935.

Ehm Welk, Die wundersamen Freundschaften. Leipzig 1941.

Ehm Welk, Die stillen Gefährten. Berlin 1943.

Geliebtes Leben. Ehm Welk zum 75. Geburtstag. Rostock 1959.

Fragmente und Skizzen aus dem Nachlaß.